Catherine Palmer

Afrika in meinem Herzen

Roman

Catherine Palmer

Afrika in meinem Herzen

Roman

Schulte & Gerth

Die amerikanische Originalausgabe erschien im Verlag
Tyndale House Publishers, Wheaton, Illinois,
unter dem Titel „The Happy Room".

Aus dem Amerikanischen übersetzt von Eva Weyandt.

Best.-Nr. 815 827
ISBN 3-89437-827-1
1. Auflage 2003
Umschlaggestaltung: Michael Wenserit
Umschlagfoto: Stone
Satz: Die Feder GmbH, Wetzlar
Druck und Verarbeitung: Ebner & Spiegel, Ulm
Printed in Germany

*Dieses Buch ist all denen gewidmet,
die den Weg durch den Wald suchen.*

Ein Wort der Autorin an ihre Leser

Kein Romanautor schreibt in einem luftleeren Raum. Unsere Erlebnisse, die Menschen, die wir kennen, und unsere Erfahrungen weben sich zusammen zu dem Stoff unserer Geschichten. Diese Fäden sind dem realen Leben entnommen und sie enthalten Wahrheit, aber wenn wir sie auf den Webstuhl aufbringen und beginnen, unsere Geschichte zu weben, werden sie zu einer Fiktion.

Der Stoff, in den Sie sich einhüllen wollen, ist eine solche Arbeit. Die Charaktere sind keine mir bekannten Menschen, auch sind die Ereignisse keine Tatsachenberichte meiner Erfahrungen. Doch im Verlauf des Webens dieser Erzählung kam ein gewisser Grad an Wahrscheinlichkeit an die Oberfläche. Ich bete, dass sich Ihnen die Essenz dieser Realität in ihrer eindrücklichen Wahrheit entfalten möge, ihr Schmerz und ihre Freude und nicht zuletzt auch ihre Heilung.

Kapitel 1

Julia Chappell fürchtete den Telefonanruf, auf den sie bereits den ganzen Vormittag gewartet hatte. Die letzte Zeit war wirklich überaus hektisch und ereignisreich verlaufen. Es reichte jetzt. Ihre ältere Tochter, sie hatte gerade die Highschool abgeschlossen, befand sich am Rande eines hysterischen Anfalls angesichts der bevorstehenden Trennung von ihrem Freund, wenn sie zum College ging. Die andere Tochter war sechzehn und sie verhielt sich, als wäre sie die auserkorene ewige Königin des Universums. Dann war da auch noch ihr Mann, seit fast 20 Jahren Jugendprediger, der auf einmal nicht mehr sicher war, ob er noch weiter mit Teenagern arbeiten sollte. Er überlegte ernsthaft, Gemeindepastor zu werden. In einer Kleinstadt. In Wyoming. All das und dazu ihre überraschende Schwangerschaft war fast mehr, als Julia verkraften konnte. Und jetzt hatte ihr Arzt auch noch einen Ultraschall angeordnet, weil irgendetwas nicht zu stimmen schien.

Julia legte das schnurlose Telefon auf einen Baumstumpf, kniete sich hin und grub die Finger tief in die weiche Erde ihres gerade umgegrabenen Gartens. Feuchtigkeit drang durch ihre Hosenbeine, als sie ein kleines Loch in die Erde grub. Für Julia bedeutete Gartenarbeit Blumen. Und Blumen bedeuteten Leben. Mochten die Nachbarn ruhig ihre Tomaten und Gurken anpflanzen. Julia würde pinkfarbene Begonien, bunte Primeln, gelbe Ringelblumen, dunkelrote Petunien, hellrote Geranien haben. Wie viel Aufruhr ihr das Leben auch bescheren mochte, in ihrem Garten konnte sie immer Ruhe und Gelassenheit finden.

Julia steckte den Wurzelballen eines orangeroten Wandelröschens in das Loch, das sie gegraben hatte. Ihre Gedanken wanderten zurück zu ihrer Kindheit, einer zauberhaften Zeit, als sie aus den Blüten des Wandelröschens wunderschöne Brautsträuße für ihre Puppen gewunden hatte. Sie und ihre kleine Schwester Debbie hatten ihre Barbies, steifbeinig, halb nackt und barfuß, neben einem Altar aus einer Kleenexbox aufgestellt. Und dort hatten sie geschworen, ihre barfüßigen Kens zu lieben, zu umsorgen und ihnen zu gehorchen, bis der Tod sie scheidet.

Julias Töchter waren dem Alter, in dem sie mit Barbiepuppen spielten, längst entwachsen. Unten im Keller lagen ganze Kisten mit kleinen Schuhen und Hochzeitskleidern – ganz zu schweigen von den vier verschiedenen Kens, dem Campingwagen mit Swimmingpool und dem pink-blauen Plastikhaus. Julia seufzte, als sie ein zweites Wandelröschen in den Boden steckte. Was in aller Welt sollte sie tun?

Sie setzte sich auf die Fersen und betrachtete die Blumenreihen, die sie in diesem Frühjahr gepflanzt hatte. Die Möglichkeit, dass mit dem kleinen Leben, das sie in sich trug, etwas nicht stimmen könnte, traf sie mit voller Wucht. Zudem hatte sie sich mit dem Gedanken, überhaupt schwanger zu sein, noch gar nicht richtig abgefunden. Es ist unmöglich, hatte sie gedacht, als ihr zum ersten Mal der Verdacht gekommen war. Es konnte einfach nicht sein. Der Schwangerschaftstest mit der kleinen blauen Linie aus dem Supermarkt war bestimmt sehr ungenau. Mike hatte sich sterilisieren lassen und außerdem war sie zu alt, um noch ein Baby zu bekommen.

„Und damit ist es abgehakt", wie ihre jüngere Tochter gerne sagte. Julia und Mike hatten bereits im College geheiratet und kaum ein Jahr später war Jessica auf die Welt gekommen. Heather war achtzehn Monate später gefolgt und Julia hatte das Studium aufgegeben, um die beiden Kleinkinder zu versorgen. Sie war gerne Mutter gewesen. Ihr hatte alles an ihrer Aufgabe gefallen – ihre Schwangerschaften und sogar die Geburten ihrer Kinder. Winzige Füße und grabschende Finger hatten ihr viel Freude bereitet. Und die Jahre des Keksebackens und des Kleidernähens und Waschens von klebrigen Kinderwangen waren für sie der Himmel auf Erden gewesen.

Aber jetzt wollte sie nicht noch einmal schwanger sein. Nicht mit 37, wo ihre Töchter schon beinahe erwachsen waren. Nicht wo Mike mitten in einer Midlife-Krise steckte. Nicht wo ... Julia strich sich eine Haarsträhne aus dem Gesicht. Konnte sie ehrlich vor sich eingestehen, warum sie kein Baby mehr haben wollte? Und falls mit dem Kind etwas nicht stimmen sollte ... es würde ihre Schuldgefühle darüber, dieses unerwartete Geschenk nicht mit der angemessenen Dankbarkeit und Vorfreude angenommen zu haben, nur noch verstärken.

Natürlich hatte sich der Arzt optimistisch gezeigt. Er vermutete, dass sie Zwillinge erwartete. Zwillinge. Richtig. Julias Gefühle bei der Aussicht, wieder ein Baby zu bekommen, waren sehr ambivalent, sodass sie sich bisher noch nicht hatte aufraffen können, Umstandskleidung zu kaufen. Doch ihre übergroßen T-Shirts und die sackigen Jogginghosen wurden allmählich zu eng, das musste sie zugeben, aber emotional war sie noch nicht in der Lage, diesen Schritt zu tun. Und wie sollte sie sich erst recht mit der Tatsache abfinden, dass sie Zwillinge erwartete?

Sie putzte sich die Hände an der Hose ab und starrte auf das Telefon. Gott kannte die sehnlichsten Wünsche ihres Herzens. Warum also konnte sie sich nicht überwinden, sie vor ihm auszusprechen? Vielleicht weil es falsch schien, das kostbare neue Leben, das in ihr wuchs, nicht zu wollen. Vielleicht weil ihre Wünsche tatsächlich selbstsüchtig und sündig waren.

Ihr ganzes Leben, seit sie im Alter von sieben Jahren mit ihren Eltern, den Missionaren, auf einem Schiff nach Afrika gefahren war, hatte Julia versucht zu tun, was richtig und gut war. Auch wenn sie bei dem Gedanken, von zu Hause fortgeschickt zu werden, verzweifelt gewesen war, hatte sie ohne zu murren das Internat besucht. Als Teenager hatte sie in Amerika das kleine christliche College besucht, das ihre Eltern für sie ausgesucht hatten. Und natürlich hatte sie einen Pastor geheiratet.

Julia erhob sich und nahm ihren Korb mit den Gartengeräten hoch. Sie liebte Mike und ihre Ehe war intakt. Aber würde sie denn nie die Gelegenheit bekommen, etwas nur für sich zu tun?

„In Ordnung“, sagte sie. Sie stellte den Korb ab und legte die Hand auf ihren Bauch. „Gott, ich bin von dieser Schwangerschaft nicht sehr begeistert. Ich möchte nicht schwanger sein, weil ich . . . also gut, weil ich wieder aufs College gehen und mein Schwesternexamen ablegen möchte. So, jetzt habe ich es ausgesprochen. Ich möchte nicht mit Mike nach Wyoming ziehen. Und ich will auch nicht, dass Jessica und Heather so . . . so schwierig sind! Und vor allem, Herr, möchte ich wirklich . . .“

Das Klingeln des Telefons unterbrach sie. Sie starrte es an. Gute Nachrichten oder schlechte? Und was genau wäre in diesem Augenblick eine gute Nachricht?

Sie nahm das Telefon zur Hand. „Hallo?“, meldete sie sich, und nur mit Mühe konnte sie das Zittern in ihrer Stimme unterdrücken.

„Julia? Du klingst so weit weg! Stimmt was nicht?“

„Oh, Mom, du bist es.“ Sie ließ die Luft entweichen. „Nein, ich bin nur . . . ich bin draußen im Garten. Ich habe gerade Wandelröschen gepflanzt.“

„Wandelröschen! Aber das ist doch ein Unkraut, Liebes. Wir hatten immer solche Probleme mit Wandelröschen. Für die Schlangen ein hervorragendes Versteck, wie du weißt.“

„Mom, das Wandelröschen ist hier in Santa Fe eine einjährige Blume. Sie überlebt den Winter nicht. Kein Problem mit Schlangen.“

„Na ja, aber es kann eine solche Plage sein. Unser Gärtner hatte viel Mühe, die Ausbreitung dieser Pflanze zu verhindern. Es gab so viele Kobras.“ Julias Mutter hielt inne. „Aber ganz wie du willst, Liebes. Ich bin sicher, dein Garten sieht auch mit Wandelröschen sehr hübsch aus.“

Julia lächelte. Ihre Eltern hatten sich vor zwei Jahren vom Missionsfeld zurückgezogen und in Missouri niedergelassen, aber manchmal hatte Julia das Gefühl, als würden sie noch immer auf einem anderen Kontinent leben. Nicht selten schienen sie die Welt durch das Fenster ihrer kleinen Wellblechhütte unter einem riesigen Baum im afrikanischen Busch zu betrachten.

„Normalerweise rufst du tagsüber doch gar nicht an, Mom“, sagte Julia. „Ist mit Dad alles in Ordnung?“

„Oh, ihm geht es gut. Er ist so beschäftigt wie immer. Aber hör zu, es geht um deine Schwester."

„Debbie? Was ist los?"

„Nichts Ernstes. Na ja, das denken wir zumindest. Auf jeden Fall meint der Arzt, sie sollte ins Krankenhaus gehen – nur zur Beobachtung."

„Warum?"

„Es geht um ihr Gewicht. Ich persönlich war immer der Meinung, Deborah hätte gerade die richtige Figur, so nett und sportlich. Aber wie auch immer, gestern ist sie nach dem Gottesdienst ohnmächtig geworden, deshalb wurde sie ins Krankenhaus eingeliefert. Der Arzt hat einen Schlauch in ihren Magen eingeführt . . ."

„Einen Schlauch? Mom, was ist denn da los?"

„Er sagt, sie brauche im Augenblick zusätzliche Ernährung, bis sie wieder auf die Beine kommt."

„Hat der Arzt eine Diagnose genannt?"

„Er nannte es . . . *Anorexie*. Irgend so etwas. Aber du weißt ja, Deborah ist schon immer dünn gewesen. Na gut, ich gebe ja zu, als Kleinkind war sie ein wenig pummelig und in der Highschool war sie etwas zu dick. Doch dann hat sie so schön abgenommen und sie hat wirklich alles getan, um ihr Gewicht zu halten. Bei manchen geht das Gewicht rauf und runter. Deborah dagegen war immer schön schlank und fit."

„Anorexie? Mom, das ist eine sehr ernst zu nehmende Krankheit. Menschen sterben daran." Julia setzte sich auf den Baumstumpf und legte die Arme um ihren Bauch.

„Na komm, man stirbt doch nicht wirklich daran, oder?"

„Doch. Manchmal. Ich habe in einer Zeitschrift darüber gelesen, vielleicht habe ich es aber auch im Fernsehen gesehen. Auf jeden Fall denken Mädchen, die daran leiden, sie seien zu dick, darum hungern sie. Sogar wenn sie anfangen, wie diese halb verhungerten Kinder in Afrika auszusehen, finden sie sich noch immer zu dick. Mom, wie viel wiegt Debbie?"

„Denkst du, ich würde sie danach fragen? Also wirklich, Julia." Sie zögerte. „Dein Vater und ich sind nach Bolivar gefahren, um sie zu besuchen . . ."

„Sie liegt nicht in Springfield?"

„Ich bin sicher, die Klinik in Bolivar ist durchaus in der

Lage, sie richtig zu behandeln, Julia. Ich wünschte, du würdest dich wieder beruhigen. Es besteht kein Anlass, so aufgebracht zu sein, Liebes."

Julia ließ die Luft entweichen und schüttelte den Kopf. Mike scherzte gern, ihre Mutter besäße das Originalpatent auf Leugnung unübersehbarer Tatsachen. Egal wie schlimm die Dinge wurden, Olive Mossman zeigte ein strahlendes Lächeln und weigerte sich einzugestehen, dass es ein Problem gab.

„Mom, ist Dad da?", fragte Julia. „Kann ich kurz mit ihm sprechen?"

„Dein Vater sitzt in seinem Arbeitszimmer und bereitet sich auf seine Vorträge während der Ferienbibelschule vor, die nächste Woche in Joplin stattfindet. Ich würde ihn nur ungern stören. Wir haben zwei Vorträge pro Tag, weißt du? Es handelt sich um eine sehr große Gemeinde und sie haben in ihrer Stadt eine wundervolle Arbeit geleistet. Es werden fast 1.000 Kinder erwartet, kannst du dir das vorstellen?"

„Wow."

„Die Ferienbibelschule in eurer Gemeinde findet im August statt, nicht? Ich frage mich, mit wie vielen Teilnehmern Mike wohl rechnet. Vielleicht könnten wir mit dem Jugendpastor in Joplin sprechen und ihn fragen, wie es ihm gelungen ist, die Teilnehmerzahl so dramatisch zu steigern. Was meinst du? Wäre Mike beleidigt, wenn wir ihm einige Vorschläge machten?"

„Das wäre schön, Mom." Julia kannte Mikes Reaktion bereits. *Die Mossmans mischen sich mal wieder ein*, würde er sagen. „Hör mal, würdest du bitte Dad ans Telefon holen? Ich würde wirklich gern seine Meinung über Debbies Zustand hören."

„Er hat mich gebeten, diesen Anruf zu machen, Julia. Und außerdem noch zum teuren Tarif. Aber wenn du darauf bestehst."

Julia konnte hören, wie Olive nach ihrem Mann rief, und kurz darauf war Don Mossmans sanfte Stimme zu hören.

„Hallo, Julia. Deine Mutter sagt, du wolltest mit mir über Deborah sprechen." Er räusperte sich. „Nun, ich muss dir sagen, dass deine Schwester sehr zerbrechlich aussieht. Ich denke, es geht ihr überhaupt nicht gut. Ihr Gewicht macht uns Sorge und der Arzt hat entschieden, dass sie künstlich ernährt werden muss. Es ist schwer, sie so zu sehen, an Schläuche angeschlossen, weißt du. Sie hat eine Infusion im Arm, glaube ich. Ja, ich bin sicher. Aber sie hat uns angelächelt. Sie sah sehr hübsch aus, obwohl ihr Haar ziemlich dünn geworden ist. Vielleicht kommt sie nach ihrem alten Dad. Du weißt, wie schrecklich dünn ich oben geworden bin."

Ein Scherz. Julia lachte pflichtschuldigst. „Was sagen die Ärzte über Debbies Chancen, wieder gesund zu werden?"

„Es werden einige Tests gemacht. Ich glaube, wenn man solche Gewichtsprobleme hat, besteht die Gefahr einer abnehmenden Knochendichte. Der Arzt hat uns gesagt, das könnte zu Osteoporose führen. Darüber wissen wir ja Bescheid, weil deine Mutter Ansätze davon hat. Und wie es scheint, sind Deborahs Hormone ein wenig aus dem Gleichgewicht geraten."

„Was meinst du damit?"

„Nun ..." Vermutlich putzte er seine Brille. Wenn er sich unbehaglich fühlte, nahm er sie immer ab, hauchte die Gläser an, richtete die Bügel und setzte sie wieder auf. „Nun ... es geht um ihren ... weiblichen ... Zyklus. Den Monatszyklus. Die Menstruation hat vor einiger Zeit ausgesetzt und natürlich könnte sie nicht schwanger werden."

Julie fuhr sich mit der Hand über ihren anschwellenden Leib. Nein, natürlich nicht. Olive und Don Mossman würden nie glauben, dass ihre unverheiratete Tochter schwanger werden würde. Obwohl Deborah schon seit langer Zeit einen Freund hatte und 34 Jahre alt war.

„Darum möchte der Arzt ihr Blut untersuchen und einige Röntgenaufnahmen machen." Nun, da er den unangenehmen Teil hinter sich hatte, sprach Don schnell weiter. „Sie wird wohl eine Weile im Krankenhaus bleiben müssen und sie soll mehrere Behandlungen über sich ergehen lassen. Uns wurde versichert, dass sie, falls sich ihr Zustand verschlimmert, sofort nach Springfield verlegt wird."

„Wie kann sich diese Situation denn noch verschlimmern, Dad?"

„Na ja, du weißt ja, dass Deborah keine Kraftreserven hat

und ihr Immunsystem ist geschwächt. Es besteht die Möglichkeit einer Infektion. Sie müssen sie dazu bringen, dass sie wieder anfängt zu essen. Aus irgendeinem Grund will sie keine feste Nahrung zu sich nehmen. Das ist schwer zu begreifen, Liebes, aber der Arzt sagt, deine Schwester sei ziemlich krank. Psychisch sowie körperlich."

Das Bild gewann an Schärfe, aber es war kein gutes Bild. Wie konnte so etwas passieren, ohne dass Julia etwas davon wusste? Sie und Debbie telefonierten mehrmals im Monat miteinander, und regelmäßig schickten sie einander E-Mails. Aber natürlich war sich Debbie über ihr Problem nicht im Klaren gewesen, warum sollte sie es also erwähnen?

Debbie, das Baby der Familie, war immer besonders umsorgt worden. Ihre langen blonden Locken und die Grübchen in den Wangen hatten die Dorfbewohner in dem abgelegenen Teil Kenias, wo die Mossmans viele Jahre lang gelebt und als Missionare gearbeitet hatten, immer in Erstaunen versetzt. Kleine Kinder berührten gern ihr goldenes Haar oder starrten fasziniert in ihre blauen Augen. Ohne einen Pickel, der ihre samtweiche Haut verunzierte, hatte Debbie ihre Teenagerjahre überstanden. Sie hatte Modedesign studiert und arbeitete als Einkäuferin für eine kleine Kette von Modehäusern im Südwesten Missouris. Während Julia ihre Jeans und Tennisschuhe liebte, kleidete sich Debbie stets nach der neusten Mode. Dünn war in und je dünner, desto besser.

„Dad, wenn du sagst, Debbie sei psychisch krank, was meinst du damit? Leidet sie unter Depressionen?"

„Ich weiß nicht, wie man das nennen soll. Sagen wir einfach, sie redet nicht besonders viel. Vielleicht ist ihr einfach nicht danach zu Mute. Aber der Arzt hat uns erklärt, dass bei dieser Anorektie die Psyche des Patienten aus dem Gleichgewicht gerät."

„Anorexie, Dad."

„Oh. Bist du sicher? Deine Mutter hat es in ihren Terminplaner geschrieben und wir dachten, der Arzt hätte es Anorektie genannt. A-no-rek-tie." Er wiederholte es mehrmals, als würde er ein neues Wort in einem der afrikanischen Dialekte lernen.

„Anorexie", korrigierte Julia erneut. „Dad, denkst du, ich

sollte rüberfliegen und Debbie besuchen? Geht es ihr so schlecht?“

„Nun, ich bin sicher, sie würde dich gern sehen. Sie hat auch von Peter gesprochen.“ Er hauchte erneut seine Gläser an. „Um ehrlich zu sein, deine Mutter und ich haben überlegt, ob du nicht Peter anrufen und es ihm mitteilen solltest. Wir versuchen uns auf diese Vortragsreihe in der kommenden Woche vorzubereiten und deine Mutter gibt morgen Abend ein Abendessen für ihre Sonntagsschulklasse. Es werden an die 20 Leute kommen . . .“

„25!“, säuselte eine Stimme im Hintergrund. „Drei Witwen. Und du treibst die Telefonrechnung in die Höhe, Don. Julia kann uns doch heute Abend zurückrufen, wenn das Telefonieren billiger ist.“

„Deine Mutter sagt . . .“

„Schon gut“, unterbrach Julia ihn. „Ich werde Peter anrufen. Wir werden entscheiden, was wir wegen Debbie unternehmen.“

„Das ist schön, Liebes. Du weißt ja, dass Peter einfach nicht . . .“

„Don! Die Telefonrechnung!“ Olive Mossmans Stimme war jetzt lauter und sie machte jede Möglichkeit zunichte, den Streit zu erwähnen, der die Beziehung zu ihrem Sohn belastete.

Julia schüttelte den Kopf. „Danke für den Anruf, Dad. Ich liebe dich.“

„Sei lieb, Schatz!“ Olive hatte den Hörer wieder übernommen. *„Kwaheri – tutaonana!“*

Julia verdrehte die Augen bei dem suahelischen Abschiedsgruß, und dabei entdeckte sie, wie Heather aus dem Haus schlich. Ihre Shorts hingen tief auf ihren schlanken Hüften und das Oberteil war nicht anders als als aufreizend zu bezeichnen.

„Da kommt Heather, Mom. Ich mache jetzt besser Schluss.“ Nachdem sich ihre Mutter noch einmal verabschiedet hatte, unterbrach Julia die Verbindung.

„Mom, du hast ja Stunden telefoniert!“ Heathers langes braunes Haar war zu einem unordentlichen Pferdeschwanz zusammengebunden. „Du warst nicht zu erreichen, darum hat er es auf unserer Leitung probiert. Und ich erwarte doch einen Anruf von Ashley!“

Das Aufstehen von dem Baumstumpf kostete sie mehr Mühe, als sie zugeben wollte. „Wer hat angerufen?“

„Dad natürlich. Er bekam einen Anruf von irgendeiner Mutter, deren Sohn sich sehr seltsam verhält, darum ist er hingefahren, um mit ihnen zu reden. Ich wette, es handelt sich um Darren Whitlock – das ist ein echt komischer Typ. Er hat so stechende Augen.“

„Heather!“

„Na ja, wenn ich seine Augen sehe, bekomme ich eine Gänsehaut. Ihh!“ Sie erschauderte. „Und irgendeine Arzthelferin hat angerufen. Sie sagte, die Praxis würde jetzt für heute geschlossen, darum soll ich dir ausrichten, dass du dir keine Sorgen zu machen brauchst. Sie hätten eine gute Nachricht für dich. Du solltest dich morgen melden. Ich weiß nicht, warum Ashley nicht angerufen hat. Wir müssen heute Nachmittag wirklich ins Einkaufszentrum gehen, weil der Ausverkauf bei *The Gap* nur noch . . .“

„Einen Augenblick mal.“ Julia hob die Hand. „Was hat die Arzthelferin zu dir gesagt?“

„Es sei eine ‚gute Nachricht‘. Der Arzt hätte Recht gehabt, was immer das bedeutet.“

„Der Arzt hatte Recht?“ Julia schnappte nach Luft. „Und du bist sicher, dass sie genau das gesagt hat? Der Arzt hätte Recht gehabt?“

„Wow, Mom, beruhige dich. Du tust so, als wäre ich blöd im Kopf und könnte keine Nachricht richtig weitergeben. Sie sagte, es sei eine gute Neuigkeit, okay?“

„Oh nein.“ Julia legte die Hand auf ihren Bauch und ließ sich wieder auf den Baumstumpf sinken. „Ruf deinen Dad an. Hol mir deinen Dad ans Telefon. Hier und sofort!“

Heather nahm das schnurlose Telefon. „Mom, ich habe es dir doch gesagt. Er ist bei irgendeiner Frau aus der Gemeinde. Dad sagt uns doch nie, wer gerade Probleme hat, das weißt du doch. Was ist denn los? Um Gottes willen.“

„Sag das nicht! Du sollst den Namen Gottes nicht unnötig in den Mund nehmen . . .“

„Mom, wo liegt dein Problem?“ Heather machte einen

Schritt auf ihre Mutter zu. „Geht es dir gut? Was für ein Test war das? Stimmt etwas nicht mit dem ... du weißt schon, dem Baby?“

„Ich muss mit deinem Dad sprechen. Ruf Mrs. Moore im Gemeindebüro an und finde heraus, wohin er gegangen ist. Sie soll ihn anpiepsen.“

„Hast du ... Krebs ... oder so etwas?“

Julia ließ den Kopf hängen. Sie würden es sowieso bald alle erfahren. Aber sie brauchte Zeit. Zeit, um alles zu durchdenken, Zeit allein mit Mike, Zeit, um zu überlegen, wie sie sich damit abfinden sollte.

„Es ist kein Krebs, Heather.“

„Aber was denn dann? Mom, du machst mir echt Angst!“

„Ich ... ich werde Zwillinge bekommen.“ Julia hob den Kopf und sah ihrer Tochter in die tiefblauen Augen. „Ich bekomme zwei Babys.“

„Das ist ausgeschlossen. Du bist doch schon so alt. Mir fällt es schon schwer genug, mich mit dem Gedanken abzufinden, dass du überhaupt schwanger bist, Mom!“

„Danke.“ Julia sah ihre Tochter an und beobachtete, wie die Realität sich in ihr breit machte. Heather ging einen Schritt auf ihre Mutter zu und hockte sich neben sie.

„Zwillinge.“ Heathers Stimme wurde weich. „Wow. Ich muss unbedingt Ashley anrufen ...“

„Nein, das wirst du nicht!“ Julia riss Heather das Telefon aus der Hand. „Erzähl es niemandem, bis ich mit deinem Vater gesprochen habe. Wir müssen über vieles reden, zum Beispiel habe ich gerade erfahren, dass Tante Debbie krank ist.“

„Was ist denn los? Sie ist doch nicht auch schwanger, oder? Grandma Mossman würde einen Herzanfall bekommen!“

„Sie hat Anorexie.“

„Ich dachte, nur Teenager würden das bekommen. Zum Beispiel Jenny Lieberman in Jessicas Klasse. Sie wurde in irgendein Rehabilitationszentrum geschickt, weil sie so dürr war, dass sie beinahe gestorben ist. Sie hat nur noch vierzig Kilo oder so gewogen. Wie viel wiegt Tante Debbie denn? Sie wird doch nicht sterben, oder?“

„Ich hoffe nicht. Vielleicht fliege ich nach Missouri, um sie zu besuchen.“

„Du kannst nicht fliegen, Mom! Du bist schwanger! Mit *Zwillingen*!“ Sie erhob sich. „Sieh mal, da kommt Jessica. Kann ich es ihr erzählen? Ich möchte es ihr gern erzählen. Sie wird einen Anfall bekommen.“

Julia beobachtete, wie ihre ältere Tochter mit dem Kombi vor dem Haus zum Stehen kam und ausstieg. In ihrer Arbeitskleidung von Wal-Mart, das Haar in einem hübschen Knoten aufgesteckt, die Schultern gestrafft, wirkte sie so reif. Eine junge Frau.

Heather hatte die Antwort ihrer Mutter gar nicht erst abgewartet. Wie ein Fohlen galoppierte sie mit schwingenden Beinen und Armen über den Rasen. Sie packte Jessica an den Händen und hüpfte hoch und runter. Sofort darauf sah sie, wie Jessicas Kinnlade herunterklappte. Sie drehte sich um und starrte ihre Mutter an.

„Es stimmt! Es stimmt!“ Heather und ihre Schwester eilten zum Blumengarten. „Hey, Mom, ich habe es ihr erzählt. Es hat sie total umgehauen!“

Jessica nahm ihre Mutter in die Arme. „Mom, herzlichen Glückwunsch!“

„Danke.“ Julia zwang ein Lächeln auf ihr Gesicht. „Überraschung!“

„Kein Spaß. Weiß Dad schon Bescheid?“

„Noch nicht. Vielleicht sollte ich mit ihm essen gehen.“

„Vielleicht solltest du warten, bis er im Bett liegt“, meinte Heather. „Er wird bestimmt ohnmächtig. Die Vorstellung, *ein* Baby zu bekommen, hat ihn schon total geschockt.“

„Mom, geht es dir gut?“, fragte Jessica.

„Mir geht es gut. Das ist nur etwas, an das wir alle uns werden gewöhnen müssen.“

„Wow.“ Sie betrachtete ihre Mutter einen Augenblick. Dann wandte sie sich an Heather. „Hat Danny schon angerufen? Wir wollten ins Einkaufszentrum gehen.“

„Das Einkaufszentrum! Ashley und ich wollen auch hin. Würdest du uns mitnehmen? Wir wollten unbedingt zu *The Gap*. Die haben nämlich Ausverkauf.“

Die Mädchen machten sich auf den Weg zum Haus, hitzig miteinander diskutierend. „Du kannst nicht mit Danny und mir fahren. Wir sehen uns kaum. Ashley kann doch fahren!“

„Ich kann Ashley nicht erreichen. Vielleicht ist ihr Handy abgeschaltet oder so. Aber ich muss zum Ausverkauf. Es ist nicht fair, dass du immer den Wagen hast, Jess. Wenn du auch nur einen halbwegs anständigen Freund hättest, hätte er einen Wagen, der nicht immer in der Werkstatt steht ..."

Julia sah ihnen nach und versuchte sich vorzustellen – wieder einmal – noch mal ganz von vorne anzufangen. In 18 Jahren würde sie 55 sein. 55 und die Mutter von zwei Teenagern? Ihr Drang zu schreien wurde schnell verdrängt durch das Bild von zwei winzigen rosa Neugeborenen mit kleinen Stupsnasen und einer Haut wie Eiderdaunen. *Süß*. Ja, die Babys würden süß sein. Und lustig und kostbar und anbetungswürdig. Eine Welle der Freude wallte in ihr auf und sie legte die Arme um ihren Körper.

Zwillinge! Wie Jessica und Heather gesagt hatten – *wow*. Und vielleicht würde wenigstens einer davon ein Junge sein. Zweimal wow. Was würde nur Mike dazu sagen?

Sie hatte gerade begonnen, die Nummer von Mikes Sekretärin einzutippen, als sie sich an ihr Versprechen erinnerte, ihren Bruder anzurufen. Peter ... mit seinen langen Haaren, seinen zornigen Augen und seinem verpfuschten Leben. Peter ... der das College nicht zu Ende gebracht hatte und mit 36 noch immer nicht wusste, was er werden wollte, wenn er erwachsen wäre. Peter ... den sie liebte und mit dem sie litt und für den sie betete ... aber kaum noch mit ihm sprach. Wann hatten sie sich voneinander entfernt? Als Kinder hatten sie sich so nahe gestanden.

„Hallo, Peter", würde sie sagen. „Debbie stirbt an Anorexie, und ich bekomme Zwillinge. Willkommen in der Realität."

Julia drehte das Telefon in der Hand hin und her und überlegte, wen sie zuerst anrufen sollte. Dann stellte sie es ab, legte es auf den Baumstumpf und wandte sich wieder ihren Blumen zu. Die Krisen konnten noch eine Stunde warten. Dinge wuchsen. Blumen und Babys und Teenager. Und Dinge verwelkten. Schwestern und Brüder und Ehemänner. Es war an der Zeit, sich um den Garten zu kümmern.

Kapitel 2

Peter Mossman stieß die Tür seiner kleinen Wohnung auf, stellte eine Tüte mit Lebensmitteln auf dem Stuhl ab und betrachtete die leere Leinwand auf der anderen Seite des Zimmers. Nichts. Leer. Mit dem Fuß gab er der Tür einen Schubs. Gestern Abend hatte er drei Stunden auf diese Leinwand gestarrt. Hatte auf irgendetwas gewartet. Versucht, eine Vision zu finden. Aber er empfand nichts als Zorn und Verwirrung.

Es ist alles Marias Schuld, dachte er, als er sein Uniformhemd auszog. Wenn sie ihn nicht verlassen hätte . . . wenn sie nicht ihren Sohn mitgenommen hätte . . . wenn sie nicht die Scheidung eingereicht hätte . . .

Er warf das Hemd auf den Stuhl, schnappte sich die Plastiktüte und marschierte in den Küchenbereich seiner kleinen Wohnung. Er öffnete die Tür vom Gefrierschrank und verstaute die drei Fertiggerichte und eine Packung Eiscreme darin. Erneut starrte er die Leinwand an. Er ärgerte sich über das reglos blickende weiße Auge, das ihn wie ein Richter anstarrte.

„Was?“, brüllte er es an. „Was?“

Er warf seine Schuhe neben dem Esstisch aus Chrom und Glas von sich und überprüfte seinen Anrufbeantworter. Nichts. Natürlich. Sie würde nicht anrufen. Sie hatte nicht mehr angerufen seit dem Tag, an dem sie die Nachricht über die Scheidungspapiere hinterlassen hatte. Na, auch gut. Er wollte sowieso nicht mit ihr sprechen.

Maria hatte keine Ahnung, wie man ein Gespräch führte.

„Hör auf, mich anzuschreien!“, beklagte sie sich dauernd. „Du bist immer so gemein, Peter. Schrei nicht herum. Warum müssen wir immer nur streiten?“

Sie hielt jedes Gespräch, in dem es auch nur einen Hauch von Konflikt gab, für einen Streit. Ihre Eltern hätten sich nie gestritten, beharrte sie. Nun, seine auch nicht, Mr. und Mrs. vollkommene-Missionare-Mossman.

Aber Peter war nicht dumm. Er wusste, dass die Ehe seiner Eltern nicht fehlerlos gewesen war. Seine Mutter hatte diese ganzen Jahre draußen im Busch ohne Freunde, ohne Dinnerpartys und ohne Sonntagsschulklassen gehasst. Und Dad war von Mom auch nicht immer begeistert gewesen. Wenn sie zu ihren Monologen ansetzte, vergrub er sich in seinen Bibelkommentaren.

„Die Kinder wachsen zu wild auf, Don", hatte sie oft in ihrem süßesten Tonfall, Honig mit Gift vermischt, gesagt. „Du solltest Peter wirklich auf deinen Fahrten zu den Gemeinden mitnehmen. Er verbringt die meiste Zeit im Massai-Dorf. Du hörst mir gar nicht zu, nicht wahr, Don? Hast du gesehen, wie Peter den Speer herumträgt, genau wie die Eingeborenen? Wie sollen wir ihn denn zu einem verantwortungsbewussten jungen Mann erziehen, wenn er immer mit seinen Massai-Freunden herumzieht? Und was ist mit den Mädchen? Wie gut, dass die Kinder die meiste Zeit im Internat sind. Dieser Tage kann ich für meine Familie kaum eine komplette Mahlzeit auf den Tisch bringen. Weißt du, dass ich seit drei Monaten kein Mehl mehr habe? Und die Safariameisen haben schon wieder die Vorratskammer überfallen – eine ganze Karawane von ihnen. Don, hörst du mir überhaupt zu?"

Peter schüttelte den Kopf. Maria war der Meinung, sie hätte es schwer, weil er nicht genügend Geld mit nach Hause brachte. Sie hatte keine Ahnung, was schwer war.

„Warum musst du als Postbote arbeiten?", hatte sie sich immer beklagt. „Warum bewirbst du dich nicht um einen Job als Hausmeister im Ausbildungszentrum für Vollstreckungsbeamte? Warum versuchst du nicht, bei einer der Raffinerien unterzukommen? Warum arbeitest du nicht auf den Ölfeldern? Du könntest sehr viel mehr Geld verdienen, Peter, wenn du dir nur mehr Mühe geben würdest."

Aber die Wahrheit war, Peter arbeitete gern als Postbote. Seine Route durch die kleine Stadt Artesia in New Mexico führte ihn in das spanische Viertel, in dem Maria aufgewachsen war – in dem ihn jeden Morgen exotische Düfte von gebratenem Chili und frisch gebackenen Tortillas begrüßten, in dem die Menschen eine andere Sprache sprachen und die Kinder halb nackt herumliefen. Dort war es ein wenig fremdländisch, fast wie zu Hause. Wie in Afrika.

Außerdem musste Peter als Postbote nicht zu ungewöhnlichen Zeiten arbeiten und auch keinen Pieper bei sich tragen. Er konnte nach seiner Tour gleich nach Hause kommen und malen. Das war seine Passion. Eigentlich sollte ihn seine Malerei jetzt, wo Maria fort war, doch ausfüllen. Sie hatte seine Ölgemälde immer umgehängt und seine Leinwand abgestaubt, bevor noch die Farbe getrocknet war. Und Angelo, der ständig unter seiner Staffelei herumgekrochen war und geweint hatte, weil er hochgenommen werden wollte, hatte ihn nur abgelenkt.

Seit Maria einige Wochen zuvor ihren Sohn – ihren „Engel" – genommen und mit ihm zu ihrer Mutter zurückgekehrt war, war die Wohnung still gewesen. Heiter. Ungestört. Warum nur konnte Peter nicht malen?

Er verspürte den Drang, seine Faust durch die Leinwand zu rammen. Nichts hatte er sich sehnlicher gewünscht, als eine Frau zu lieben, vielleicht ein paar Kinder zu haben und die Chance, sich als Künstler zu entwickeln. Warum konnte Maria nicht begreifen, wie viel ihm seine Kunst bedeutete? Sie war sein einziger Weg, zurückzugehen, die Vergangenheit zu berühren, die verborgenen Wunden seiner tausend Verluste zu lindern. Wenn er malte, trat er in Verbindung mit seinem inneren Ich. Das Malen heilte ihn.

Warum konnte Maria das nicht verstehen? Sie wollte Dinge, die er ihr nicht geben konnte. Vorhänge und Tischtücher, Teppiche und eine neue Tagesdecke. Sie wollte Töpfe und Pfannen. Sie beschwerte sich darüber, Angelos Sachen auf Flohmärkten erstehen zu müssen und die Reste zu mehr als einer Mahlzeit strecken zu müssen. Sie wollte Geld haben, ein neues Haus und hübsche Kleider. Peters Traum, seine Arbeiten in einer Galerie in Santa Fe auszustellen, seinen Lebensunterhalt als Künstler zu verdienen und immer nur malen zu können, bedeutete Maria nichts. Diese Dinge waren für sie nicht real. Auf den Ölfeldern zu arbeiten, das war real.

Mit einem Seufzer kehrte Peter in die Küche zurück und wählte ein Salisbury-Steak-Gericht aus dem Gefrierschrank aus. Er riss den Deckel von der Packung und stellte es in die Mikrowelle. Das Piepen der Zeituhr dröhnte laut in der verlassenen Wohnung.

Maria war immer eine hervorragende Köchin gewesen. Für ihre Enchiladas, Tamales und gebackenen Bohnen hätte er sterben können. Peter hatte seiner Frau immer gesagt, wie sehr er ihre Kochkünste bewunderte. Er hatte immer darauf geachtet, ihr Komplimente zu machen und sie zu bewundern. Und seine Komplimente waren immer ernst gemeint gewesen. Mit ihren schwarzen Haaren und den großen braunen Augen strahlte Maria eine jugendliche Schönheit aus. Sie war nicht nur hübsch, sie hielt auch die Wohnung sauber, sie sorgte für Angelo und ihre Freundlichkeit erstreckte sich auf die ganze Nachbarschaft. Maria war genau die Frau, die Peter sich immer gewünscht hatte. Was war schief gelaufen?

Das Piepen verwirrte ihn zuerst – er dachte, es sei die Mikrowelle, doch es war das Telefon. Sein Herz zog sich zusammen. Vielleicht meldete sich Maria endlich. Wann immer er sie seit ihrem Auszug angerufen hatte, hatte ihre Mutter ihm gesagt, Maria wolle nicht mit ihm sprechen – weder jetzt noch irgendwann später. Was würde er nun zu ihr sagen? Wie konnte er ihr mitteilen, wie viel sie ihm bedeutete, obwohl sie ihm so schrecklich wehgetan hatte?

Er nahm den Hörer ab.

„Hallo, kleiner Bruder!" Es war Julia. Seine Schwester rief nie an, es sei denn, irgendetwas war passiert.

„Hallo", antwortete er. „Wie steht's oben in Santa Fe?"

„Recht gut. Die Mädchen haben Ferien. Hast du die Einladung zu Jessicas Abschlussfeier bekommen?"

„Äh . . . ja." Er rieb sich über den Hals und fühlte sich schuldig, weil er seiner Nichte kein Geschenk geschickt hatte.

„Ich habe dir eines von ihren Abschlussfotos geschickt", fuhr Julia fort. „Was hältst du davon? Sie ist ziemlich erwachsen, findest du nicht?"

„Sie ist sehr hübsch. Mir gefällt aber der Typ neben ihr nicht besonders. Zu knochig."

„Oh, das ist Danny. Der Anzug steht ihm nicht besonders,

aber er ist wirklich ein sehr netter junger Mann." Sie hielt inne. Anscheinend wartete sie darauf, dass er ihr zu ihrer wundervollen, typisch amerikanischen Familie noch mehr Fragen stellte. „Heather hat übrigens jetzt auch einen Führerschein. Ich habe den Eindruck, dass sie sich seitdem ständig im Einkaufszentrum herumtreibt."

Erneut zögerte sie. Peter überlegte, was er sagen sollte. Er wusste, Julia hatte aus einem ganz bestimmten Grund angerufen, und er wünschte, sie würde endlich mit dem höflichen Geplauder aufhören und zur Sache kommen. Während ihrer Kindheit hatte er sich mit seiner älteren Schwester sehr gut verstanden. Gemeinsam hatten sie die Internatszeit durchgestanden, den Busch durchstreift und gegen die Malaria gekämpft. „Einer wie der andere", hatte ihre Mutter immer über ihre drei Kinder mit den lockigen blonden Haaren und der tiefbraunen Haut gesagt. Was war passiert? Wieso war ihm seine Schwester fremd geworden? Es war die Zeit, nahm er an. Die Zeit und die Entfernung.

„Und wie geht es Maria?", fragte Julia. „Und hat Angelo schon angefangen zu laufen?"

Peter hatte seiner Familie noch nichts von der Trennung erzählt. Warum sollte er auch? Es war nicht so, als ob sie das interessierte. Jetzt überlegte er krampfhaft eine Antwort auf Julias Frage. „Er zieht sich hoch. Versucht, allein zu stehen." Er dachte an seinen Sohn, den er seit mehreren Wochen nicht mehr gesehen hatte. Vielleicht konnte Angelo ja tatsächlich mittlerweile laufen. Was für ein Gedanke.

„Also hör zu, Pete. Ich rufe an, weil ich dir etwas mitteilen wollte. Es geht um Debbie."

Sorge überfiel ihn. „Was ist los? Ist ihr irgendetwas zugestoßen?"

Als Junge hatte er es immer als seine Pflicht empfunden, seine Schwestern zu beschützen. Julia war ziemlich selbstständig gewesen, aber die dürre, kleine Debbie mit ihren aufgeschlagenen Knien und tränenverhangenen blauen Augen war Peters Baby gewesen. Obwohl sie nur wenige Jahre jünger war als er, war sie sehr zerbrechlich, zart, zu hübsch und zu sanft für ihre harte Umgebung gewesen. Er hatte sie regelrecht angebetet und obwohl sich ihre Wege seit Jahren nicht gekreuzt hatten, waren die Verteidigungsinstinkte des „großen Bruders“ sofort geschärft.

„Hat dieser eklige Typ von einem Freund Debbie etwas angetan?“, fragte er. „Ich bringe ihn um.“

„Nein, das ist es nicht. Sie ist krank, Peter. Man hat sie in Bolivar ins Krankenhaus gebracht. Es klingt ziemlich ernst.“

„Was ist passiert?“

„Sie hat Anorexie. Ist das zu glauben? Ich hatte keine Ahnung, dass mit ihr irgendetwas nicht stimmte. Die Ärzte haben einen Schlauch zur künstlichen Ernährung eingeführt und sie machen sich Sorgen, ob ihr Immunsystem in der Lage ist, gegen mögliche Infektionen anzukämpfen. Auch könnte sie Osteoporose haben. Ich schätze, mit Anorexie sind eine Fülle von anderen Problemen verbunden. Mom und Dad haben sie besucht, aber es ist schwer, von ihnen eine genaue Einschätzung der Situation zu bekommen.“ Sie zögerte. „Pete, ich denke, wir beide sollten darüber reden. Entscheidungen treffen. Ich habe mich gefragt, ob du nicht am Wochenende nach Santa Fe kommen könntest. Du kannst Maria und Angelo natürlich mitbringen, wenn du willst. Im Gästezimmer ist Platz.“

Pete sah sich in seiner leeren Wohnung um. Sein Blick fiel auf sein Abendessen in der Mikrowelle und die weiße Leinwand. In Artesia hielt ihn nichts. Aber die Vorstellung, Julia zu besuchen, behagte ihm auch nicht. Sie würde alles über seine Probleme mit Maria erfahren wollen. Und er würde die hübsche kleine Familie miterleben, die sie sich geschaffen hatte. Einen Prediger als Mann, zwei hübsche, kluge Töchter, dreimal in der Woche in der Gemeinde und ein Haus in einem Vorort. Und was hatte er dagegenzusetzen? Eine gescheiterte Ehe, eine leere Wohnung, einen Highschool-Abschluss und einen Job, in dem er nichts erreichen konnte.

„Ich kann nicht kommen“, sagte er. „Ich bin an diesem Wochenende beschäftigt.“

„Aber Pete, es geht um Debbie.“

Er dachte an seine kleine Schwester, wie sie sich immer an seine Hand geklammert hatte, ihre Finger fest und warm. „Denken Mom und Dad, dass sie . . . ich meine, ist ihr Leben in Gefahr?“

„Ich bin nicht sicher. Darum möchte ich ja mit dir reden. Vielleicht sollten wir nach Missouri fliegen und sie besuchen."

Missouri. Auf keinen Fall. Das würde eine Begegnung mit seinen Eltern bedeuten. Auf keinen Fall wollte Peter ihnen gegenübertreten. Er hatte sie in Verlegenheit gebracht, ihren Erwartungen nicht entsprochen, sich von seinen christlichen Wurzeln entfernt. Es würde sein wie immer – ein paar Minuten Umarmungen und Küsschen, dann würden die spitzen Bemerkungen folgen. Kritik. Klagen. Das traurige Aufzählen seiner Fehlschläge. Die Neuigkeit von seiner bevorstehenden Scheidung würde sie umhauen. Vermutlich würden sie auf der Stelle auf die Knie fallen, um zu beten.

„Und da ist noch etwas anderes, über das ich gern mit dir sprechen würde", fuhr Julia fort. „Ich . . . ich weiß, wir haben uns in letzter Zeit nicht besonders nahe gestanden, aber ich habe das Gefühl, dass du der Einzige bist, der vielleicht versteht, was ich durchmache."

„Was ist los, Jules? Geht es dir gut?"

„Ja", sagte sie und er bemerkte ihre dünne Stimme am anderen Ende der Leitung. „Mir geht es gut . . . denke ich."

„Das klingt aber gar nicht so."

„Ich bin schwanger."

Er schnappte nach Luft. „Wow."

„Mit Zwillingen."

Peter spürte, wie seine Kinnlade hinunterklappte. „Wow", wiederholte er.

Sie lachte leise. „Das hört sich nach Zustimmung an. Ich habe es Mike gerade erzählt. Ich glaube, er befindet sich in einem Schockzustand. Wir wissen erst seit kurzem, dass ich überhaupt schwanger bin, obwohl ich schon im sechsten Monat bin. Hier war so viel los und ich hatte immer gehofft, es würde sich um eine vorzeitige Menopause handeln oder etwas anderes. Auf jeden Fall wollte ich den Anzeichen einfach nicht glauben, darum habe ich es auch nicht überprüfen lassen."

„Julia, du hast doch schon zwei Kinder bekommen. Du hättest die Vorboten doch erkennen müssen." Es sah so aus, als hätte seine große Schwester nach der guten alten Mossman-Tradition die Augen vor der Realität verschlossen.

„Ja, ich denke schon. Auf jeden Fall hatten wir gerade erst angefangen, uns mit meiner Schwangerschaft abzufinden, als wir erfuhren, dass es Zwillinge sind. Pete, hör zu, mit Mike werde ich ein paar Tage lang nicht vernünftig reden können. Die Mädchen leben natürlich in ihrer eigenen kleinen Welt. Ich könnte jetzt wirklich jemanden brauchen, auf den ich mich stützen kann. Ich brauche meinen Bruder."

Er schloss die Augen und spürte, wie sich eine wohlige Wärme in seiner Brust breit machte. Wie lange war es her, seit jemand ihn gewollt, ihn gebraucht hatte? „Ich breche in einer halben Stunde auf", sagte er. „Ich denke, dass ich gegen Mitternacht bei euch bin."

„Was ist mit Maria? Vielleicht wäre es für Angelo besser, wenn du erst morgen früh fährst."

„Maria wohnt seit ein paar Wochen bei ihrer Mutter."

„Oh Pete."

Er starrte auf die Küchentheke. „Bis bald, Jules."

„In Ordnung", flüsterte sie. „Ich hab dich lieb."

„Ich dich auch." Er legte den Hörer auf und öffnete die Mikrowelle. Mit einem Schwung warf er das Salisbury-Steak wie eine Frisbeescheibe in den Mülleimer. Unterwegs würde er bei McDonalds anhalten. Er durfte keine Zeit vergeuden.

*

„Wie wäre es mit einer Tasse Chai?", fragte Julia. Bei dem Suaheli-Wort für Tee grinste Peter. *Chai* bedeutete für die meisten Amerikaner vielleicht ein ganz besonderer Gewürztee. Doch für die Mossmans würde dies immer ein starkes, ockerfarbenes Getränk mit viel Milch und Zucker sein. *Chai* war afrikanischer Tee, vorzugsweise mit einigen Teeblättern, die auf dem Boden schwammen. Außerdem wurden *Mandazis* dazu gereicht – eine Art Donuts mit Zuckerguss.

„Ich habe seit Jahren keinen Chai mehr getrunken", sagte er.

„Ich trinke ihn jeden Tag. Natürlich entkoffeiniert." Julia erhob sich aus ihrem Stuhl. Sie war froh, etwas zu tun zu haben, um die Verlegenheit zu überspielen, die sie beide bei ihrem Wiedersehen nach so langer Zeit empfanden. Julia hatte erklärt, Mike sei wie gewöhnlich in die Gemeinde hinübergegangen, um sich um seinen Papierkram zu kümmern, nachdem er den Montag frei gehabt hatte. Die beiden Mädchen schliefen aus. Peter empfand es irgendwie seltsam, mit seiner Schwester allein zu sein, als ob sie einander vollkommen fremd geworden wären.

„Komm mit in die Küche", forderte Julia ihn auf. „Ich werde dir meinen Vorrat zeigen."

„Du hast den echten?"

„Den ganz echten." Barfuß tapste sie über den tadellos sauberen Linoleumboden und öffnete einen Schrank mit mehreren verschiedenen Teesorten. Sie suchte eine bunte Dose heraus und entnahm ihr eine gegen die Feuchtigkeit versiegelte Plastiktüte. „Erinnerst du dich an meine Freundin Emily Porter aus dem Internat? Sie hat den ein Jahr älteren Jacob Myers geheiratet. Auf jeden Fall sind sie zusammen als Missionare nach Kenia zurückgekehrt. Sie und Jacob haben vier Kinder, ist das zu glauben? Sie arbeiten oben in der Nähe des nördlichen Grenzdistrikts unter dem Samburu-Stamm. Emily unterrichtet ihre Kinder selbst. Findest du es nicht interessant, dass sie ihre Kinder nicht ins Internat schickt?"

Peter beobachtete seine Schwester, wie sie in der Küche herumhantierte, einen Kessel mit Wasser füllte, eine Teekanne hervorholte und die Teeblätter abmaß. Für ihn war ziemlich deutlich zu sehen, dass sie Zwillinge erwartete. Nach nur fünf Monaten Schwangerschaft wölbte sich ihr Bauch rund und glatt unter ihrem T-Shirt, ein rosa Schimmer lag auf ihren Wangen, und sie hatte sich diesen watschelnden Gang angewöhnt, an den er sich noch von Marias letzten Schwangerschaftsmonaten erinnerte. Die Schwangerschaft seiner Frau hatte ihn erstaunt und verwirrt. Er fragte sich, wie Julia sich jetzt fühlte.

„Ich denke, das zeigt, wie anders alles ist, wenn es um die eigenen Kinder geht", sagte sie und beantwortete damit ihre Frage selbst. Bereits vor langer Zeit hatte Peter gelernt, dass seine Schwester ein Gespräch ganz allein bestreiten konnte. „Ich meine, wir hatten eine schöne Zeit im Internat, aber der Gedanke, die eigenen Kinder dorthin zu schicken, ist . . ."

„Einen Augenblick mal. Wir hatten eine schöne Zeit im Internat? Hast du das gerade gesagt, Jules?"

„Oh Pete, du musst doch zugeben, dass es Spaß gemacht hat. Alle unsere Freunde waren da, und . . ."

„Und wir hatten tolles Essen – mein Lieblingsessen war Blumenkohl mit Maden – und diese liebevollen, fürsorglichen Lehrer und die bequemen Eisenbetten mit ihren zwei Zentimeter dicken Matratzen und nicht zu vergessen unsere regelmäßigen Anfälle von Ruhr und Malaria."

Julia lehnte sich gegen die Arbeitsfläche und blickte ihn mit zusammengezogenen Augenbrauen an. „Wenn du dich so an die *Kenya Christian Academy* erinnern willst, in Ordnung", sagte sie. „Aber ich habe beschlossen, an die Freundschaften zurückzudenken und die Dinge, die ich gelernt habe. Wir haben eine gute Erziehung bekommen . . ."

„Und du bist Hausfrau, und ich habe bei der Post Karriere gemacht. Wirklich eine tolle Erziehung, nicht?" Er sah zum Teekessel hinüber, der zu pfeifen begonnen hatte. Er wollte sie nicht verletzen, aber die Tatsachen waren klar. „Wir hätten zu Hause unterrichtet werden sollen."

„Oh, ich bin sicher, du hättest Mom als Lehrerin geliebt. Wir hätten eine kleine Ausgabe des Zweiten Weltkriegs bei uns zu Hause erlebt. Komm schon, Pete, die *KCA* war gar nicht so übel. Auch du hattest dort viel Spaß."

„Indem ich die Regeln gebrochen habe, ja. Ich habe den größten Teil meiner Freizeit außerhalb des Campus im Wald verbracht. Wir haben so oft es ging Jagd auf kleine Tiere gemacht, wusstest du das? Nach Mitternacht haben wir uns rausgeschlichen, sind über die Schienen marschiert, haben in den afrikanischen Dörfern Chai getrunken . . . Habe ich dir je von diesem Ladenbesitzer erzählt, der Bier gegen unsere T-Shirts eingetauscht hat?"

Julia blieb der Mund offen stehen. „Bier? Im Internat hast du Bier getrunken, Peter?"

„Tusker Lager, das feinste Bier Ostafrikas."

„Kein Wunder. Jetzt verstehe ich auch, warum Mom sich darüber beklagte, dass so viele deiner Kleider in der Schulwäscherei verloren gingen. Du hast alle deine T-Shirts gegen Bier eingetauscht."

Er lachte. „Ich war ein ziemliches Rätsel für unsere liebe Mutter."

Peter fragte sich, wie seine ältere Schwester bei dem Vorbild, das sie gehabt hatte, eine so tolle Mutter hatte werden können. Am Telefon hatte Julia ein wenig nervös gewirkt angesichts der Zwillinge, die sie erwartete, aber er konnte nicht verstehen, warum. Sie war eine perfekte Mutter.

„Debbie hat sich nie über die *KCA* beklagt", bemerkte Julia, während sie die Teekanne ins Wohnzimmer brachte. „Ihr hat das Internat gefallen."

Du meine Güte. Wo ist Julia all die Jahre gewesen?, fragte sich Peter. „Debbie hat das Internat gehasst", erklärte er ihr.

„Warum sagst du das, Pete? Debbie hatte so viele Freundinnen. In ihrem letzten Jahr war sie die Prinzessin des Abschlussballs, erinnerst du dich nicht?"

„Hast du je ihre Gedichte gelesen?" Sie waren für Peter der erste Hinweis gewesen, dass seine hübsche kleine Schwester unglücklich war.

„Ach, ich glaube, das war nur so eine Phase. Teenager sind eben ein wenig melodramatisch."

„Debbie war selbstmordgefährdet, Julia."

Julia ließ sich in einen Sessel sinken und starrte ihren Bruder an. „Selbstmordgefährdet?"

„Sie wollte nicht mehr weiterleben. Das wurde in ihren Gedichten deutlich. Sie hat mir ihre Werke zusammengefaltet in die Hand gedrückt, wenn wir uns in der Cafeteria begegnet sind. Für mich war das immer wie ein Aufschrei, als würde sie mich anflehen, sie zu retten. Aber ich konnte nichts tun." Äußerlich war seine jüngere Schwester immer so fröhlich gewesen, hatte im Mittelpunkt der beliebtesten Clique gestanden. War Julia diese ganzen Jahre über denn dem Schmerz ihrer Schwester gegenüber so blind gewesen? Debbie war drei Klassen unter Julia gewesen, vielleicht hatten sich die beiden Mädchen nicht sehr oft gesehen. Die Stundenpläne, unterschiedliche Wohnheime und strenge Schlafenszeiten waren der Grund dafür gewesen, dass sich die Geschwister nur selten begegnet waren.

Julia starrte in ihre Tasse, während sie Zuckerwürfel in ihren Tee rührte. „Ich habe nicht gemerkt, dass mit Debbie etwas nicht stimmte“, gestand sie. „Ich frage mich, ob das jetzt auch so ist.“

„Was meinst du?“

„Vielleicht ist diese Anorexie eine Art Hilferuf. Ich habe das Gefühl, dass sie uns braucht, Peter.“

„Was können wir schon tun? Ich habe kein Geld, um ihr zu helfen, ich meine, ihre Rechnungen zu bezahlen. Und es ist ja nicht so, als könnten wir sie zum Essen zwingen. Außerdem weißt du genau, was passiert, wenn ich nach Missouri fahre.“ Der Gedanke an seine Eltern erstickte augenblicklich Peters Sorge um seine jüngere Schwester. „Mom und Dad werden wieder über mich herfallen. Vor allem, wenn sie das mit Maria erfahren.“

„Was ist denn mit euch geschehen, Pete?“

Er zuckte die Achseln, denn er war nicht bereit, Details preiszugeben. „Ich weiß es wirklich nicht. Sie möchte, dass ich auf den Ölfeldern arbeite.“

„Malst du noch?“

Er dachte an die leere Leinwand in seiner Wohnung. „Ich versuche es. Meine Karriere als Künstler ist vermutlich nur ein Traum. Vielleicht sollte ich tun, was Maria möchte. Aber . . .“, er unterdrückte einen Fluch. „Julia, ich habe mein ganzes Leben lang versucht das zu tun, was andere von mir wollten. Ich habe es nie geschafft, jemanden glücklich zu machen, und ich sehe einfach nicht ein, warum ich es weiter versuchen sollte!“

Julia trank ihren Tee. Peters Heftigkeit erschreckte sie. Sie hatte schon fast vergessen, wie schnell bei ihrem Bruder der Zorn aufflammte. Er war schon immer ungehorsam und rebellisch gewesen. Aber dieses Mal, das musste sie zugeben, empfand sie ein gewisses Mitgefühl mit ihm. War das nicht genau das, was sie in Bezug auf ihre Schwangerschaft empfand? Ihr ganzes Leben lang hatte sie versucht zu tun, was andere von ihr wollten. Sie war ein braves Mädchen gewesen, so gehorsam. Jetzt wollte sie ihre Ausbildung zu Ende bringen und als Krankenschwester arbeiten. Peters Beschreibung seiner Gefühle klang in ihren Ohren unangenehm vertraut – eingeschränkt, begrenzt, gezwungen, in einem Gefängnis zu leben, das andere geschaffen hatten. Nein, das war zu hart.

Julia liebte ihre Familie und ihre Rolle als Frau eines Jugendpastors. Sie wollte nur . . . Ja, was wollte sie eigentlich?

Als sie ihrem Bruder eine zweite Tasse Tee eingoss, empfand sie eine überwältigende Traurigkeit. Was war in den Jahren nach ihrer Rückkehr aus Afrika mit Peter geschehen? Sie erinnerte sich an ihn als einen gelbbraunen Löwen, sein dichtes blondes Haar hatte im Wind geweht, während er mit seinem Speer durch den Busch gekrochen war und eine Antilope verfolgt oder eine kleine Gazelle zum Abendessen mitgebracht hatte. Er war sehr anmutig und schön gewesen, ein gut aussehender Krieger mit einem Lächeln, das das Herz der Mädchen in Flammen versetzt hatte. Seine Augen hatten die Farbe des afrikanischen Himmels gehabt. Jetzt schien sein Körper angespannt, seine Augen kalt und grau, sein Lächeln leer.

Sie gingen auf die vierzig zu – alle drei Mossman-Geschwister. Und doch schien keiner von ihnen die Haut gefunden zu haben, in die sie hineinpassten. Jeder hatte das eine oder andere ausprobiert, war mehr oder minder durchs Leben gestolpert und hatte geraten, wie das „normale" Leben wohl aussehen mochte. Warum hatten sie alle noch immer Probleme damit herauszufinden, wer sie waren? Warum passten sie nicht hinein? Und wessen Schuld war das überhaupt?

„Die unserer Eltern", sagte Peter, als hätte er ihre Gedanken gelesen. „Der Gedanke, sie wieder zu sehen, nimmt mir vollkommen den Wind aus den Segeln. Debbie würde ich gern besuchen. Aber du weißt, was passieren würde, Jules."

„Nun, ich hatte gehofft, wir würden miteinander auskommen – um Debbies willen. Aber Tatsache ist, ich denke, dass ich im Augenblick nicht zu ihr reisen kann. Mike hat einige Probleme bei seiner Arbeit. Jessica ist absolut verzweifelt darüber, ihren Freund verlassen zu müssen, wenn sie mit dem Studium beginnt, und Heather . . ."

„Was ist mit mir?" In ihrem Nachthemd kam das Mädchen ins Zimmer. Sie blickte ihre Mutter vorwurfsvoll an. Dann warf sie ihr langes Haar über die Schulter zurück und grinste fröhlich. „Hey, Onkel Pete! Bist du gestern Abend gekommen? Ich habe nichts mitgekriegt."

Sie streckte die Arme aus und umarmte ihn.

„Du siehst gut aus, Heather", sagte er und hielt sie auf Armeslänge von sich fort. „Ich wette, alle Jungs sind hinter dir her."

„Jungs." Sie verdrehte die Augen. „Ich kann meine Zeit auch besser verbringen, vielen Dank. Hey, was trinkt ihr denn da? Ist das Chai? Mama säuft das Zeug geradezu wie aus Eimern. Hat sie dir erzählt, dass sie schwanger ist, Onkel Pete? Ist das nicht das Dollste, was du je gehört hast?"

Heathers nackte Füße klatschten auf den Bodenfliesen, als sie in die Küche ging. Peter lehnte sich in seinem Sessel zurück. Mit einer Mischung aus Belustigung und Stolz beobachtete Julia ihre Tochter über die Theke hinweg, die die beiden Räume voneinander trennte.

„Warum fliegst du nicht rüber, um nach Debbie zu sehen?", schlug er vor. „Du kannst so etwas sehr gut, Jules. Und Mom und Dad würden dich bestimmt gern sehen."

„Ich möchte nicht ohne dich hinfahren, Peter. Ich denke, das ist eine Familienangelegenheit."

„Familie? Julia, wann waren die Mossmans das letzte Mal eine Familie? Wenn ich es recht bedenke, waren wir denn je eine Familie? Ich meine, während unserer Kindheit haben Mom und Dad für Gott gearbeitet und wir drei hockten im Internat. Sogar in den Ferien standen wir immer hinter Bibelstunden, Pastorentreffen, Bibelkommentaren und Predigtvorbereitungen zurück . . ."

Peter ist wirklich ein Geheimnis, überlegte Julia, als sie sich selbst eine zweite Tasse Tee eingoss. Manchmal fragte sie sich, ob sie ihren Bruder überhaupt kannte. Sie waren in derselben Welt aufgewachsen, doch ihre Erinnerungen waren so verschieden. Und jetzt? Wer war er? Was war aus ihm geworden?

Und warum war Peter so unglücklich? War es einfach nur so, dass er sich bewusst an die dunklen Erinnerungen klammerte, oder hatte er diese Zeit tatsächlich so negativ empfunden?

„Das ist wirklich cool", sagte Heather, als sie mit einer Schüssel Cornflakes ins Wohnzimmer kam. „Ihr zwei sitzt hier und trinkt Chai. Das ist wie auf dem Foto unten im Keller. Weißt du, welches ich meine, Mom? Du, Onkel Peter und

Tante Debbie auf dieser Decke unter einem Baum und ihr trinkt alle Tee."

Julia durchforstete ihr Gedächtnis. „Ich erinnere mich nicht an ein solches Foto. Bist du sicher?"

„Natürlich, Mom. Es steht auf dem Regal neben dem alten Lexikon." Sie stellte ihre Cornflakesschüssel auf den Couchtisch, richtete sich auf und stieß einen übertriebenen Seufzer aus. „In Ordnung, ich werde es holen. Mann."

Heather verschwand im Keller, und Julia stellte ihre Teetasse auf den niedrigen Tisch.

„Wir waren eine Familie, Peter", sagte sie. „Wir sind es noch. Wir sind eine sehr gute Familie. Unsere Eltern mögen ein paar Fehler haben, aber wer hat die nicht? Ihre Missionsarbeit war ihr Leben und wir müssen das respektieren. Gott hat sie nach Afrika gerufen, um die Massai zu evangelisieren und sie haben treu ihren Dienst getan. Wir hatten viele großartige Erlebnisse, wir haben mehrere Sprachen gelernt und wir haben gute Freundschaften geschlossen. Ich denke nicht, dass wir zu kurz gekommen sind, und ich verstehe nicht, warum du . . ."

„Ich bin es doch gar nicht. Sie sind es. Ihnen gefällt nicht, wer ich bin."

„Wer bist du denn, Peter?" Julia spürte Tränen in sich aufwallen, als sie Heather entdeckte, die mit einem kleinen gerahmten Foto erschien. „Was ist nur mit uns passiert?"

„Hier ist es!", freute sich Heather. „Sieh nur, du und Onkel Peter. Und da ist Tante Debbie. Und ihr trinkt Chai, habe ich Recht?"

Julia nahm das Foto und betrachtete die drei Kinder, die unter einer Akazie auf einer Decke saßen. Jetzt erinnerte sie sich wieder daran. Natürlich tranken sie Chai und aßen *Mandazis*. Im Hintergrund war eine Ecke ihrer Wellblechhütte zu sehen und da war auch dieser Vorratsraum, in den die Safari-Ameisen immer eingedrungen waren.

„Wer ist denn diese Frau im Hintergrund? Da im Schatten?", fragte Heather. Sie ließ sich neben ihrer Mutter auf die Couch fallen. „War das eine von den Eingeborenen? Sie sieht irgendwie unheimlich aus."

„Das ist unsere *ko-ko-o!* Sieh nur, Peter!"

Er nahm das Foto und betrachtete es. „Stimmt. Das ist sie!"

„Wer ist sie?“

„Sie hieß Vanoui, aber wir nannten sie unsere *ko-ko-o*, unsere afrikanische Großmutter“, erklärte Julia, während sie das freundliche Gesicht betrachtete. „Sie war eine liebe Freundin unserer ganzen Familie, aber uns Kinder hat sie ganz besonders geliebt. Ko-ko-o hat uns nachmittags immer Tee gemacht.“

„Und sie hat uns Geschichten erzählt.“ Etwas in Peters Stimme veranlasste Julia sich zu fragen, ob er dasselbe empfand wie sie. „Erinnerst du dich noch, Julia? Sie hat uns alle Legenden der Massai erzählt.“

„Und Lieder beigebracht.“

„Und auch Gebete.“

„Gebete?“, fragte Heather. „War sie denn Christ?“

„Später ja“, erklärte Julia. „Aber sie betete trotzdem die alten Massai-Gebete. Erinnerst du dich, was sie immer zu uns sagte, Pete? Nach dem Tee sollten wir uns an den Händen fassen, und dann sagte sie uns, wir sollten aufeinander Acht haben. Diesen Schwur mussten wir jeden Tag ablegen.“

Ihr Bruder sah sie an. „Liebt einander. Das hat Ko-ko-o uns immer versprechen lassen.“

„Liebt einander. Sorgt füreinander . . . Peter, wir müssen zu Debbie fliegen.“

„Dad wird einen Anfall bekommen“, warnte Heather. „Aber keine Sorge, er wird darüber hinwegkommen. Außerdem können Jessica und ich uns ja um alles kümmern.“

Julia kämpfte gegen die Panik an, die sich in ihr breit machte. Mike würde sich gegen diese Reise aussprechen – vor allem angesichts der Neuigkeiten in Bezug auf die Zwillinge. Und der Gedanke, dass Heather und Jessica versuchten, den Haushalt zu führen, ließ ihr einen kalten Schauer über den Rücken laufen.

„Du solltest fahren, Mom“, sagte Heather. Sie nahm das Bild und fuhr mit dem Finger über das verstaubte Glas. „Jessica macht mich zwar meistens verrückt, aber wenn ich krank wäre, würde ich sie in meiner Nähe haben wollen. Sie ist meine Schwester.“

Peter nahm Julias Hand. „Vor langer Zeit habe ich ein Versprechen abgegeben.“

Sie nickte. „Liebt einander. Achtet aufeinander. Also gut, ich werde Mike anrufen und ihm erklären, was los ist. Dann werden wir Deb anrufen und ihr sagen, dass wir kommen."

Kapitel 3

Als Peter mit dem Mietwagen durch Bolivar in Missouri fuhr, war er erstaunt darüber, wie wenig sich diese kleine Stadt verändert hatte. Nach ihrer Rückkehr aus Kenia hatten hier die drei Mossman-Kinder das Studium an dem christlichen College aufgenommen. Aber Julia hatte fast unmittelbar darauf Mike kennen gelernt und geheiratet. Peter hatte nur ein Jahr am College überstanden, bevor er begonnen hatte, in einem christlichen Zeltlager in den Bergen New Mexicos zu arbeiten. Danach hatte es ihn in den Süden gezogen und er war in Artesia gelandet. Als Julia und Mike ihn wenig später dort besuchten, hatten sie beschlossen, in diesem Staat zu bleiben. Nur Debbie hatte das College zu Ende gebracht und einen Abschluss im Fach Wirtschaft gemacht. Danach hatte sie in einer Damenboutique gearbeitet, die einer kleinen Kette angehörte. Und obwohl sie sich zur Einkäuferin hochgearbeitet hatte, wohnte sie noch immer in Bolivar in einem kleinen weißen Holzhaus in der Nähe des Campus.

„Es ist, als wäre die Zeit stehen geblieben", sagte Peter, als er und Julia am College-Campus vorbeikamen. „Sieh nur, da ist das alte Wohnheim, in dem wir gewohnt haben. Und dort die Basketballhalle und das Fußballfeld. Nichts hat sich verändert."

„Und ich habe gerade gedacht, wie anders mir alles vorkommt", entgegnete seine Schwester. „Ein Fußballstadion und eine Cafeteria sind dazugekommen und sogar ein neues Verwaltungsgebäude. Was für ein schöner Campus. Weißt du was? Ich habe Bolivar immer gemocht. Es ist malerisch."

„Ich denke, das Wort, das du suchst, ist eher altmodisch."

„Ach Pete, es ist eine hübsche amerikanische Kleinstadt.

Hier um den Platz gibt es ein Gerichtsgebäude, Bäckereien und Cafés. Es ist süß. Und die Menschen sind so freundlich."

Peter bog in die Oakland Street ab, die zur Citizen Memorial Klinik führte. Hatte seine Schwester schon immer alles schöngemalt? Er sah zu ihr hinüber und staunte darüber, wie sehr ihre neue Umstandsgarderobe sie verändert hatte. Keine übergroßen T-Shirts und ausgebeulten Jogginghosen mehr. Julia war eine echte Dame in anderen Umständen und so sah sie auch aus.

Nachdem sie und Peter beschlossen hatten nach Missouri zu reisen, waren Julias Töchter mit ihr Umstandskleider einkaufen gegangen. Peter hatte eine Nachricht für Maria hinterlassen, die sich noch immer geweigert hatte, mit ihm zu sprechen. Dann hatte er bei der Post in Artesia angerufen und die Situation seiner Schwester erklärt. Er hatte noch so viel Urlaub zu bekommen, dass sein Chef ihm ohne Probleme zwei Wochen freigeben konnte. Und dann hatten er und Julia einen Flug gebucht.

„Was wollen wir Debbie sagen?", fragte Julia, als sie sich der Klinik näherten. „Denkst du, wir können ihr irgendwie helfen?"

„So weit bin ich noch gar nicht. Ich hoffe nur, dass ich irgendwie mit Mom und Dad auskomme. Das ist mein Ziel: Frieden an der Heimatfront." Ha. Als ob er sich länger als fünf Minuten im selben Raum mit seinen Eltern aufhalten könnte, ohne dass es Streit gab. Aber hey, man konnte es ja wenigstens versuchen.

„Gut. Spannungen würden Debbie nur zusätzlich belasten", erwiderte Julia. „Aber ich denke schon, dass wir ihr irgendwie helfen können. Wir sollten sehen, ob wir sie dann und wann aus dem Krankenhaus holen können. Du weißt schon, mit ihr in den Dunnegan-Park fahren und die Schwäne beobachten. Oder vielleicht aufs Land hinausfahren. Die Nähe von Blumen und Bäumen ist heilsam, meinst du nicht auch?"

„Ich wünschte, wir könnten mit ihr zurück nach Afrika fahren. Dort würde sie gesund werden."

„Ja", erwiderte Julia leise. Bilder des Landes, das sie so sehr liebte, standen ihr vor Augen. Wie immer fühlte sie sich sofort dorthin zurückversetzt, spürte sie den warmen Wind, der über die Ebenen strich, hörte den melodischen Schrei der afrikanischen Taube – *ku ku kuru ku ku* –, nahm sie den Duft von Eukalyptusbäumen und dem hohen goldenen, würzigen Elefantengras wahr. Meilenweit nichts als goldenes Gras – Gras, so weit man sehen konnte – und hier und da Akazien in der Savanne. Manchmal erhoben sich riesige Felsformationen in rosa, rot und grau aus dem Gras, wie alte Schlösser. Julia stellte sich immer vor, wie es wohl wäre, auf einen dieser Felsen zu klettern. Sie war sicher, falls sie das jemals tun würde, würde sie den Kilimandscharo sehen können.

Am meisten liebte sie jedoch die wilden Tiere, die neben der Straße grasten – Gazellen, Impalas, Antilopen, Gnus und Topis. Manchmal hatte man auch ein paar Elefanten sehen können. Giraffen waren besonders hübsch. Bei der Erinnerung daran, wie sie mit ihren langen, anmutigen Beinen wie Tänzerinnen, die in Zeitlupe tanzen, in einer Reihe liefen, musste sie lächeln. Manchmal flitzte auch ein Stachelschwein mit hoch aufgerichtetem Schwanz über die Straße, gefolgt von einer ganzen Meute kleiner Babys, die in einer Reihe hinter ihm herflitzten, ebenfalls mit hoch aufgestelltem Schwanz.

„Da ist die Klinik." Peters Stimme klang angespannt. „Ich wünschte, wir hätten ihr ein Geschenk oder so etwas mitgebracht. Vielleicht eine Schachtel Pralinen."

Julia zwang sich in die Gegenwart zurück. „Sie würde keine Pralinen essen. Du kennst sie doch." Noch während sie die Worte aussprach, erinnerte sich Julia an die zunehmende Aversion ihrer Schwester gegen das Essen. Im Laufe der Jahre hatte Debbie eines nach dem anderen von ihrem Speiseplan gestrichen. Sie war immer dünner geworden – und die ganze Familie hatte sie mit Lob überschüttet, wie hübsch sie doch aussähe.

„Mal sehen, ob wir ihr ein paar Blumen besorgen können", sagte Peter, als er auf den Parkplatz abbog. „Bestimmt gibt es drin einen Kiosk."

„Ich frage mich, wie sie wohl aussieht. Der Gedanke, dass sie künstlich ernährt wird, ist schrecklich. Und wenn sie nun wirklich krank ist, Peter? Ich meine gefährlich krank?" Julia wurde immer nervöser.

„Dann werden wir dafür sorgen, dass es ihr wieder besser gehen wird. Wenn es sein muss, werden wir sie entführen und zwangsernähren. Wir werden sie mit nach New Mexico nehmen, und du kannst ihr Chai mit dem Löffel einflößen."

„Das ist nicht lustig, Peter."

„Ich meine es ernst. Mal ehrlich, wie schwer kann es denn sein, jemanden dazu zu bringen, etwas zu essen?"

„Anscheinend sehr schwer, denn sonst wäre sie nicht in diesem Zustand."

Sie stiegen aus und machten sich auf den Weg zur Klinik. Instinktiv griff Julia nach der Hand ihres Bruders. Seine Finger waren lang und warm und sie dachte daran, wie oft sie sich schon auf Peters Stärke verlassen hatte.

Mein Bruder hat einen Löwen getötet, hatte sie früher immer vor ihren Freundinnen im Internat geprahlt. Aber auf dem College in Amerika reagierten ihre Freundinnen auf ihren Stolz bezüglich seiner Leistungen nur mit schockierten Blicken und Verachtung. Gehörten Löwen nicht zu den gefährdeten Tierarten? Der arme Löwe!

Julia hatte damals erkannt, dass es keinen Sinn hatte zu erklären, wie wichtig es war, das Vieh der Massai und ihr Dorf vor den Räubern zu schützen. Und die Vorstellung, durch das Töten eines Löwen seine Männlichkeit zu beweisen, war ihren Studienkolleginnen vollkommen fremd. Aber Peter war stark, tapfer, klug und für Julia waren das genau die Eigenschaften, die ein Bruder haben sollte.

Er führte sie zu dem Kiosk, wo sie einen großen Strauß bunter Frühlingsblumen kauften. Julia hoffte, dass ihre Schwester sich über die bunte Auswahl freuen würde. Während sie mit diesem Strauß durch einen Flur zu dem Zimmer gingen, das man ihnen genannt hatte, spürte sie, wie ihr Herz zu klopfen begann. Während ihrer Schulferien hatte sie schon in Buschkrankenhäusern gearbeitet und die harte Realität kennen gelernt. Sie hatte Patienten mit Tuberkulose, Lepra und schrecklich entzündeten Dornwunden gepflegt. Aber hier ging es um Debbie. Ihre Debbie.

„Ich habe Angst", flüsterte sie, als sie die Tür zum Zimmer ihrer Schwester erreichten. „Peter, du redest zuerst. Gib mir die Gelegenheit, mich daran zu gewöhnen."

„Es wird alles gut werden.“ Er drückte ihre Hand. „Es ist doch nur Debbie.“

Er schob die Tür auf und sie traten in das kühle, verdunkelte Zimmer mit dem Einzelbett an der gegenüberliegenden Wand. In dem Zimmer roch es leicht antiseptisch; es hatte keine besonders persönliche Note. Als sie das Bett erblickte, konnte Julia nur mit Mühe einen erschrockenen Ausruf unterdrücken. Blass und reglos lag Debbie im Bett, ihr blondes Haar in dünnen, brüchigen Büscheln auf dem Kissen ausgebreitet. Beide Arme ruhten auf dem Laken, knochendürr und unheimlich weiß, wie die eines Halloween-Skeletts, das im Dunkeln leuchtete. Sie hatte die Hände gefaltet, als würde sie vor dem Einschlafen beten. Ein Infusionsschlauch ragte aus einem Handgelenk hervor, und der Schlauch für die künstliche Ernährung war in ihr linkes Nasenloch eingeführt worden und mit einem Klebestreifen an ihrer Wange befestigt.

Peter schnappte nach Luft, als er seine ältere Schwester mit sich zum Bett zog. Was sie dort sahen, war schlimmer, als er erwartet hatte. Sehr viel schlimmer. Debbie sah aus wie eine Leiche, wie sie da so steif und blutleer im Bett lag. Eine Welle des Zorns wallte in ihm auf. Wie hatte das passieren können? Wie hatte jemand, der in ihrer Nähe lebte und arbeitete, übersehen können, was mit Debbie passierte? Warum hatten seine Eltern nicht irgendetwas unternommen?

„Wo sind Mom und Dad?“, flüsterte er an Julia gewandt. „Ich dachte, sie würden hier auf uns warten.“

„Ich weiß es nicht, Pete. Ich konnte nicht mit ihnen sprechen. Ich habe nur jemandem vom Pflegepersonal gesagt, dass wir heute Morgen kommen würden.“

Peter unterdrückte seinen Zorn und starrte auf seine Schwester hinab. Debbies Augenlider zuckten und öffneten sich schließlich. Große blaue Augen, noch immer wunderschön, betrachteten die beiden Gestalten, die sich über ihr Bett beugten.

„Hallo, Leute.“ Debbies Lippen teilten sich zu einem angestrengten Lächeln. „Mom hat mir gesagt, dass ihr kommt. Das wäre doch nicht nötig gewesen.“

„Oh Debbie!“ Mit einem unterdrückten Schluchzen eilte Julia an ihr Bett und nahm die Hand ihrer Schwester. „Warum hast du uns nicht gesagt, dass du so krank bist? Dann wären wir früher gekommen."

„Mir geht es gut", widersprach Debbie. „Ich bin nach dem Gottesdienst nur ohnmächtig geworden, das ist alles. Ich glaube, dass alle hier ein wenig überreagieren."

„Überreagieren?" Peter runzelte die Stirn. „Debs, du siehst aus wie ein Flüchtling aus Somalia."

„Peter!" Julia nahm ihm die Blumen aus der Hand. „Sieh nur, Debbie, wir haben dir Blumen mitgebracht. Sind sie nicht schön? Vielleicht sollten wir sie ins Wasser stellen. Ich sehe mal nach, ob ich eine Vase finde. Ist es in Ordnung, wenn ich sie auf das Regal stelle? Hey, wie kommt es, dass es hier drin so dunkel ist? Würdest du nicht gern ein wenig Sonnenlicht sehen? Es ist ein wunderschöner Tag draußen, Debbie. Ich ziehe die Vorhänge auf."

„Nicht nötig." Deborah versuchte abwehrend die Hand zu heben. „Das ist in Ordnung so."

Sie blinzelte, als Julia trotzdem die Vorhänge aufzog und die Blumen in einer Vase auf ein Regal neben dem Fenster stellte. Peter zog sich einen Stuhl an ihr Bett und setzte sich. Er beobachtete, wie seine ältere Schwester all diese mütterlichen Aufgaben erledigte. Wie oft hatte er sie schon solche Dinge tun sehen? Die Vorhänge zurückziehen, Betten machen, Sandwiches mit geschmolzenem Käse zubereiten, das Spielzeug auf dem Regal ordnen. Sogar im Internat hatte sie Peters Kragen gerichtet, sein Hemd in die Hose gesteckt und dafür gesorgt, dass er eine Extraportion Essen erhielt, wenn es möglich war.

„Ignoriere sie einfach", sagte er zu Deborah. „Sie ist mal wieder in ihrem Element."

„Sie sieht gut aus. Aber irgendwie anders."

„Sie ist schwanger."

„Peter, das wollte ich ihr doch erzählen", schimpfte Julia. „Ich bin schwanger, Debbie. Das kam vollkommen unerwartet. Ich weiß es erst seit ein paar Wochen. Als wir es herausfanden, war ich bereits im vierten Monat."

„Im vierten Monat? Julia!"

„Ich weiß. Es war dumm von mir, das nicht früher zu überprüfen, aber zu Hause herrschte eine solche Hektik. Und das wirklich Verrückte ist, ich habe gerade erfahren, dass es Zwillinge sind. Ist das zu glauben? Wir sind noch immer ziemlich geschockt. Und du hättest die Reaktion der Mädchen erleben sollen!"

Peter lehnte sich zurück, während Julia zu einem ausführlichen Monolog über die Freuden und Leiden des Mutterdaseins von zwei Teenagern ansetzte. Dann beschrieb sie ausführlich den emotionalen Aufruhr Mikes, als er vor der Entscheidung stand, ob er als Jugendpastor oder als Gemeindepastor arbeiten sollte. Nach ihrer Beschreibung schien dies eine welterschütternde Entscheidung gewesen zu sein. Sie sprach über die Möglichkeit eines Umzugs nach Wyoming und sie erwähnte mehrere neue Dinge, mit denen sie ihr Haus in Santa Fe ausgestattet hatte, und schließlich ließ sie sich über die Gartenbearbeitung in trockenen Landstrichen aus, als ob Debbie möglicherweise überlegte, in eines der trockeneren Gebiete zu ziehen.

„In diesem Frühling habe ich einige Rosen gepflanzt", bemerkte Debbie. „An der Südseite meines Hauses."

„Rosen gedeihen in Santa Fe sehr gut. Hast du je von der Olympiad gehört? Es ist eine große rote Rose von großer Widerstandsfähigkeit gegen Krankheiten ..."

„Da wir gerade von Krankheiten sprechen", warf Peter ein, der endlich das Thema wechseln wollte, „was sagt der Arzt zu deinem Zustand, Debbie? Über diese Anorexie. Ist er der Meinung, dass du einige Zeit im Krankenhaus bleiben musst?"

„Er weiß es nicht so genau. Ich denke, ich bin ziemlich schwach geworden." Sie sah zum Fenster hinaus. „Ich verstehe das Problem nicht so richtig. Ich habe mein Gewicht immer unter Kontrolle gehabt und du weißt, wie wichtig mir sportliche Betätigung war. Jeden Morgen jogge ich drei Meilen, abends habe ich an Fitnessgeräten trainiert und ich trinke Gallonen von Wasser. Ich achte wirklich sehr auf meinen Körper."

„Aber Debbie, offensichtlich isst du nicht genug", bemerkte Julia. „Wenn der Arzt der Meinung ist, er müsste dich künstlich ernähren ..."

„Das ist nur, weil ich ein wenig dehydriert war. In letzter Zeit hatte ich ein paar Magenprobleme. Darum habe ich unterschiedliche Abführmittel ausprobiert. Dadurch ist das Ganze vermutlich in Gang gekommen."

„Was ist denn mit deinem Magen?", fragte Julia.

„Er bekommt kein Essen", erwiderte Peter, bevor Debbie antworten konnte.

„Nein", verteidigte sich Debbie. „Zu eurer Information, für meine Größe und mein Gewicht esse ich viel. Mein Magen ist nur manchmal irgendwie verknotet. Manchmal fühlt er sich so aufgebläht an, dass ich es kaum ertragen kann. Ich hatte Angst, dass ich vielleicht Krebs habe."

„Möglicherweise arbeitest du zu viel", meinte Julia.

Der Gedanke, Debbie könnte Krebs haben, gefiel seiner Schwester nicht, das merkte Peter. „Vielleicht brauchst du nur einen Urlaub."

„Mir geht es wirklich gut. Ehrlich."

„So siehst du aber nicht aus", bemerkte Peter. „Du bist zu dünn. Knochig."

„Peter, könntest du dich bitte bemühen, ein wenig höflicher zu sein?", fragte Julia. „Deine Bemerkungen bringen uns hier nicht sehr viel weiter. Du bist beleidigend."

„Du klingst wie Mom. Da wir gerade von ihr sprechen, wo stecken die älteren Mossmans eigentlich, Debs? Ich dachte, sie hätten ihr Lager hier aufgeschlagen und würden Tag und Nacht bei dir wachen."

„Außer zu Anfang sind sie nicht sehr oft hier gewesen. Ich glaube, das regt sie auf. Außerdem helfen sie in dieser Woche bei einer Ferienbibelschule aus und deshalb sind sie nach Joplin gefahren."

„Nach Joplin?" Peter spürte, wie die Wut wieder in ihm hochkochte. „Du liegst hier an einem Schlauch zur künstlichen Ernährung und sie halten eine Ferienbibelwoche in Joplin ab? Machst du Witze?"

„Ich habe ihnen gesagt, das sei okay. Ich ruhe mich hier nur aus. Dazu brauche ich niemanden."

„Aber, Debbie", meinte Julia, „du scheinst wirklich sehr krank zu sein. Begreifen Mom und Dad denn nicht, in welchem Zustand du dich befindest?"

„Sie haben mit dem Arzt gesprochen. Er wird sie anrufen, wenn es mir schlechter geht."

„*Schlechter?*“, explodierte Peter. „Wie kann es dir noch schlechter gehen? Wenn es dir schlechter geht, wirst du tot sein und was können sie dann noch tun?“

„Pete!“, rief Julia.

„Es stimmt, Jules! Sieh sie dir doch nur an. Sie ist doch bereits halb tot. Wie können sie den Nerv haben, ihre Missionsarbeit durchzuziehen, wo ihre Tochter in diesem Zustand ist?“

„Sie liegt nicht im Sterben, Peter. Es wird besser mit ihr.“

„Besser als was? Wo ist ihr langes lockiges Haar? Würdest du mir das bitte sagen? Sieh sie dir doch an. Es ist, als wäre ihr Kopf in einer Mikrowelle gekocht worden.“

„Hör auf, Peter.“ Julia spürte, wie ihr die Tränen des Entsetzens in die Augen traten. Sie konnte kaum glauben, dass ihr Bruder so böse werden konnte.

„Warum?“, fragte er herausfordernd. „Offensichtlich lebt sie doch in einer Traumwelt. Mom und Dad auch. Wie können sie denn nicht erkennen, wie krank sie ist? Vermutlich sehen sie es ja, aber es ist ihnen egal. Schließlich steht ja die Ferienbibelschule auf dem Terminplan. Sie müssen Gottes Willen tun. Müssen hierhin und dorthin laufen und dem Ruf in die Mission folgen. Es ist ihnen egal, wenn ihre Tochter sterbend im Krankenhaus liegt.“

„Peter, bitte nicht.“

„Was denn nicht? Soll ich nicht die Tatsachen aussprechen? Nicht ehrlich sein?“ Er erhob sich. Ganz eindeutig war er extrem genervt. „Das ist so typisch für sie. Sie machen sich selbst etwas vor. *Ach, so schlecht geht es ihr doch gar nicht.* Und dann verschwinden sie, um in irgendeiner Gemeinde wie Berühmtheiten hofiert zu werden.“

Julia wurde übel vor Panik. Dass Peter so etwas vor Debbie sagte! Sie schluckte den Kloß in ihrem Hals hinunter. „Versuch doch zu verstehen, Pete. Bestimmt wurde die Ferienbibelschule schon vor langer Zeit geplant . . .“

„Natürlich war das so. Und seit wann ist ein Termin wichtiger als eine Familie? Ich sage dir, wann – immer. In der Mossman-Familie immer. Ich komme her und bin bereit, Frieden mit ihnen zu schließen, und sie machen so etwas.“

„Ich bin sicher, sie wären nicht nach Joplin gefahren, wenn

sie das Gefühl gehabt hätten, dass es sich um einen Notfall handelt."

„Mach dir doch nichts vor, Jules. Sie wären gefahren. Sie waren immer fort. Sind sie etwa ins Internat gekommen, als ich Amöben bekam und zwei Wochen auf der Krankenstation verbringen musste? Sind sie in die Staaten gekommen, als ich den Autounfall hatte? Sind sie zu meiner Hochzeit gekommen?"

„Also, Peter . . ."

„Sind sie zu deiner gekommen? Wie war es bei der Geburt deiner Kinder? Waren sie da? Sind sie deinen Töchtern je liebevolle Großeltern gewesen, Julia?"

„Peter, bitte." Sie konnte die Tränen nun nicht mehr zurückhalten. „Unsere Eltern haben sich immer Mühe gegeben. Sie tun, was sie unter den gegebenen Umständen für richtig halten. Bitte hör auf, so zornig zu sein. Das bringt doch nichts."

„Das stimmt und weißt du, warum? Weil sie uns nie zuhören. Und selbst wenn sie sich einmal dazu herablassen, hinterher tun sie doch das, was Gott ihnen ihrer Meinung nach aufträgt."

„Gott ruft die Menschen in seinen Dienst, Peter . . ."

„Zu einem solchen Gott möchte ich aber nicht gehören!"

„Oh Peter!"

Julia suchte nach einem Taschentuch. Dies entwickelte sich zur Katastrophe, genau wie sie befürchtet hatte. Peter konnte seine Gefühle einfach nicht unter Kontrolle halten. Debbie war in einer schrecklichen Verfassung und Julia wünschte, sie wäre nicht gekommen. Zu Hause bei den Mädchen, die versuchten, das Haus zu versorgen, ging bestimmt auch alles drunter und drüber, und Mike war so unsicher in Bezug auf ihre Zukunft. Außerdem, was konnte sie hier schon bewirken? Das Ganze hatte nur einen von Peters Ausbrüchen hervorgerufen und sobald ihre Eltern in das Zimmer kämen, würde die Situation eskalieren. Und was würde Debbie das nützen?

„Peter, ich möchte, dass du dich beruhigst", mahnte sie. „Atme einmal tief durch und . . ."

„Sprich nicht mit mir, als wäre ich noch ein Kind, Julia! Ich bin der Einzige in dieser Familie, der die Realität sieht."

„Weißt du was?“, sagte Debbie. Ihre Stimme hing wie ein losgelöstes Flüstern über dem Bett. „Das hier erinnert mich an die Zeit, wo Mom und Dad uns in das Spielzimmer gesteckt haben.“

„Das Spielzimmer?“, fragte Peter.

Seit Jahren hatte Julia nicht mehr an das Spielzimmer gedacht.

„Erinnert ihr euch nicht?“, fragte Debbie. „Du hast die ganze Zeit nur gebrüllt, Peter. Du warst so wütend. Julia hat sich die Augen aus dem Kopf geheult. Und ich saß einfach da und habe euch zwei beobachtet. Ich hatte eine Todesangst und habe mich gefragt, was wohl aus uns werden würde.“

„Ich erinnere mich nicht daran“, erklärte Peter.

„Oh doch“, sagte Debbie. „Wir waren auf dem Ozeandampfer auf dem Weg nach Afrika, als Mom und Dad uns in das Spielzimmer gebracht haben. Ich war erst vier und das Schiff erschien mir so groß und Angst einflößend.“

Debbie – die Reise nach Afrika – 1971

Das Schiff ist so groß und Angst machend. Mami hält meine Hand, damit ich nicht von dem Schiff herunterfalle. Unter dem Schiff ist Wasser. Mami sagt, wenn ich ins Wasser falle, würde ich ertrinken. Peter sagt mir, dass ertrinken sterben bedeutet.

Ich gucke durch die Gitter am Rande des Schiffes und ich sehe viele Menschen an Land stehen. Sie winken. Alle auf dem Schiff werfen etwas. Daddy sagt, sie werfen Luftschlangen. Rosa, rote und blaue Luftschlangen. Die Luftschlangen landen im Wasser und auf dem Land. Alle sind froh, sich verabschieden zu können.

Ich bin nicht froh. Ich bin traurig. Ich denke an unser Haus, in dem ich mein ganzes Leben lang gelebt habe, vier ganze Jahre lang. Dahin werden wir nie mehr zurückkehren oder zu unserem grünen Schwimmbecken aus Plastik oder zu unserem Hund. Julia hat mir gesagt, wir würden mit dem Schiff nach Afrika fahren. Peter hat gesagt, dort würden Eingeborene leben und sie würden die Missionare in einen Topf stecken, kochen und aufessen. Wir sind Missionare.

Ich habe Angst, nach Afrika zu fahren. Und ich habe Angst, vom

Schiff ins Wasser zu fallen. Ich habe Angst vor den Luftschlangen. Als das Schiffshorn lostutete, habe ich angefangen zu weinen. Julia legt ihren Arm um mich. Sie sagt mir, alles würde in Ordnung kommen, und Afrika würde toll werden. Ich frage sie nach dem Topf, und sie denkt, ich müsste zur Toilette, obwohl ich eigentlich den Topf meine, in dem die Eingeborenen die Missionare kochen. Als Julia und ich aus dem Waschraum kommen, hat sich das Schiff bereits vom Land entfernt, und die Freiheitsstatue wird immer kleiner. Sie winkt uns mit ihrem großen Arm zu, auf Wiedersehen, auf Wiedersehen.

Danach scheint es so, als würde doch alles in Ordnung kommen. Wir steigen eine lange Treppe in den Bauch des Schiffes hinab und finden ein hübsches Zimmer mit einem Bett für jeden von uns. Wir sind alle zusammen: Daddy und Mami, Peter, Julia und ich.

Wir gehen in einen großen Saal voller Tische. Wir bekommen Abendessen. Dann gehen wir zurück in unser neues Schlafzimmer. Wir steigen in unsere Betten. Ich kann nicht einschlafen, weil ich Angst habe, dass das Schiff sinken könnte. Peter sagt, dass so etwas manchmal passiert. Er sagt, falls das Schiff sinken würde, würden wir unsere Schwimmwesten anziehen und an Land schwimmen. Aber ich kann nicht schwimmen, wie sehr ich mich auch bemühe. Ich bin zu klein.

Kurz darauf steige ich aus dem Bett und klettere zu meinem Bruder ins Bett. Peter kann schwimmen. Er legt den Arm um mich und sagt, ich solle bloß nicht ins Bett machen, sonst würde er mich umbringen. Peter sagt immer solche Dinge, aber vor ihm habe ich keine Angst.

Am nächsten Morgen passiert das Schreckliche. Nach dem Frühstück bringen Mami und Daddy uns zu einer Tür.

„Das ist das Spielzimmer", sagt Mami. Die Tür öffnet sich. Eine Dame sieht uns an. Und auf einmal sind wir alle in diesem Spielzimmer und die Tür wird hinter uns geschlossen. Peter weiß sofort, dass er nicht dort sein möchte. Er dreht sich um und rennt zur Tür, aber sie ist verschlossen. Wir fühlen uns wie Hänsel und Gretel im Haus der bösen Hexe. Julia fängt an zu weinen. Dann weine ich auch. Wenn Julia weint, weine ich auch immer. Julia ist die Älteste und sie weiß, ob das, was passiert, gut oder schlecht ist. Das Spielzimmer ist schlecht.

„Ich will zu meiner Mami!", sagt Julia weinend zu der bösen Hexe. „Sie soll zurückkommen. Wo ist sie? Wohin ist sie gegangen? Ich will nicht hier sein!"

Peter hebt ein Schachtelmännchen auf. Er schleudert es durch das Zimmer. Es schlägt gegen die Wand und geht auf. Ein kleiner Clown springt heraus und hüpft auf und nieder. Das erschreckt mich zu Tode. Ich weine noch mehr.

„Wo sind meine Mami und mein Daddy?", ruft Peter. „Ich will nicht in diesem blöden Zimmer sein!"

Das Wort blöd dürfen wir nicht aussprechen. Es ist ein schlechtes Wort. Ich bin so überrascht, dass Peter es ausgesprochen hat, dass ich mich auf den Boden setze. In diesem Augenblick bemerke ich, dass in diesem Zimmer Bauklötzchen, Bücher und einige andere Kinder sind. Sie starren Peter, Julia und mich an und ich starre sie an. Wir wissen nicht, was mit uns passieren wird – kein Einziger von uns. Wir sind zu einer bösen Hexe in dieses Spielzimmer gesteckt worden und vielleicht wird sie uns in einen Topf stecken und aufessen. Vielleicht ist sie eine Eingeborene. Vielleicht ist dies Afrika. Oh, wo sind wir nur und was ist mit unserer Mami und unserem Daddy passiert?

Unendlich lange bleiben wir in diesem Spielzimmer. Julia weint. Sie weint die ganze Zeit, ohne aufzuhören, sogar als Sandwiches kommen und roter Saft. Peter schreit und wirft mit Spielsachen um sich. Manchmal trifft er die anderen Kinder. Er ist sehr böse. Ich beobachte Peter und Julia, aber ich behalte auch die Hexe im Auge, für den Fall, dass sie sich in ein Ungeheuer verwandelt. Es ist ein schrecklicher Ort.

Und dann kommt eine große Überraschung. Mami und Daddy öffnen auf einmal die Tür! Sie sind am Leben! Ich kann es kaum glauben, dass sie zu uns zurückgekommen sind. Wir rennen in ihre Arme. Wir sagen ihnen, wie sehr wir dieses Spielzimmer hassen. Sie bringen uns fort, durch das Schiff, die Treppen hinunter zu unseren Betten.

„Der Kapitän ist damit einverstanden, dass wir sonntags einen Gottesdienst halten", sagt Daddy. „Olive, dies ist vielleicht eine großartige Gelegenheit, das Wort weiterzugeben."

Olive ist der andere Name meiner Mami und das Wort weiterzugeben, ist, was Missionare tun. Daddy hat mir erklärt, es bedeute, mit anderen Menschen über Jesus zu sprechen. Wir werden das sehr oft tun, wenn wir in Afrika ankommen. Ich bin froh darüber, denn ich habe Jesus lieb. Ich möchte, dass alle Menschen in der ganzen Welt ihn kennen lernen. Vor allem die Eingeborenen.

„Ich könnte Sonntagsschulklassen anbieten", sagt Mami. „Und da sind auch ein paar Ausländer an Bord. Beim Mittagessen heute habe ich einige italienische Frauen kennen gelernt. Ich frage mich, ob ich vielleicht ein paar Englischstunden anbieten sollte. Auf diese Weise könnte ich sie möglicherweise mit dem Evangelium erreichen."

Ich weiß nicht so genau, was das Evangelium ist. Ich weiß, dass man es verbreiten kann, und man kann es anderen mitteilen. Vielleicht ist es so eine Art Erdnussbutter. In unseren Koffern habe ich es nicht gesehen, aber Mami und Daddy haben sehr viel eingepackt. Vielleicht habe ich es übersehen. Allerdings weiß ich, dass sie unseren kleinen Hund nicht mit eingepackt haben.

Beim Einschlafen denke ich an ihn. Er war so weich in meinen Armen. Er hat mir immer die Nase geleckt. Ich frage mich, ob es in Afrika auch Hunde gibt. Aber das ist auch egal. Jetzt wird alles gut werden. Wir sind wieder alle zusammen in unserem Zimmer: Mami, Daddy, Peter, Julia und ich. Ich fühle mich warm. Das Schiff schaukelt. Ich weiß, dass ich in Sicherheit bin.

Aber am nächsten Tag passiert etwas Schreckliches! Mami und Daddy bringen uns wieder in das Spielzimmer! Die Hexe ist immer noch da, auch die anderen Kinder alle. Ich frage mich, wen sie wohl in der Nacht aufgegessen hat. Julia fängt sofort wieder an zu weinen, Peter wirft mit Bauklötzen nach dem kleinen runden Fenster. Wo können sie nur sein? Warum lassen sie uns hier allein? Was wird aus uns?

Ich liebe den Geruch von meinem Daddy, seine großen, sanften Hände, seine braunen Augen. Ich liebe den Schoß meiner Mami, wenn ich darauf sitzen und den Geschichten zuhören kann, die sie mir vorliest. Ich spiele gern mit ihrer hübschen Kette und berühre ihr Haar. Ich vermisse meine Mami und meinen Daddy so sehr. Ich weiß, ich werde sie nie wieder sehen.

Ich fühle mich sehr klein, wie ein kleine Ameise, die über den Fußboden krabbelt. Jemand könnte auf mich treten und er würde es noch nicht einmal merken. Mein Bauch tut weh.

Doch dann, nach langer, langer Zeit passiert etwas Erstaunliches. Unsere Mami und unser Daddy kommen zurück! Da stehen sie in der Tür, umarmen uns fest und geben uns einen Kuss. Wir schlittern über das Deck. Ich fühle mich so gut! Ich vergesse das Spielzimmer. Wir sind wieder alle zusammen. Wir lachen und reden. Wir hören, wie Mami und Daddy sich gegenseitig erzählen, mit wem sie an diesem Tag auf dem Schiff über das Evangelium gesprochen haben. Auf diesem Schiff gelangt das Wort Gottes überallhin. Und nur wegen meiner Mami und meinem Daddy. Ich liebe sie so sehr!

Doch am nächsten Tag werden Peter, Julia und ich wieder in das Spielzimmer gebracht. Wir weinen und sagen Mami und Daddy, dass wir nicht dorthin wollen. Sie sagen uns, sie hätten auf dem Schiff Arbeit zu tun und wir könnten mit den anderen Kindern im Spielzimmer spielen. Ich versuche über die böse Hexe zu sprechen, aber Mami kniet sich vor mich hin und gibt mir einen Kuss auf die Wange. Sie sagt mir, sie würde mich so sehr lieben. Dann fällt die Tür hinter ihr ins Schloss. Ich bin fest davon überzeugt, dass ich sie nie wieder sehen werde. Ich habe meine Mami und meinen Daddy für immer und alle Zeit verloren. Noch nie in meinem ganzen Leben bin ich so traurig und allein gewesen. Ich möchte im Meer ertrinken. Und dann wird die Tür wieder geöffnet und da sind sie!

Das passiert jeden Tag. Jeden einzelnen Tag. Morgens steht man auf und dann geht man ins Spielzimmer. Abends kommt man zurück, geht ins Bett und schläft. Es sind viele Tage. Einer nach dem anderen. Mami und Daddy kommen und gehen, kommen und gehen.

Sie gewöhnen sich daran. Gewöhnen sich daran, uns zu verlassen. Gewöhnen sich daran, auf Wiedersehen zu sagen.

Ich nicht.

Ich versuche an einen anderen Tagesablauf zu denken, wo ich aufstehe und nicht in das Spielzimmer gehe. Aber das passiert nicht. Daddy sagt, auf dem Schiff sei immer Arbeit für sie, sie müssten das Wort des Herrn weitergeben und das Evangelium ausbreiten.

Julia weint noch immer jeden Morgen, aber sie hat angefangen, der bösen Hexe zu helfen, Sandwiches und roten Saft auszuteilen. Manchmal wiegt sie die Babys, die im Spielzimmer wohnen. An einem Tag schenkt die Hexe ihr eine Puppe, die sie behalten darf, sogar, wenn wir nach Afrika kommen. Julia umarmt diese Puppe. Nicht einmal in ihrem Bett lässt sie sie los.

Ich frage Peter nach Afrika. Ich denke, das Spielzimmer ist Afrika, sage ich ihm. Ich denke, das Schiff und der rote Saft und die Hexe, all das wird nie aufhören und das ist Afrika. Er sagt Nein. Peter sagt, eines Tages werden wir nach Afrika kommen und dann werden wir für immer frei sein.

Ich glaube ihm nicht. Ich bin erst vier Jahre alt, aber ich habe schon einiges gelernt.

So wie im Spielzimmer wird es sein. Immer.

Kapitel 4

„Debs sagt also, ich sei sogar auf dem Schiff nach Afrika zornig gewesen", sagte Peter. Er und Julia trugen ihre Tabletts zu einem kleinen Tisch in der Cafeteria des Krankenhauses. Sie wollten einen Happen essen. „Das Spielzimmer. Ich erinnere mich kaum daran."

„Ich erinnere mich schon daran. Sogar sehr deutlich." Julia hob die Hand, als sie sich niederließen. „Nur eine Sekunde, Peter. Ich möchte beten, bevor wir reden."

Sie senkte den Kopf und schloss die Augen. Peter sah sich im Saal um und fragte sich, wer wohl zusah. Passte es nicht genau zu Julia, so fromm zu sein? Sie hatte die religiöse Indoktrination nie überwunden, die ihre Eltern ihnen in den Rachen gestopft hatten. Julia hatte tatsächlich alles geschluckt – Haken, Schnur und Senkblei. Doch Peter hatte das stark vereinfachende Glaubenssystem, das das Leben seiner Familie bestimmte, schon sehr bald durchschaut.

Oh, natürlich glaubte er an Gott. Jeder, der jemals in Afrika gewesen war und die Naturwunder gesehen hatte, müsste schon verrückt sein, wenn er nicht daran glaubte, dass die Welt von einem intelligenten Wesen geschaffen worden war. Peter vermutete, dass Gott sich noch immer für die Welt und ihre Bewohner interessierte, und in schwierigen Phasen betete er sogar manchmal zu Gott um Hilfe. Einmal während ihrer Ehe war er mit Maria in der Kirche gewesen. Doch dort war er erneut mit den abwegigen Forderungen des Christseins konfrontiert worden. Wunder, Auferweckung von den Toten, das Innewohnen des heiligen Geistes ... es war schwer vorstellbar, dass seine intelligente Schwester das alles glaubte.

„Du kannst darauf wetten, dass ich mich an das Spielzimmer erinnere, Peter“, sagte Julia. Sie hob den Kopf und richtete ihre hellblauen Augen auf ihn. „Ich kann es nicht fassen, dass du es vergessen hast.“

„Wenn Debbie vier war, dann war ich fünf oder sechs. Und du warst immerhin schon sieben, Jules. Komm schon. Mir fällt es schon schwer, mich an das zu erinnern, was ich in der vergangenen Woche gemacht habe.“

„Im Spielzimmer habe ich Baby bekommen.“

„Natürlich erinnere ich mich an Baby. Wer könnte diese Puppe vergessen, die du mit dir rumgeschleppt hast, bis du ... wie alt, achtzehn warst?“

„So alt war ich noch nicht. Und ich habe sie nie ins Internat mitgenommen. Mom hat es nicht erlaubt, weißt du noch?“

„Nein, weiß ich nicht mehr. Ich habe all diese kleinen Details vergessen, die dir noch so gut in Erinnerung sind. Und Debs – wow, es ist, als würde sie noch immer in diesem Spielzimmer leben. Sie erinnert sich tatsächlich noch an etwas so Triviales wie, dass ich ein Schachtelmännchen herumgeworfen habe.“

„Du hast immer mit irgendetwas um dich geworfen, Peter.“

„Ich war froh, als ich endlich meinen Speer bekam.“ Er sah auf seinen Teller hinab. Der Massai-Speer hatte zu seinem Leben dazugehört wie Julias Puppe zu ihrem. Er fragte sich, was aus ihm geworden war. Irgendwie war der Speer verschwunden, zusammen mit all den anderen Dingen, die er verloren hatte ... seine Kindheit, sein Zuhause in den Steppen Afrikas, sogar viele seiner Erinnerungen ...

„Ich mochte diese Frau irgendwie, die im Spielzimmer auf uns aufgepasst hat“, sagte Julia. „Ich wusste nicht, dass Debbie sie für eine böse Hexe gehalten hat.“

„Debs dachte vermutlich, diese Frau hätte etwas mit dem Verschwinden unserer Eltern zu tun.“

„Kann sein. Irgendwann habe ich scheinbar begriffen, dass Mom und Dad ihren Missionsdienst bereits auf dem Schiff angetreten hatten. Ich glaube nicht, dass das vom Missionswerk verlangt wurde. Sie wollten es einfach so. Ich erinnere mich, dass sie für die anderen Passagiere Gottesdienste und Bibelstunden abgehalten haben. Und ich hatte keine so große

Angst vor dem Spielzimmer wie Debs, weil ich alt genug war zu wissen, dass unsere Eltern zu uns zurückkehren würden."

„Pah! Sie sind nie zurückgekommen." Merkte Julia denn nicht, dass Debbie Recht hatte? Das Spielzimmer war der Ort, wo ihre Eltern gelernt hatten, ihre Kinder abzuschieben, damit sie sich in die Arbeit für Gott stürzen konnten.

Seine Schwester starrte ihn an. „Was meinst du damit?"

„Ich meine, in dem Spielzimmer hat alles angefangen. Siehst du das denn nicht? Dort haben sie angefangen, uns zu verlassen, damit sie ihrer Missionsarbeit nachgehen konnten."

„Uns zu verlassen? Das ist aber ein wenig überzogen, findest du nicht?"

„Genau so war es. Zuerst haben sie uns in dem Spielzimmer gelassen. Als wir dann in Nairobi wohnten, haben sie diese Afrikanerin eingestellt, um auf uns aufzupassen, damit sie in die Sprachenschule gehen konnten. Und als wir schließlich in den Busch zogen, haben sie uns ins Internat geschickt. Selbst wenn wir in den Ferien nach Hause kamen, haben wir die meiste Zeit in der Obhut von Ko-ko-o verbracht. Sieh es doch ein, Julia. Unsere Eltern haben uns verlassen."

„Dann wirfst du mir also indirekt vor, im Augenblick meine Töchter verlassen zu haben." Sie beugte sich über den Tisch. „Peter, Menschen müssen Entscheidungen treffen, die nicht immer einfach sind. Ich fand, dass Debbie mich im Augenblick mehr braucht als Heather und Jessica. Darum habe ich sie allein gelassen und bin mit dir nach Missouri gekommen. Ich liebe sie. Ich würde alles für sie tun. Es ist nur so, dass ich im Augenblick woanders sein muss."

„*Woanders* kam für unsere Eltern immer an erster Stelle, Julia. Wieso siehst du das denn nicht? Es gab immer etwas anderes! Die Sprachenschule, Predigtvorbereitung, Missionstreffen, Pastorenkonferenzen, Englischstunden . . ."

„Du hast deinen Sohn auch verlassen, Pete!", unterbrach sie ihn. „Siehst du denn nicht, dass das, was du getan hast, viel schlimmer ist? Wir zumindest wussten, dass unsere Eltern sich liebten und auch uns liebten. Es gab einen guten Grund, warum wir ins Internat mussten. Welchen Grund wirst du Angelo dafür nennen, dass du ihn verlassen hast?"

„Ich habe meinen Sohn nicht verlassen, Julia. Ich wohne in derselben Stadt und ich kann ihn jeden Tag sehen, wenn ich möchte. Außerdem war nicht ich derjenige, der ausgezogen ist. Wenn du das jemandem vorwerfen willst, dann sprich mit Maria."

„Oh Pete, es tut mir so Leid." Julia legte ihre Hand auf seinen Arm. „Ich weiß nichts über dein Verhältnis zu Maria. Ich habe nur auf deine Vorwürfe Mom und Dad gegenüber reagiert."

Peter atmete tief ein. „Das ist schon in Ordnung. In letzter Zeit ist mir alles ein bisschen viel geworden."

„Das glaube ich gern."

„Und jetzt dieses Problem mit Debbie. Ich denke, dass sie schon eine ganze Weile krank ist, aber ich kann mich einfach des Gefühls nicht erwehren, dass diese Sache in unsere Kindheit zurückreicht. Vor langer Zeit haben wir drei die Orientierung darüber verloren, wer wir eigentlich sind. Du bist die Stabilste von uns, aber sieh dich nur an. Du bist mit diesem ganzen christlichen Kram in die Fußstapfen unserer Eltern getreten. Konform, konform, konform. Es ist nicht so, dass du für dich irgendwelche eigenständige Entscheidungen getroffen hättest."

Seine Worte verletzten Julia. „Allerdings glaube ich, dass das alles wahr ist. Ich bin Christ, weil ich, für mich selbst, beschlossen habe, Christus zu folgen."

„Bist du sicher?"

„Natürlich bin ich sicher. Ich erinnere mich noch, wann ich die Entscheidung getroffen habe, mein Leben Jesus anzuvertrauen. Ich war damals acht Jahre alt und seither bin ich nie schwankend geworden."

„Du warst noch ein Kind. Welche rationalen Entscheidungen kann ein Kind schon treffen? Selbst ein Kind, das so ernst und verantwortungsbewusst ist wie du es warst. Bist du sicher, dass dein Glaube zu einem Erwachsenen gehört, Julia? Oder stolperst du nur Mom und Dad hinterher und bist das perfekte und gehorsame Kind, das du immer warst?" Er sah ihr in die Augen und versuchte darin ihre Antwort zu finden.

Doch sie antwortete nicht, sondern nahm ihr Glas und trank daraus.

„Unsere Eltern sind für das verantwortlich, was Debbie durchmacht“, fuhr er fort. „Ich denke, wir sollten sie fragen, warum sie nicht hier sind. Warum sind sie ihrer Gemeindearbeit hinterhergerannt, anstatt hier zu sein, wo wir sie brauchen? Und wenn wir schon dabei sind, wir sollten sie fragen, wo sie während unserer gesamten Kindheit waren. Ich habe kein Problem damit, Antworten von ihnen zu fordern. Ich werde mich ihnen stellen. Ich habe keine Angst.“

Julia stellte ihr Glas ab und lehnte sich auf ihrem Stuhl zurück. „Peter, du hast dich dein ganzes Leben lang gegen unsere Eltern gestellt. Du hast mit ihnen gestritten, sie bekämpft, gegen sie gewütet, ihnen alles und jedes unter der Sonne vorgeworfen. Es hat niemals etwas gebracht, darum kannst du das auch genauso gut vergessen.“

„Du sprichst von der Zeit, als ich ein Kind war. Natürlich hat das nichts bewirkt. Damals war ich ihrer Aufmerksamkeit nicht wert. Aber jetzt bin ich ein eigenständiger Mensch und ich weigere mich, einfach dabeizustehen und zuzusehen, wie meine Schwester leidet.“

„Denkst du wirklich, dass die Ursachen von Debbies Anorexie so weit in der Vergangenheit liegen?“

„Ja, das tue ich.“

„Aber wie kannst du unseren Eltern die Schuld dafür geben?“

„Wie kann ich ihnen nicht die Schuld dafür geben? Du verteidigst sie immer, Julia. Sieh dir doch die Realität an. Denk doch an das, was in unserer Kindheit passiert ist. Wir sind nicht normal aufgewachsen.“

Julia legte ihre Gabel auf ihren leeren Teller. Peter merkte, dass ihr nicht nach einem Streit mit ihm zu Mute war.

„Peter, ich gebe zu, unsere Kindheit war ungewöhnlich. Viele Freuden, einiges Leid. Vermutlich wie bei den meisten Kindern. Vielleicht hat einiges von dem, was Debbie durchmacht, seinen Ursprung in der Vergangenheit, aber unsere Eltern damit zu konfrontieren, wird nichts bewirken. Es hat noch nie etwas gebracht und wird nie etwas bringen. Sie waren davon überzeugt, in Afrika Gottes Willen zu tun, und dazu gehörten alle ihre Entscheidungen. In diesem Punkt wirst du ihre Meinung nicht ändern können. Und außerdem hast du mir gesagt, dein Ziel sei es, Frieden zu halten. Peter, bitte, die Vorstellung, dass du sie mit all dem konfrontieren willst, macht mir Angst. Vor allem, wo Debbie so krank ist. Versuch doch, das loszulassen."

„Ich werde das nie loslassen können", sagte er. „Sie müssen erkennen, was sie getan haben. Sie haben den ‚Willen Gottes' benutzt, um alle ihre Handlungsweisen zu rechtfertigen, egal, welchen Einfluss das auf uns gehabt hat. Nie haben sie gezögert, uns Schuldgefühle einzureden, wenn wir auch nur ansatzweise protestiert haben. Vielleicht wird es Debbie besser gehen, wenn sie zugeben, dass sie ihr in der Vergangenheit Schmerz zugefügt haben."

Julia seufzte. „Debbie wird es besser gehen, wenn sie beschließt, wieder richtig zu essen. Komm, wir gehen in ihr Zimmer zurück und sehen, ob sie es geschafft hat, ihr Abendessen anzurühren."

Als sie die Cafeteria verließen, legte Peter den Arm um seine Schwester. In einem Punkt hatte sie Recht. Ihre Kindheit war nicht ohne Höhepunkte verlaufen. Sie hatten interessante Menschen kennen gelernt, Kulturen von jeder nur vorstellbaren Vielfalt gesehen, erstaunliche Abenteuer erlebt. Das Vergnügen, mit seinen Massai-Freunden durch den Busch zu streifen, hätte Peter gegen nichts auf der Welt eintauschen wollen. Der Tag, an dem er den Löwen erlegt hatte, war der größte Augenblick in seinem Leben.

Aber irgendetwas hatte in ihrer Kindheit wirklich nicht gestimmt. Etwas Spitzes und Schmerzhaftes, wie ein Dorn von einem afrikanischen Akazienbaum – ein Stachel, der sich in seine Brust gegraben hatte und nicht herauskommen wollte.

Der Dorn war das ständige Verlassenwerden von seinen Eltern. Und dann hatte ein Verlust nach dem anderen den Dorn immer tiefer in das Fleisch jedes der Mossman-Kinder getrieben. Er wusste, dass es stimmte, auch wenn Julia dies nicht zugeben wollte. Er fragte sich, ob einer von ihnen überhaupt das Gefühl kannte, geliebt zu werden. Wirklich geliebt.

„Hey Debbie", sagte Julia sanft, als sie und Peter ins Zimmer zurückkamen. „Wie war dein Abendessen?"

„Gut", flüsterte Debbie.

Ein Pfleger sah von seiner Arbeit an Debbies Infusionsflasche auf und lächelte sie an. Er war recht klein und obwohl er noch ziemlich jung wirkte, waren seine Haare bereits grau, und er trug einen seltsamen kleinen Schnurrbart. Seine braunen Augen waren voller Mitgefühl, als läge ihm seine Patientin wirklich am Herzen.

„Ist dies Ihre Familie, Miss Deborah?", fragte er.

Debbies Blick wanderte über das Tablett an ihrem Bett, auf dem der Teller mit dem Essen und das Glas unberührt standen. „Oh ja, entschuldigt. Das ist Ralph." Sie hob ihre knochendürre Hand. „Ralph, mein Bruder, Peter Mossman, und meine Schwester Julia Chappell. Sie sind aus New Mexico gekommen."

„Olé!", rief Ralph und schnippte mit den Fingern wie ein Flamenco-Tänzer.

Julia lachte. „Wir wohnen in New Mexico, nicht in Mexiko direkt. Ich komme aus Santa Fe und Peter wohnt in der südöstlichen Ecke."

„Cha-cha-cha!" Ralph vollführte eine ganze Drehung unter dem Infusionsschlauch. „Unsere Hochzeitsreise haben wir nach Cancun gemacht, aber seither war ich nie wieder da. Meine Frau ist vor einigen Jahren gestorben und ich hatte nicht mehr den Wunsch, noch einmal hinzufahren."

Peter unterdrückte ein Lächeln. Der Mann schien wirklich keine Ahnung zu haben. Aber wenigstens merkte man, dass ihm das Wohlergehen seiner Patientin am Herzen lag, und dieser Gedanke erwärmte Peters Herz.

„Aber ich sage Ihnen was", bemerkte Ralph gerade, „ich mag Tacos noch immer sehr gern. Ich bin ein ziemlich guter Koch, und ich kann wirklich hervorragende Enchilladas machen. Wo sind Sie abgestiegen? Drüben im Motel an der Schnellstraße?"

„Ich habe ihnen mein Haus angeboten. Solange ich im Krankenhaus bin, können sie dort wohnen", erklärte Debbie. „Ich habe zwei Schlafzimmer."

„Na, das ist doch eine gute Idee. Jetzt müssen wir Sie nur noch wieder auf die Beine bringen, Miss Deborah, damit Sie Ihren Besuch auch genießen können." Er hielt inne und sah auf sie hinab. „Wissen Sie, Sie erinnern mich ein wenig an jemanden, den ich einmal gekannt habe. Blonde Haare, blaue

Augen und ein hübsches Lächeln. Leider hatte ich sie nicht lange genug an meiner Seite."

„Das tut mir Leid", sagte Debbie.

„Sie werden wieder gesund, okay?"

„Ich werde es versuchen." Als er sich zum Gehen wandte, ergriff sie seinen Arm. „Ralph, was steht auf meinem Krankenblatt? Ich meine, habe ich etwas, was sie mir nicht sagen? Habe ich Krebs?"

„Sie können sich Ihr Krankenblatt ansehen, wenn Sie möchten, Miss Deborah. Der Arzt hat fast jeden möglichen Test gemacht. Das einzig Problematische ist Ihre Unterernährung."

„Unterernährung", wiederholte Julia und ließ sich auf einen Stuhl sinken.

Bilder von kleinen Kindern mit abstehenden orangefarbenen Haaren, dünnen Beinen und aufgeblähten Bäuchen standen Peter vor Augen. „Wir sind in Kenia aufgewachsen und haben immerzu kleine unterernährte Kinder gesehen. Unterernährung – das ist also Anorexie."

„Im Grunde genommen schon." Ralph nahm das Krankenblatt zur Hand. „Miss Deborah, Sie haben Ihrem Körper jede Art von Nährstoff entzogen, den er braucht, um zu funktionieren. So schlimm Ihnen das erscheinen mag, Fett ist eine großartige Sache. Es sorgt dafür, dass Ihr Gehirn funktioniert. Und Calcium hält Ihre Knochen zusammen. Protein lässt Ihre Haare wachsen. Und die wichtigen Aminosäuren . . ."

„Ich esse ja", widersprach Debbie mit leiser Stimme. „Aber ich muss auch fit bleiben. Ich bin in der Kleiderbranche tätig, und mein Aussehen ist wichtig."

Ralph legte ihr beruhigend die Hand auf die Schulter. „Denken Sie über diese Kinder in Afrika nach, von denen Ihr Bruder gesprochen hat. Erinnern Sie sich noch, wie sie ausgesehen haben?"

„Aber sie haben wegen der Hungersnot gehungert. Das kann man doch nicht vergleichen. Wieso vergleichen Sie meine Situation mit der der Kinder?"

„Es ist egal, wie sie entstanden ist, Miss Deborah. Tatsache ist, Sie sind genauso unterernährt wie diese Kinder. Wenn Sie das nur einsehen würden . . ."

Das Klingeln des Telefons auf dem Nachttisch unterbrach ihn. Julia nahm den Hörer ab. Peter spürte, wie sein Herz sich zusammenkrampfte, als er an ihrem Tonfall erkannte, dass seine Eltern anriefen. Er beobachtete Debbies Reaktion. Ihre Augen waren weit aufgerissen, regelrecht ängstlich. Sie legte ihre Hand auf die von Ralph.

Peter machte einen Schritt auf das Telefon zu. „Lass mich mit ihnen sprechen", forderte er. Er würde sich für Deborah einsetzen, egal was Julia denken mochte.

„Sie ist sehr schwach", sagte Julia gerade und winkte ihn zurück. „Der Pfleger hier sagt, sie sei unterernährt, wie diese Kinder, die wir draußen im Busch gesehen haben. Die mit den roten Haaren."

„Gib mir den Hörer, Jules." Peter konnte kaum glauben, dass sie eine höfliche kleine Unterhaltung führte – nicht nachdem er ihr so deutlich klar gemacht hatte, dass ihre Eltern in dieser Hinsicht im Unrecht waren.

„Und wie läuft es bei der Ferienbibelschule?"

Peter schüttelte den Kopf. Debbies Finger hatten sich um Ralphs Hand geschlossen. Sie hatte Angst, genau wie er vermutet hatte. Anstatt ihr Trost zu spenden, war allein die Gegenwart ihrer Eltern am Telefon bereits ein großer Stress für sie.

„Wow, das sind aber wirklich viele Kinder", staunte Julia. „Sie scheinen tatsächlich ein sehr gutes Evangelisationsprogramm zu haben."

Wenn er seiner Schwester nur den Hörer entreißen könnte, würde Peter seinen Eltern genau das sagen, was sie jetzt hören mussten. Aber noch während er sich seine zornigen Worte zurechtlegte, hörte er Julias Stimme, die ihn daran erinnerte, dass seine Art, die Dinge zu handhaben, noch nie zu einem guten Ergebnis geführt hatten. Zorn und Vorwürfe bewirkten bei seinen Eltern nichts. Sie hatte Recht. Aber was würde sie zu der Einsicht bringen, dass sie hier sein sollten, bei ihrer Tochter? Was würde sie motivieren?

„Hört zu, Mom und Dad, Peter möchte mit euch sprechen", sagte Julia schließlich. „Ja, er steht hier neben mir. Eine Sekunde."

Mit blitzenden Augen reichte sie ihm den Hörer. „Sei nett!", flüsterte sie ihm zu.

Peter atmete tief durch. „Hey, Mom und Dad“, sagte er mit gezwungen freundlicher Stimme. „Wie steht's in Joplin?“

„Hier ist alles prima, Peter.“ Sein Vater schien erstaunt zu sein, ihn zu hören. „Und wie geht es dir?“

„Nun, ich mache mir große Sorgen um Debbie.“

„Wir auch.“ Die Stimme seiner Mutter war zu hören. „Sie ist sehr schwach, nicht?“

„Allerdings. Aber sie wirkt schon sehr viel fröhlicher als heute Morgen, als wir angekommen sind. Ich schätze, es hilft ihr, ihre Familie um sich zu haben.“

Er sah Julia an, die ihn aufmerksam beobachtete. Er zwinkerte ihr zu.

„Ihr wisst doch, dass Debbie immer ein so liebevoller Mensch war“, fuhr er fort, „und ich denke, es bedeutet ihr sehr viel, dass wir hier sind.“

„Ich bin sicher, dass das so ist“, erwiderte seine Mutter.

„Es tut gut, seine Familie um sich zu haben, wenn man schwierige Zeiten durchlebt.“

„Das stimmt genau, Peter“, sagte sein Vater. „Deine Mom und ich sind sehr dankbar, dass du von New Mexico kommen konntest, um bei deiner Schwester zu sein.“

„Nun, ich denke eben, eine Familie sollte möglichst zusammenhalten. Wenn einer leidet, sollten alle da sein, um ihm Beistand zu leisten.“ Er blickte zu Julia hinüber. Ihr Blick wanderte zwischen ihm und Debbie hin und her. Ein seltsames Lächeln lag auf Debbies Gesicht, aber sie hatte Ralphs Hand nicht losgelassen.

„Wir drei Geschwister haben schon einiges miteinander durchgemacht“, fuhr er fort. „Vor langer Zeit haben wir uns geschworen, füreinander da zu sein.“

„Und deine Mutter und ich wären bei euch, wenn wir uns nicht schon vor langer Zeit für diese Ferienbibelschule verpflichtet hätten“, erklärte sein Vater. „Ich habe mich sogar schon gefragt, ob wir nicht ein paar Tage früher abreisen sollten. Ich bin sicher, der Direktor würde unsere Situation verstehen.“

„Oh, da bin ich aber nicht so sicher, Don.“ Olive Mossmans Stimme klang warnend. „Du weißt doch, dass wir bis zum Ende zweimal pro Tag auf den Plan gesetzt worden sind.“

„Ich verstehe", sagte Peter sarkastisch. „Der Herr hat einen Plan für jeden von uns, und wir alle müssen Gottes Willen tun. Für Julia und mich bedeutet das, hier bei Debbie zu sein und dafür zu sorgen, dass sie die Liebe und den Beistand bekommt, den sie braucht, um diese Krankheit zu überwinden. Aber ihr tut auch weiterhin, wozu ihr euch geführt seht. Ich bin sicher, der Herr weiß, wo euer Herz ist."

„Peter!", flüsterte Julia laut. „Gib mir den Hörer!"

Er grinste sie an. Dann sprach er weiter. „Wir möchten bestimmt nicht, dass irgendeines dieser Kinder, die von der Missionsarbeit in Afrika erfahren sollen, zu kurz kommt."

„Nun, wir haben doch nur diese beiden Veranstaltungen pro Tag", sagte sein Vater.

„Aber wer würde diese Veranstaltungen übernehmen, wenn wir abreisen würden, Don?" Mom stieß hörbar die Luft aus. „Peter, ist es mit Deborah schlimmer geworden? Denkst du, sie braucht uns dort?"

„Ich wüsste nicht, was ich euch dazu sagen sollte, Mom und Dad. Ihr müsst in dieser Angelegenheit der Führung des Herrn folgen. Wenn ihr dort bleiben und eure Veranstaltungen durchführen müsst, dann ist das in Ordnung. Vielleicht habt ihr aber auch das Gefühl, ihr solltet nach Hause kommen und die Zeit mit euren Kindern verbringen, dann solltet ihr das tun. Hauptsache ist, dass ihr Gottes Willen sucht."

„Vielen Dank, Peter." Sein Dad klang seltsam. „Ganz bestimmt werden wir darüber beten. Nicht wahr, Olive?"

„Ja, das werden wir. Peter, es ist schön, deine Stimme zu hören. Wir lieben dich, Schatz."

„Ich liebe euch auch. Auf Wiedersehen."

Als er das Telefon auflegte, begann Debbie mit ihren dünnen Händen zu klatschen. „Bravo, Peter!" Sie lachte. „Du bist nicht sauer geworden."

„Er hat sie vollkommen durcheinander gebracht, das hat er getan", sagte Julia. Dann lachte sie zögernd. „Peter, was sollte das mit dem ‚Willen Gottes'? Das passte so überhaupt nicht zu dir."

„Ich habe unseren liebenden Eltern nur eine kleine Dosis ihrer eigenen Medizin verpasst." Er zuckte die Achseln. „Du hast mir gesagt, die Zornesschiene würde nicht funktionieren, darum habe ich beschlossen, das Altbekannte auszuprobieren – Schuldgefühle."

„Oh Peter!" Julia schüttelte den Kopf. „Du bist ein ungezogener Junge."

„Er ist sehr klug", widersprach Debbie. „Wisst ihr, diese Sache mit den Schuldgefühlen beherrsche ich recht gut. Passt auf. Ralph, Sie denken doch nicht etwa daran, uns jetzt zu verlassen, oder? Wir genießen Ihre Gesellschaft so sehr."

Ralph lachte. „Ich gehe tatsächlich nur ungern. Ihr seid wirklich eine angenehme Gesellschaft."

„Aber was werden wir nur ohne Sie tun? Sie sind uns eine so große Hilfe gewesen, haben die Infusion angeschlossen und den Schlauch für die künstliche Ernährung überprüft. Bestimmt haben Sie doch nichts anderes zu tun, das wichtiger ist als wir, oder?"

„Sie sind gut", erwiderte Ralph. „Wenn ich nicht solche Angst hätte, gefeuert zu werden, würde ich die ganze Nacht hier bei Ihnen sitzen. Aber Sie können mir keine Schuldgefühle einreden, weil ich gehen muss."

„Bei uns hat es immer funktioniert", sagte Peter. „Unsere Eltern haben diese Methode mit großartigen Ergebnissen eingesetzt. Und wenn man dann noch den ‚Willen Gottes' oben draufsetzt, dann kann man die Menschen zu allem bewegen, was man möchte."

Ralph nahm die Enden des Stethoskops in die Hand, das um seinen Hals hing. „Vermutlich haben Sie Recht. Aber auf Dauer gibt es etwas viel Effektiveres als Schuldgefühle. Und das ist Liebe." Er nickte den drei Geschwistern zu und verließ den Raum.

Peter sah von einer Schwester zur anderen. „Liebe?", wiederholte er. „Was ist das?"

„Ach Peter, du weißt doch, dass unsere Eltern uns geliebt haben." Julia legte ihre Füße auf das Ende von Debbies Bett. „Sie haben uns sehr geliebt. Aber du hast vermutlich Recht, dass Schuldgefühle ihr wichtigstes Mittel zur Motivation waren."

„Jetzt mal im Ernst", sagte Debbie. „Ich konnte beinahe Moms Stimme hören, als Pete gesprochen hat. Du klangst genau wie sie, Pete. Es war toll!"

„Das war wirklich gut“, gestand Julia ein. „Vermutlich sind sie jetzt hin- und hergerissen und wissen nicht, was sie tun sollen. Natürlich konnte Peter schon immer gut argumentieren.“

„Ja“, sagte Debbie. „Erinnerst du dich, wie er mit den Verkäufern am Strand gehandelt hat, bis sie ihm die Muscheln praktisch geschenkt haben? Und weißt du noch, wie er den Schaffner überredet hat, dass wir uns auf dem Weg ins Internat in die erste Klasse setzen konnten?“

„Das war toll“, stimmte Julia zu. „Aber du musst zugeben, dass er wirklich in Bestform war, als er uns vor dem Verrückten gerettet hat.“

Peter verdrehte die Augen. Wollte Julia jetzt schon wieder diese dumme Geschichte erzählen? Obwohl er zugeben musste, er war ziemlich stolz auf seine Schlagfertigkeit an diesem Tag in Nairobi.

„Beinahe hätte mich das Baby gekostet“, erinnerte sich Julia, „aber wie gewöhnlich hat Peter es geschafft, alles in Ordnung zu bringen . . .“

Julia – Afrika – 1975

Ich liebe die lange Fahrt von unserem Haus in Massailand in die große Stadt Nairobi. Alle zwei Wochen müssen Mami und Daddy diese Fahrt machen, um Lebensmittel einzukaufen. Wenn Peter, Debbie und ich im Internat Ferien haben und zu Hause sind, dürfen wir mitfahren. Wir quetschen uns in den Land Rover, wir alle fünf zusammen, und dann fahren wir durch das ausgetrocknete Flussbett – unsere Hauptstraße – zur Schnellstraße.

Unterwegs dringt der feine rote Staub durch alle Ritzen in dem grauen Metall. Nach einer Weile hängt der Staub im Wagen wie Rauch und im Sonnenlicht tanzt und funkelt er. Wenn wir Nairobi erreichen, sind unsere weißen Socken blassrosa und unsere Gesichter sind mit Staub bedeckt. In unserem Mund haben wir den Geschmack von Erde und wir putzen uns die Nasen. Das ist abscheulich. Aber es macht uns nichts aus. Wir haben viel zu viel Spaß.

Wenn ich an der Reihe bin, am Fenster zu sitzen, so ist das für mich noch schöner als Weihnachten. Ich halte Baby ganz fest im Arm, und ich zeige ihr all die Dinge, an denen wir vorbeifahren. Ich weiß, wir leben an dem schönsten Ort auf der ganzen Welt. Ich bin nämlich schon in Europa und Amerika gewesen, aber hier ist es viel schöner.

Wenn wir dann endlich Nairobi erreichen, verändert sich die Landschaft ganz plötzlich. Da! Auf einmal verschwinden die riesigen Steppen und hohe Wolkenkratzer ragen am Horizont auf. In der Stadt eilen Millionen und Abermillionen Menschen über die Bürgersteige oder sie schieben ihre Fahrräder durch den dichten Verkehr. Die Autos sind ganz alt und rostig und Benzingeruch hängt schwer in der Luft. Wir spüren die Aufregung, während Daddy den Land Rover auf einem Parkplatz in der Nähe des alten Stadtmarktes abstellt.

Meistens muss Daddy zur Bank, während Mami das Einkaufen erledigt. Wir lieben es, mit ihr über den Markt zu gehen, die reifen Ananas zu riechen und die Pyramiden von Früchten und Gemüsesorten zu betrachten. Aber dieses Mal sagt sie, wir sollen im Wagen warten. Obwohl ich schon fast zwölf bin und Peter und Debbie nicht sehr viel jünger sind, sagt Mami, es sei ihr zu viel, auf uns drei aufzupassen. Peter will natürlich immer alles erforschen. Und ein paar Mal ist Debbie auf dem Markt schon verloren gegangen. Um ehrlich zu sein, wir haben festgestellt, dass Debbie fast überall verloren geht. Wir sind sehr enttäuscht, im Land Rover bleiben zu müssen, weil die afrikanischen Frauen uns oft eine Banane oder Mandarine schenken.

Unsere Eltern ziehen los, jeder in eine andere Richtung, und Peter steigt auf Mamis Platz vorn im Wagen. Er sagt, er überlege auszusteigen und sich die geschnitzten Gegenstände auf dem Bürgersteig anzusehen. Debbie und ich flehen ihn an, das nicht zu tun. Manchmal tut Peter ungezogene Dinge und dann bekommen wir in der Regel alle Ärger.

Wir drei sitzen im Wagen und überlegen uns Verse zu einem dummen Lied, das wir uns vor langer Zeit ausgedacht haben. Auf einmal bemerken wir eine Unruhe auf der Straße. Eine Gruppe von Menschen bewegt sich auf uns zu und an deren Spitze marschiert ein Afrikaner in einem langen blauen Wollmantel, wie die Soldaten der kenianischen Armee ihn tragen. Wir wissen sofort, dass dieser Mann ein Mau Mau ist.

Obwohl der Krieg gegen die britischen Kolonisten schon lange vorbei ist, halten sich noch immer ein paar Mau Maus in den Wäldern verborgen. Einige von ihnen sind der Meinung, der Krieg sei noch im

Gange. Sie haben schreckliche Gelübde abgelegt und giftige Tränke getrunken, um ihre Hingabe an die Sache zu besiegeln, die Sache, dass sie alle Weißen töten werden. Dann und wann kommen sie aus den Wäldern, laufen in der Stadt herum, und sogar die Afrikaner starren sie angsterfüllt an. Aber dieser Mau Mau ist ganz eindeutig noch verrückter als die meisten. Er brabbelt etwas vor sich hin und obwohl wir Suaheli besser beherrschen als unsere Eltern, können wir nicht verstehen, was er sagt.

„Er ist nackt!", ruft Debbie. „Unter seinem Mantel ist er nackt und er ist überall mit weißer Farbe bespritzt."

„Sieh nicht hin!", warne ich sie, während ich gleichzeitig versuche zu erkennen, ob sie Recht hat. „Er ist tatsächlich nackt! Schließ deine Augen, Debs."

Ich kneife die Augen zu und packe Debbies Hand, damit sie keine Angst bekommt. Doch als ich unter den Augenlidern hervorspähe, merke ich, dass der Verrückte uns entdeckt hat – drei Weiße! Laut schreiend und einen Panga schwenkend rennt er auf den Land Rover zu. Ich habe Angst vor Pangas. Mit diesen langen Macheten werden Gras und Gebüsch abgeschlagen. Aber in der Zeitung habe ich gelesen, dass sie auch für Morde benutzt werden. Mit ihnen werden die Menschen zerhackt und das Blut spritzt überall hin!

Peter schreit uns zu, wir sollen uns ducken. In diesem Augenblick springt der Verrückte auf die Haube des Land Rovers. Debbie bricht in Tränen aus und ich werfe die Arme über ihren Kopf. Der Mau Mau zieht sich hoch, nimmt seinen Panga zwischen die Zähne und beginnt mit seinen Handflächen auf die Windschutzscheibe unseres Wagens zu klatschen wie auf eine Trommel. Er verspritzt weiße Farbe über das ganze Glas. Peter klettert zu mir und Debbie auf den Rücksitz. Sein Gesicht ist blass und er sieht so aus, als würde er sich jeden Augenblick übergeben. Gleichzeitig versucht er aber uns so gut wie möglich abzuschirmen. Er setzt sich auf uns und legt seine Arme beschützend um uns.

Ich höre, wie ich schreie, und Peter ruft um Hilfe. Hunderte und Tausende Afrikaner stehen um den Land Rover herum, aber sie haben alle viel zu viel Angst vor dem verrückten Mann und seinem Panga. Gerade als wir denken, unsere Windschutzscheibe würde zerplatzen, entdeckt er, dass das Fenster auf der Fahrerseite offen steht. Wie hatten wir so dumm sein können, den Wagen nicht zu verschließen und die Scheiben hochzukurbeln? Oh, wir sind sicher, dass wir alle drei einen blutigen Tod sterben werden, als der Mau Mau die Radioantenne packt und sich durch das rechte Fenster in den Wagen schwingt.

„Aufhören!", ruft Peter auf Suaheli. „Tun Sie uns nichts!"

Der Mann beugt sich über den Vordersitz und starrt uns an. Seine beiden vorderen Zähne im Unterkiefer fehlen und sein Haar hängt ihm wirr um sein weiß bemaltes Gesicht.

„Wir sind nur Kinder", sagt Peter. „Und wir sind *Wananchi* – Eingeborene dieses Landes, genau wie du."

„Aber ihr seid weiß!"

„Du auch. Sieh dich nur an!"

Der Mann starrt auf die weiße Farbe hinab, als hätte er sie noch nie zuvor gesehen.

„Wir sind Afrikaner", plappert Peter weiter. Sein Blick huscht von einer Seite zur anderen auf der Suche nach unseren Eltern. „Siehst du, wir sprechen Suaheli. Und wir tragen Perlenarmbänder."

Bei diesen Worten holt Peter Debbies knubbeligen Arm hervor. Ich habe schreckliche Angst, der Mau Mau könnte meiner Schwester die Hand abhacken!

Doch stattdessen packt der Mann ihren Arm und betrachtet ihn. Sein Gesicht wird sehr ernst. „Zwei Eier täglich", verkündet er plötzlich auf Englisch, sein Rezept für Debbies Wohlergehen.

„Ich werde es meiner Mutter sagen", antwortet Peter auf Suaheli. „Zwei Eier täglich für dieses *mtoto* – dieses Kind."

Der Mau Mau lächelt und wir können sehen, dass die meisten seiner Zähne verfault sind. Auch seine Augen sind rot. Daran erkennen wir, dass er vermutlich afrikanisches Honigbier getrunken hat. Er stinkt schlimmer als ich je etwas gerochen habe und ich habe schon viele schlechte Gerüche in Afrika gerochen.

„Wer ist das?", fragte der Mau Mau auf Suaheli. Er nimmt meinen Arm und zieht ihn unter Peter heraus. „Oh, sie ist sehr hübsch."

„Das ist meine Schwester", erklärt Peter. „Du musst sie in Ruhe lassen."

Der Mann betrachtet mich von oben bis unten. Schließlich spricht er wieder Englisch. Er deutet auf mich und dann auf sich. „Du, als Frau, für mich!"

Er grinst, als sei dieser Heiratsantrag eine großartige Idee. Mittlerweile sehe ich drei Polizisten, die sich durch die Menge drängen und versuchen die Lage unter Kontrolle zu bekommen. Aber sie sind nicht bereit, dicht an den Land Rover heranzukommen, für den Fall, dass der Mau Mau beschließt, sein Panga zu benutzen.

„Dieses Mädchen hat keine Mitgift", informiert Peter den Mann. „Du wirst sie nicht zur Frau wollen. Sie ist wertlos."

„Dein Vater hat keine Kühe?"

„Keine. Mein Vater ist ein armer Mann."

„Aber er hat einen Wagen."

„Der gehört nicht ihm. Dieser Wagen gehört Gott. Unser Vater besitzt nichts, nicht einmal eine kleine gefleckte Ziege."

Der Mau Mau wirkt enttäuscht. Dann bemerkt er Baby. Ich halte sie noch immer fest an mich gedrückt. Er starrt sie einen Augenblick verwirrt an. Schließlich betastet er ihr Gesicht. Seine großen, weiß bemalten Finger streichen über ihr weiches blondes Haar.

„Deine Schwester hat bereits ein Kind?"

„Dies ist kein Kind", erklärt Peter. „Dies ist eine . . ."

Er sieht uns Hilfe suchend an, und wir wissen, ihm fällt das suahelische Wort für Puppe nicht ein. Gibt es überhaupt ein Wort dafür? Keiner von uns weiß es! Ich will weinen, als der Mau Mau mir Baby aus den Armen nimmt. Er legt sie sich wie ein Neugeborenes in den Arm und starrt ihr Gesicht an. Sie hat Augen, die sich schließen, wenn man sie hinlegt, und er bewegt sie hoch und runter und beobachtet, wie ihre Augen sich öffnen und schließen. Erneut berührt er ihr Haar.

„Ich werde dieses Baby nehmen", sagt er auf Suaheli. „Sie wird mein Kind sein und ich werde gut für sie sorgen."

„Oh!", schreie ich laut.

Der Mau Mau blickt mich mit seinen blutunterlaufenen Augen finster an. Er umklammert seinen Panga und gestikuliert ein wenig damit herum, um mir Angst zu machen.

„Du wirst dieses Baby nicht wollen", sagt Peter. „Bestimmt nicht."

„Warum nicht? Es ist ein gutes Baby!"

Peter zittert ein wenig. Ich lege meine Hand um seine. „Du wirst dieses Baby nicht wollen, weil . . ." Er überlegt sich etwas. „Weil es verflucht worden ist. Siehst du, wie steif es ist? Seine Haut ist wie ein Stein. Es ist wie tot, dieses Baby."

Der Mau Mau betrachtet die Puppe. Ich merke, dass Baby ihm richtig gut gefällt, und das nimmt mich ein wenig für ihn ein. Er ist nichts weiter als ein armer, verrückter Mann, der sich eine Frau und Kinder wünscht, die er lieben kann. Ich versuche allen Mut zusammenzunehmen, um ihm Baby zu geben, als Peter anfängt, seine Schnürsenkel aufzubinden.

„Ich habe etwas viel Besseres für dich als dieses verfluchte Kind", sagt er. „Ich werde dir diese Schuhe geben, damit du, wenn du durch den Wald läufst, keine Angst mehr zu haben brauchst, auf Dornen zu treten."

„Ah", sagt der Mau Mau mit weit aufgerissenen Augen.

Er betrachtet Peters Füße, als dieser die Schuhe auszieht. Es sind brandneue Bata-Safaristiefel, „die Stiefel, die zeigen, dass du Afrika kennst", wie es in der Werbung heißt. Sie sind aus dunkelbraunem Leder und Peter ist sehr stolz auf sie. Aber jetzt schenkt er seine Stiefel dem Mau Mau.

„Ich möchte die auch", sagt der Mann und deutet auf meine staubigen weißen Kniestrümpfe.

Ohne auch nur nachzudenken, was Mami sagen wird, wenn sie zurückkommt und uns ohne Schuhe und Strümpfe vorfindet, ziehe ich meine Strümpfe aus. Der verrückte Mann steckt seine bloßen Füße durch die Lücke zwischen den beiden Vordersitzen. Vorsichtig ziehe ich meine Socken über seine großen, harten Zehen und bis zu seinen Knöcheln. Er scheint sehr glücklich darüber zu sein. Er wackelt mit den Zehen. Dann nehme ich Peters Schuhe und ziehe sie ihm an. Zu unserer Erleichterung passen sie ihm genau.

Ich binde die Schnürsenkel zu. Dann binde ich sie wieder auf und zeige dem Mau Mau, wie er sie schnüren muss. Es dauert eine Weile, bis er es gelernt hat, aber schließlich schafft er es.

„Wenn ihr in den Wald von Mount Kenya in die Nähe des Wasserfalls der beiden Büffel kommt", sagt er zu mir, „werde ich einen Mann holen, der den Fluch von deinem Kind nehmen kann. Er ist ein guter Zauberdoktor."

Er reicht mir Baby, lächelt uns ein letztes Mal an, dann öffnet er die Vordertür des Land Rovers. Als er aussteigt, hüpft er ein wenig herum und probiert seine neuen Schuhe aus. Dann marschiert er davon. Sein dunkelblauer Wollmantel schlägt zurück, als sei es die natürlichste Sache der Welt, splitternackt und mit weißer Farbe angemalt herumzulaufen.

Als sich die Menge teilt und die drei Polizisten hinter ihm herlaufen, sehen Peter, Debbie und ich uns an und atmen auf. Wir dachten, wir würden sterben, aber wir sind nicht gestorben! Endlich kommen Mami und Daddy von ihren Einkäufen zurück und wir erzählen ihnen, was passiert ist. Sie sind sehr besorgt und stellen uns eine Menge Fragen, aber anscheinend ist ihnen nicht klar, wie schrecklich das war.

Daddy schenkt Peter ein paar alte Bonbons aus dem Kofferraum. Danach gehen wir zum Abendessen und dann in einen Film. Im Kino von Nairobi wird fast jeder Film gezeigt, der etwas mit Afrika zu tun hat. Wir haben das *Dschungelbuch* gesehen, *Tarzan, der Affenmensch, Hatari!, The African Queen* und viele andere. An diesem Abend können wir nur die ersten Minuten von *Shaft in Africa* sehen, bevor Mami uns ein Zeichen gibt. Angewidert stapfen Daddy und Mami aus dem Kino. Wir folgen ihr und Daddy.

Als Peter, Debbie und ich uns für die lange Reise nach Hause ins Massailand auf den Rücksitz kuscheln, legen wir die Arme umeinander. Es war ein langer Tag und niemand außer uns weiß wirklich, was wir durchgemacht haben. Peter flüstert, dass er auf Mami und Daddy wütend ist, weil sie uns allein im Land Rover gelassen haben. Das hätten sie nicht tun sollen. Ich nicke, aber es ist mir eigentlich egal. Mir ist egal, dass wir nicht den ganzen Film sehen konnten oder dass Baby beinahe gekidnappt wurde oder dass ich beinahe einen Mau Mau hätte heiraten müssen. Ich weiß nur, dass Peter klug, tapfer und wundervoll gewesen ist. Er hat uns beschützt und ich bin sehr, sehr froh, dass er mein Bruder ist.

Kapitel 5

„Wie hast du geschlafen?", fragte Peter, als er und Julia am folgenden Morgen über den Krankenhausparkplatz liefen.

Sie seufzte. Sie hätte wissen müssen, dass ihr Bruder die dunklen Ringe unter ihren Augen bemerken würde. „Nicht sehr gut. Ich mache mir solche Sorgen um Debbie. Ich muss immer an diese Kinder denken, die wir während der Hungersnot in Kenia gesehen haben. Vergangene Nacht habe ich überlegt, wie wir damals ihre Unterernährung genannt haben – *kwashiorkor*. Peter, die meisten dieser Kinder sind gestorben."

„Ich weiß. Und die nicht gestorben sind, haben einen Hirnschaden zurückbehalten."

„Na großartig." Sie legte die Hand auf ihren Bauch. „Hoffentlich können wir heute Morgen mit Debbies Arzt sprechen. Ich erhoffe mir von ihm ein paar mehr Informationen. Hattest du nicht den Eindruck, dass es ihr am Ende des Tages besser gegangen ist?"

„Eigentlich nicht."

„Sie hat sich in Gegenwart dieses Pflegers ziemlich keck verhalten", erinnerte Julia ihn. „Ich glaube, sie mag ihn irgendwie."

„Ralph?" Peter wirkte überrascht. „Aber er wusste noch nicht einmal, dass New Mexico in den Vereinigten Staaten liegt. Auch als du es ihm erklärt hast, hat er weiterhin *olé* und *cha-cha-cha* gesagt und von seiner Hochzeitsreise nach Cancun erzählt. Er ist irgendwie komisch."

„Er ist nicht komisch, Peter. Er ist wie viele Leute hier in der Gegend. Sicher, er hat nicht wie wir die Welt bereist, aber er ist ein guter Mensch. Er verhält sich Debbie gegenüber sehr sanft. Er sagte, sie würde ihn an seine Frau erinnern. Hast du gesehen, wie sie seine Hand gehalten hat?"

Sie betraten die Lobby und sofort schlug ihnen der mittlerweile bekannte antiseptische Geruch entgegen. „Ich dachte, Debbie hätte einen Freund", meinte Peter. „Diesen Dave."

„Ja, sie gehen schon seit Jahren miteinander."

„Das ist mir ein schöner Freund. Den ganzen Tag hat er sich nicht blicken lassen. Hat nicht einmal angerufen, um sich nach ihr zu erkundigen. Was ist mit Debbie und den Männern? Ich verstehe nicht, warum sie nie geheiratet hat. Sie ist doch hübsch. Na ja, zumindest vor der Kwashiorkor."

„Oh Peter, nenn das nicht so. Gestern Abend habe ich mich wieder an das rötliche Kraushaar dieser hungernden Kinder erinnert. Hast du dir Debbies Haar einmal angesehen? Es ist genauso!"

Ihr Bruder legte den Arm um sie. „Entspann dich, Jules", beruhigte er sie. „Debbie ist kein hungerndes Kind in Afrika. Sie ist hier in den Vereinigten Staaten mit all ihrer neusten medizinischen Technologie. Beunruhigt dich sonst noch etwas?" Er blieb stehen und sah sie an.

Sie seufzte auf. Peter würde vermutlich laut loslachen, wenn er erfuhr, worüber sie sich Gedanken machte. „Um ehrlich zu sein, ich habe über Baby nachgedacht."

„Deine Puppe?"

Sie nickte. „Als ich klein war, hat sie mir so viel bedeutet. Das tut sie noch. Sie sitzt auf einem Regal in meinem Schlafzimmer."

„Wenigstens hast du sie noch. Ich dagegen habe keine Ahnung, was aus meinem Speer geworden ist." Er schwieg eine Weile. Hatte Peters Speer dieselbe Bedeutung für ihn wie Baby für sie? Erinnerungen an ein weit entferntes Heim, zu dem sie nie zurückkehren konnten? Als sie die Tür zu Debbies Zimmer erreichten, hielt er Julia zurück. „Also, was ist nun mit Baby? Warum hast du gestern Nacht wach gelegen und über deine Puppe nachgedacht?"

„Ich weiß nicht." Sie ließ den Kopf hängen. „Ich frage mich nur, warum ich sie nie ins Internat mitgenommen habe. Warum wollten Mom und Dad nicht, dass ich sie mitnehme?

Aber wichtiger noch, warum habe ich nicht darum gekämpft, sie bei mir zu behalten? Ich habe ihnen deswegen nie widersprochen, obwohl mir jedes Mal, wenn wir wegfuhren, beinahe das Herz gebrochen ist, weil ich sie zurücklassen musste. Gestern Nacht musste ich immer wieder an das denken, was du über mich gesagt hast – *konform, konform, konform.* Das perfekte kleine Mädchen, das immer gehorsam ist. Bin ich das wirklich, Peter? Bin ich immer so gewesen?"

„Nun, es ist . . . nur so, dass du die Älteste warst, Jules. Du wolltest Frieden halten, ich dagegen habe immer alles aufgemischt."

„Ich bin zu diesem Konformisten gemacht worden, Peter. Ich habe immer das Richtige getan, sogar als Erwachsene. Ich tue, was alle anderen von mir erwarten und ich denke nicht einmal darüber nach, was ich selbst möchte. Warum bin ich so?"

„Weil du Christ bist?"

„Müssen Christen denn zu Fußabtretern werden? Denn genau das bin ich doch, Pete."

„Du bist kein Fußabtreter. Du bist ein freundlicher, liebevoller und sanfter Mensch. Eine schwangere Frau. Ich wünschte, du würdest dich beruhigen."

„Ich bin ruhig. Ich bin nur traurig."

„Komm, sieh es doch einmal folgendermaßen: Du bist die Beste von uns dreien, darum hat auch das Dasein als Fußabtreter seine Vorteile."

„Das Dasein als Fußabtreter?"

„Ist nur so ein Gedanke." Er zuckte die Achseln und legte einen Finger unter ihr Kinn. „Komm schon, wir wollen mal sehen, ob wir den Arzt finden und erfahren können, was mit unserer kleinen Schwester los ist."

Als sie in Debbies Zimmer traten, merkten sie sofort, dass sich ihr Zustand verschlechtert hatte. Zwei unbekannte Schwestern beugten sich über Debbie, richteten die Schläuche und legten die Patientin im Bett richtig hin. Sie sah schrecklich aus, ihre Augen glänzten fiebrig, ihre Hände zitterten. Sie hatte geweint und als sie Peter und Julia entdeckte, streckte sie ihre knochigen, klauenartigen Finger nach ihnen aus.

„Sie wollen mich nicht nach Hause lassen“, stöhnte sie. „Ich möchte einfach nach Hause gehen. Hier bin ich verloren. Ich bin verloren.“

„Debbie?“ Julia eilte an ihr Bett. „Ich bin jetzt hier. Und Peter ist auch da. Was ist los?“

„Sie hat Fieber bekommen“, erklärte eine der Schwestern. „Sie fantasiert ein wenig. Der Arzt ist unterwegs.“

„Ich fantasiere nicht.“ Debbie nahm Julias Hand und hielt sie an ihre Wange. „Ich möchte einfach nur nach Hause. Bitte, bringt mich nach Hause.“

„Der Arzt kommt und sieht nach dir“, sagte Julia. Sie blickte ihren Bruder an. „Sie ist ziemlich heiß, Peter.“

„Was ist mit meiner Schwester los?“, fragte er die Schwestern. „Warum hat sie Fieber?“

Sie betrachteten ihn prüfend. „Wir wissen es nicht so genau“, antwortete eine von ihnen. „Darum haben wir ja den Arzt gerufen.“

„Ihren Arzt oder nur irgendeinen?“

„Ja, ihren Arzt – Dr. Bryant. Er wird in ein paar Minuten hier sein. Keine Sorge, wir achten schon auf sie.“

„Sie achten auf sie? Was unternehmen Sie, um das Fieber zu senken?“

„Peter, bitte“, mahnte Julia. „Bleib ruhig.“

„Drücken Sie auf diesen Knopf, wenn Sie uns brauchen“, sagte eine der Schwestern. „Wir sind gleich den Flur entlang im Stationszimmer zu finden.“

Nachdem sie den Raum verlassen hatten, zog sich Julia einen Stuhl ans Bett ihrer Schwester und setzte sich. Noch immer hielt sie Debbies Hand fest. Peter ging zum Fenster hinüber und zog einen Vorhang zur Seite. Als das Sonnenlicht auf das Bett fiel, stöhnte Debbie.

„Hey, Debs“, murmelte Julia. „Alles wird gut werden. Du brauchst nur etwas Ruhe.“

„Ich möchte nach Hause.“ Ihre blauen Augen richteten sich flehend auf Julia. „Ich fühle mich hier so verloren.“

„Du bist nicht verloren. Als kleines Mädchen bist du immer verloren gegangen, aber jetzt bist du nicht verloren. Du bist bei uns. Peter und ich sind gleich hier an deiner Seite im Krankenhaus in Bolivar.“

Sie schüttelte den Kopf. „Es ist genauso wie damals, als ich auf dem afrikanischen Markt verloren ging, und ich wusste nicht, wo ich hingehen oder was ich tun sollte. Ich habe solche Angst, Julia. Ich glaube, ich habe Krebs."

„Du hast keinen Krebs, Debbie. Du hast Fieber, das ist alles. Der Arzt kommt und sieht nach dir. Er wird dir Aspirin oder so etwas geben und dann wirst du dich sehr viel besser fühlen."

„Seit Tagen habe ich nicht mehr auf meinem Laufband trainiert. Ich bin weit hinter meinem Trainingsplan zurück. Und ich habe meinen Kalender nicht weitergeführt."

„Dein Laufband steht zu Hause und es wird noch immer da sein, wenn du aus dem Krankenhaus kommst. Im Augenblick musst du dich ausruhen. Wenn du dich nicht ausruhst . . ."

Das Läuten des Telefons unterbrach sie. Sie sah Peter an.

„Das werden Mom und Dad sein", sagte er. „Ich gehe dran."

Doch als er den Hörer abnahm und zu sprechen begann, merkte Julia, dass ihr Bruder sich geirrt hatte. Er hielt ihr den Hörer hin. „Dein Mann."

„Mike?", sagte sie ins Telefon. „Hallo, Schatz. Was ist los?"

„Hallo, Liebling. Nun, ich dachte, ich rufe dich besser an. Heather ist krank."

„Oh nein."

„Weißt du, ich habe dir ja erzählt, dass ihr schon seit einigen Tagen die Nase läuft und heute Morgen tat ihr das Ohr weh."

„Ich wette, sie hat schon wieder eine Mittelohrentzündung. Ach du meine Güte." Julia fuhr sich mit der Hand über den Bauch. „Du rufst besser Dr. Bennett an."

„Das habe ich getan, aber ich kann erst heute Nachmittag mit ihr in seine Praxis kommen." Er hielt inne. „Da ist noch etwas."

„Was denn?" Sie spürte, wie ihr Herz sich zusammenkrampfte. „Was ist los, Mike?"

„Na ja, Danny hat mit Jessica Schluss gemacht. Er meinte, es hätte keinen Zweck, ihre Beziehung fortzusetzen, da sie ja doch auf verschiedene Unis gehen würden. Sie ist am Boden zerstört. Um ehrlich zu sein, gestern Abend ist sie zusammengebrochen. Ich habe überlegt, dich anzurufen, aber es war schon ziemlich spät, als ich sie weinend im Schlafzimmer fand."

„Du fandest sie weinend? Hast du denn, als sie von ihrem Treffen mit Danny nach Hause kam, nicht an ihrem Verhalten gemerkt, dass sie aufgebracht ist? Hast du sie nicht gefragt, was los ist?"

„Ich bin nicht ihre Mutter, Julia." Er klang verletzt. „Ich habe nicht deine Intuition für diese Dinge. Ich wünschte nur, du würdest nach Hause kommen."

„Ist Jessica da? Ich möchte mit ihr sprechen."

„Sie ist heute Morgen zur Arbeit gegangen. Ich habe ihr gesagt, sie solle doch den Tag frei nehmen, aber sie wollte nicht auf mich hören."

„Oh, das ist wirklich schrecklich." Julia versuchte tief durchzuatmen. Sie sah zu Peter hoch. Er blickte sie besorgt an. „Eine Sekunde, Mike."

Sie legte die Hand über die Muschel, als sie mit ihrem Bruder sprach. „Mike bittet mich, nach Hause zu kommen. Heather hat eine schlimme Erkältung, vielleicht sogar eine Mittelohrentzündung, und Jessicas Freund hat mit ihr Schluss gemacht."

Erstaunen trat auf Peters Gesicht. „Das ist alles? So wie du reagiert hast, dachte ich schon, jemand hätte einen Autounfall gehabt oder so etwas."

Sie starrte ihn an. Julias mütterliche Instinkte rieten ihr, nach Santa Fe zurückzueilen und ihre Kinder zu beschützen. Diese Zwischenfälle mochten Peter nichts bedeuten, aber für ihre Töchter waren sie sehr schlimm. Natürlich nicht lebensbedrohlich. Peters Spott fiel ihr wieder ein – *konform, konform, konform, konform.*

Sollte sie nach Hause zurückkehren? Sie konnte ihre Kinder nicht ewig vor allem abschirmen. Jessica würde lernen müssen, mit Enttäuschungen fertig zu werden. Im College würden neue Freunde auf sie warten und damit auch die unterschiedlichsten Arten von Herzeleid.

Aber was war mit Heather? Nun, Heathers Krankheit war ja nichts Neues. Schon als Kleinkind hatte sie häufig eine Mittelohrentzündung bekommen und sogar als Teenager war es immer wieder mal vorgekommen. Sie brauchte nur zum Arzt zu gehen und ein Antibiotikum einzunehmen. Das war es.

Julia dachte an ihren großen, starken Ehemann – so intelligent und durchaus in der Lage, bei den Mitgliedern seiner Jugendgruppe mit den verschiedensten Krisen umzugehen. Er konnte also genauso gut auch mit dieser häuslichen Krise fertig werden.

Sie nahm den Hörer wieder ans Ohr. „Hör zu, Mike. Vermutlich ist es sehr gut, dass Jessica heute zur Arbeit gegangen ist. Das lenkt sie ab. Heute Abend hat sie Chorprobe und morgen Abend findet die Party der Jugendgruppe statt. Ich habe das schon lange kommen sehen und sie, wie ich glaube, auch. Sie wird darüber hinwegkommen."

Noch während sie die Worte aussprach, konnte Julia kaum glauben, dass sie von ihr kamen. Sie war immer für ihre Kinder da gewesen. Immer. Vielleicht hatte Peter in mehr als einer Hinsicht Recht. Vielleicht war dieser Drang, ständig über ihre Töchter zu wachen, eine Folge der Verluste, die sie in ihrem eigenen Leben erlitten hatte. Der Gedanke, ihre Töchter zu verlassen, löste beinahe eine Panik bei ihr aus. Doch sie waren jetzt schon bald erwachsen. Es war höchste Zeit, dass sie anfing, sie loszulassen.

„Ich weiß nicht", sagte Mike gerade. „Ich weiß wirklich nicht so genau, was ich Jessica sagen soll. Ihr würde es sehr viel besser gehen, wenn du da wärst."

„Du kannst auch mit ihr reden, Mike. Du bist ihr Vater. Gib ihr ein paar von diesen tollen Ratschlägen, die du immer für die Leute in deiner Jugendgruppe parat hast. Das wird ihr gefallen. Ich denke, es würde ihr viel bedeuten."

„Wirklich?"

„Bestimmt. Soweit ich mich erinnere, hast du erzählt, dass du in der Highschool auch ein paar Mal sitzen gelassen wurdest. Wie hast du das damals überwunden? Erzähl Jessica von deinen eigenen Erfahrungen. Du bist ein toller Vater und du hast immer so gut mit Teenagern umgehen können."

Er schwieg und Julia spürte die Euphorie, die von ihr Besitz ergriff. Sie war dabei, loszulassen! Sie befähigte sich selbst und ihren Mann dazu. „Dr. Bennett wird im Nu Heathers Diagnose gestellt haben. Er weiß genau, welches Antibiotikum bei ihr am besten anschlägt. Noch heute Abend wird es ihr besser gehen. Gib ihr für den Augenblick ein paar

Ibuprofen-Tabletten. Leg ihr eine schöne Videocassette ein und bring ihr eine Cola und eine Schüssel mit Popcorn. Dann wird es schon gehen."

„Na ja . . .", sagte Mike. Julia spürte sein Zögern. „Wie geht es deiner Schwester?"

„Sie kämpft im Augenblick. Wir warten auf den Arzt." Es tat ihr weh, dass er erst jetzt nach Debbie fragte. Aber so war es schon lange – er konzentrierte sich nur auf seine Arbeit. Sie hatte sich daran gewöhnt, für die Familie zu sorgen und sich der täglichen Kleinigkeiten anzunehmen. Wieder klangen Peters Worte in ihr nach: *„Konform, konform, konform."* Vielleicht war es an der Zeit, ein paar Veränderungen herbeizuführen. Sie schluckte ihre Vorbehalte hinunter und betrat neues, ihr unbekanntes Territorium. „Mike, ich werde bis zum Ende der Woche hier bei Debbie bleiben, mindestens."

„Bis zum Ende der Woche?"

„Ja." Sie sah zu Peter auf. Er betrachtete sie abschätzend. „Vielleicht auch noch etwas länger, wenn es nötig ist. Solange zu Hause nichts ernsthaft schief läuft, braucht meine Familie mich hier."

„Bist du sicher?"

„Ganz sicher."

„Nun, in Ordnung."

„Ich liebe dich, Schatz."

„Ich liebe dich auch, Liebling."

Mike klang ein wenig niedergeschlagen, als Julia den Hörer auflegte, aber sie wusste, sie hatte das Richtige getan. Es war nicht selbstsüchtig oder gedankenlos oder sogar unchristlich, eine der Situation angemessene Entscheidung zu treffen. Sie lächelte Peter an.

„Ich bleibe hier", sagte sie.

Er lachte. „Hast du das gehört, Debbie? Deine große Schwester hat gerade zum ersten Mal auf ihren eigenen beiden Beinen gestanden."

„Nicht zum ersten Mal", protestierte Julia.

„Nein", stimmte Debbie zu. „Julia war diejenige, die mich fast jedes Mal gefunden hat, wenn ich verloren gegangen war. Sie ging auf den Markt oder an den Strand oder wo auch immer hin und hat mich gesucht."

„Das stimmt", bestätigte Peter. „Und als wir klein waren, hat sie für uns auf der Straße bei den zerlumpten Männern gerösteten Mais gekauft, erinnerst du dich? Ich hatte schreckliche Angst vor diesen Typen, aber sie hatte kein bisschen Angst. Und wisst ihr noch, als wir in den Zug gestiegen sind, um vom Internat nach Hause zu fahren, und der Schaffner wollte, dass wir in Nairobi ausstiegen? Jules hat ihm gesagt, wir würden im Zug bleiben bis zur Konza-Station. Und er hat immer wieder betont, dass doch niemand so weit draußen im Busch wohnen könne. Er hat mich gepackt, um mich rauszuschmeißen, aber sie hat ihm gesagt, dass unsere Eltern Missionare seien und uns vom Zug abholen würden. Darum hat er uns dann doch im Zug bleiben lassen."

„Und dann waren sie nicht da", erinnerte Debbie ihn.

„Ja, zum ersten Mal in seiner Geschichte kam der Zug zu früh an. Darum hat Jules den Mann ein zweites Mal überredet, uns aussteigen und ganz allein auf dem Bahnhof mitten im Nichts warten zu lassen. Und dann tauchten Mom und Dad schließlich auf, bevor wir von einem Löwen gefressen werden konnten." Peter lächelte seine ältere Schwester an. „Aber am besten erinnere ich mich an den Augenblick, als du für uns und für dich selbst eingetreten bist, damals, als du versucht hast, die Schule zu verändern."

„Oh nein", stöhnte sie. „Erinnere mich nicht daran. Das war eine der schlimmsten Entscheidungen, die ich je getroffen habe!"

„Nein, das stimmt nicht." Peter lehnte sich auf seinem Stuhl zurück. „Du warst großartig, Jules. Du warst ein Champion, als du versucht hast, die Schule zu verändern. Alles begann mit dieser nutzlosen Sozialkundestunde . . ."

Peter – Afrika – 1977

Obwohl ich eine Klasse unter Julia bin, haben wir gemeinsam Sozialkundeunterricht. Unterrichtet wird diese Stunde von dem großspurigsten Mistkerl der Schule, Mr. Vincent DaGama. Ich hasse ihn. Ich habe keine Ahnung, warum so jemand Lehrer sein kann.

Er unterrichtet nicht nur eine oder zwei Klassen, er ist auch der Trainer der Fußball-, Rugby- und Basketballmannschaft der Schule und er leitet den Schulchor. Wenn man die christliche Schule in Kenia besucht und nicht Sport treibt oder im Chor singt, ist man ein Niemand. Und Mr. DaGama sorgt dafür, dass man das auch immer wieder zu spüren bekommt. Ich habe es nicht in die Fußballmannschaft geschafft und ich bringe keinen sauberen Ton heraus. Ich bin Abschaum.

Ich habe Angst vor diesem Unterricht, aber wie sich herausstellt, ist dieser Unterricht ein einziger Witz. Im Augenblick beschäftigen wir uns mit der Demokratie – ja, richtig. Was kümmert mich die Demokratie? Wir Missionarskinder, die wir hier in der KCA festhängen, sind in ein Land mit einem Einparteiensystem gebracht worden, ein Land, in dem andauernd Stammeskämpfe wüten und dessen Regierung von der Korruption bestimmt wird. Kenia hat Probleme, sicher. Es gibt Krankheiten wie Lepra und Tuberkulose, die Straßen sind in einem lausigen Zustand, Elektrizität ist nur sporadisch vorhanden und das Wasser rinnt braun aus den Wasserleitungen. Es gibt Moskitos, die Malaria übertragen, und die Tsetsefliegen. Es gibt Elefanten, die verrückt spielen, und gelegentliche Angriffe von Krokodilen. Über diese Dinge werden wir nicht informiert, weil sie zu unserem Alltag dazugehören. Aber was hat Demokratie mit uns zu tun?

Oh ja.

Nach unserem Schulabschluss werden wir alle nach Amerika zurückkehren. Wir müssen versuchen, dort zu leben, wo wir hingehören. Wir müssen so tun, als wüssten wir, was wir tun.

Also hat Mr. DaGama ein paar Exemplare der internationalen Ausgabe des *Time*-Magazins für seinen Unterricht bestellt. Wir sollen sie lesen und über die Probleme der Demokratie diskutieren, die wir darin finden. Und so sitzen wir in der Klasse und reden über den Präsidenten der Vereinigten Staaten, den Kongress und die nationalen Schulden. Wir sprechen über das US-Verteidigungssystem – über Zeug wie die milliardenteuren Kampfflugzeuge, die nicht vom Radar erfasst werden können. Ich sitze hinten in der Klasse und versuche auszurechnen, wie viele Säcke Mais man für eine Milliarde Dollar für die hungernden Kinder in Kenia kaufen könnte. Es sind sehr viele, aber natürlich wird niemand dieses Geld für die hungernden Kinder in Afrika einsetzen. Immerhin braucht eine Weltmacht wie die Vereinigten Staaten ein starkes Verteidigungssystem. Und das, wie wir in diesem Sozialkundeunterricht lernen, gehört zu den Problemen der Demokratie.

Ich sitze meistens in der Klasse und träume. Ich denke daran, wie ich mich nachts aus dem Wohnheim schleiche und mit meinen Freunden auf die Jagd gehe. Was wir tun, ist eigentlich wildern. In der heutigen Zeit ist Jagen in Kenia nicht erlaubt, aber das ist uns egal. Einen großen Teil des Unterrichts denke ich auch an Mädchen. Ich bin mit Monica ausgegangen, aber eigentlich mag ich Rachel. Und letzte Woche ist dieses neue Mädchen angekommen. Ihre Eltern sind Missionare aus Schweden. Sie heißt Marita oder so. Puh. Sie sieht wirklich umwerfend gut aus. Wenn ich die Mädchen einmal aus meinen Gedanken verbannen kann, denke ich an Mittag- und Abendessen und ich frage mich, ob es wohl etwas Essbares geben wird. Das ist nämlich fast nie der Fall. Ich habe immer Hunger. Meistens stille ich meinen Hunger mit Brot.

Während ich träume, sitzt Julia vorne in der Klasse und nimmt jedes Wort aus Mr. DaGamas Mund in sich auf. Sie ist die perfekte Schülerin, macht sich ständig Notizen, stellt immer kluge Fragen, interessiert sich für jedes Thema, das er behandelt. Sie liest sogar jede Woche das *Time*-Magazin. Doch am ersten Unterrichtstag in diesem Semester hat Mr. DaGama etwas angekündigt, das Julia sehr beunruhigt. Er sagte, jeder, der zum Unterricht kommt und teilnimmt, bekommt eine Zwei. Schlechte Nachrichten. Julia steht auf der Liste für besondere Auszeichnungen. Sie möchte keine Zwei. Sie möchte eine Eins.

Also hat Mr. DaGama schließlich eine Lösung für das Problem gefunden. Jeder, der eine Eins haben möchte, muss ein Referat schreiben. Was für ein Referat? Das sei egal, erwidert Mr. DaGama, dem wichtiger ist, dass seine Rugby-Mannschaft alle anderen Schulen in Nairobi schlägt.

„Über welches Thema schreibst du dein Referat?", fragt Julia mich, als wir durch den Schlamm zur Cafeteria waten. In der KCA gibt es nur einen Gehweg und der führt von der Cafeteria zur Kapelle. Zum Wohnheim oder in den Klassenraum gelangt man über einen Trampelpfad. Während des dritten Semesters, das im April beginnt, gibt es eine lange Regenzeit, das heißt, falls wir nicht gerade eine Dürreperiode haben. Wenn es regnet, verwandeln sich alle Wege in der Schule in Schlamm, der ein oder zwei Zentimeter dick an den Schuhsohlen kleben bleibt.

„Was für ein Referat?", frage ich.

„Na, das für den Sozialkundeunterricht – damit du eine Eins bekommst", erwidert Julia.

Ich habe nicht oft Gelegenheit, während der Schulzeit mit einer meiner Schwestern zu sprechen. Die Verwaltung ignoriert die Tatsache, dass wir eine Familie sind. Wenn ich dann mal mit Julia rede, frage ich mich immer, wie es kommt, dass wir dieselben Eltern haben. Obwohl wir beide dichtes blondes Haar und blaue Augen haben, ähneln wir uns sonst überhaupt nicht. Sie befolgt jede Regel, die jemals erfunden wurde. Ich breche sie.

„Hey, ich bin mit einer Zwei zufrieden", sage ich ihr. „Wenn ich das dafür bekomme, dass ich einfach nur am Unterricht teilnehme, beklage ich mich nicht."

„Weißt du, Peter, du könntest dich ruhig manchmal ein wenig mehr anstrengen."

„Mich kostet es große Mühe, überhaupt in den Unterricht zu kommen."

„Ach, was soll's." Sie schüttelt den Kopf und ist enttäuscht von mir, genau wie Mom und Dad. Aber bei Julia dauert das nie lange. Sie sucht die liebenswerten Eigenschaften in mir. „Was für eine Skizze machst du gerade? Oder malst du etwas?"

„Ich zeichne einen Büffel."

„Wirklich? Kann ich es sehen?" Sie lächelt mich strahlend an. „Weißt du, ich wette, die Leute, die das Jahrbuch erstellen, würden bestimmt gern ein Bild von einem Büffel haben, da es unser Schulmaskottchen ist. Vielleicht könnten sie es darin auf einer ganzen Seite abdrucken."

„Bestimmt nehmen sie nichts, was ein Siebtklässler gezeichnet hat. Außerdem ist es so gut nun auch wieder nicht."

„Ich wette doch. Zeig es mir, Peter, ja?"

Julia gefällt meine Kunst. In dem schwarzen Metallkleiderschrank in ihrem Zimmer bewahrt sie ganze Stapel meiner Bilder auf. Manchmal schreibt sie Gedichte zu meinen Skizzen. Sie zeigt meine Arbeiten ihren Freundinnen und alle sind der Meinung, ich hätte Talent. Wenn ich könnte, würde ich den ganzen Tag zeichnen und malen. Ich weiß, nach den Tests zu urteilen bin ich klug, aber ich hasse die Schule. Ich wäre lieber ein Künstler.

„Ich werde dir den Büffel zeigen, wenn ich ihn fertig habe", sage ich Julia.

„Weißt du", erwidert sie, „ich denke über das Referat nach, das ich für Mr. DaGamas Unterricht schreiben soll. Hättest du Lust, es für mich zu illustrieren?"

„Ein Referat für die Schule illustrieren? Komm schon, Jules. Mr. DaGama ist doch vollkommen egal, was du schreibst. Vermutlich wird er dein Referat nicht einmal lesen. Warum machst du dir so viel Mühe?"

Wir sind in der Cafeteria angekommen und bleiben einen Augenblick stehen. Unsere Füße versinken langsam im Schlamm. Trotz des wolkenverhangenen Himmels und des Nieselregens funkeln Julias Augen. „Ich überlege, über die Schule zu schreiben", flüstert sie. „Du weißt schon, ich werde alle Gebäude untersuchen, die Klassenräume, die Cafeteria und die Wohnheime. Ich werde mich mit dem Personal beschäftigen und mit den Beziehungen zwischen Lehrern und Schülern. Solche Dinge. Und dann werde ich eine Liste mit Verbesserungsvorschlägen präsentieren."

Ich starre meine Schwester an und frage mich, ob sie jetzt vollkommen verrückt geworden ist. Sie grinst mich an, als wäre das die tollste Idee, die jemals jemand gehabt hat. Ich versuche herauszufinden, worüber sie so aufgeregt ist, aber ich schaffe es nicht. Seit der ersten Klasse besuchen wir die KCA und sie hat sich nie verändert. Nicht in all den Jahren. Wir tragen noch immer dieselben Uniformen, essen dasselbe Essen, waten durch denselben Schlamm und schlafen in denselben grauen Wohnheimen. Ein kleines Referat – ein Referat, das vermutlich nicht einmal gelesen wird – wird daran nichts ändern.

„Ich habe gedacht, es wäre toll, wenn du für jeden Teil eine Illustration machen könntest", sagt sie. „Du weißt schon, du könntest die Schulgebäude skizzieren, nur statt grau wären sie farbig. Und du könntest Gehwege einzeichnen und angelegte Gärten . . ."

„Gärten? Jules, werd doch vernünftig."

„Und in der Cafeteria könntest du Vasen mit Blumen auf den Tischen zeichnen und ein Wandgemälde an der Wand. Du wärst ohnehin der Beste für dieses Wandgemälde, Peter! Vielleicht lassen sie uns ja wirklich eins malen!"

Meine Schwester macht mich verrückt. Woher hat sie nur all diese Ideen? Warum will sie immer alles verbessern? Die Dinge sind, wie sie sind, möchte ich ihr sagen. Mach dir doch nicht die Mühe, Veränderungen herbeiführen zu wollen. Nichts wird geschehen. Es ist eine verlorene Sache.

Aber sie legt ihre Hand auf meinen Arm. „Bitte, Peter! Wir könnten hier so viel bewirken. Wir können es!"

Bevor ich Zeit habe zu antworten, reiht sie sich in die Schlange von Mädchen ein, die vor der Essensausgabe anstehen. Ich schlendere zu der Jungenreihe hinüber und ich denke über Julias großes Projekt nach. Das Komische ist, ich frage mich, ob Mr. DaGama mir, wenn ich Julias Referat illustriere, wohl auch eine Eins geben wird.

In den kommenden Wochen vergesse ich Julias Projekt fast vollkommen. Es regnet wie verrückt und alle werden krank. Irgendwie gelangt jedes Jahr in der Regenzeit Schmutz in die Wasserleitungen und viele von uns erkranken an Amöbenruhr oder Hepatitis A oder einer ähnlichen scheußlichen Krankheit. Aus den Wasserhähnen fließt nur noch braunes Wasser, und es lohnt sich erst gar nicht, sich die Zähne zu putzen oder zu baden. Wenn man sich die Haare wäscht, stellt man sich vor, dass man genauso viel Schmutz hineinwäscht, wie man eigentlich herauswaschen möchte. Die meisten von uns Jungen aus der siebten Klasse stinken am Ende des dritten Semesters ganz ordentlich.

Ich ziehe wie üblich herum, flirte mit den Mädchen und versuche genügend Brot zu beschaffen, um damit meinen Magen zu füllen. Nachts schleiche ich mich nach draußen, um zu jagen. Und dann eines Tages kommt meine Schwester nach dem Sozialkundeunterricht mit einem dicken Packen Blätter, der in ihrer ordentlichen Handschrift dicht beschrieben ist, auf mich zu.

„Du wirst kaum glauben, was ich herausgefunden habe", flüstert sie mir verschwörerisch zu. Sie zieht mich zur Seite, während alle anderen zum Essen gehen. „Ich habe Cookie interviewt!"

Ich stelle mir den riesigen, bulligen Ex-Soldaten mit dem breiten Kopf vor, der unsere Cafeteria unter sich hat. Cookie hat sich vom Militärdienst zurückgezogen und vermutlich den Ruf Gottes gehört, nach Afrika zu gehen, um dort die Missionarskinder zu quälen. Dies ist die einzige Erklärung für die Behandlung, die wir bekommen.

„Cookie hat sich mit dir hingesetzt und sich interviewen lassen?"

„Na ja, er hat sich nicht gerade hingesetzt. Ich bin ihm auf Schritt und Tritt gefolgt." Sie scheint sehr stolz auf sich zu sein. „Und jetzt pass auf – ich habe herausgefunden, dass es keinen Ernährungsplan für unsere Mahlzeiten gibt!"

„Und der Papst ist Katholik. Überraschung!"

„Nein, jetzt mal im Ernst, Pete. Würdest du nicht denken, dass Cookie sich zumindest bemühen sollte, uns ausgewogene Mahlzeiten vorzusetzen? Ich meine, vor Jahren, in den ersten Klassen, haben wir von der Ernährungspyramide gehört und den vier großen Nährstoffgruppen und all das."

Sie spricht über die Grundschule. Sie war genauso schlimm wie die

KCA und wir haben viel unnützes Zeug gelernt. Der Punkt ist, Julia behält all das Zeug, das sie gelernt hat. Ich nicht.

„Cookie versucht nicht einmal unsere Mahlzeiten ausgewogen zu gestalten!", fährt sie fort, als hätte sie einen neuen Planeten entdeckt. „Er sagt, es sei zu schwierig zu planen, welche Lebensmittel er aus der Stadt bekommen könnte, darum plant er nie im Voraus. Deshalb bekommen wir manchmal Makkaroni, Kartoffeln und Brot bei ein und derselben Mahlzeit. Die sind alle stärkehaltig!"

„Jules, das ist doch keine Neuigkeit."

„Ich denke schon. Wir werden falsch ernährt! Ich wette, einige von uns befinden sich am Rande von Kwashiorkor!"

Ich versuche die Botschaft hinter ihrer Erregung zu verstehen. Es war nie ein Geheimnis, dass die Schüler an der KCA eine überwiegend kohlehydrathaltige Ernährung bekommen. Und wenn es ab und zu einmal Blumenkohl oder Brokkoli gibt, dann ist er in der Regel durchsetzt von kleinen Würmern oder winzigen schwarzen Insekten. Die Mahlzeiten schmecken, als hätte Cookie einen Haufen alter Lederschuhe ein paar Stunden lang gekocht und sie dann auf einen Teller gelegt. Und in den Gelatinedesserts sind immer unzählige Fliegen zu finden. Einmal fand ich sogar ein langes, gedrehtes Metallstück in meinen Makkaroni. In der KCA ist es immer sehr aufregend.

„Also, hör dir das an", flüstert Julia. „Ich habe Cookie eine ganze Reihe von Tipps gegeben, wie er unsere Mahlzeiten appetitlicher zubereiten kann. Ich habe ihm zum Beispiel vorgeschlagen, Petersilie auf die Kartoffeln zu streuen. Oder er solle versuchen, Mandarinen von der Küste zu bekommen. Und ich habe ihm gesagt, es gäbe jede Menge Bauern, die ihm nur zu gern ihren frischen Mais, ihre Bohnen und Kartoffeln verkaufen würden. Er schien mir wirklich zuzuhören, Peter."

„Das ist ja toll." Ich freue mich wirklich für sie. Sie verhält sich, als sei dies das Beste, das in Jahren passiert sei, als würde sie wirklich etwas Wichtiges tun.

„Und er hat mir die Erlaubnis gegeben, Vasen mit Blumen auf die Tische zu stellen!" Julia wirft aufgeregt die Arme um mich. „Eine Gruppe von Mädchen wird heute Nachmittag Blumen pflücken. Wir haben versprochen, den Campus nicht zu verlassen. Wir haben alle möglichen Getränke- und Medizinfläschchen gesammelt, in die wir die Blumen stellen können. Ist das nicht toll?"

„Allerdings, Jules. Die Cafeteria wird ganz anders aussehen."

„Bestimmt. Und ich denke, Cookie wird sich mehr Mühe mit dem Ernährungsplan geben, Pete. Das glaube ich wirklich."

„Das wäre wirklich toll."

„Also, wirst du die Skizzen zeichnen?" Bevor ich Ausflüchte machen kann, drückt sie mir ihr Referat in den Arm und zeigt mir, was ich zeichnen soll. Ich suche nach Gründen, diese Bitte meiner Schwester abzulehnen. Die beste Ausrede, die mir einfällt, ist, dass ich normalerweise keine Gebäude und Landschaften zeichne. Ich beschäftige mich lieber mit Tieren und Menschen. Aber als ich ihr das sage, hält sie dagegen, ich sei der beste Zeichner in der Schule, und wenn ich die Skizzen machen würde, wären die Lehrer bestimmt so beeindruckt, dass sie alle diese Veränderungen vornehmen wollten.

Ich überlege, ob ich Julia sagen soll, dass niemand irgendeine Veränderung vornehmen wird, weil es niemanden interessiert. Doch ich blicke in ihre hoffnungsvollen blauen Augen und sage ihr, ich würde die Skizzen gern für sie machen.

So sitze ich Abend für Abend an meinem Schreibtisch, lese Julias Referat und bringe ihre Ideen zur Verschönerung der Schule zu Papier. Als ich fertig bin, haben wir zwei die KCA in eine vorbildhafte Lernumgebung verwandelt. Wir haben die Gehwege aus Zement mit, wie Julia geschrieben hat, „Gärten voller Blumen" gesäumt. Die Cafeteria wurde in „beruhigenden Blau- und Grüntönen" gestrichen, mit bunten Tischdecken und Servietten ausgestattet und auf jedem Tisch stand ein Strauß Blumen aus dem zuvor erwähnten Garten. Bei jeder Mahlzeit wird die Cafeteria von Lehrern beaufsichtigt, die sich unter die Schüler mischen und ebenfalls die nahrhaften, gut ausgewogenen Gerichte zu sich nehmen. Verschwunden sind die Blechtabletts nach Armeemanier. Wir haben Teller! Verschwunden sind die Kämpfe ums Essen. Wir alle benehmen uns, weil die Cafeteria so schön ist.

Unser Aufenthaltsraum ist kein großer leerer Saal mehr, an dessen Wänden Holzbänke stehen. Jetzt haben wir einen Raum, in dem wir Musik machen und Getränke kaufen können. Bunte Kissen liegen auf den Bänken. Spieltische sind im Raum verteilt. Es gibt sogar ein Fernsehgerät. Jetzt haben wir verschiedene Möglichkeiten zur Freizeitgestaltung.

Nach Julias Anweisungen gestalte ich die Schule auf dem Papier um. In den Klassenräumen gibt es Rechenmaschinen, Telefone in den Schlafräumen und grüne Rasenflächen mit Picknicktischen. Die Lehrer laufen herum und beaufsichtigen die vielfältigen außerschulischen Aktivitäten und man hat den Eindruck, als wären wir ihnen wirklich wichtig. Es gibt eine Kunst-AG, eine Theater-AG, eine naturwissenschaftliche AG und eine Gruppe von Mentoren hilft den Schülern an der KCA über schwierige Zeiten hinweg. Alles in allem ist Julias Referat brillant.

Ich sage ihr das, als ich ihr die Arbeit mit meinen Skizzen zurückgebe. Sie ist so begeistert von den Zeichnungen, dass ich fürchte, sie könnte einen Herzanfall bekommen. Außerdem ist sie bereits dabei, einige ihrer Ideen in die Praxis umzusetzen. Sie und ihre Freundinnen nähen Kissen für den Aufenthaltsraum und auch weiterhin stehen ihre kleinen Vasen mit frischen Blumen auf den Tischen in der Cafeteria. Der Vater ihrer Zimmergenossin ist Missionar an einem theologischen Seminar in Kenia und er hat in einem Lagerraum ein paar Töpfe Farbe entdeckt. Er wird sie das nächste Mal, wenn er in die KCA zu Besuch kommt, mitbringen. Das Wandgemälde in der Cafeteria befindet sich in der Planungsphase und es sieht so aus, als hätte Julia eine Revolution in Gang gesetzt.

Eines Abends sitzen wir alle im Aufenthaltsraum, hängen mehr oder minder lustlos herum und starren auf unsere Füße oder versuchen die Aufmerksamkeit der Mädchen auf uns zu lenken. Auf einmal kommen Julia und ihre Freundinnen mit den neuen Kissen hereinmarschiert, die sie genäht haben. Das ist ziemlich aufregend. Aber noch aufregender ist, dass meine Schwester irgendwo einen Kassettenrekorder und einige Kassetten aufgetrieben hat. Während die Musik zu spielen beginnt, verteilen Julia und ihre Freundinnen die neuen Kissen auf den Bänken. Die Schüler fangen an zu lachen und zu reden, und schon bald springen ein paar von uns auf und fangen an zu tanzen. Es dauert nicht lange, bis jemand einen Reihentanz mitten im Raum organisiert hat. Wir werfen die Fersen hoch und wirbeln die Mädchen herum und wir haben das Gefühl, noch nie im Leben so viel Spaß gehabt zu haben.

Und dann gehen die Lichter aus. Als sie wieder angehen, marschiert eine ganze Schwadron aufgebrachter Lehrer in den Raum. Sie schreiben die Namen aller Übeltäter auf und schicken uns in unsere Wohnheime. Tanzen, so stellt sich heraus, ist an der KCA verboten. Wir stecken in großen Schwierigkeiten.

Am folgenden Morgen werden 20 von uns suspendiert. Ich gehöre auch dazu. Auf wundersame Weise entgeht Julia der Bestrafung, weil sie sich zur Zeit des Tanzes gerade in ihrem Wohnheim aufhielt, um Zimttoast zu holen, den sie und ihre Freundinnen über dem Feuer für uns zubereitet hatten. Da Mom und Dad so weit draußen im Busch leben, dauert es eine Weile, bis sie eine Nachricht erreicht. Darum muss ich drei Tage lang so blödsinnige Dinge tun wie Wände abwaschen und die Waschräume der Jungen anstreichen. Schließlich kommen Mom und Dad, um mich abzuholen. Sie sind ziemlich aufgebracht über diesen Zwischenfall. Ich verbringe zwei Wochen zu Hause und erlebe draußen im Dorf zusammen mit meinen Massai-Freunden eine großartige Zeit.

Als ich wieder zur Schule gehe, merke ich, dass die Kissen aus dem Aufenthaltsraum entfernt worden sind, genau wie der Kassettenrekorder. Auf den gekochten Kartoffeln fehlt die Petersilie und auch die Vasen auf den Tischen sind fort.

Eines Tages nach dem Sozialkundeunterricht stehen Julia und ich draußen im Schlamm. Sie erzählt mir, dass Mr. DaGama ihr eine Eins geben wird. Aber sie glaubt nicht, dass er ihr Referat auch nur gelesen hat. Keiner der Lehrer wolle eine Kunst-, Theater- oder naturwissenschaftllche AG leiten. Man hat ihr gesagt, es gäbe so viele sportliche und musikalische Aktivitäten, dass die Schüler ausreichend Betätigungsfelder hätten. Und die Farbe aus dem theologischen Seminar war, als die Mädchen die Deckel der Eimer öffneten, ganz vertrocknet.

Julia zuckt die Schultern. „Du hattest Recht, Pete. Es war eine blöde Idee, die Schule verändern zu wollen."

Während um uns herum alle Schüler zum Mittagessen gehen, nehme ich meine Schwester in den Arm. „Deine Ideen waren nicht blöd. Deine Ideen waren großartig. Und meine Zeichnungen waren auch gut. Vielleicht hast du die Schule nicht verändert, Jules. Aber du hast es versucht. Du hast es wirklich versucht. Und das ist das Wichtigste."

Sie wischt sich eine Träne von der Wange. „Es tut mir Leid, dass du vom Unterricht suspendiert worden bist, Pete."

„Hey, ich hatte Spaß. Das war das Schönste, was du für mich tun konntest." Ich kneife sie ins Kinn und dann laufe ich zur Cafeteria in der Hoffnung, dass niemand die Träne bemerkt, die mir über die Wange läuft. Kurz darauf stehe ich in der Schlange, klopfe gegen die Wände und schreie zusammen mit den anderen, dass Cookie endlich die Eisengitter hochzieht, damit wir unser Essen bekommen. Ich hoffe nur, dass es keinen Blumenkohl gibt.

Kapitel 6

„Oh Peter“, sagte Julia kopfschüttelnd. „Ich kann immer noch nicht glauben, dass ich schuld daran war, dass du suspendiert wurdest. Ein Wunder, dass Mom und Dad dich nicht umgebracht haben.“

„Jules, ich sage dir doch, das waren die beiden schönsten Wochen meines Lebens! Ich wünschte, ich hätte nie zur Schule zurückkehren müssen.“ Die Erinnerung an diese beiden unerwarteten Wochen zusammen mit seinen Freunden im Massai-Dorf hatten Peters Laune beträchtlich verbessert.

„Trotzdem . . . das ist so schief gelaufen, kein Wunder, dass ich aufgegeben habe, mich einzusetzen. Es war die absolute Katastrophe“, beharrte Julia.

„Nun, ich denke, wichtig war, dass du dich nicht angepasst hast. Du hast dich für eine Veränderung und Verbesserung eingesetzt, auch wenn dies eine Bedrohung für den Frieden war. Siehst du, du hast doch ein Stück von einem Rebellen in dir.“

„Weißt du, an was ich mich noch erinnere, Peter?“, warf Debbie ein. Sie schien jetzt fröhlicher und wacher zu sein, obwohl in den vergangenen Minuten eine Schwester hereingekommen war und bestätigt hatte, dass ihre Temperatur noch immer erhöht war. „Ich erinnere mich an die Krankenstation in der Schule. Es gab eine für Jungen und eine für Mädchen und auf jeder stand eine Reihe von Betten an der Wand. Sie war so kahl und öde.“

„Das stimmt.“ Peter erinnerte sich, wie er einmal bei einem Streit mit einem Klassenkameraden in den Magen getreten worden war. Er hatte schwarzes Zeug erbrochen und man hatte angenommen, dass vielleicht seine Leber verletzt worden war. Darum war er für fast zwei Wochen auf die Krankenstation verlegt worden. „Ich hasste diesen Ort."

„Aber du hast tolle Cartoons gezeichnet, Pete", erinnerte Julia ihn. „Erinnerst du dich noch an deine Poster von Snoopy und Charlie Brown? Die Schulschwester hat sie auf der Krankenstation aufgehängt. Dadurch sah die Station gleich schöner aus."

„Ja", sagte Debbie, „aber es war sehr einsam dort. Es gab nichts Schlimmeres, als im Internat krank zu werden. Ich erinnere mich, als ich Malaria bekam."

„Oh, das war schrecklich." Julia legte einen feuchten Waschlappen auf die Stirn ihrer Schwester. „Du warst so krank, Debs. Und ich erinnere mich, dass ich ständig in die Krankenstation hochlaufen musste, um eine Medizin gegen irgendeine Art von Amöben zu holen."

„In der sechsten Klasse warst du fast die ganze Zeit grün im Gesicht, Jules", erinnerte sich Peter.

„Das stimmt, nicht? Weißt du, ich bin bis heute fest davon überzeugt, dass wir alle irgendeinen scheußlichen afrikanischen Wurm mit uns herumtragen."

„Aber die Malaria war wirklich das Schlimmste." Debbie schloss die Augen. „Ich dachte, ich würde sterben."

Debbie – Afrika – 1977

Mir ist heiß, und ich schwitze. Aber die Trockenzeit hat noch nicht einmal angefangen. Mein Bett ist ganz feucht vom Schweiß. Die drei, mit denen ich mein Zimmer teile, eilen umher und ziehen sich an. Ihnen fällt gar nicht auf, dass ich irgendwie nicht aus dem Bett komme. Es ist schon fast Zeit für die Inspektion; die Vertrauensschülerin wird jede Minute ins Zimmer kommen. Sie wird unsere Uniformen überprüfen und nachsehen, ob wir unsere Röcke auch nicht zu hoch gezogen haben. Ich habe große Angst vor der Vertrauensschülerin . . .

„Klopf, klopf!" Ein großer Mann betritt das Krankenzimmer. „Hallo, Deb, wie geht es dir heute?"

„Oh Dave, hallo." Als Debbie ihn ansieht, bemerkt Julia, dass die Augen ihrer Schwester noch immer fiebrig glänzen.

Der Mann im dunklen Anzug mit weißem Hemd und gestreifter Krawatte hat kurz geschnittene dunkelbraune Haare. Er lächelt Julia und Peter freundlich an. „Sie müssen Debbies Geschwister sein."

„Ja, tut mir Leid", entschuldigt sich Debbie. „Dave Hornburg, das ist meine Schwester Julia Chappell und mein Bruder Peter Mossman. Sie sind gestern hier angekommen."

„Nett, Sie kennen zu lernen. Ich bin ein guter Freund von Debbie."

Ein guter Freund, dachte Julia. Obwohl Julia ihm nie begegnet war, wusste sie doch von Debbie, dass die beiden seit Jahren miteinander gingen. Doch Dave hatte sich nie überwunden, Debbie einen Heiratsantrag zu machen. Julia entwickelte sofort eine Abneigung gegen den Mann. Was war sein Problem? Sah er nicht, dass Debbie die netteste, hübscheste Frau war, die er vermutlich jemals kennen lernen würde?

Als sie sich ihrer Schwester wieder zuwandte, wurde Julia natürlich wieder daran erinnert, dass Debbie im Augenblick nicht gerade schön zu nennen war. Vielleicht war diese unbeständige Beziehung der Auslöser für ihre Anorexie. Peter hatte bestimmt eine Meinung dazu.

„Es tut mir Leid, dass ich dich in den vergangenen Tagen nicht besucht habe", erklärte Dave. Er schien zu zögern, dann ging er zum Bett. „Ich musste geschäftlich nach Springfield."

„Dave arbeitet in einer Bank in der Stadtmitte", erläuterte Debbie. „Er ist Kreditsachbearbeiter."

„Also, was sagt der Arzt zu deinem Zustand? Hast du etwas essen können?"

Sie wandte den Blick ab. „Ich habe einen Schlauch, weißt du."

„Na ja, du solltest trotzdem versuchen zu essen." Er wandte sich an Julia. „Bis vor kurzem hat Deb sehr auf sich geachtet. Sie treibt viel Sport. Bevor sie diese Probleme bekam, hatte sie wirklich eine gute Kondition. Um ehrlich zu sein, ich habe es zuerst gar nicht bemerkt."

„Haben Sie nicht?" Peters Augen zogen sich zusammen. Ein schlechtes Zeichen. Julia hoffte, er würde keine Szene machen. „Ich meine, haben Sie sie überhaupt einmal angesehen?"

„Na ja, ja. Aber sie ist immer dünn gewesen."

„Nicht so."

Dave starrte Debbie an, als suche er nach einem Hinweis. „Ich habe es einfach nicht bemerkt", sagte er schließlich.

„Ist schon in Ordnung." Debbie winkte ab. „Dave ist so beschäftigt. Ich habe es aufgegeben, all seine Projekte behalten zu wollen, mit denen er betraut ist."

„Ich mache mir wirklich Sorgen um dich, Deb. Das weißt du doch."

„Sicher." Sie lächelte mit ihren aufgesprungenen Lippen.

„Also, iss etwas. Verstanden?"

„Aye, aye, Captain." Sie griff nach seiner Hand, aber er wandte sich bereits zum Gehen. „Warte! Kannst du heute Abend noch einmal kommen, Dave?"

„Ich weiß nicht so genau. Ich werde es versuchen." Er zuckte an Julia und Peter gewandt die Achseln. „Ich bin bei den Evening Lions."

„Er engagiert sich bei einer Reihe von gemeinnützigen Aktivitäten", erklärte Debbie. „Stadtrat, Handelskammer, diese Sachen. Dave ist der Leiter der Singlegruppe in der Gemeinde. So haben wir uns auch kennen gelernt."

„Wow, dann sind Sie ja wirklich sehr beschäftigt", sagte Peter.

Dave betrachtete ihn unsicher. Vermutlich fragte er sich, ob Peter es ernst meinte. „Um ehrlich zu sein", sagte er, „ich werde zu spät zu einer Sitzung in der Bank kommen."

„Dann beeil dich lieber", forderte Debbie ihn auf.

Er deutete mit dem Finger auf sie. „Iss, verstanden?"

Sie nickte, während er in den Flur hinauseilte. Julia spürte, wie die Spannung im Raum entwich. Was um alles in der Welt fand Debbie nur an diesem Mann? Sie war so wertvoll, so sanft und liebevoll – und er war ganz eindeutig zu sehr von seinem eigenen Ehrgeiz getrieben, um ihr viel Aufmerksamkeit zu schenken. *Ich habe es nicht bemerkt*, hatte er gesagt. Nicht bemerkt! Was für ein Mann ließ denn zu, dass seine Freundin an den Rand des Todes rutschte und bemerkte es noch nicht einmal? Und Debbie schien es überhaupt nichts auszumachen, dass sie zwischen all seinen Projekten verloren ging. Julia musste zugeben, sie fand, dass beide sich irgendwie komisch verhielten.

Während Peter den Waschlappen noch einmal nass machte, musste Julia an ihre Beziehung zu ihrem Mann denken. Unterschied sich ihr eigener Mann denn so eindeutig von Dave? Mike war natürlich sehr liebevoll, aber er hatte kaum Zeit, um romantisch oder aufmerksam zu sein. Die Jugendgruppe hielt ihn in Atem und wenn er anschließend nach Hause kam, war er so ausgelaugt, dass er nur noch die Zeitung lesen oder fernsehen wollte. Instinktiv fuhr sie mit der Hand über ihren Bauch unter ihrem Umstandskleid.

In was für einem Heim würden diese Babys aufwachsen? Welche Pläne hatte Gott für die Kinder, die in Julia heranwuchsen? Für sie und Mike war diese Schwangerschaft ein Unfall. Aber Gott waren diese Kinder bereits gut bekannt, liebevoll gewirkt durch seine himmlische Hand. Ihre Gedanken wanderten zu Versen aus der Bibel, die sie als Kind im Internat auswendig gelernt hatte. Der Psalm 139 in der Mitte ihrer alten grünen Bibel war beinahe verschlissen, weil sie ihn so oft gelesen hatte. „Ich war dir nicht verborgen, als ich im Dunkeln Gestalt annahm, tief unten im Mutterschoß der Erde. Du sahst mich schon fertig, als ich noch ungeformt war. Im Voraus hast du alles aufgeschrieben; jeder meiner Tage war schon vorgezeichnet, noch ehe der erste begann."

Jeder Augenblick des Lebens dieser ungeborenen Kinder war Gott bekannt. Die Babys waren ihm sehr kostbar, genauso wie Julia, ihr Bruder und ihre Schwester von ihrem himmlischen Vater geliebt wurden. Was hatten sie mit den Tagen gemacht, die in Gottes Buch aufgezeichnet waren? Gefiel es Gott? Hatten sie das Recht, ihren Eltern die Schuld an den Fehlern und dem Schmerz in ihrer Vergangenheit zu geben? Und, wichtiger noch, was würden sie aus ihrer Zukunft machen? Was konnten sie und Mike ihren neuen Kindern geben? Diesen unerwarteten, aber auf wundersame Weise vollkommenen und geliebten Wesen, die in Julia heranwuchsen? „Wie schön ist es, Herr, zu wissen, dass du immer an mich denkst!"

Sie sah zu ihrem Bruder hinüber, der seiner Schwester gerade das Kissen aufschüttelte. Sicher, die Vergangenheit lebte in jedem von ihnen bis zum heutigen Tag. In Peter war dieser Schmerz noch immer sehr stark. Er fühlte sich verlassen und vielleicht empfand er richtig. In gewisser Weise waren sie für ihre Eltern immer noch nebensächlich, während sie sich in die Arbeit für das Reich Gottes stürzten. Vielleicht waren auch sie und Debbie verlassen worden. Aber was jeder von ihnen als Erwachsener getan hatte, das war ihre eigene Entscheidung gewesen. Oder etwa nicht? Julia hatte beschlossen, sich anzupassen. Peter war der Rebell. Und Debbie war noch immer verloren.

„Wir stecken fest", sagte sie laut. Erstaunt wandten sich ihre Geschwister ihr zu und warteten darauf, dass sie fortfuhr. „In unserer Kindheit waren wir in bestimmten Mustern gefangen und auch jetzt verhalten wir uns immer wieder danach."

„Wovon sprichst du?" Peter verschränkte die Arme. „Ich stecke nicht fest. Der Einzige, der hier feststeckt, ist Debbie. Sie klebt an diesem eiskalten Fisch Dave Hornbill."

„Pete!" Debbie blickte ihn finster an. „Er heißt Dave Horn*burg* und er ist ein wundervoller Mensch."

„So wundervoll, dass er nicht einmal bemerkt hast, dass du dem Tode nahe warst."

„Ich wünschte, du würdest das nicht immer sagen, Pete. Ich bin nicht dem Tode nahe."

„Ach ja? Warum stehst du denn dann nicht auf und hüpfst herum und aus diesem Krankenhaus hinaus? Seit wir hier sind, bist du noch nicht einmal aufgestanden."

„Weil ich nicht aufstehen kann." Debbies Augen füllten sich plötzlich mit Tränen. Sie schluckte zweimal, bevor sie sich überwinden konnte zu sprechen. „Als ich in der Gemeinde gefallen bin . . . ich habe mir das Becken gebrochen."

Julia schnappte nach Luft. „Debs? Das hast du uns ja gar nicht erzählt."

„Ich habe den Arzt gebeten, das vertraulich zu behandeln." Tränen rollten Debbies Wangen hinunter und Julia nahm ein Taschentuch. „Ich will nicht, dass die Leute in der Gemeinde diese Sache an die große Glocke hängen. Und du und Peter, ihr sollt das auch nicht tun. Ich wünschte, ihr alle würdet mich einfach nur in Ruhe lassen. Ich kann selbst für mich sorgen."

„Du kannst selbst für dich sorgen?", explodierte Peter. „Das hat dich mit einem gebrochenen Becken, einem Ernährungsschlauch und wer weiß, was sonst noch, ins Krankenhaus gebracht!"

„Peter", schnappte Julia, „hör auf, Debbie anzubrüllen."

„Ich brülle sie nicht an! Warum nur denken alle, ich würde brüllen?"

„Weil du brüllst!"

„Nein, das tue ich nicht! Ich sage, was ich denke . . ."

„Entschuldigung?" Die Tür öffnete sich und ein junger Mann in einem weißen Mantel betrat den Raum. „Ich hoffe, ich störe Sie nicht. Ich bin Dr. Bryant."

Julia setzte schnell ein Lächeln auf. „Hallo, ich bin Debbies Schwester Julia. Dies ist unser Bruder Peter."

„Nett, Sie kennen zu lernen. Würden Sie wohl einen Augenblick draußen warten, damit ich mir unsere Patientin ansehen kann." Er ging auf das Bett zu. Einige Krankenschwestern betraten hinter ihm das Zimmer. „Wie ich höre, ist Ihre Temperatur ein wenig erhöht, Deborah. Können Sie mir sagen, wie Sie sich heute Morgen fühlen?"

„Wir gehen in die Cafeteria hinunter und trinken eine Tasse Kaffee", sagte Julia und winkte Peter heraus. Als der Arzt mit der Untersuchung begann, eilten sie hinaus auf den Flur. Julia konnte kaum schnell genug die Füße voreinander setzen, um vor ihrem Bruder zu bleiben.

Peter packte sie am Arm und wirbelte sie zu sich herum. „Was ist denn auf einmal mit dir los? Warum hast du plötzlich Hummeln im Hintern?"

„Ich habe keine Hummeln im Hintern", widersprach sie. „Ich habe einen sehr nervenden Bruder. Dir scheint gar nicht klar zu sein, wie krank unsere kleine Schwester ist. Wir finden heraus, dass sie sich das Becken gebrochen hat, und du fängst sofort an, auf ihr herumzuhacken. Ist dir denn nicht klar, dass sie Ruhe und Frieden braucht? Sie muss heil werden – und kann dein Herumwüten jetzt nicht vertragen."

„Ich wüte nicht herum."

„Doch, das tust du."

Während er Julia anstarrte, wurde er zornig, doch ihm wurde auch klar, dass ihm dieser Streit unangenehm bekannt vorkam. Genau das hatten Maria und andere ihm immer wieder gesagt. Er behauptete, seine Meinung zu sagen. Sie aber beharrten darauf, er würde schreien.

„Wenn Debbie uns nicht gesagt hat, dass sie sich das Becken gebrochen hat", sagte Julia und setzte sich wieder in Bewegung, „dann hat sie uns vielleicht andere Dinge auch noch verschwiegen. Hast du darüber einmal nachgedacht?"

„Ich weiß nur, dass meine kleine Schwester im Sterben liegt, und es gibt nichts, was ich tun kann, um ihr zu helfen."

„Nun, du könntest zum Beispiel anfangen, ein wenig netter zu sein."

„Nett? Das ist doch dein Part. Du bist doch immer nett, nett, nett."

„Was ist daran verkehrt?"

„Es ist nicht echt!"

Julias Augen blitzten und Peter merkte, dass er zu weit gegangen war. „Das – ist – sehr – wohl – echt!" Sie sprach jedes Wort überdeutlich aus. „Nett zu sein, gehört zu der Art, wie ich meinen Glauben an Jesus Christus auslebe. Und jetzt wirf mir bloß nicht vor, mein Glaube sei nicht echt. Denn, weißt du was? Er ist echt!"

Sie stapfte in ihrem durch die Schwangerschaft bedingten watschelnden Gang in die Cafeteria. Von der Tür aus beobachtete er, wie sie einen Teebeutel nahm und ihn in einen Styroporbecher legte. Als sie heißes Wasser daraufgoss, kam er in den Saal und goss sich eine Tasse Kaffee ein. Bevor sie noch reagieren konnte, zog er ein paar Geldscheine aus der Tasche und bezahlte. *Frieden?*, wollte er seine Schwester bitten. *Bitte, können wir Frieden halten?*

Julia marschierte zu einem Tisch und ließ sich auf einen Stuhl sinken. „Warum gibt es hier nie Milch?", fragte sie an die Decke gewandt. „Ich hasse es, dieses Milchpulver in meinen Tee zu schütten. Das ist unecht, genau wie deiner Meinung nach mein Verhalten."

„Also gut, du bist nicht unehrlich und du bist nicht freundlich. Ich habe meine Meinung geändert. Du bist ehrlich und du bist gemein. Du bist wirklich gemein."

Ihre blauen Augen blitzten ihn an. „Halt den Mund, Peter."

„Lebst du so deinen Glauben an Jesus Christus aus? Indem du so mit deinem Bruder sprichst?"

Sie rührte in ihrem Tee und trank einen Schluck. Obwohl sie noch zornig war, tat es doch gut. Wie lange war es her, seit sie ausgesprochen hatte, wer sie war und woran sie glaubte? Das kam nicht oft vor. Vielmehr lebte sie in ihrer kleinen abgeschlossenen christlichen Welt, wo niemand jemals ihren Glauben in Frage stellte. Das Buch, in dem Gott ihre Tage aufzeichnete, war vermutlich das langweiligste Werk in der Geschichte. Ihr war sogar schon der Gedanke gekommen, ob sie nicht vielleicht zu diesen lauwarmen Menschen gehörte – wie die Gemeinde in Laodicea, die Gott am Ende aus seinem Mund ausspeien würde.

„Hauptsache ist jetzt, dass wir Debbie unterstützen", sagte sie zu Peter. Sie senkte die Stimme. „Zumindest können wir versuchen, ihr zu helfen, dass es ihr besser geht."

„Und wie?"

„Wir sollten auf jeden Fall erst mal mit ihrem Arzt reden. Versuchen, ein paar Antworten zu bekommen. Dann fällt uns vielleicht eine Strategie ein. Aber auf keinen Fall wollen wir streiten, Peter. Okay?"

„Ich streite nicht. Ich sage nur, was ich empfinde."

„Wenn du meinen Glauben oder Debbies Freund kritisierst, etwas, das uns wirklich wichtig ist, dann tut uns das weh, Peter. Gestern am Telefon hast du das Gespräch mit Mom und Dad richtig gut gemeistert, ohne böse zu werden. Du hast gesagt, was du empfindest, aber du hast es nicht in eine Schlacht ausarten lassen."

„Und was hat das genützt? Sie sind trotzdem nicht hier, oder?"

„Vielleicht sind sie schon unterwegs. Ich wäre nicht überrascht."

„Sie würden die Ferienbibelschule im Stich lassen?"

„Da ist schon wieder dein Sarkasmus." Sie stellte ihre Tasse auf den Tisch und beugte sich vor. Seit Jahren hatte sie sich schon nicht mehr mit ihrem Bruder auseinandergesetzt, aber er hatte sie so weit gebracht. „Es ist, als säße ein spitzer Dorn tief in deinem Fleisch, als sei er infiziert, gefüllt mit

Zorn, Hass, Unversöhnlichkeit und Bitterkeit. Dieser Eiter vergiftet alles, was du sagst, deine Beziehungen zu deiner Familie, vermutlich auch deine Ehe, Pete. Du musst diesen Dorn herausziehen. Ich meine, dich ein für alle Mal diesen Dingen stellen. Sonst wird das immer weiter eitern und dich und alle anderen krank machen."

Peter betrachtete seine Schwester mit ihrem welligen blonden Haar und den von der Schwangerschaft geröteten Wangen. Julia konnte nicht erkennen, dass derselbe Dorn des Verlassenseins sich auch in ihr Herz gebohrt hatte. Dass auch sie an den Auswirkungen dieser Wunde litt. Er lächelte sie an. „Danke für dieses wunderschöne Bild."

„Du weißt, ich hätte das nicht gesagt, wenn ich dich nicht lieben würde. Ich bin doch immer nett, weißt du nicht mehr?"

Er grinste sie widerstrebend an. „Und wie soll ich mich deiner Meinung nach von diesem eiternden Dorn befreien, o Königin der Freundlichkeit?"

„Du wirst behaupten, ich würde dir eine nichts sagende Antwort geben, aber das tue ich nicht. Der einzige Weg ist, innerlich rein zu werden, Peter, dein Leben Christus anzuvertrauen. Lass ihn das für dich tun."

„Gewaschen im Blut des Lammes."

„Genau."

„Also gut, es tut mir Leid. Mir ist klar, dass ich häufig zornig bin. Ich weiß von diesem Dorn, weil ich ihn in mir spüre. Ich bin nur nicht sicher, ob deine Lösung die richtige ist. Wenn ich mich Christus ausliefere, muss ich vielleicht plötzlich losrennen und bei der Ferienbibelschule mitmachen."

Sie blitzte ihn an. „Komm, gönn mir eine Pause."

„Ich meine es ernst, Jules. Ich möchte nicht wie unsere Eltern werden. Ich möchte nicht verurteilend, unbeugsam und intolerant werden."

„Nun, einige Leute könnten sagen, dass du diese Eigenschaften bereits besitzt." Sie legte ihre Hand auf seine. „Hör zu, Peter. Gott möchte doch gar nicht, dass du wirst wie unsere Eltern. Du sollst ihm ähnlicher werden. Folge Christus nach. Lass dich in sein Bild umgestalten. Dann wirst du wirkliche Heilung finden."

Peter betrachtete seine Schwester. Vielleicht war er zu

hart mit ihr gewesen. Vielleicht war ihr Glaube tatsächlich der richtige Glaube. Ganz bestimmt behauptete sie ihre Position sehr gut. Und wenn sie Recht hatte, falls er durch ein neues Vertrauen gegenüber Christus wirklich heil werden würde, dann war es das Risiko wert, fand er.

Welches Risiko?, fragte er sich, als er zusah, wie Julia ihre leeren Becher zum Abfalleimer brachte. Was hielt ihn von Gott fern? Was brachte ihn dazu, bei dem Gedanken an die Sonntagsschule und Gebetsstunden und das ganze Brimborium davonzulaufen und sich zu verstecken? Das Einzige, was er durch ein Leben mit Christus aufgab, war das Vergnügen, dieses Leben selbst zu bestimmen. Und das war ihm bisher ja nicht besonders gut gelungen.

„Komm." Julia winkte von der Tür aus. „Lass uns den Arzt suchen. Ich möchte wissen, wie es kommt, dass Debbie sich das Becken gebrochen hat."

Als sie den Flur entlangeilten, sahen sie den Arzt aus dem Zimmer eines anderen Patienten kommen. Julia rief ihn an, und er blieb stehen.

„Dr. Bryant, einen Augenblick, bitte", sagte sie. „Was können Sie uns über den Zustand unserer Schwester sagen? Warum hat sie Fieber?"

„Ich weiß es nicht so genau. Ich habe ein paar Tests angeordnet. Hören Sie, hätten Sie etwas dagegen, wenn wir im Wartezimmer darüber reden?" Er führte sie in einen kleinen Raum. „Setzen Sie sich, bitte. Zuerst möchte ich Ihnen sagen, dass der Zustand Ihrer Schwester sehr ernst ist, auch wenn sie sich weigert, sich das selbst einzugestehen."

„Wird sie sterben?", fragte Peter, der sofort zur Sache kommen wollte.

„Ganz bestimmt tue ich alles in meiner Macht Stehende, um das zu verhindern, aber ich könnte alle Informationen gebrauchen, die Sie mir geben können. Wie Sie sicher wissen, ist Anorexia nervosa sowohl ein psychisches als auch ein physisches Problem. Ich bin mittlerweile zu der Erkenntnis gelangt, dass Debbies Kampf schon ein paar Jahre andauert. Vielleicht reicht dieses Problem sogar zurück in ihre Teenagerjahre. Stimmen Sie mir in diesem Punkt zu?"

„Nun, sie wollte immer schlank bleiben", sagte Julia. „Aber

sie treibt viel Sport. Ich meine, sie hat eine Reihe von Laufbändern buchstäblich verschlissen und sie achtete immer sehr auf ihren Körper. Ich mache mir Sorgen, dass es noch etwas anderes sein könnte, Dr. Bryant. Debbie sagt, dass sie Magenschmerzen hatte; ihr Bauch sei wie aufgebläht gewesen. Sie hat mir erzählt, dass sie, als der Unfall in der Gemeinde passierte, ein paar Abführmittel ausprobiert hätte."

„Obsessives Sporttreiben, die Weigerung zu essen und der Gebrauch von Abführmitteln gehören zu den typischen Verhaltensweisen bei Anorexia nervosa." Er nahm ein Faltblatt vom Ständer an der Wand und reichte es Julia. „Dies hilft vielleicht, das Problem besser zu erfassen. Sie und Ihr Bruder müssen verstehen, dass Debbies Körper über lange Zeit hinweg einer extremen Mangelernährung ausgesetzt gewesen ist. Sie zeigt alle Symptome des letzten Stadiums dieser Störung – ihre Periode hat vor einiger Zeit ausgesetzt, ihre Atmung, der Blutdruck und der Pulsschlag sind zu niedrig und ihr Haar, die Nägel und die Haut sind brüchig und trocken. Wichtiger noch ist die Tatsache, dass Debbie unter einer schweren Osteoporose leidet. Ihre Knochen sind sehr dünn und schwach und können sie kaum noch tragen."

„Hat sie sich deshalb das Becken gebrochen?", fragte Peter.

Der Arzt zog überrascht die Augenbraue in die Höhe. Offensichtlich hatte er nicht damit gerechnet, dass Debbie ihnen davon erzählen würde. Er räusperte sich, bevor er zur Antwort ansetzte. „Es ist schwer zu sagen, was genau da passiert ist. Debbie ist vermutlich ohnmächtig geworden und durch den Fall ist der Knochen gebrochen. Vielleicht ist auch der Beckenbruch der Grund für ihre Ohnmacht gewesen. Wie dem auch sei, dieser Bereich ist extrem geschädigt und ihre Knochen sind so porös, dass es schwer für sie sein wird, wieder ein gesundes Becken aufzubauen."

„Sie meinen, sie wird vielleicht nie wieder laufen können?"

Er schüttelte den Kopf. „Im Augenblick hat die physikalische Therapie nicht die oberste Priorität. Viel wichtiger ist, dass wir Debbie stabilisieren und ihr einige Nährstoffe einflößen, damit sie sich wieder erholen kann. Die erhöhte Temperatur ist sehr beunruhigend. Ich befürchte, dass es sich um eine Infektion im Beckenbereich handelt – vielleicht auch in der Blasengegend. Ich habe ein Antibiotikum verschrieben, aber es fällt uns schwer, den Infusionsschlauch offen zu halten. Ihre Venen sind sehr schwach. Vielleicht müssen wir einen so genannten Medikamentenport einsetzen – ein kleinerer operativer Eingriff für eine Dauerbehandlung."

Peter bohrte die Hände tiefer in die Taschen seiner Jeans.

„Sie müssen wissen", fuhr der Arzt fort, „der Zustand Ihrer Schwester ist so geschwächt, dass sie kaum gegen irgendetwas ankämpfen kann. Ihr Immunsystem funktioniert nicht besonders gut. Eigentlich gar nichts funktioniert im Augenblick besonders gut."

„Dann könnte sie also tatsächlich sterben", flüsterte Julia.

Nein!, wollte Peter rufen. Man musste doch mehr tun können. „Denken Sie, dass diese Klinik in der Lage ist, Debbie richtig zu versorgen?", fragte er stattdessen. „Sollten wir sie nicht besser verlegen lassen?"

„Nun, das ist eine Möglichkeit. Ich habe mich mit einem Arzt am Cox Medical Center in Springfield in Verbindung gesetzt, der sich auf Essstörungen spezialisiert hat. Ich habe Debbie gefragt, ob Dr. Baines sie einmal untersuchen könne. Aber Ihre Schwester will noch immer nicht zugeben, dass sie gravierende Probleme hat."

„Wie kann das sein?", fragte Julia. „Sehen Sie sie sich doch nur an. Das ist doch offensichtlich. Und jetzt erfahren wir, dass sie sich auch noch das Becken gebrochen hat. Bestimmt weiß sie doch, wie schlimm es ist."

„Ein Hauptbestandteil von Anorexia nervosa ist die Leugnung."

„Darin sind die Mossmans wirklich gut", sagte Peter. „Unsere Familie praktiziert das schon seit Jahren."

Der Arzt lächelte. „Die Mossmans und sehr viele andere Familien. Leugnung ist eine Strategie, mit Verlust und Schmerz fertig zu werden. Leider ist beim Anorexie-Patienten die Leugnung besonders extrem. Debbie hat ein verzerrtes Bild von sich. Sie hat mir sogar erzählt, sie fände sich dick."

„Dick?" Julias Stimme drohte zu kippen, wie Peter bemerkte. Er legte ihr die Hand auf die Schulter.

„Wissen Sie, gestern Abend habe ich ein Handtuch gesucht

und fand eine Reihe von diesen elastischen Dingern in einer von Debbies Schubladen. Elastische Oberschenkel- und Bauchbinden und solche Sachen. Denkt sie wirklich, sie müsste so etwas tragen, Dr. Bryant?"

„Zweifellos." Er legte seine Hände auf die Knie. „Glauben Sie mir, wenn ich zu der Auffassung komme, dass Debbie hier nicht mehr richtig behandelt werden kann, werde ich sie sofort ins Cox Medical Center in Springfield verlegen lassen. Wenn es sein muss, wird sie mit dem Hubschrauber dorthin befördert. Aber ich glaube nicht, dass es so weit kommen wird. Ihre Schwester hat in ihrem Leben schon viel durchgemacht. Sie ist eine recht zähe junge Dame." Er erhob sich.

„Können wir irgendetwas tun, Dr. Bryant?", fragte Julia. „Können wir ihr irgendwie helfen?"

„Ich würde es gern sehen, wenn Debbie mit einem Psychologen spricht. Eine Psychotherapie könnte ihr helfen, mit ihrer regelrecht morbiden Furcht vor einer Gewichtszunahme fertig zu werden. Vielleicht müssen wir sie zu einem Psychiater bringen und sie unter Medikamente setzen, um ihr obsessives Denken und ihr triebhaftes Verhalten in den Griff zu bekommen. Aber bisher ist Ihre Schwester nicht bereit, irgendjemanden außer meiner Person an sich heranzulassen. Vielleicht können Sie ihr Mut machen, ihren Horizont zu erweitern."

Peter konnte nur mit Mühe seine Wut unterdrücken, da er sah, dass der Arzt alles in seiner Macht Stehende tat, um Debbie zu helfen. Wie hatte das passieren können? Wie war seine wunderhübsche kleine Schwester in einen solchen Zustand geraten? Und wie konnten sie sie dazu bringen, vernünftig zu sein?

„Von einem aber würde ich dringend abraten", sagte Dr. Bryant, als er sich zum Gehen wandte. „Setzen Sie Debbie nicht herab und zeigen Sie ihr nicht zu viel von Ihrem Frust. Sie werden sie bestimmt nicht zum Essen überreden können – streiten, bitten, Zorn, diese Dinge funktionieren nicht." Peter fragte sich, ob der Arzt seine Gedanken gelesen hatte. „Wichtig ist, dass Sie Ihre Schwester lieben. Halten Sie zusammen und lieben Sie einander."

Während er auf den Flur hinaustrat und verschwand, barg Julia ihr Gesicht in den Händen. Peter ging zur Couch und setzte sich neben sie. Er legte den Arm um ihre Schultern.

„Weißt du noch, was Ko-ko-o uns immer gesagt hat?", fragte er. *„Liebt einander. Achtet aufeinander.* Und das werden wir tun, Julia. Und ich wüsste nicht, dass alte Massai-Frauen sich jemals in irgendetwas geirrt hätten."

Kapitel 7

Julia streckte sich auf dem mauvefarbenen Stuhl in Debbies Zimmer aus und legte die Füße auf das Bett. Sie wusste nicht, wie sie den Tag überstanden hatte. Ihr Körper fühlte sich an wie ein riesiger Bleiklumpen. Ihre Finger und Zehen waren zu unförmigen Würsten angeschwollen und sie war so erschöpft, dass sie bestimmt zehn oder zwölf Stunden hintereinander schlafen könnte, ohne wach zu werden. Was sie in der Vergangenheit als Verdauungsstörungen abgetan hatte, waren nun ganz eindeutig die Bewegungen der Babys in ihr. Und diese Kinder konnten sich winden! Es gab Augenblicke, wo Julia sicher war, dass ihr Nachwuchs in ihrem Bauch Purzelbäume schlug.

„Ich weiß nicht, warum Mom und Dad nicht angerufen haben", sagte Peter. „Sie müssen doch von dieser Infektion erfahren."

„Ach, damit braucht ihr sie doch nicht zu beunruhigen." Debbie bewegte sich in ihrem Bett. Sie hatte angefangen, am Laken zu zupfen. „Ich glaube, heute Abend wird ein Bankett veranstaltet. Mom hat so etwas erwähnt."

„Ein Bankett? Warum gibt es während einer Ferienbibelwoche ein Bankett?"

„Gleichzeitig findet ein internationales Missionsfestival statt. Gerichte aus fremden Ländern, Ausstellungen, Missionare in der Tracht der Eingeborenen. Das Übliche."

„Ich erinnere mich an diese Veranstaltungen. 50 Millionen Menschen laufen an den Ständen vorbei und schwärmen darüber, wie süß die Bananen schmecken – als ob sie noch nie in ihrem Leben eine Banane gegessen hätten. Und diese Bananen kommen tatsächlich aus Afrika und nicht über den Supermarkt an der Ecke aus Südamerika."

„Na ja, es ist ja nicht so, dass unsere Eltern eines der anderen afrikanischen Gerichte zum Probieren anbieten könnten", sagte Debbie. „Könnt ihr euch die Reaktion der Leute vorstellen, wenn sie *Posho* bekommen würden?"

Peter lachte, als er sich an den dicken Brei aus weißem Maismehl erinnerte – das Hauptnahrungsmittel vieler Stämme in Kenia. *Posho* war nicht saisongebunden und es war fast geschmacklos. Außerdem hatte es die Konsistenz von zu lang gekochter Hafergrütze.

„Was ist mit Ziegeneintopf?", fragte er. „Denkt ihr nicht, die Gemeindeleute würden den probieren wollen?"

„Also gut, Leute, lasst uns das Thema wechseln." Julia fuhr sich über den Bauch. „Ich weiß, ich bin schon lange über die Phase der morgendlichen Übelkeit hinweg, aber wenn du so weitermachst, hast du es geschafft, Peter."

„Ziegeneintopf", fuhr er fort, „mit schönen Fettstücken, die darin herumschwimmen. Und was ist mit warmer Cola als Krönung?"

„Peter!" Julia war so niedlich, wenn sie sich aufregte. Peter hatte vergessen, wie gern er seine große Schwester neckte.

„Das sollten sie auf dem Bankett servieren. Ziegeneintopf, *Posho* und warme Cola. Den Leuten einen richtigen Eindruck von Afrika verschaffen."

„Mir haben diese Missionskonferenzen nie gefallen", sagte Debbie leise. „Ich kam mir so komisch vor mit den Massai-Perlen und Mustern. Und dann wurde man der ganzen Versammlung vorgeführt."

„Der Heimaturlaub war die Hölle, egal wie man es betrachtet", stimmte Peter zu. „Da standen wir drei Kinder in einer Kirche voller Fremder und Dad hielt ein Teil nach dem anderen hoch und sagte: ‚Das hier ist ein Sisalkorb vom Kikuyu-Stamm geflochten. Und hier haben wir einen aus Holz geschnitzten Elefanten vom Volk der Wakamba. Dies ist eine Pythonhaut von einer Schlange, die wir vor unserem Haus getötet haben. Und dies ist unser Sohn Peter.' Es war, als gehörte ich zu den Ausstellungsstücken. ‚Sag etwas auf Suaheli, Peter. Sing eines unserer kleinen Massai-Lieder, Peter.' Ich erinnere mich noch, dass ich von einem Ohr zum anderen gegrinst habe, aber innerlich dachte ich, wie sehr ich Amerika hasste, diese blöden Menschen hasste, die nur Englisch sprachen und keine Ahnung hatten, wo Kenia auf der Landkarte zu finden war. Ich wünschte mir nichts sehnlicher, als wieder nach Afrika zurückzukehren, wo ich hingehörte."

„Ja." Julia schüttelte den Kopf, als ihr die Erinnerung an ihre Aufenthalte in den Vereinigten Staaten wieder kamen. „Aber vergiss nicht – im Heimaturlaub bekamen wir auch Chips und Kaugummi, wir haben im Schnee gespielt und haben unsere Großeltern, Tanten und Onkel besucht."

„Ja, richtig." Peter betrachtete das unangetastete Essen auf Debbies Tablett. Bisher hatten er und Julia es nicht geschafft, ihrer Schwester mehr als einen Bissen oder zwei einzuflößen. „Mom und Dad haben immer gesagt, unsere Verwandten sollten uns wichtig sein. Aber mal ehrlich, Jules, hattest du je das Gefühl, Grandma und Grandpa richtig zu kennen? Und was ist mit unseren Cousins? Sie waren uns fast genauso fremd wie all die anderen Menschen in den Gemeinden, in denen wir unsere Präsentationen hatten. Die Verwandten waren nett, sie fuhren große Wagen und sie setzten uns immer tolles Essen vor. Aber hast du sie wirklich gemocht? Ich meine geliebt, wie eine Familie?"

„Nein, vermutlich nicht. Aber nur weil ich mich nicht entsinne, sie richtig gekannt zu haben."

„Ich habe die Leute in Amerika nie verstanden", sagte Debbie. „Die Musik, die sie sich anhörten, die Kleider, die sie trugen. Es war alles so fremd. Wann immer wir nach Amerika kamen, haben wir zugelegt, erinnert ihr euch? Wir haben dieses fetthaltige Essen gegessen. Wir haben Tonnen zugenommen und wenn wir wieder in Afrika waren und wieder abnahmen, passten uns unsere neuen Kleider nicht mehr. Ich habe nie das Gefühl gehabt, das Richtige zu tragen, egal wo ich mich aufhielt. Ich war immer irgendwie fehl am Platze."

„Nein, das stimmt nicht, Debs", widersprach Julia. „Du warst in der KCA sehr beliebt."

„Beliebt? Machst du Witze? Die Jungen mochten mich, aber ich hatte nie irgendwelche guten Freundinnen. Nicht wie du, Julia. Ich habe in jedem Semester neue Mitbewohnerinnen bekommen."

„Daran erinnere ich mich gar nicht."

„Das schlimmste Erlebnis im Internat war, als ich Malaria bekam. Niemand hat mich besucht."

„Ich habe dich besucht."

„Du bist meine Schwester. Meine Mitbewohnerinnen sind nie gekommen. Ich glaube, das war die unglücklichste Zeit in meinem Leben. Ich werde nie vergessen, wie schlecht ich mich fühlte, als ich aufwachte . . ."

Debbie – Afrika – 1977

Mir ist heiß, und ich schwitze. Aber die Trockenzeit hat noch nicht einmal angefangen. Mein Bett ist ganz feucht vom Schweiß. Die drei, mit denen ich mein Zimmer teile, eilen umher und ziehen sich an. Ihnen fällt gar nicht auf, dass ich irgendwie nicht aus dem Bett komme. Es ist schon fast Zeit für die Inspektion; die Vertrauensschülerin wird jede Minute ins Zimmer kommen . . .

„Tut mir Leid zu stören." Ralph, der Pfleger, den sie am Abend zuvor kennen gelernt hatten, trat ins Zimmer. „Es ist Zeit, Ihre Vitalfunktionen zu überprüfen, Miss Deborah. Und was höre ich da von einer Infektion?"

Debbies Gesicht wurde weicher, als Ralph ihr Handgelenk nahm und den Puls fühlte. „Nur ein wenig Fieber heute Morgen", sagte sie. „Jetzt geht es mir wieder besser."

„Sie bekommen ein ziemlich starkes Antibiotikum, Sie sollten sich auch prima fühlen. Wenn nicht, sind wir in Schwierigkeiten." Er legte ihren Arm auf das Laken. „Haben Sie einen guten Tag gehabt?"

„Dave ist heute Morgen vorbeigekommen. Der Pastor meiner Gemeinde kam heute Nachmittag zu Besuch. Und Dr. Bryant hat zweimal nach mir gesehen."

Als Julia merkte, dass Ralph Debbie versorgen wollte, beschloss sie, es für diesen Tag genug sein zu lassen. „Auf!" Sie stellte die Füße auf den Boden und hievte sich aus dem Stuhl. „Komm schon, Pete. Wir fahren zurück zu Debbies Haus. Diese Babys und ich brauchen unseren Schlaf."

„Ich dachte mir schon, dass Sie schwanger sind, Miss Julia", sagte Ralph. „Wann ist es denn so weit?"

„Ich weiß es nicht genau. Vermutlich in drei Monaten oder so."

„Das soll eine Überraschung werden", warf Peter ein, „sogar für sie selbst."

„Nein, wir haben es nur gerade erst erfahren und dann musste ich hierher reisen, bevor ich mit dem Arzt über die Ergebnisse des Ultraschalls habe sprechen können. Es kam wirklich sehr unerwartet."

„Obwohl sie bereits zwei Kinder hat. Obwohl sie zugenommen und auch alle anderen Anzeichen einer Schwangerschaft hatte, schaffte Julia es, die Tatsache monatelang zu verdrängen."

„Monate? Wie viele?", fragte Ralph.

„Ich war vermutlich bereits im fünften Monat, als ich den Schwangerschaftstest gemacht habe."

„Das ist wirklich eine heiße Kiste." Er lächelte. „Nun, wenn Sie irgendetwas brauchen, können Sie einen Termin mit einem unserer Gynäkologen vereinbaren. In Anbetracht der Situation werden sie sich bestimmt um Sie kümmern."

„Ich werde darüber nachdenken."

„Tun Sie das."

Julia und Peter beugten sich einen Augenblick über ihre Schwester. „Bestimmt rufen Mom und Dad bald an", sagte Julia. „Bitte erzähl ihnen von deinem Fieber, Debs. Sie müssen es erfahren."

„Ich werde darüber nachdenken", sagte sie und wiederholte damit die vage Antwort ihrer Schwester. „Ich sage dir was. Du stimmst einem Besuch bei einem Gynäkologen zu und ich werde mit unseren Eltern über das Fieber sprechen."

„Abgemacht." Julia beugte sich hinunter und küsste Debbie auf die Wange. „Bitte", flüsterte sie, „bitte, sieh zu, dass es dir wieder besser geht."

Peter fuhr ihr mit dem Finger über das Kinn. „Schlaf gut, Debs. Wir lieben dich."

Während Debbie ihnen nachwinkte, begleitete Ralph sie zur Tür. Peter zog ihn hinaus auf den Flur. „Hey, was hat es denn mit diesem Flaum auf Debbies Gesicht auf sich? Wachsen ihr neue Haare?"

„Man nennt das Lanugo", erklärte Ralph mit leiser Stimme. „Das ist eine Art Daunenwachstum, das während einer schweren Anorexie auftritt. Man findet es auch bei Frühgeburten."

Als Julia erneut mit der schrecklichen Realität konfrontiert wurde, stiegen ihr die Tränen in die Augen. Sie biss sich auf die Unterlippe, während Ralph ins Zimmer zurückkehrte. Sie und Peter gingen den Flur entlang, und sie hörte, wie Ralph sein freundliches Geplauder wieder aufnahm. „Was war das für eine Geschichte, die Sie gerade erzählten, als ich hereinkam? Eine von Ihren Geschichten aus Afrika, wette ich . . ."

Debbie – Afrika – 1977

Mir ist heiß, und ich schwitze. Aber die Trockenzeit hat noch nicht einmal angefangen. Mein Bett ist ganz feucht vom Schweiß. Die drei, mit denen ich mein Zimmer teile, eilen umher und ziehen sich an. Ihnen fällt gar nicht auf, dass ich irgendwie nicht aus dem Bett komme. Es ist schon fast Zeit für die Inspektion; die Vertrauensschülerin wird jede Minute ins Zimmer kommen. Sie wird unsere Uniformen überprüfen und nachsehen, ob wir unsere Röcke auch nicht zu hoch gezogen haben.

Ich habe große Angst vor der Vertrauensschülerin, denn sie ist immer gemein zu mir. Ich habe versucht herauszufinden, warum sie mich hasst, aber ich schaffe es einfach nicht. Ist es, weil meine Eltern für eine andere Missionsgesellschaft arbeiten als ihre? Vielleicht hält sie die Missionsgesellschaft ihrer Eltern für besser als unsere. Vielleicht ist der Grund auch, dass ich sie in der zweiten Klasse bei einem Wettbuchstabieren geschlagen habe. Aber vielleicht auch wegen meiner blonden Haare und weil die Jungs mich mögen. Die Vertrauensschülerin hat Freundinnen, aber die Jungs mögen sie nicht. Sie ist ein wenig dicklich.

Auf jeden Fall liege ich noch im Bett, als die Vertrauensschülerin auftaucht. Mir ist so heiß. Ich habe das Gefühl, dass man auf mir ein Ei braten kann. Die Vertrauensschülerin funkelt mich an.

„Deborah Mossman, warum liegst du immer noch im Bett?"

In diesem Augenblick beuge ich mich vor und übergebe mich. Es klatscht alles auf den Boden. Meine Mitbewohnerinnen sind zornig. Sie haben diesen Boden gerade zur Inspektion gefegt.

Alle fangen an zu schreien und zu rufen: „Oh, Mist!"

„Debbie Mossman hat gerade gekotzt!"

„Iiiih!"

„Widerlich!"

Ich wünschte, ich könnte unter die Decke kriechen und sterben. Doch stattdessen muss ich mich noch einmal übergeben. Dann kommt die Hausmutter unseres Wohnheims herein. Vor ihr habe ich noch mehr Angst als vor der Vertrauensschülerin. Miss Weir hat nie geheiratet und ich weiß auch, warum. Sie hat eine lange spitze Nase und sie sieht aus, als sei sie gerade von einem Zug überrollt worden. Abends hält sie Andacht mit uns Mädchen. Nachdem sie uns erzählt hat, wie sehr Gott uns liebt, verkündet sie, wer bei der Inspektion am Tag Punkte verloren hat und welche Bestrafung die Betreffenden erwartet. In der Regel sind das Dinge wie Wände abwaschen oder Toiletten reinigen. Ich habe noch nie Punkte verloren, aber heute wird es vermutlich so weit sein.

Miss Weir steht vor dem Paravent und starrt das Erbrochene auf dem Boden an. „Ach du meine Güte, Debbie", sagt sie. „Du musst auf die Krankenstation, bevor sich jemand bei dir ansteckt."

Ich stelle mir vor, wie sich die Mädchen nach rechts und links erbrechen. Irgendwie rappele ich mich hoch, ziehe ein Paar Jeans an. Die Vertrauensschülerin hat mir einen Eimer und einen Wischlappen gebracht. Während meine Zimmergenossinnen und alle anderen zum Frühstück gehen, wische ich den Boden auf.

Ich denke wirklich, ich werde sterben. Ich wünschte, jemand würde Julia rufen. Sie würde mir helfen, die Sauerei aufzuwischen, und sie würde sich nicht einmal über den Geruch beklagen. Ich wünschte, jemand würde Peter Bescheid sagen. Er würde mich auf dem langen Weg zur Krankenstation stützen. Aber niemand denkt daran und ich bin einfach zu krank, um irgendetwas zu sagen. Wann immer ich den Mund aufmache, schnappe ich nach Luft und bete, dass ich mich nicht wieder übergeben muss.

Der Weg zur Krankenstation kommt mir vor, als wäre er zehn Meilen lang. Meine Beine rühren sich kaum und vor meinen Augen tanzen schwarze Punkte. Ich komme zu dem Schluss, dass das vermutlich irgendwelche schwarzen Vögel sind, Geier, die über mir kreisen und darauf warten, sich auf mich zu stürzen, wenn ich umkippe. Sie werden mir die Augen auspicken und fressen, genau wie sie es bei den toten Zebras tun, die im Busch von Löwen gerissen worden sind. Dann werden sie warten, bis die Hyänen auftauchen und mich in Stücke reißen, dann werden mir die Geier meine Eingeweide herauspicken und ihren Kleinen bringen.

Aber mir ist das wirklich egal. Ich denke sogar daran, mich einfach am Berg hinzusetzen und sie ihre Arbeit tun zu lassen. Und das tue ich auch. Ich lasse mich in das hohe goldene Gras sinken, lege mich hin und warte auf die Geier. Ich bete ein wenig, weil ich weiß, dass Gott sogar in diesem Augenblick des Todes bei mir ist, und ich bin dankbar. Ich habe schon vor langer Zeit beschlossen, dass ich lieber im Himmel als irgendwo sonst sein möchte. Darum wünschte ich, er würde einfach kommen und mich holen.

Dann denke ich an den dreibeinigen Leoparden, der in den die Schule umgebenden Wäldern lebt. Alle Kinder haben schreckliche Angst vor diesem Leoparden. Er kommt nachts heraus und tötet die Hunde der Missionare, die an der Schule arbeiten. Dieser Leopard lebt schon so viele Jahre bei der KCA, dass er mittlerweile vermutlich zur Legende geworden ist. Man sagt, die Geschichte sei von den Lehrern erfunden worden, um die Schüler davon abzuhalten, sich vom Campus zu entfernen. Peter entfernt sich ständig vom Campus und er hat den dreibeinigen Leoparden noch nie gesehen.

Trotzdem, je länger ich im Gras liege und über diese gefleckte Wildkatze nachdenke, die von einem Baum herunterspringen und mir die Kehle durchbeißen könnte, desto weniger gefällt mir der Gedanke, auf diese Weise zu sterben. Darum rolle ich mich auf den Bauch und fange an, zur Krankenstation zu kriechen. Das dauert mindestens weitere zehn Jahre und ich bin sicher, die Geier werden sich jede Sekunde auf mich stürzen, aber endlich erreiche ich die Treppe. Der kühle Beton tut gut, darum lege ich mich hin.

Als ich aufwache, liege ich in einem schmalen Bett in der Mädchenabteilung der Krankenstation. Die Schulschwester ist sehr nett. Wann immer ich krank gewesen bin, hat sie mich umarmt und mir Sandwiches mit gebackenem Käse gegeben. Sie heißt Miss Bellows und sie liebt Mr. Williams, den Biologielehrer. Vermutlich werden sie heiraten und ich denke, sie werden ein sehr nettes Ehepaar. Miss Bellows kommt ins Zimmer und sieht nach mir. Sie stellt mir alle möglichen Fragen. Ich versuche sie zu beantworten, aber ich übergebe mich weiter. Sie macht alles sauber.

Dafür liebe ich sie.

Schließlich kommt sie zu dem Schluss, dass ich entweder Amöbenruhr, Hepatitis A oder die Grippe habe. Als ich ihr erzähle, dass ich in den vergangenen Ferien mit meiner Familie für eine Woche an die Küste gefahren bin, denkt sie, dass ich mir da vielleicht Malaria geholt habe. Malaria wird von Moskitos übertragen. Wann immer wir ans Meer fahren, müssen wir alle ganz schrecklich schmeckende Medizin einnehmen. Sie schmeckt wie Ohrenschmalz. Ich habe sie genommen, aber man kann trotzdem Malaria bekommen. Wenn man an Malaria erkrankt, wird man sie überstehen, aber man sollte hoffen, dass es keine zerebrale Malaria ist. Denn dann kann man für den Rest seines Lebens verrückt sein.

Ich liege also auf der Krankenstation, starre die weiße Wand an und frage mich, ob es nicht besser gewesen wäre, wenn der dreibeinige Leopard mich auf einen Baum geschleppt hätte. Eines Nachmittags kommt meine Schwester Julia zu Besuch. Sie ist ganz aufgebracht, weil niemand ihr gesagt hat, dass ich krank bin. Sie wuselt um mich herum, schüttelt mein Kissen auf, wischt mir die Stirn ab und gibt mir Scheiben gerösteten Brots, das sie über einem Feuer im Wohnheim geröstet hat. Ich liebe Julia.

Sie kommt mich jeden Tag besuchen und ich gebe ihr die Gedichte, die ich geschrieben habe. Julia soll sie Peter bringen. Meine Gedichte flehen Peter an, er soll kommen und mich holen! Rette mich! Aber er kommt überhaupt nicht auf die Krankenstation. Julia sagt mir, dass er eben ein Junge ist und dass alle Jungen so sind.

Aber dann eines Nachmittags findet ein Rugbyspiel statt und ein Spieler wird verletzt. Er ist sehr beliebt, der Mannschaftsführer. Schon bald kommen die Leute in Scharen, um ihn zu besuchen. Ich beobachte, wie sie an der Mädchenstation zu ihrem Helden im Nachbarzimmer vorbeieilen. Er bekommt so viele Besucher, dass Miss Bellows ein Schild an seine Tür hängen muss. Sie hat Angst, weil die Mädchen gern hereinkommen und sich auf sein Bett setzen und das gehört sich nicht.

Eines Tages tauchen zu meinem großen Erstaunen meine Eltern auf der Krankenstation auf! Wow! Wie konnte das passieren? Wie haben sie mich gefunden? Woher wussten sie? Meine Mom hat eine ganze Tüte Zimthörnchen dabei, die sie extra für mich gebacken hat. Mein Dad hat mir einen ganzen Arm voll Bücher von meinem Regal in meinem Zimmer mitgebracht. Ich fühle mich wie im Himmel. Sie setzen sich zu mir und reden, reden, reden. Sie erzählen mir von ihrer Arbeit, vorwiegend von der großen Pastorenkonferenz, auf die sie sich vorbereiten. Sie sagen, die Massai würden endlich auf das Evangelium reagieren und es sei der größte Segen auf der Welt. Meine Eltern fragen, wie es mir geht – es geht mir überhaupt nicht gut. Aber ich tue so, als ginge es mir schon wieder besser. Sie sollen sich keine Sorgen machen.

Ich finde heraus, wie sie von meiner Krankheit erfahren haben. Julia ist ins Schulbüro gegangen und hat den Leiter unserer Mission angerufen. Dann rief der jemanden an, der jemand anderen angerufen hat, der dann den ganzen Weg zu unserem Haus in Massailand gefahren ist und meinen Eltern gesagt hat, wie krank ich bin. Ich kann kaum glauben, dass sie diese lange Fahrt zur KCA auf sich genommen haben, um mich zu besuchen. Ich fühle mich so toll, wie zu Weihnachten. Ich möchte, dass sie bleiben und bleiben, darum halte ich sie an den Händen und versuche, sie am Reden zu halten.

Schon bald taucht Julia auf und auch Peter! Wir sind alle zusammen, die ganze Familie, auf der Krankenstation. Peter sagt, das Zimmer sei das Widerlichste, das er je gesehen hätte, und er beschließt, für die kahlen Wände ein paar Cartoons von Lucy, Snoopy und Charlie Brown zu zeichnen. Julia erzählt uns von dem Referat, das sie für ein Unterrichtsfach schreiben wird. Dieses Referat wird die Schule verändern, sagt Julia. Sie ist sehr aufgeregt, weil sie und ihre Freundinnen Blumen in die Cafeteria gestellt haben, damit es schöner aussieht. Unsere Eltern umarmen sie fest.

Noch nie in meinem ganzen Leben bin ich so glücklich gewesen. Wir alle fünf zusammen. Ich liebe meine Mutter von ganzem Herzen. Sie ist die schönste Frau der Welt. Sie hat so weiche blaue Augen und so hübsches blondes Haar und sie riecht so gut. Mein Dad ist der beste Vater, den sich ein Mädchen nur wünschen kann. Immer wieder tätschelt er meine Hand und sagt mir, wie sehr er mich liebt. Und dann fängt er an, seine Brille zu putzen, was er immer tut, wenn ihm etwas zu viel wird. Ich glaube, er ist der perfekte Missionar, und ich bin so stolz auf die Arbeit, die er unter den Massai tut. Sie bekehren sich wie verrückt zu Christus. Mein Dad gründet selbst an den entlegensten Orten, wo das Evangelium noch nie verkündigt worden ist, Gemeinden. Das ist schön zu hören.

Doch ich hatte kaum die Gelegenheit, mich an all dem zu freuen, als meine Eltern mich schon wieder umarmen und küssen, Julia und

Peter mir zuwinken und dann verschwinden alle zur Tür hinaus. Sie sind fort! Sie lassen mich zurück. Ich bleibe in der Mädchenabteilung der Krankenstation mit dem dreibeinigen Leoparden zurück, der nachts durch den Wald vor meinem Zimmer streicht.

Ich liege da und weine. Miss Bellows versucht mich dazu zu bringen, die Zimthörnchen zu essen, aber ich kann einfach nicht. Nicht einmal für Miss Bellows, die die netteste Dame in der ganzen Schule ist. Ich habe diese Leckerbissen zu dem Rugby-Star im Nebenzimmer hinübergeschickt und kein Stück davon zurückbekommen. Tagelang liege ich in diesem Bett und fühle mich so einsam wie niemand sonst auf der Welt. Ich vermisse meine Familie. Ich liebe sie so sehr, dass es wehtut.

Bevor ich mich richtig kräftig fühle, sagt Miss Bellows, ich sei wieder gesund. Sie packt die Bücher zusammen, die mein Dad gebracht hat, und die Sachen, die Julia mir gebracht hat, und die Bibel, die ich Tag und Nacht gelesen habe. Ich klettere aus dem Bett und versuche nicht umzufallen. Meine Beine fühlen sich an wie Gummi. Mit der Tasche in der Hand wandere ich den Hügel hinunter zum Wohnheim. Ich komme an dem Platz vorbei, wo ich mich hingelegt und auf den Leoparden, die Hyänen und die Geier gewartet habe. Irgendetwas tief in mir wünscht, ich hätte mich nie aufgerappelt und wäre zur Krankenstation gekrochen. Es wäre besser, wenn ich jetzt ein Haufen Knochen wäre, die von der Sonne ausgebleicht werden.

In meinem Zimmer erfahre ich, dass ich drei Tests und Unmengen Hausarbeiten verpasst habe. Meine Mitbewohnerinnen erzählen mir, der Gestank nach Erbrochenem hätte tagelang im Zimmer gehangen, und es sei einfach widerlich gewesen. Die Vertrauensschülerin kommt vorbei und informiert mich darüber, dass es jetzt eine neue Regel gäbe. Die Mädchen dürfen ihre Röcke nicht mehr hochkrempeln und auf diese Weise kürzer machen.

„Übrigens", sagt sie, „die Krankheit hat dir gut getan. Du hast abgenommen."

Ich betrachte mich in dem kleinen Spiegel. Sie hat Recht. Meine Haut ist weiß und dunkle Ringe liegen unter meinen Augen. Ich sehe aus wie ein Gespenst. Ich fühle mich auch so. Ich denke lange darüber nach und ich finde, das Beste . . . das Allerbeste . . . wäre, einfach immer weniger zu werden. Zu verschwinden. Genau wie der Atem aus der Nase des dreibeinigen Leoparden.

Kapitel 8

„Ich wette, sie haben nicht angerufen.“ Peter knallte die Wagentür zu und machte sich auf den Weg zum Eingang der Klinik. „Wie viel wettest du, dass sie kein Wort von ihnen gehört hat?“

„Ich möchte überhaupt nicht wetten“, sagte Julia. Sie trug eines ihrer neuen Umstandskleider und sie fühlte sich so dick wie ein Luftballon, der über den Bürgersteig schwebt. Warum hatte sie sich nur von ihren Töchtern überreden lassen, dieses Ding zu kaufen? Rosa Blumen und Störche tanzten über den Stoff, der sich bis zu ihren Knöcheln zu bauschen schien.

„Du willst nicht wetten, weil du weißt, dass du verlieren wirst, richtig?“, bemerkte Peter. „Du denkst doch nicht, dass sie sich die Mühe gemacht haben, anzurufen.“

„Vermutlich nicht, Peter. Wenn sie gestern Abend ein Bankett besucht haben, dann sind sie bestimmt erst spät ins Bett gekommen und sehr müde. Immerhin sind sie Rentner. Unsere Eltern sind keine jungen Hüpfer mehr.“

„Waren sie das denn jemals?“

„Natürlich. Als sie nach Afrika ausgereist sind, waren sie sehr viel jünger als wir jetzt.“

„Bist du sicher?“

„Ist dir das nicht aufgefallen? Dad und Mom waren selbst noch Kinder mit drei Kleinkindern, die den Ruf zu einer schwierigen Aufgabe in einem abgelegenen Teil Afrikas hatten. Sie sind im ländlichen Missouri und Kentucky aufgewachsen, Pete. Es ist nicht so, als hätten sie gewusst, was sie taten, oder auch nur eine Vorstellung davon gehabt, auf was sie sich da einließen. Sie waren sogar sehr mutig. Es erfordert viel Mut zu tun, was sie getan haben.“

„Oder Selbstsucht."

„Wie kannst du so etwas sagen? Du weißt doch, dass Gott unsere Eltern aufs Missionsfeld gerufen hat, Peter."

„Oh, hat er sie aus dem Himmel angerufen, ja? Das erscheint mir wie Schizophrenie – als würden sie Stimmen hören."

„Du meine Güte, Peter. Wenn du den Ruf unserer Eltern in die Mission nicht verstehst, dann bist du so im Dunkeln, dass ich dir das auch nicht erklären kann." Sie schob die Eingangstür auf und segelte den Gang entlang wie ein Boot auf dem Nil mit rosa geblümten Segeln. „Gott hat zu unseren Eltern gesprochen, als sie beide noch sehr jung waren. Er hat sie berufen, Missionare zu werden. Erinnerst du dich denn nicht mehr an diese Geschichte?"

„Ich weiß nicht." Plötzlich fühlte er sich niedergeschlagen. Dumm. Wie konnte dieser „Ruf" für Julia so offensichtlich und für ihn ein solches Geheimnis sein? Er hatte in seinem Leben noch nie Gottes Stimme gehört. Er hoffte auch, dass er sie nie hören würde. Falls Gott jemals anfangen sollte, zu ihm zu reden, würde er wissen, dass er tief in Schwierigkeiten steckte.

„Na ja, hoffentlich haben sie doch von Joplin aus angerufen", sagte Julia gerade. „Sie müssen erfahren, wie ernst es ist. Ich konnte kaum ein Auge zutun, weil ich immer daran denken musste, wie schrecklich Debbie gestern ausgesehen hat. Dr. Bryants Worte gingen mir nicht mehr aus dem Sinn. *Die nächste Stufe von Anorexie*, so hat er sie genannt. *Nächste Stufe*. Ich meine, was kommt danach, Peter? Gibt es eine Stufe danach? Oder stirbt man dann?"

Sie drehte den Türknauf und betrat das Zimmer ihrer Schwester. Als sie Gelächter vom Bett her hörte, blieb sie stehen. Ralph saß auf dem mauvefarbenen Stuhl, die Füße auf das Bett gelegt. Debbie lehnte gegen einen Stapel Kissen und lachte herzhaft.

„Oh, kommt nur rein!" Sie winkte ihren Bruder und ihre Schwester heran. „Ralph hat mir erzählt, wie er als Rodeoclown gearbeitet hat. Machen Sie das noch einmal! Zeigen Sie ihnen, was Sie immer gemacht haben, Ralph."

Er grinste sie verlegen an und erhob sich. „Ach, ich habe

Miss Deborah nur etwas Dummes erzählt. Damals, als ich noch jünger war, habe ich bei den Rodeos gearbeitet, wo wir die Bullen daran hindern mussten, auf die Cowboys zu treten. Auf jeden Fall gehe ich jetzt besser zum Stationszimmer zurück. Meine Schicht ist bald zu Ende."

„Ach, gehen Sie doch noch nicht", bat Debbie. „Bleiben Sie bei uns. Wir könnten uns doch noch unterhalten."

Ralph lachte und sah Julia an. „Ich glaube, Ihre Schwester könnte einem Stuhl die Beine abschwätzen, Miss Julia. Und übrigens, ihr Fieber ist fast weg. Puls und Blutdruck sind auch wieder besser."

„Ralph hat mich frisiert." Debbie legte den Kopf zur Seite und zeigte einen Knoten auf ihrem Kopf. „Er hat das Haarteil von der Onkologiestation. Krebs, ihr wisst schon. Er hat fast dieselbe Farbe wie mein Haar. Ist das nicht süß?"

Julia starrte auf die künstlichen Haare, die Ralph in Debbies brüchiges Haar gesteckt hatte. Sie sahen wirklich so aus wie ihr echtes Haar. Sie zwang ein Lächeln auf ihre Lippen. „Wow, das ist toll, Debs."

„Ja", brachte Peter heraus.

„Ich habe sie im Rollstuhl ein paar Mal über den Flur gefahren", erklärte Ralph. „Wenn sie Lust hat, könnten Sie sie nach draußen bringen. Es ist ein wunderschöner Tag."

„Was ist mit den Schläuchen?" Julia trat an das Bett ihrer Schwester.

„Ich nehme die Infusion für Sie ab. Der Schlauch für die künstliche Ernährung ist kein Problem."

„Bereitet dir das Sitzen im Rollstuhl denn keine Schmerzen an deinem Becken?"

„Das geht schon eine Weile", erwiderte Debbie. „Es wäre schön, nach draußen zu kommen. Ich kann es kaum erwarten, wieder einmal joggen zu gehen oder wenigstens wieder auf meinem Laufband zu trainieren."

Peter warf Julia einen Seitenblick zu. „Vielleicht wäre es gut, deinen Sport ein wenig ruhen zu lassen, Debs. Dr. Bryant hat uns gesagt, du brauchtest davon nicht so besessen zu sein."

„Ich bin nicht besessen. Ich bin gewissenhaft." Sie grinste ihn an. „Also, geh los und such einen Rollstuhl, Pete. Wir gehen auf Safari!"

Während er und Ralph auf den Flur hinausgingen, setzte sich Julia neben Debbie. „Du siehst heute Morgen viel besser aus, Debs. Hast du gut geschlafen?"

„Nicht übel. Wie sieht es mit dir aus?"

„Mmmm . . . ich fühle mich im Augenblick nicht so wohl wegen der Babys." Sie senkte den Kopf. „Debbie, ich mache mir solche Sorgen um dich. Dr. Bryant ist sehr beunruhigt. Er möchte dich von einem Spezialisten untersuchen lassen."

„Einem Seelenklempner."

„Er würde es gern sehen, dass du dich mit einem Psychiater unterhältst. Und auch mit einem Arzt, der mit Patienten arbeitet, die unter Essstörungen leiden. Ich denke, du solltest es machen, Debs. Es kann nur helfen."

„Was werden die Leute an meiner Arbeitsstelle denken, wenn sie herausfinden, dass ich zum Psychiater gehe? Es ist schon peinlich genug, dass ich überhaupt hier liege. Und dann dieses ganze Gerede über Anorexie. Sieh mal, Jules, im Augenblick bin ich in wirklich guter Stimmung. Können wir das Thema nicht fallen lassen?"

„Sag einfach, dass du dich von diesem Spezialisten untersuchen lassen wirst. Bitte, Debbie."

„Sieh mal, ich bin ohnmächtig geworden und habe mir das Becken gebrochen, das ist alles. Ich habe weder Anorexie noch Depressionen noch obsessive Gedanken oder so etwas. Dr. Bryant ist ein hervorragender Arzt, aber er neigt zu Übertreibungen. Ich weiß, ich bin dünn, aber ich esse, wenn ich Hunger habe, und ich treibe Sport, um in Form zu bleiben. Ich muss gut aussehen, Julia. Ich arbeite in der Modebranche. Man kann nicht die Modenschauen besuchen, wenn man wie ein Nilpferd aussieht."

„Du siehst doch nicht aus wie ein Nilpferd, Debs."

„Erinnerst du dich noch an das Lied, das wir immer gesungen haben?

Die dicke Bumbola
saß auf einem Roller
trank Pepsi Cola.
Der Roller kippte um und um und um,
und das war das Ende der dicken Bumbola."

„Du bist keine dicke Bumbola“, widersprach Julia. „Um ehrlich zu sein, du bist viel zu dünn. Deine Knochen ...“

„Hey, da ist er ja!“ Debbie richtete ihren Blick auf Peter, der einen Rollstuhl vor sich herschob. „Wo ist Ralph hingegangen?“

„Er musste noch nach einigen anderen Patienten sehen, bevor er nach Hause geht.“

„Also, seid vorsichtig, wenn ihr mich in den Stuhl hebt, okay?“

Peter und Julia stellten sich neben ihre Schwester. Als sie sie langsam aus dem Bett hoben, verzog sie das Gesicht vor Schmerzen. Julia konnte kaum glauben, wie leicht Debbie war. Sie fühlte sich an wie ein kleiner Vogel, nur lose Haut und Knochen. Es war, als würde alles an ihr nach Nahrung schreien – alles außer ihrer Stimme.

Wie ist das nur passiert?, fragte sich Julia, während Peter den Rollstuhl in die Eingangshalle schob. Ralph winkte ihnen vom Schwesternzimmer aus zu, als sie daran vorbeikamen. *Wie ist Debbie nur in ein so destruktives Verhaltensmuster gefallen? Und was kann sie da herausholen?* Zum tausendsten Mal schickte Julia ein verzweifeltes Flehen zu Gott, er möge ihre Schwester retten. Debbie durfte nicht sterben. Sie musste sich wieder erholen. *Lieber Gott, bitte mach, dass es ihr wieder besser geht.*

„Und da sind wir schon“, sagte Peter, als er den Stuhl durch die offene Eingangstür schob. „Hinaus in die große, weite Welt.“

„Oh, es ist so schön!“ Debbie lehnte sich zurück und atmete tief durch. „Alles riecht so frisch und neu.“

Peter starrte auf das künstliche Haarteil auf dem Kopf seiner Schwester. Er ballte seine Fäuste. Ein Haarteil? Wieso trug sie ein Haarteil? Debbie hatte immer das schönste Haar gehabt, das er je gesehen hatte. In goldenen Wellen war es ihr auf die Schultern gefallen. Es hatte regelrecht um ihr hübsches Gesicht herumgetanzt.

Frustriert kippte er den Rollstuhl zurück auf zwei Räder. Debbie stieß einen Schrei aus und begann dann so laut zu lachen, wie Peter es seit seiner Ankunft von ihr nicht mehr gehört hatte.

„Los, Peter!“, rief sie. „Schneller! Fahr schneller!“

In Kurven ging es über den Gehweg und Debbie kicherte ausgelassen in ihrem Rollstuhl. Julia trottete neben ihnen her. Peter wünschte, er könnte seine kleine Schwester geradewegs vom Parkplatz schieben. Durch die Straßen von Bolivar. Durch den ganzen Staat Missouri.

Er bog mit dem Rollstuhl um eine Ecke und hatte Mühe, ihn zu halten, damit er nicht umkippte. Wenn er könnte, würde er mit seinen beiden Schwestern über den Atlantik und durch die endlosen Sandflächen der Sahara schweben und würde erst inmitten der Grasebene am Fuß des Kilimandscharo wieder zum Stehen kommen. Zurück nach Afrika, wo die Dinge Sinn machten, wo das Leben einfach war, wo sie alle noch einmal neu anfangen konnten.

„Jippie!“, rief Debbie in ihrem Rollstuhl. „Juchuuu!“

„Los, Pete!“ Nur mit Mühe konnte Julia Schritt halten. Ihr Blumenkleid tanzte um ihre Knöchel. „*Harambee! Harambee*!“ Peter lachte bei dem suahelischen Wort, das zur Einheit aufforderte, zum Zusammenhalten, zur Einigkeit. Als Kinder hatten sie das Wort bei politischen Veranstaltungen oft gehört, wenn die politischen Führer ihre Zuhörer herausforderten – *harambee!* Auf den alten, an Seilen gezogenen Fähren zwischen dem Festland und den vor den Küsten gelagerten Inseln sangen die Arbeiter das Wort immer wieder, während sie die schweren Seile einholten – *harambee!* Die Straßenarbeiter mit ihren Hacken und Schaufeln riefen das Wort und machten sich gegenseitig Mut, weiterzumachen und nicht aufzugeben – *harambee, harambee!*

„Fuhr nach Mombasa“, begann Peter laut zu singen, „zu einem Urlaub!“

„Großer dicker Fisch“, fielen Julia und Debbie ein. „Schwamm im Wasser, machte mir Angst!“

„Dubidubidu!“

„Uh-huh!“

„Dubidubidu!“

„Das stimmt!“

„Großer dicker Fisch, schwamm im Wasser, machte mir Angst!“

Peter kam außer Atem und wurde langsamer, als der Gehweg auf dem Parkplatz zu Ende war. Julia beugte sich keuchend vor, die Hände auf die Oberschenkel gestützt.

Debbie klatschte in die Hände. „Ging hinauf zum Bahnhof“, sang sie. „Warf einen Blick nach hinten. Sah diesen Fisch, er kam mir nach; oh, ich glaub, ich verlier den Verstand!“ Sie stimmten in den Chorus ein, als sie über den Gehweg zum Krankenhaus zurückgingen. Julia und Peter sangen so laut sie konnten, Debbie etwas leiser, aber mit echter Begeisterung.

„Hey Debs, du solltest Ralph das Lied einmal vorsingen“, schlug Peter vor. „Dann kannst du ihm Geschichten von unserem Familienurlaub in Mombasa erzählen.“

„Das habe ich schon.“

„Aha!“ Er zupfte sie an ihrem Haarteil. „Was läuft da zwischen dir und diesem Jungen, hä? Pass besser auf, kleine Schwester. Ich glaube, er hat ein Auge auf dich geworfen.“

„Ach, sei still, Pete.“

„Im Ernst, Debs, ich glaube, Ralph mag dich wirklich“, bestätigte ihn Julia. „Und er scheint sehr nett zu sein.“

„Das ist er auch. Er ist einfach wundervoll.“ Sie hielt einen Augenblick inne und atmete schnell. „Er bringt mich zum Lachen.“

„Du solltest diesen Hornbill-Schuft sausen lassen und Ralph besser kennen lernen“, meinte Peter.

„Horn*burg*. Dave Hornburg, und er ist kein Schuft.“

„Warum ist er dann heute Morgen nicht erschienen?“

„Er ist eben beschäftigt.“

„Ralph ist nicht zu beschäftigt, um stundenlang bei dir zu sitzen.“

„Ralph wird dafür bezahlt, dass er mich versorgt.“

„Um dir von seiner Zeit beim Rodeo zu erzählen? Um dich zum Erröten und Lachen zu bringen? Ich glaube nicht. Ich denke, Ralph mag dich. Und das finde ich toll.“ Peter wirbelte den Rollstuhl herum. „Ralph und Debbie sitzen auf einem Baum und küssen sich!“

„Hör damit auf, Pete!“ Sie klammerte sich an den Armlehnen fest, während er sie herumwirbelte. „Mir wird schwindelig!“

„Zuerst kommt Liebe, dann Heirat . . .“

„Sei still, du Verrückter! Die Leute können dich doch hören."

Debbie lachte, als er aufhörte, sie herumzudrehen und den Rollstuhl zu einer Bank schob. „Dann kommt Ralphy mit dem Kinderwagen."

„Peter Mossman, du bist eine Nervensäge, weißt du das?"

„Das weiß ich."

„Wow, ich fühle mich wie zehn." Debbie grinste ihre Geschwister an. „Ich bin so ausgelassen!"

„Heute Morgen siehst du richtig hübsch aus, Debbie." Julia nahm ihre Hand. „Deine Wangen sind rosa."

„Oh, ich wünschte, ihr müsstet nicht nach New Mexico zurückkehren. Ich wünschte, ihr könntet einfach hier bleiben. Wir könnten ganz dicht beieinander wohnen und uns immer gegenseitig besuchen. Wäre das nicht lustig?"

„Es wäre toll." Julia sah ihre Geschwister an und ihr wurde klar, wie sehr sie die beiden liebte. Wie sehr sie sie vermisst hatte. In ihrem Herzen gab es eine leere Stelle und sie empfand den Drang, sie festzuhalten und niemals wieder loszulassen.

„Hey, da kommt Ralph", flüsterte Peter. Er stieß Debbie mit dem Ellbogen an. „Er sucht dich."

„Tut er nicht. Er geht zu seinem Wagen."

„Da, jetzt hat er dich entdeckt. Er geht nach links. Er hebt die Hand, um zu winken. Er kommt in diese Richtung . . ."

„Hallo!", rief Ralph, als er sich der Bank näherte.

„Der Blick der Liebe", sang Peter leise, „ist in seinem Auge . . ."

„Peter, sei still!" Debbie schlug ihm auf den Arm. „Hallo, Ralph. Geht's nach Hause?"

„Ja, aber ich hatte gehofft, euch vorher zu finden."

„Ach, tatsächlich?", sagte Peter. Er hatte seine kleine Schwester eigentlich nur geneckt, aber vielleicht war ja doch mehr an der Sache, als er annahm. Ihm gefiel der Gedanke, dass Debbie von einem Menschen geliebt wurde, der so ehrlich und liebevoll war, wie Ralph zu sein schien. Sie hatte das verdient, und mehr.

„Sie hatten einen Anruf, Miss Deborah", erzählte Ralph. „Ihre Eltern haben eine Nachricht im Stationszimmer hinterlassen. Sie sind von Joplin hierher unterwegs. Gegen zwei oder drei Uhr heute Nachmittag werden sie wohl hier eintreffen. Ich dachte, Sie würden das vielleicht gern wissen wollen."

„Oh, das sind gute Neuigkeiten", rief Julia. „Vielen Dank, dass Sie es uns ausgerichtet haben."

„Kein Problem. Ich bin jetzt seit ungefähr zehn Jahren Pfleger und ich kann Ihnen sagen, dass die Situation immer besser wird, wenn eine Familie zusammenhält. Unterstützung und Liebe sind besser als jede Medizin."

„Aber sie müssen schon hier sein, um das zu geben", warf Peter ein.

Julia hörte die Bitterkeit in seiner Stimme. „Wie gut, dass sie früh aufgebrochen sind. Bestimmt war es für die Organisatoren der Ferienbibelschule nicht leicht, Ersatz für sie zu finden."

„Bestimmt", bestätigte Ralph. Sein Blick hing an Debbie. „Ich weiß, wie viel Ihre Familie Ihnen bedeutet, Miss Deborah. Nun, dann bis morgen."

„Was ist mit heute Abend? Haben Sie keinen Nachtdienst?"

„Ich habe keinen Dienst. Es ist mein freier Abend."

„Aber Sie könnten doch trotzdem vorbeikommen", schlug sie vor. Dann wandte sie den Blick ab. „Ich meine, wenn Sie Lust haben."

„Das mache ich vielleicht." Er winkte ihnen zu. „Amüsiert euch gut."

Als Ralph davonging, hob Peter einen kleinen Zweig vom Gehweg auf und knickte ihn durch. Debbie trommelte mit den Fingern auf die Armlehne. „Meine Hüfte tut weh."

„Du wirst nett zu unseren Eltern sein, ja?", fragte Julia Peter.

„Nein, ich hatte vor, so ungezogen wie möglich zu sein."

„Ich habe ja nur gefragt. Versuch nicht wütend zu werden."

„Ich bin nicht wütend."

„Ja, und Debbie ist nicht richtig krank." Julia bedauerte die Worte, kaum dass sie aus ihrem Mund waren. Sie legte die Finger ineinander und stöhnte auf. „Es tut mir Leid, Debs. Ich hätte das nicht sagen sollen."

„Ist schon in Ordnung." Ihre Stimme klang sehr schwach.

„Ihr habt es jetzt so oft gesagt, dass ich anfange, es zu glauben."

„Kranke Menschen werden auch wieder gesund." Tränen traten Julia in die Augen. „Du musst dir nur ein wenig mehr Mühe geben. Du kannst dich nicht einfach in Luft auflösen. Wir brauchen dich."

Einen Augenblick lang saßen sie im Schatten der kleinen Eiche, Peter und Julia auf der Bank, Debbie in ihrem Rollstuhl. Ein Eichhörnchen flitzte hinter dem Baum hervor und hüpfte über den Gehweg. Am Rande der Rasenfläche machte es Halt, legte den Kopf zur Seite und betrachtete die drei Menschen. Dann sprang es auf den Stamm eines Walnussbaumes und verschwand in dem grünen Blätterdach.

„Klingeling!", rief Peter unvermittelt und richtete sich auf. „Klingeling!"

Julia blickte ihren Bruder stirnrunzelnd an und fragte sich, ob er wohl den Verstand verloren hatte. Doch als er einen imaginären Telefonhörer abnahm, kam die Erinnerung zurück. Sie hatten dieses Spiel gespielt, seit sie sprechen konnten.

„Hallo?", sagte Peter in den eingebildeten Telefonhörer. „Hier spricht Peter Mossman. Wer ist da?"

Debbie lachte. „Hier spricht die Klebstoffdame", flüsterte sie Julia zu. Debbie erinnerte sich ebenfalls.

„Die Klebstoffdame?", fragte Peter ärgerlich in seine leere Hand. „Nein, wir brauchen keinen Klebstoff. Wie haben Sie uns nur gefunden?"

Er hörte einen Augenblick zu. Dann wandte er sich an seine Schwester. „Die Klebstoffdame hat uns aufgestöbert. Wo wir auch hingehen, sie findet uns. Julia, möchtest du Klebstoff kaufen?"

„Nein!", antwortete Julia laut.

„Meine Schwester möchte keinen Klebstoff", sagte Peter in das imaginäre Telefon. „Es ist mir egal, wie billig er ist. Wir möchten Ihren Klebstoff nicht. Wir brauchen Ihren Klebstoff nicht."

„Lass mich mit ihr sprechen", sagte Debbie. Sie nahm ihrem Bruder den Hörer aus der Hand und hielt ihn ans Ohr. „Hören Sie, Klebstoffdame, wir haben es satt, dass Sie uns ständig folgen. Wir wollen keinen Klebstoff und das ist unser letztes Wort!"

Sie tat so, als würde sie zuhören, während ihr Bruder und ihre Schwester sie eindringlich beobachteten. Schließlich brummte sie: „Nein, wir wollen Ihren Klebstoff nicht. Wir hassen Ihren Klebstoff. Hören Sie auf, uns zu verfolgen!"

„Ich werde es ihr klar machen", sagte Julia und nahm den imaginären Hörer. Sie hörte einen Augenblick zu. Dann wandte sie sich an Peter und Debbie. „Sie sagt, sie hätte neuen Klebstoff. Besseren Klebstoff, als es je gegeben hat. Und er sei sehr billig. Sie würde uns einen guten Preis machen."

„Nein", sagte Peter.

„Nein." Debbie schüttelte den Kopf. „Keinen Klebstoff!"

„Sie sagt, sie hätte überall nach uns gesucht. Sie dachte, wir wären vielleicht nach Marokko gezogen, weil sie sagt, in Marokko gäbe es keinen Klebstoff."

„Sag ihr, wir seien nicht in Marokko und wir wollen ihren Klebstoff nicht." Peter funkelte das eingebildete Telefon an. „Sag ihr, wir würden nach Pakistan ziehen."

„Klebstoffdame, wir werden nach Pakistan ziehen", sagte Julia in ihre leere Hand. „Und danach werden wir in Namibia leben."

„Und dann in Guatemala", flüsterte Debbie.

„In Guatemala, der Antarktis und Guam." Julia grinste. „Sie werden uns nie finden, Klebstoffdame. Also seien Sie still und belästigen Sie uns nicht weiter."

Sie knallte den Hörer auf das Telefon und klatschte in die Hände. „So! Das wird wohl reichen."

„Sie wird uns finden", meinte Debbie.

„Sie findet uns immer", fügte Peter hinzu.

Dann sahen sie sich an und brachen in schallendes Gelächter aus. Peter beugte sich vor und gab Debbie einen Kuss auf die Wange. Er tätschelte Julias runden Bauch. Sie zerzauste ihm die Haare.

„Du meine Güte", murmelte Julia. „Warum machen wir das immer? Wer war denn diese Klebstoffdame überhaupt?"

„Ich habe keine Ahnung", erwiderte Debbie. „Einer von euch hat sie erfunden. Ich erinnere mich noch, dass ich früher, als ich noch klein war, gedacht habe, sie würde wirklich mit euch sprechen."

„Das hat sie auch." Peter nickte. „Das hat sie."

„Das Beste an der Klebstoffdame", bemerkte Julia, „war, dass wir sie anbrüllen konnten. Ich habe die Klebstoffdame mit Vorliebe angeschrien. Ich konnte ihr sagen, was ich empfand. Ich habe es ihr richtig gegeben!"

„Du hättest auch ein paar andere Leute anschreien sollen, nicht nur die Klebstoffdame." Peter zwinkerte ihr zu. „Ab und zu ist Schreien gut für die Seele. Ein wenig Eiter aus der alten, infizierten Wunde ablassen."

„Mist", sagte Debbie, „wovon sprecht ihr überhaupt, Peter?"

„Ich erinnere deine große Schwester nur daran, dass ich nicht der Einzige bin, der eine Reinigung der Seele braucht."

Debbie blickte verwirrt von ihrem Bruder zu ihrer Schwester. Dann zuckte sie die Achseln. „Na ja, an der Klebstoffdame hat mich immer erstaunt, dass sie uns überall auf der ganzen Welt finden konnte. Einmal hat sie uns in Amsterdam angerufen, erinnert ihr euch? Nach unserem Heimaturlaub waren wir auf dem Weg nach Afrika und wir übernachteten in diesem winzigen Hotelzimmer. Eine schmale, gewundene Treppe führte nach oben. Wir hatten unsere Freunde und Verwandten zurückgelassen und ich hatte keine Ahnung, wo Amsterdam lag. Ich dachte, wir hätten uns vollkommen verirrt. Doch dann rief die Klebstoffdame an. Sie wusste, wo wir uns aufhielten."

„Sie wusste es immer", meinte Peter.

„Wir waren nie verirrt", fuhr Debbie fort, „weil die Klebstoffdame uns finden konnte. Egal, wohin unsere Eltern uns auch brachten oder wie verwirrt wir waren, wenn wir dachten, alles wäre hoffnungslos, rief sie uns an."

„Das hat mir auch gefallen", bemerkte Peter. „Das Problem war nur, dass wir immer ihren blöden Klebstoff kaufen sollten. Als könnte sie uns damit festkleben, wisst ihr? Ich stellte mir vor, dass sie uns für immer gefangen hätte, sobald wir uns jemals bereit erklärten, ihren Klebstoff zu kaufen. Aber wir weigerten uns beständig, uns festsetzen zu lassen. Wir waren zu klug für sie."

„Ja.“ Debbie ballte ihre Hand zur Faust. „Wir waren die Mossmans.“

„Wir sind zäh“, warf Julia ein. „*Harambee!*“

Dann begann sie zu lachen und Peter und Debbie stimmten mit ein. Aus den Zweigen des Baumes beobachtete das kleine Eichhörnchen die drei ausgelassenen Menschen unter sich und knabberte seine Walnuss.

Kapitel 9

Zum Mittagessen verspeiste Debbie ein Schälchen Wackelpudding und zwei Kräcker. Sie trank eine Diätcola, legte Make-up auf und bat Julia, ein rosa Band in ihr Haarteil zu binden. Ihr Gespräch drehte sich in erster Linie um Ralph. Peter fragte sich, ob ihr klar war, wie viel dieser Mann ihr bedeutete. Dave Hornburg rief zwar an, doch sie sprachen nicht lange miteinander. Im Laufe des Vormittags waren drei Besucher vorbeigekommen, zwei aus der Gemeinde und einer aus der Firma, in der Debbie arbeitete.

„Es geht ihr besser", flüsterte Julia, während Debbie nach dem Mittagessen einen Mittagsschlaf hielt. „Ich glaube, sie wird wieder in Ordnung kommen, Peter."

„Ich weiß nicht. Dr. Bryant sagte, sie hätte an ihrem Körper im Laufe der Jahre viel Schaden angerichtet." Er dachte an das kurze Gespräch im Flur an diesem Morgen. Der Arzt hatte gesagt, das Fieber wäre zwar heruntergegangen, doch Debbie stehe noch immer unter großer körperlicher Anspannung durch die Folgen der Unterernährung. Es würde schwierig sein, den durch ihre Osteoporose hervorgerufenen Knochenschwund zu reparieren, und die Heilung ihrer Körpersysteme würde dauern. Peter zweifelte immer mehr an Debbies Heilungschancen.

„Hast du gehört, wie er sagte, dass sie vielleicht nie Kinder wird haben können?", fragte er. „Und ich habe sie noch mit Ralph und dem Kinderwagen geneckt."

„Das wusstest du doch nicht."

„Wir werden es Mom und Dad sagen müssen."

„Warum? Sie müssen doch nicht alle Details kennen. Es würde sie nur aufregen."

„Sieh mal, du und ich, wir werden doch nicht ewig hier in Missouri bleiben können, Jules. Wenn wir abreisen, werden unsere Eltern Debbies wichtigste Stütze sein.“ Ha, als ob das Debbie helfen würde. Trotzdem, sie könnten versuchen ihren Eltern klar zu machen, wie sehr ihre jüngste Tochter sie brauchte.

„Ich weiß nicht, ob sie damit umgehen können.“

„Sie müssen. Wie auch immer, wenigstens einmal im Leben müssen sie sich der Realität stellen.“ Er rieb sich den Nacken. „Ich bin müde.“

„Ich auch. Aber wir brauchen das nicht an Mom und Dad auszulassen.“

„Ich möchte, dass sie sich den Tatsachen stellen“, beharrte er. Es fiel ihm schwer, seine Stimme ruhig zu halten, damit er Debbie nicht störte. „Sie müssen wissen, was Debbie durchgemacht hat, während sie zu ihrer Ferienbibelschule gefahren sind und sie im Stich gelassen haben. Genau das haben sie unser ganzes Leben lang getan! Du hast doch gehört, was Debs über ihre Kindheit gesagt hat. Sie hat sich immer wie ein Niemand gefühlt. Als hätte sie sich verirrt. Ich denke, unsere Eltern müssen das wissen!“

„Warum? Wozu soll das gut sein?“

„Du bist diejenige, die behauptet hat, ich hätte einen entzündeten Dorn im Fleisch. Nun, damit stehe ich nicht allein, Julia. Ich denke, wir sind alle infiziert. Vielleicht ist es möglich, etwas dagegen zu unternehmen, wenn wir über die Vergangenheit reden. Vielleicht finden wir dann ein gewisses Maß an Heilung.“

„Peter, einige von Debbies Problemen reichen tatsächlich in ihre Kindheit zurück. Dessen bin ich sicher. Aber nicht alle.“ Sie betrachtete die Blumen auf ihrem Kleid. „Ich bin bereit zuzugeben, dass du Recht hast, wenn du sagst, unsere Kindheit sei ungewöhnlich gewesen. Und es ist möglich ... vielleicht ... dass unsere Eltern uns ein wenig vernachlässigt haben.“

„Ein wenig?“

„Ja, ein *klein wenig*. Aber du musst zugeben, dass das, was ich gesagt habe, auch richtig ist. Mom und Dad haben diese Entscheidungen getroffen, weil sie das Gefühl hatten, den direkten Auftrag von Gott bekommen zu haben, dort draußen im Busch unter den Afrikanern zu arbeiten. Beide."

„Den Ruf Gottes."

„Das stimmt." Sie strich ihr Kleid über ihrem anschwellenden Leib glatt. „Und darum wird es nichts bringen, ihnen Vorwürfe zu machen und sie herabzusetzen. Es wäre, als würde man Jeanne d'Arc erzählen, es sei falsch, die französischen Armeen in die Schlacht zu führen."

„Ja, aber unsere Eltern wurden nicht auf dem Scheiterhaufen verbrannt. Wir wurden es."

„Wurden wir nicht."

„Wurden wir doch."

„Was ist los?", fragte Debbie und rieb sich die Augen. „Streitet ihr euch etwa schon wieder?"

„Ach, Peter meint, wir hätten eine schreckliche Kindheit gehabt, weil wir verlassen waren wie kleine Waisenkinder", spottete Julia. „Wir haben mehr glückliche Zeiten erlebt als traurige, Peter. Unsere Eltern haben uns sehr geliebt."

„Ja, bestimmt."

„Du erinnerst dich nur an all die schlimmen Dinge. Was ist zum Beispiel mit unseren Ferien am Meer? Am Meer hatten wir immer viel Spaß. Wir sind immer im August gefahren, kurz bevor das neue Schuljahr anfing, erinnerst du dich?"

„Ich erinnere mich."

„Wisst ihr noch, wie wir in diesem tollen Hotel abgestiegen sind?", fragte Debbie.

„Oh, das war wirklich phänomenal." Peter schloss die Augen und gab sich seinen Erinnerungen hin. „Den Urlaub am Meer in diesem eleganten Hotel werde ich nie vergessen . . ."

Peter – Afrika – 1978

August ist der Monat, in dem die Mossmans für eine ganze Woche ans Meer fahren. Es ist der Monat, in dem wir am Ende des Schuljahres Ferien haben. Das erste Semester des neuen Schuljahres beginnt im September, aber Julia, Debbie und ich versuchen während unserer Ferien am Meer diesen Gedanken zu verdrängen.

Wir steigen in unseren Land Rover und wie üblich streiten wir drei uns um die Fensterplätze, während Dad und Mom unser Gepäck in den Wagen laden. Mom versucht, alles Wertvolle mitzunehmen, weil unser Haus während unserer Abwesenheit in der Regel ausgeplündert wird. Die Diebe nehmen vor allem Zucker und Reis mit, solche Sachen. Mom besaß früher einmal ein paar schöne Dinge aus Silber, Hochzeitsgeschenke. Aber die sind schon lange fort. Einmal wurden alle unsere Decken gestohlen. Manchmal sitzen wir weit draußen im Busch in einer von Dads Gemeinden und sehen einen alten Massai, der eine unserer Decken als Gewand trägt. Mom sagt, es mache ihr nichts aus, aber ich glaube, das stimmt nicht ganz.

Mom packt jede Menge Essen für die Reise ein. Wir haben kleine Dosen mit Wiener Würstchen, die wir vor langer Zeit in unseren Koffern aus Amerika mitgebracht haben. Die kenianischen Kartoffelchips sind ziemlich fettig, aber ich mag sie trotzdem. Normalerweise haben wir auch eine große Tüte Mandarinen dabei, deren Saft immer über uns tropft. Wenn wir am Meer ankommen, sind wir über und über von rotem Staub und klebrigem Saft bedeckt.

Die Fahrt zur Küste dauert fast acht Stunden. Die Straßen sind überwiegend ungeteert, bis wir zur Mombasa-Schnellstraße kommen. Die könnte genauso gut auch ungeteert sein. Sie ist voller Schlaglöcher und der Teer wird von der Sonne so weich, dass die gemalten Linien anfangen zu schmelzen. Falls Dad versuchen würde, den Land Rover innerhalb der Linien zu halten, würden wir bestimmt einen Unfall bauen.

Dad ist ein guter Fahrer. Das muss er sein. Man kann nie sagen, was auf der Straße nach Mombasa passieren wird. Wir sehen Elefanten, Antilopen und alle Arten von Gazellen. Einmal sind wir an einer verrückten Frau vorbeigefahren, die mitten auf der Schnellstraße herumgelaufen ist. Sie hatte keine Kleider an und Dad lenkte den Wagen von der Straße hinunter in den Busch hinein und wäre beinahe gegen einen Baum geprallt. Wir sehen auch viele Unfälle. In Kenia fahren die Leute wie die Verrückten und immerzu passieren Unfälle. Am Straßenrand liegen Leichen, bis jemand vorbeikommt und sie abholt. Es gibt einen Berg. Er heißt Killemalorry, weil er so steil ist, dass die Lastwagen, die Lorries, ihre Bremsen verlieren und verunglücken.

Überladene Busse, bei denen die Leute aus den Fenstern heraushängen und auf den Dächern liegen, überholen unseren Land Rover. Wir winken und hupen. Große Lastwagen mit importierten Waren quälen sich die Berge hoch. Während des Anstiegs klettern Diebe auf die Ladefläche, reißen die Kisten auf und werfen die Ladung ihren Komplizen auf der Straße zu. Ganz weit draußen im Busch im Massailand haben wir in einem kleinen Laden Hersheys Schokoladensirup gekauft. Die Dosen sind immer eingedellt, weil sie auf die Straße geworfen wurden. Einmal entdeckte Mom einen ganzen Stapel von Thunfischdosen in einem Laden mitten im Nichts. Sie war überglücklich. Man hätte denken können, sie hätte Gold gefunden.

Wir halten an und machen unter einer großen Akazie Rast. Die Mädchen gehen hinter einem großen Ameisenhügel auf die Toilette. Auf dem Weg gibt es nur wenige Tankstellen und die Toiletten sind Übelkeit erregend. Normalerweise handelt es sich dabei nur um ein Loch im Boden und man kann nur beten, dass man nicht hineinfällt. Auch ich ziehe die Ameisenhügel vor.

Gegen Abend kommen wir in Mombasa, der großen Stadt an der Küste, an. Wir können den Indischen Ozean riechen. Das Salz hängt schwer in der Luft. Beim Geruch von getrocknetem Fisch verziehen wir das Gesicht. Auf dem Weg zur Fähre, die uns zu unserem Lieblingsplatz, dem Diani Beach, bringen wird, durchqueren wir die Altstadt, die von portugiesischen und arabischen Händlern erbaut wurde. Während wir über das Wasser fahren und Nüsse und geröstetes Getreide knabbern, die wir von Straßenverkäufern erstanden haben, macht Dad eine große Ankündigung.

Dieses Mal werden wir nicht in der kleinen Hütte am Meer übernachten. Er hat für uns zwei Zimmer in einem der großen, eleganten Hotels reserviert! Julia und Debbie spielen bei der Neuigkeit vollkommen verrückt. Ich bin auch ziemlich aufgeregt. Ich weiß nicht so genau, wie sich unsere Familie das leisten kann, aber Dad sagt, er hätte lange dafür gespart. Ich fange an zu denken, dass mein Dad doch cooler ist, als ich immer dachte. Dass er so etwas für uns tut . . . wow. Als wir auf der anderen Seite ankommen und vor der Rezeption stehen, um uns anzumelden, fühlen wir uns wie die reichsten Leute auf der Welt.

Die Lobby ist mit einem polierten roten Betonfußboden und einem großen Käfig mit einem Papagei ausgestattet. Der Papagei sagt Flüche auf Englisch, einen nach dem anderen. Keiner der Afrikaner, die das Hotel führen, scheint zu erkennen, dass dies ein Problem sein könnte. Ich finde es lustig, aber Mom wirft mir einen bedeutungsvollen Blick zu, darum höre ich auf zu lachen.

Julia, Debbie und ich bekommen ein wunderschönes Zimmer mit Blick auf das Meer. Ich stehe eine Weile auf dem Balkon und staune.

Ich wünschte, ich hätte meine Stifte und Wasserfarben nicht ganz unten im Koffer eingepackt. Die Farbe des Meeres verblüfft mich immer wieder – grün, türkis, hellblau, sogar dunkelrot, alles zusammen. Die Wellen brechen sich an dem weißen Sandstrand und die hellgrünen Blätter der Palmen rascheln leise im Wind. Aber jetzt ist nicht die Zeit, ein Bild zu malen. Julia und Debbie haben ihre Bikinis angezogen – ja, Mom hat ihrem Betteln schließlich nachgegeben und ein paar absolut scheußlich aussehende Badeanzüge genäht.

Ich versuche nicht zu lachen, als wir aus dem Zimmer laufen, über den Swimmingpoolbereich hinunter zum Strand. Ich bin natürlich der Schnellste und vor meinen Schwestern im Wasser. Ich mache einen Hechtsprung in eine große Welle. Das Wasser schlägt über meinem Kopf zusammen und wischt den Schmier und den Mandarinensaft ab. Seetang wirbelt um meine Füße und der Sand sickert zwischen meine Zehen. Von allen Orten auf der Welt, an denen ich schon gewesen bin, und glaubt mir, es waren eine Menge, ist dies der Ort, wo ich am glücklichsten war.

Die Tage vergehen wie im Zauber. Jeden Morgen wachen wir von dem Geschrei der Affen auf, die auf dem Hoteldach Fangen spielen. Wir gehen hinunter zum Frühstücken. In diesem Hotel ist jede Mahlzeit ein Fest. Auf dem Frühstücksbüffet finden wir Cornflakes, Rührei, Omeletts, Würstchen, frische Milch und Obst. Von dem Obst bin ich ganz begeistert. Wir können wählen zwischen Mangos, Papayas, Orangen, Mandarinen, Bananen, Ananas und sogar Weintrauben. Wir trinken literweise Maracujasaft. Das einzige Problem sind die Affen. Sie schwingen sich gern von dem mit Stroh gedeckten Dach, rennen über den Tisch und schnappen sich unseren Toast. Ich finde das lustig. Aber Debbie hat schreckliche Angst vor diesen Affen.

Zum Mittagessen gibt es etwas Einfacheres. Haha. Roastbeef, Hühnchen, fünfzehn Sorten Gemüse, einen ganzen Tisch voller Brot und Salat, den wir allerdings nicht essen dürfen, weil Mom nicht sicher ist, dass er auch wirklich sauber ist. Zu Hause wäscht sie unseren Salat und das Gemüse immer in dieser Flüssigkeit, die Milton heißt. Es ist so was wie ein Bleichmittel und gibt dem Gemüse und Salat einen interessanten Beigeschmack. Ich schätze, sie hat keine Ahnung, was wir in der KCA vorgesetzt kriegen. Sie würde bestimmt einen Herzanfall bekommen.

Vom Abendessen könnten zwei Armeen satt werden. Wir Touristen, im Hotel halten sich Leute aus Deutschland, England und der Schweiz auf, fallen über die langen Tische her, auf denen genügend Essen für ein Zwölf-Gänge-Menü steht. Es gibt Suppe, Fisch, Rindfleisch, Hühnchen, Shrimps, Krabben, Hummer, alle möglichen Gemüsesorten, Obst, Salat, Brötchen und mindestens sieben verschiedene Desserts. Ein Küchenchef schneidet große Scheiben Fleisch von einem Schwein ab, das er den ganzen Tag gebraten hat. Während wir essen, führen uns Eingeborene ihre Stammestänze um den Swimmingpool vor. Der Giriama-Stamm lebt an der Küste und ihre Frauen tanzen in Grasröcken und haben sonst nichts an. Ich bin sehr daran interessiert, aber Mom schickt uns immer unmittelbar nach dem Essen auf unser Zimmer.

Nach ein paar Tagen mit dieser Fülle von Essen fühlen wir uns alle gesund wie Pferde. Ich bin davon überzeugt, ich könnte einen Marathon laufen und würde nicht müde werden. Debbie hat rosa Wangen und lächelt ständig. Julia ist natürlich verliebt. Am Meer verliebt sie sich immer. Sie lernt einige gut aussehende britische Touristen kennen oder befreundet sich mit dem Assistenten des Hotelmanagers oder so etwas. Und dann, wumm, ist sie verliebt. Das verstehe ich bei Julia überhaupt nicht. Selbst in ihrem hässlichen Bikini scheinen die Jungs sie zu mögen. Sie schauen natürlich auch nach Debbie, aber sie ist sehr zurückhaltend. Manchmal ist sie so still, dass ich sie vollkommen vergesse.

Zwischen dem ganzen guten Essen amüsieren wir uns großartig. Ich schwimme gern draußen im Meer. Das Surfen am Diani Beach ist fantastisch. Ich spreche mit den Verkäufern, die über den Strand laufen und Muscheln verkaufen, und ich handele mit ihnen. Sie zeigen mir, wie ich bei Ebbe in den flachen Prilen Tintenfische finden kann, und sie nehmen mich in ihren alten Kanus mit zum Riff. Manchmal kommen auch Debbie und Julia mit, aber seit kurzem ist das Schwimmen im Pool und das Braten in der Sonne für sie die schönste Unterhaltung. Wir alle sind bereits so braun wie die Rinde der Palmen, aber meine Schwestern begeistern sich daran, in ihren Bikinis in der Sonne zu liegen. Ich glaube, das hat mit den Touristen aus Deutschland zu tun. Den männlichen Touristen.

Auf jeden Fall verbringt auch Dad die meiste Zeit am Pool. Vermutlich versucht er meine Schwestern im Auge zu behalten. Er sitzt unter einem Sonnenschirm und liest Bücher wie *The Winds of War* und *Aufstieg und Fall des Dritten Reichs*. Beim Essen beginnt er große Diskussionen über den Zweiten Weltkrieg, den Julia anscheinend für ein ganz besonders faszinierendes Thema hält. Sie ist ja so ein Tugendbold.

Wenn Dad nicht gerade über den Krieg liest, steckt er seine Nase in irgendeinen Bibelkommentar oder ein Buch zum Sprachstudium. Er spricht ziemlich gut Suaheli und jetzt versucht er Massai zu lernen. Im Vergleich zu mir ist das bei ihm ziemlich aussichtslos. Manchmal macht er ziemlich dumme Fehler. Einmal hat er zum Beispiel eine ganze Predigt über die Mutter Jesu gehalten und immerzu hat er von ihr nicht als der *bikira*, der Jungfrau, gesprochen, sondern hat sie *birika*, Teelöffel, genannt. Aber ich finde es gut, dass er es überhaupt probiert. Doch auf der anderen Seite, wie kommt es, dass er von seinem vielen Studieren nicht mal eine Pause macht? Es gibt doch am Strand jede Menge zu entdecken. Wo liegt sein Problem? Ich verstehe meinen Dad nicht.

Mom ist ein noch größeres Rätsel als Dad. Ich weiß nicht einmal, wo sie die meiste Zeit steckt. Sie schläft viel und liest Bücher von Viktoria Holt und Mary Stewart. Romane von Liebe und Geheimnissen und solchen Blödsinn. Mom geht nicht ins Wasser, weil sie als Kind nicht schwimmen gelernt hat, außerdem würde das Wasser ihre Frisur ruinieren. Als ob das jemanden interessieren würde. Sie hat lockiges blondes Haar wie wir anderen auch und sie verbringt Stunden mit dem Versuch, es wie eine Frisur aus einer Zeitschrift aussehen zu lassen. Weiß sie denn nicht, dass wir mitten in Afrika sind?

Aber wir machen auch viel als Familie zusammen – und ich muss sagen, das sind die schönsten Stunden. Einmal mietet Dad ein großes Boot und der afrikanische Besitzer fährt uns zum Riff zum Schnorcheln. Dad, die Mädchen und ich schwimmen herum und sehen uns durch unsere Taucherbrillen die erstaunliche Unterwasserwelt an. Große Korallenformationen bieten allen möglichen tropischen Fischen ein Zuhause, dem Engelfisch, Zebrafisch, neonbunten Fischen und Hunderten von anderen Arten, die ich nicht benennen kann. Wir sehen auch gefährliche Steinfische und Löwenfische. Und einmal schwimmen wir geradewegs über ein Bett von Aalen hinweg, die ihre Schwänze tief im Sand vergraben haben; mit erhobenen Köpfen und ihrem zahnlosen Grinsen warten sie auf ihre Beute. Nach diesem Anblick ist Debbie sofort ins Boot zurückgeklettert.

An einem anderen Tag setzen wir als Familie hinüber nach Mombasa. Wir fahren zum Fort Jesus, der großen portugiesischen Bastion, die aus Korallen errichtet wurde. Die Wände sind weiß-grau und wenn das Licht im richtigen Winkel darauf fällt, sieht es rosa aus. Wenn wir an der Küste sind, besuchen wir immer Fort Jesus und es gefällt mir jedes Mal sehr gut. Die Wände sind jetzt schon ziemlich verfallen, aber ich stelle mir gern vor, wie es dort aussah, als die Soldaten nach feindlichen Schiffen Ausschau hielten. Alte Kanonen und Stapel von Kanonenkugeln stehen um das Fort herum. Ich tue immer so, als wäre ich ein portugiesischer Kommandeur und ich versuche, Debbie und Julia ins Verlies zu schicken. Aber sie können stets entkommen. Abgesehen von Debbie, die sich verirrt und alle in Panik versetzt. Doch Julia findet sie natürlich.

Danach laufen wir durch die Altstadt. Das ist wirklich ein Ehrfurcht gebietender Ort und ich habe bestimmt schon hundertmal versucht, sie zu zeichnen. Die Araber haben die Stadt vor Hunderten von Jahren erbaut mit winzigen Gässchen und schmalen Straßen, zweistöckigen weißen Häusern mit schmiedeisernen Balkonen, die sich über die Straßen wölben, fantastischen Holztüren mit geometrischen Schnitzereien und großen Messingbeschlägen. In jedem Haus gibt es einen Hof, der voller Wäsche hängt, und Frauen in ihren langen schwarzen Gewändern, den *Burkahs*, tragen nackte Babys mit sich herum.

Wir trinken kleine Tassen mit starkem schwarzem arabischem Kaffee, den wir an den Straßenecken von Männern mit kegelförmigen Messingtöpfen kaufen. In der Altstadt riecht es nach Curry, Zimt und Nelken. Es riecht auch nach totem Fisch, Abwasser und verfaulten Nahrungsmitteln. Es riecht nach Meer, schmutzigen Menschen, Weihrauch und Kokosnüssen. Ich liebe die Altstadt. Ich bin ziemlich sicher, dass kein Kind auf der Welt ein so schönes Leben führt wie ich.

Doch dann benehmen sich Mom und Dad richtig hinterhältig uns gegenüber. Das erinnert mich an die vielen Male, wo wir auf einmal vor der Arztpraxis angehalten haben, ohne Vorwarnung, und Mom uns drei Mossman-Kinder für eine ganze Reihe von Impfungen hineingescheucht hat. Gelbfieber, Tetanus, Typhus, Cholera, Windpocken, was auch immer, wir haben die Impfungen bekommen. Wenn man in Afrika leben will, muss man immerzu geimpft werden. Natürlich schreien wir Zeter und Mordio bei diesen Impfungen und ich kann es meinen Eltern nicht einmal übel nehmen, dass sie sie nicht vorher angekündigt haben. Heute sind es jedoch Nadeln einer ganz anderen Art. Sie schieben uns in einen kleinen Schneiderladen mitten in der Altstadt. Es ist Zeit für neue Schuluniformen.

Wir hatten versucht, nicht an die Schule zu denken. Wir haben uns wirklich Mühe gegeben. Seht ihr, wir haben drei Monate im Jahr frei, aber diese Ferien sind jeweils von drei Monaten Schule unterbrochen. Drei Monate, ohne zu Hause sein zu können. Drei Monate, ohne mit meinen Freunden durch das Massai-Dorf streifen zu können. Drei Monate Würmer und Metallstücke in Cookies Essen. Selbst Moms nach Bleiche schmeckende Salate sind viel besser als das. Und sie backt immer Zimthörnchen und lässt uns so lange schlafen, wie wir wollen, und sie lässt mich zeichnen und malen so lange ich will.

Ich hasse die Schule. Ich hasse Schuluniformen.

Ich versuche mich umzudrehen und die Schneiderei sofort wieder zu verlassen. Aber Mom steht hinter mir und ich erkenne, dass jeder Fluchtversuch zwecklos ist. Bevor ich noch weiß, wie mir geschieht, bin ich von ein paar Eingeborenen mit um den Hals hängenden Maßbändern bis auf die Unterwäsche ausgezogen worden. Einer von ihnen misst mich aus, Länge, Breite, Umfang, während der andere die Zahlen in seinem Notizbuch aufschreibt. Die beiden machen eine große Sache daraus, sie sprechen richtig professionell, während Mom die Stoffballen durchsieht, um die richtige Khaki-Baumwolle für meine Uniform auszusuchen. Dieses Jahr, so sagt sie, werde ich von allen Jungen an der KCA die schönste Uniform haben. Sie weist die Schneider an, Falten in meine Hose zu arbeiten, Aufschläge an den Hosenbeinen, Epauletten an den Schultern meines Hemdes und überall große Taschen.

Ich fange an, Hoffnung zu schöpfen, wie in jedem August, dass es in diesem neuen Jahr an der Schule vielleicht anders sein wird. Ich werde neue Lehrer bekommen. Es könnten auch neue Kinder da sein, die im vergangenen Monat nach Afrika gekommen und in die KCA geschickt worden sind. Vielleicht kann ich mich überwinden, mir mit meinen Zensuren mehr Mühe zu geben, damit Mom und Dad endlich einmal stolz auf mich sind. Vielleicht werde ich in meiner neuen Khaki-Uniform so toll aussehen, dass ich zu den beliebten Schülern gehöre. Vielleicht bin ich so beliebt, dass ich in die Rugby-Mannschaft oder in den Chor aufgenommen werde.

In der Umkleidekabine neben meiner höre ich, wie meine Schwestern über die Länge ihrer Röcke diskutieren. Sie möchten kürzere Röcke. Aber Mom hat das Handbuch der KCA bei sich und in diesem Punkt gibt es keine Diskussionen. Schon bald wurde an Julia und Debbie Maß genommen für graue Röcke, weiße Blusen, rote Krawatten und rote Blazer. Julia versichert Debbie immer wieder, dass alles in Ordnung kommen wird. Dieses Jahr werden sie in der Schule Spaß haben.

Warum ist meine Schwester nur so? Warum bin ich so? Warum hoffen wir immer, dass sich die Dinge ändern werden?

Dieser Abstecher hat unsere Urlaubsfreude sehr stark getrübt. Danach kehren wir in das tolle Hotel zurück. Ein paar schöne Tage mit Muschelsuchen, Surfen und all dem guten Essen liegen noch vor uns.

Als ich eines Tages über den Strand laufe, der Wind mit meinen

Haaren spielt, wird mir klar, wie sehr ich meine Eltern liebe. Ich bin Gott sehr dankbar, dass er sie mir gegeben hat. Um ehrlich zu sein, ich bin so froh über mein Leben, dass ich sogar anfange zu weinen. Das ist sehr peinlich und ich hoffe, dass niemand mich sieht. Ich beschließe, dem Touristenverkehr – es sind nicht besonders viele Touristen hier, aber ein paar hübsche deutsche Mädchen laufen herum –, besser aus dem Weg zu gehen, darum ziehe ich mich zu den Kokospalmen am Strand zurück.

Ich setze mich unter eine Palme und weine, bis ich nicht mehr weinen kann. Das Problem ist folgendes: Ich möchte meinen Eltern so gern sagen, dass ich sie liebe, aber ich weiß nicht, wie. Sie sollen wissen, dass ich froh bin, ihr Sohn zu sein, und dass ich gern alles für sie tun würde. Sie sollen wissen, dass ich Gott liebe – ich liebe Jesus – und ich bin stolz auf die Tatsache, dass meine Eltern Missionare sind. Ich weiß, es ist großartig, dass sie ihr leichtes Leben in Amerika aufgegeben haben und den weiten Weg nach Afrika gekommen sind.

Ich bete sehr lange und eindringlich unter dieser Palme. Ich möchte wirklich Christ sein. Ich möchte meinen Eltern sagen, dass ich, obwohl ich es nicht immer zeige, doch an Gott glaube. Wie kann ich ihnen das klar machen? Wie kann ich es ihnen zeigen? Ich weine und bete lange Zeit darüber. Schließlich glaube ich die Antwort gefunden zu haben. Ich werde ihnen ein Bild zeichnen. Wenn sie das sehen, werden sie verstehen.

Ganz aufgeregt kehre ich zum Hotel zurück. Nach dem Abendessen gehe ich ins Zimmer und hole meine Wasserfarben, Buntstifte und Papier heraus. Ich verbringe den Abend auf dem Balkon und zeichne ein Bild von unserer Familie, wir alle fünf, wie wir am afrikanischen Strand stehen und die Sonne hinter uns aus dem Wasser kommt. Die Sonne soll wie Jesus sein, der immer über uns wacht und seine Hände über uns hält.

„Das ist ein Sonnenuntergang!", ruft Julia, als sie mir über die Schulter sieht.

„Nein, das ist es nicht, du Dummkopf. Es ist ein Sonnenaufgang. In Kenia geht die Sonne nicht über dem Indischen Ozean unter. Der Ozean geht nach Osten. Dies ist ein Bild vom Sonnenaufgang."

„Ich sehe aus wie eine Kartoffel", beschwert sich Debbie über meine Schulter.

„Es ist doch nur eine Skizze!"

„Aber wie kommt es, dass ich wie eine Kartoffel aussehe?"

„Ich bin noch nicht fertig. Du wirst nicht wie eine Kartoffel aussehen, wenn es fertig ist."

„Ich hoffe nicht. Lass mich nicht dick aussehen, Peter."

„Wenn du so aussiehst, dann ist dein dummer Bikini daran schuld." Ich sehe zu ihr hoch und sie blinzelt, als würde sie jeden Augenblick in Tränen ausbrechen. „Ach, vergiss es einfach!"

Ich werfe den Skizzenblock auf meinen Stuhl und gehe hinaus, um den Giriama-Frauen in ihren Grasröcken beim Tanzen zuzusehen. Warum konnte ich keinen Bruder haben? Das würde ich gern wissen.

Während Mom und Dad am folgenden Tag den Land Rover packen, gehen wir drei Kinder hinunter zum Strand. Vor langer Zeit hat Julia ein Ritual eingeführt und auch wenn es mir nun, da ich älter bin, dumm vorkommt, mache ich doch immer mit. Wir ziehen unsere Schuhe aus und waten ins Meer. Dann bücken wir uns und geben dem Wasser einen Abschiedskuss. Auf diese Weise versprechen wir, dass wir wiederkommen werden. Eines Tages . . . eines Tages . . . werden wir zurückkehren.

Nachdem der Wagen beladen ist, machen wir uns auf den langen Heimweg. Aber zu unserem Erstaunen hält Dad in der Altstadt an. Wir steigen alle aus und gehen zu der kleinen Schneiderei. Dort bezahlt Mom die drei Pakete mit unseren neuen Schuluniformen, die in braunes Papier eingewickelt sind.

Wenn wir später unsere Koffer für die Schule packen, werden wir feststellen, dass dieser tolle Schneider in Mombasa wirklich sehr gut Maß genommen hat. Die schönen Aufschläge meiner Hose sitzen ungefähr in der Mitte meiner Wade. Den Bund zieren einige Falten, die nicht dorthin gehören – auch noch hinten. Und die Röcke der Mädchen könnten von Nonnen getragen werden. Mom wird die Säume herauslassen und kürzen und all die Änderungen durchführen müssen, die sie normalerweise vornehmen muss.

Dann werden wir in den Land Rover steigen und uns auf den langen Weg zum Internat machen. Irgendwo ganz unten in meinem Koffer liegt das Bild von meiner Familie, die bei Sonnenaufgang zusammen am Strand steht. Vielleicht werde ich es eines Tages zu Ende malen.

Peter starrte auf seine verschränkten Finger, seine Jeans, seine Tennisschuhe. Wie lebendig die Erinnerungen an diesen speziellen Urlaub am Meer doch noch waren. Seltsam –

seit Jahren hatte er nicht mehr daran gedacht. Ein paar der Erinnerungen hatte er laut ausgesprochen, aber er wusste, nie würde er seinen Schwestern von dieser Zeit unter der Palme erzählen können, als er so sehr geweint hatte. Das würden sie nicht verstehen. Er verstand es ja selbst nicht. Wer war er gewesen? Und was war in den darauf folgenden Jahren mit ihm passiert?

Er dachte an Maria und Angelo. Seit seiner Ankunft hier in Missouri hatte er sie zweimal zu erreichen versucht. Marias Mutter hatte immer dasselbe gesagt: Ihre Tochter würde nie wieder mit ihm reden wollen.

Nie wieder? War er denn ein so schlechter Ehemann gewesen? Seine Arme sehnten sich nach seinem Sohn – das sich windende, brabbelnde Kind zu halten, das er gezeugt hatte. Würde er seinen kostbaren Engel nie wieder sehen? Aber was hatte es überhaupt für einen Zweck? Peter hatte als Vater nichts anzubieten. Er wusste nicht einmal, wie man sich als Vater verhielt. Nicht richtig. Sein Dad hatte ihn ins Internat geschickt. Während der Ferien war Don Mossman in der Regel unterwegs gewesen und hatte gepredigt oder er hatte Pastorenseminare durchgeführt. Was sagte ein Vater zu seinem Sohn? Was unternahmen sie gemeinsam?

„Waren unsere Bikinis denn so schlimm?“, fragte Julia. „Ich fand sie irgendwie süß.“

„Sie waren schlimm.“ Peter sah, dass Debbie wieder eingeschlafen war. „Weißt du“, flüsterte er, „ich glaube, ich habe mich über Debs lustig gemacht. Ich habe ihr gesagt, in ihrem Bikini sähe sie dick aus.“

„Gib nicht dir die Schuld an der Situation, in der sie sich befindet, Peter.“

„Haben wir nicht alle dazu beigetragen? Ich habe sie geneckt.“

„Nun, ich weiß, ich habe mich stundenlang mit ihr über schönes Aussehen unterhalten. Wir dachten, es sei der einzige Weg, auf Jungen anziehend zu wirken, und irgendwie schien es das Wichtigste auf der Welt zu sein.“ Sie atmete laut aus. „Ich erinnere mich an eine Gelegenheit, kurz bevor Debbie in die neunte Klasse kam. Wir sahen diese alten Kataloge von Sears durch, die uns jemand aus Amerika geschickt hatte. Wir begutachteten die Frauen auf den Seiten und sagten, ob wir sie hübsch fanden oder nicht. Bei dieser Gelegenheit hat Debbie mir gesagt, sie hätte eine schwer wiegende Entscheidung getroffen."

„Und welche?"

„Sie sagte, sie würde braun und schlank sein und lange blonde Haare haben. Und da hat alles angefangen. Danach ließ sie sich die Haare wachsen. Sie verbrachte Stunden in der Sonne, um so braun wie möglich zu werden. Und sie hat aufgehört zu essen."

„Das wusste ich gar nicht."

„Siehst du? Es ist meine Schuld. Wenn ich nicht so darauf fixiert gewesen wäre, gut auszusehen, dann wäre Debbie jetzt nicht in diesem Zustand."

„Du hast ihr das nicht angetan, Jules. Wenn du nicht mich einen Teil der Schuld tragen lässt, dann lasse ich auch nicht zu, dass du dir die Schuld gibst."

„Ich habe dazu beigetragen." Sie nahm ein Papiertaschentuch und drückte es sich an die Augen. „Oh Peter, ich habe solche Angst um sie."

„Du sprichst besser mit Mom und Dad. Sag ihnen die ganze Wahrheit."

Sie hob den Kopf. „Das würde sie umbringen."

„Sag so etwas nicht. Du bist doch so bibelfest, weißt du nicht mehr? Welchen Vers mussten wir noch auswendig lernen? ‚Dann werdet ihr die Wahrheit erkennen, und die Wahrheit wird euch frei machen.' Nun, vielleicht brauchen wir jetzt eine gute Dosis dieser Wahrheit. Ich fange an mich zu fragen, ob es nicht die Geheimnisse und Lügen und die Leugnung der Wahrheit sind, die Debbie zerstören. Und vielleicht ...", er hielt inne, „vielleicht auch mich. Sprich mit unseren Eltern, Jules. Erzähl ihnen alles – nicht nur die Einzelheiten in Bezug auf Debbies Krankheit, sondern weise sie auch darauf hin, dass sie an diesem Problem nicht ganz unbeteiligt sind. Ich stimme dir zu, wir haben in Afrika viele schöne Zeiten erlebt. Aber es war falsch, dass unsere Eltern uns ins Internat gesteckt haben! Es war falsch, ihre Arbeit der Familie vorzuziehen!"

„Es war Gottes Werk, Peter, nicht ihres."

„Wir waren Gottes Werk.“

„Wir waren Kinder. Mom und Dad haben versucht Menschen für Christus zu gewinnen, Gemeinden zu bauen.“

„Aber was ist mit uns, Julia? Hätten wir bei unseren Eltern nicht an erster Stelle stehen sollen? Vor all den anderen verlorenen Seelen, vor all den leeren Kirchengebäuden hatten sie drei kleine verlorene Kinder. Julia, Peter und Debbie Mossman.“

Julia atmete tief durch. „Oh Peter.“

„Du musst es tun, Jules.“ Nun, da ihm die Idee gekommen war, klammerte er sich daran wie an einen Lebensretter. Vielleicht war das ihre letzte Hoffnung. Für Debbie, für ihn, für die Familie, die sie einst gewesen waren. „Erzähl Mom und Dad, was sie uns angetan haben, indem sie uns verlassen haben. Wenn sie die Wahrheit endlich erkennen, wird Debbie vielleicht wieder gesund.“ Er hielt einen Augenblick inne. „Vielleicht werden wir dann alle gesund.“

Schniefend beugte sie sich vor. „Peter, ich kann es einfach nicht. Ich hasse Streitereien.“

„Das ist doch kein Streit. Es ist die Wahrheit. Sag ihnen die Wahrheit.“

„Warum machst du das denn nicht? Du liebst doch die Konfrontation.“

Er schüttelte den Kopf. Das wäre der sichere Weg in die Katastrophe. „Es würde nicht funktionieren. Das weißt du auch. Wenn ich zornig werde, geht alles den Bach runter. Ich kann mit meinem Zorn nicht richtig umgehen. Immer verletze ich die Menschen, die ich am meisten liebe.“

Sie zerknüllte ihr Taschentuch zu einem Ball. Peter hatte Recht. Sie fürchtete sich vor dem Gespräch mit ihren Eltern. Doch weit mehr fürchtete sie, dass Peter es führen könnte. „In Ordnung“, flüsterte sie. „Ich werde es tun. Ich werde mit ihnen reden.“

„Gut. Du kannst es, Jules.“

„Aber du musst versprechen, dich nicht einzumischen. Wenn du zornig wirst . . .“

„Hallo, hallo!“ Die Tür öffnete sich und ihre Mutter kam ins Zimmer.

Hinter ihr trat ihr Vater ein. Das Licht vom Flur ließ sein

weißes Haar wie einen Heiligenschein leuchten. Er lächelte. „Hallo, ihr drei Banditen."

„Oh Don", sagte Mom leise und nahm die Hand ihres Mannes, „ist das nicht der schönste Anblick, den du je in deinem Leben gehabt hast?"

Kapitel 10

„Schläft Deborah?“, fragte ihre Mutter, als sie sich auf Zehenspitzen dem Bett näherte. „Ich möchte sie nicht aufwecken.“

„Ich denke, sie schläft gerade.“ Julia erhob sich und legte die Arme um ihre Mutter. Wie klein und zerbrechlich sie wirkte! Wann war ihr Haar so weiß geworden?

Ihre Mutter tätschelte Julias Bauch. „Hallo, ihr Kleinen! Hier spricht eure Meemaw!“

Julia sah, wie ihr Vater Peter mit einem steifen Händedruck begrüßte. Sie löste sich von ihrer Mutter und wurde von ihrem Vater herzlich umarmt. „Liebes, wie fühlst du dich?“, fragte er und drückte sie fest an sich. „Wie geht es den beiden neuen Babys?“

„Uns geht es gut, Dad. Wie geht es dir und Mom?“

„Nun, um ehrlich zu sein, wir sind müde“, flüsterte Mom. „Einfach vollkommen erschöpft. Es ist eine lange Fahrt von Joplin hierher, weißt du. Wie geht es Deborah heute?“

„Ich bin froh, dass sie schläft“, sagte Julia. „Vielleicht sollten wir hinunter in die Cafeteria gehen und etwas trinken. Ich könnte eine Tasse Tee gebrauchen.“

„Ja“, stimmte Peter zu. „Das ist eine gute Idee.“

Als sie den Raum verließen, legte Peter den Arm um Julias Schultern. Er wusste, es würde ihr sehr schwer fallen, mit ihren Eltern ehrlich zu sein. Julia hatte sich ihr ganzes Leben lang bemüht, ihnen zu gefallen. Auf keinen Fall wollte sie ihr sorgfältig aufgerichtetes Weltbild erschüttern.

Es ist seltsam, mit den Eltern über die Flure des Krankenhauses zu gehen, dachte Peter. Beide wirkten älter auf ihn. Und kleiner. Seine Mutter hatte doch immer blonde Haare gehabt, nicht? Und wo war die alte Brille aus Schildpatt, die ihr

Vater immer trug? Die Gläser in dem Drahtgestell waren fast einen Zentimeter dick und es waren Gleitsichtgläser! Du meine Güte, wie lange hatte er sie schon nicht mehr gesehen? Kurz nach Angelos Geburt waren sie nach New Mexico gekommen. Das war vor etwas mehr als einem Jahr gewesen. Wie hatten sie in dieser kurzen Zeit so altern können?

„Sie ist sehr dünn, nicht?“, sagte Mom zu Julia, als sie durch den Flur schritten. „In ihrem Nachthemd fällt das besonders auf. Aber weißt du, ich glaube, keiner von uns hat gemerkt, dass mit ihr etwas nicht stimmte. Ich habe noch nie von Anorektika gehört, du etwa?“

„Ja, Mom. Anorexie.“

„Als wir das letzte Mal zusammen waren, schien mir ihr Haar ein wenig dünn zu sein. Ich dachte, dass sie vielleicht eine schlechte Dauerwelle hat.“

„Debbie hat Naturlocken. Sie lässt sich nie eine Dauerwelle legen.“

„Na ja, man weiß ja nie, was jemand macht. Ich meine, sieh dich doch an! Das ist eine solche Überraschung, Julia. Nicht dass wir unglücklich darüber sind. Natürlich nicht. Aber ich habe mich nur gefragt, welchen Einfluss diese neuen Babys auf den Rest der Familie haben werden.“

Und wie wäre es mit der Frage, welchen Einfluss sie auf mich haben werden?, wollte Julia fragen, als sie die Cafeteria erreichten. *Was ist mit meinem Leben? Was ist mit all den Dingen, die ich tun wollte, nachdem ich meine beiden Töchter großgezogen habe?* Aber sie verdrängte diese Gedanken schnell.

„Es scheint sehr voll zu sein“, sagte sie. „Peter, was meinst du?“

„Wir holen uns eine Cola und suchen uns einen leeren Warteraum.“

„Vielleicht sollten wir in Deborahs Zimmer zurückkehren“, schlug Mom vor. „Sie könnte aufwachen und sich fragen, wo alle stecken.“

„Wir würden gern mit euch sprechen, Mom und Dad“, sagte Peter. „Julia möchte mit euch sprechen.“

Vielen Dank, Peter, hätte sie am liebsten gesagt. Doch ihr Herz klopfte so laut, dass sie kein Wort herausbrachte.

„Mit uns sprechen?" Mom richtete ihr Haar. „Nun, das hört sich ernst an."

„Ja, das tut es", sagte Dad. Er nahm seine Brille ab, zog den Zipfel seines Hemdes heraus und begann die Gläser zu putzen. „Ich halte das für eine gute Idee, Olive. Vielleicht gibt es etwas, das wir über Deborah wissen sollten."

Mom kräuselte die Lippen und stellte sich beim Getränkeautomat an. Julia sah Hilfe suchend zu ihrem Bruder hinüber, der ihr zuzwinkerte. *Du schaffst das*, schien er zu sagen. *Sei stark. Sag die Wahrheit.* Aber oh, es würde so schwierig werden!

Sie nahm sich einen Becher mit heißem Wasser und tauchte einen Teebeutel hinein. Wenn sie nur eine Tasse von dem stärkenden Chai hätte. Ihre Gedanken wanderten nach Hause, wie es häufig der Fall war. Sie und Mike hatten jeden Tag miteinander telefoniert – manchmal zweimal am Tag. Wie sich herausstellte, kamen die Mädchen sehr gut ohne sie klar. Jessica schien den Bruch mit Danny zu überleben. Sie befand sich in der Zornesphase des Trauerns, wie Mike herausstellte, und Danny war zum dümmsten, selbstsüchtigsten Schuft in der Geschichte der Menschheit mutiert. Mit Hilfe des Antibiotikums hatten Heathers Ohrenschmerzen aufgehört. Und er und seine Töchter hatten das Essen vom mexikanischen Imbiss um die Ecke schätzen gelernt.

Julia nahm einen Schluck Tee, während Peter die Familie einen Flur entlangführte. Durch die Glastüren nach draußen bemerkte sie die grauen Wolken, die sich über ihnen zusammenballten. Dann und wann zuckte ein Blitz über den Himmel. Ein entfernter Donner kündigte ein typisches Missouri-Gewitter an. Sie hoffte, Debbie würde davon nicht aufwachen.

„In diesem Stock gibt es einen Warteraum, darüber liegt die onkologische Station", erklärte Peter. „Mal sehen, was im Keller ist."

Julia umklammerte ihren Styroporbecher, während der Fahrstuhl nach unten fuhr. Sie sah, wie ihre Mutter von ihrer Diätcola trank, während sie Dad missbilligend ansah, der sich nicht nur eine Cola, sondern auch ein kleines Stück Kuchen gekauft hatte. Julia fragte sich, ob es in ihrer Familie schon immer üblich gewesen war, auf das Gewicht zu achten. Oder war sie nur wegen Debbies Zustand so empfindlich?

Sie folgten Peter durch einen halbdunklen Flur zu einem kleinen Wartebereich mit zwei kleinen Fenstern. Julia legte beschützend den Arm über ihren Bauch, als sie sich auf einem Stuhl niederließ. Würde sie das durchstehen? Gab es denn keinen anderen Weg?

„Ich sage euch was", sagte Mom und stöhnte auf. „Das war die bestorganisierte Ferienbibelschule, die ich je mitgemacht habe. Meinst du nicht auch, Don?"

„Ganz bestimmt. Unmengen von Kindern."

„Hunderte." Mom lächelte Julia an, als ein Donner die Fensterscheiben zum Klirren brachte. „Wir hätten eigentlich auch heute Nachmittag noch sprechen sollen, aber wir dachten, es wäre besser, wenn wir zurückkämen, um nach Debbie zu sehen. Dein Vater wollte den Kindern von den Sterberitualen der Massai erzählen. Dieses Thema kann er immer so interessant bringen, wisst ihr. Ich schätze, alle deine Massai-Freunde sind jetzt mittlerweile Älteste, Peter, meinst du nicht? Bestimmt haben sie ihre Zeit als Krieger bereits hinter sich und sie werden nun Frauen und Kinder haben. Hast du je etwas von ihnen gehört, Liebling?"

Peter schüttelte den Kopf. „Ich glaube nicht, dass die Massai gerne Briefe schreiben, Mom."

„Nun, dein Vater hört von den Pastoren ein paar Mal im Jahr, wenn sie sich zur Weiterbildung treffen. Ich glaube, Bruder Lemeikoki übernimmt das Schreiben. Aber alle setzen ihre Unterschrift unter den Brief."

„Wie steht es denn mit den Gemeinden, Dad?", fragte Julia. Ganz bewusst mied sie Peters eindringlichen Blick. Der Regen prasselte gegen die Fenster.

„Es geht immer so weiter."

„Dad wünschte natürlich, er könnte dort sein", erklärte Mom. „Sag ihnen, worüber du dir Sorgen machst, Schatz. Du weißt schon, die Opferungen."

„Ich bin nur ein wenig besorgt, dass sie ihre traditionellen Opferungsriten mit den Ritualen des christlichen Abendmahls vermischen. Wie ihr wisst, trinken sie Blut, und ich habe ihnen erzählt, wie Christus beim letzten Abendmahl den

Becher hielt und sagte: ‚Dies ist mein Blut.' Ich wünschte nur, sie würden den Symbolcharakter dieser Worte begreifen."

Mom nickte. „Wisst ihr, in Südamerika wurden die christlichen Rituale mit den heidnischen indianischen Riten vermischt, nachdem die Missionare abgereist waren. Dein Vater und ich möchten nicht, dass das bei den Massai auch passiert."

„Sind denn jetzt keine Missionare mehr dort?", fragte Julia. Sie war so erleichtert, nicht über ihre Beziehung untereinander sprechen zu müssen, dass sie sich zurücklehnte und aufseufzte. Draußen regnete es jetzt in Strömen und prasselte gegen die kleinen Scheiben, sodass man nicht mehr hinaussehen konnte.

„Nicht in unserem Gebiet. Es ist so abgelegen, dass es vermutlich niemand auch nur versuchen möchte, dort zu arbeiten. Manchmal frage ich mich, wie wir all diese Jahre in dem kleinen Haus überstanden haben. Außerdem gibt es im Augenblick so viele politische und soziale Unruhen in Kenia. Es ist schwer, jemanden zu finden, der bereit ist, als Missionar dorthin zu reisen."

„Wir müssen halt beten, dass der Herr Herzen anrühren wird", sagte Dad. „Die Felder sind reif zur Ernte, aber wo sind die Erntehelfer? Ich habe nie begriffen, warum die Missionsleitung einen so jungen Mann wie mich in Rente schickt."

Er grinste, und Julia tätschelte sein Knie. „Du bist wirklich noch jung, Dad, und ich bin froh, dass du dich mit Dingen wie dieser Ferienbibelschule beschäftigt hältst."

Bei diesen Worten seufzte Peter auf. Julia versteifte sich. Ihr war klar, dass sie mit ihrer Aufgabe nicht weiterkam. Vielmehr war sie wieder in das alte Muster verfallen – liebevoll, bestätigend und sie tat alles, um ihren Eltern zu gefallen. Warum auch nicht? Sie liebte sie. Sie war so stolz auf die Jahre ihrer harten Arbeit.

„Aktiv zu bleiben, ist sehr wichtig", begann sie. Sie wünschte, der Regen würde nicht so laut gegen die Scheibe trommeln. Es war auch so schon schwer genug, das anzusprechen. „Aber ihr wisst ja, dass es auch Zeiten der Ruhe gibt. Zeiten, in denen eure Familie euch braucht."

„Ja, Liebes, wie kommen denn Jessica und Heather ohne

dich zurecht?“, fragte Mom. „Wir haben dieses wunderhübsche Foto von Jessica bei ihrer Abschlussfeier bekommen. Du meine Güte, wie dieses Kind gewachsen ist!“

„Sie ist so hübsch“, warf Dad ein.

„Danke. Den Mädchen geht es wirklich gut.“ Sie drehte den Becher in den Händen. „Es ist mir schwer gefallen, sie zu verlassen, aber ich hatte wirklich das Gefühl, dass Debbie mich brauchte.“

„Es war so lieb von dir und Peter, den weiten Weg hierher zu kommen, um bei eurer Schwester zu sein.“ Mom strahlte. „Peter, erzähl uns, wie es deinem kleinen Angelo geht. Kann er schon laufen?“

„Noch nicht. Das glaube ich zumindest.“ Er legte den Kopf zur Seite. „Aber jetzt zu Debbie.“

„Einen Augenblick“, warf Mom ein. „Du weißt nicht, ob Angelo schon laufen kann? Wie kann das sein?“

Peter lehnte sich auf seinem Stuhl zurück und steckte die Daumen in die Gürtelschlaufen seiner Jeans. Warum erzählte Julia ihren Eltern nicht von Debbie? Warum konfrontierte sie sie nicht mit ihrer Rolle in der Krankheit ihrer Schwester? Obwohl es in diesem Kellerraum kühl und feucht war, merkte er, wie sein Blut zu kochen begann. Dies war nicht der richtige Zeitpunkt, um mit seinen Eltern über seine Eheprobleme zu sprechen. Aber er merkte, dass seine Mutter nicht locker lassen würde.

„Ich sehe es an deinem Gesichtsausdruck, Peter“, sagte sie. „Irgendetwas ist passiert. Ach du meine Güte. Julia, was ist los? Wenn Peter nicht reden will, dann sag du es uns.“

„Maria und ich haben uns getrennt“, erklärte Peter. „Aber darum geht es nicht in diesem Gespräch.“

„Oh doch, darum geht es. Peter, Maria ist deine Frau. Du kannst uns nicht enttäuschen, indem du es versäumst, dein Ehegelübde einzuhalten.“

„Es ist meine Ehe, Mom. Es ist mein Leben. Ich kann tun, was ich will.“

„Was habe ich dir gesagt, Don?“ Mom schüttelte den Kopf. „Ich wusste einfach, dass das passieren würde. Peter, haben dein Vater und ich dich nicht gewarnt, außerhalb deiner Kultur zu heiraten? Es macht uns überhaupt nichts aus, dass

Maria Spanierin ist. Alle Rassen sind vor dem Herrn gleich. Aber ihre Kultur ist unserer so fremd."

„Mom, jeder ist unserer Kultur fremd. Ich meine, sei doch mal ehrlich. Wer hat denn schon meine Kultur? Welche Frau ist denn mitten im afrikanischen Busch aufgewachsen, ist im Internat gewesen und wurde dann über den Atlantik katapultiert, um irgendein amerikanisches College zu besuchen, an dem sie niemanden kannte? Es gibt nicht einen einzigen Menschen auf der Welt, der meine Kultur hat – abgesehen von meinen Schwestern. Und sie kann ich ja wohl schlecht heiraten, nicht?"

„Peter." Julia atmete durch und schluckte ihre Furcht hinunter. „Mom, Pete versucht zu sagen, dass die Dinge für alle von uns ein wenig schwierig gewesen sind. Für uns drei Kinder, meine ich. Aber wie auch immer . . . im Augenblick . . . nun, wir müssen über Debbies Zustand sprechen, weil das wirklich im Moment das Wichtigste ist. Wir machen uns große Sorgen um sie. Der Arzt, Dr. Bryant, hat uns in den vergangenen Tagen einige sehr gravierende Dinge mitgeteilt, und wir möchten euch darüber informieren."

Bevor sie noch jemand unterbrechen konnte, machte sich Julia an einen detaillierten Bericht über die Einschätzung des Arztes. Sie sprach von Debbies Besessenheit, ihrer Weigerung, mit einem Therapeuten zu reden, ihrer Weigerung einzugestehen, dass sie tatsächlich an Anorexie litt.

Sie hatte kaum begonnen, als ihr Vater erneut seine Brille abnahm und anfing, sie zu putzen – er blies nach eingebildeten Fusseln, richtete die Bügel, überprüfte die Schrauben und hielt sie gegen das Licht, um sicherzugehen, dass auf den Gläsern keine Fingerspuren waren. Mom kniff den Mund zusammen und starrte Julia ausdruckslos an. Schließlich kramte sie in ihrer Tasche herum, suchte eine Nagelfeile und begann, ihre Fingernägel zu polieren.

„Also", sagte Julia, „wir müssen uns auf einen langen Genesungsprozess einstellen. Debbie wird nicht einfach so aus dem allen herauskommen. Und Peter und ich sind der Meinung, es würde ihr sehr helfen, wenn wir alle sie bei ihrem Genesungsprozess unterstützen würden. Ich meine, wir hoffen, dass sie sich erholt. Wir denken, dass sie eine bessere Chance hat, wenn wir ihr viel Liebe und Bestätigung geben."

„Natürlich", stimmte Mom zu. „Wir haben uns immer Mühe gegeben, euch Kindern zu zeigen, wie sehr wir euch lieben. Natürlich werden wir für Debbie da sein. Aber ich bin sicher, sie braucht keinen Psychiater. Dies scheint ein körperliches Problem zu sein, kein psychisches. Wann immer ich mit Debbie rede, macht sie auf mich einen sehr klaren Eindruck."

Julia blickte Peter an. Er nickte ihr zu.

„Nun, das mag sein", sagte sie, „aber viele Faktoren haben zu ihrem Zustand beigetragen. Nicht nur körperliche Dinge. Ich glaube, Debbie hat sich immer irgendwie . . . verloren gefühlt, weißt du?"

„Was meinst du damit?" Mom ließ ihre Nagelfeile in die Tasche fallen. „Verloren?"

„Verlassen." Julia sprach das Wort aus und erhob sich von ihrem Stuhl. Sie starrte einen Augenblick hinaus in den Regen. „*Verlassen.* Ein schreckliches, aber das richtige Wort. Sie fühlte sich irgendwie von euch verlassen, im Stich gelassen . . ."

„Von uns?"

Julia tat ein paar Schritte und drehte sich um. „Ja, von euch. In gewisser Weise von uns allen. Aber wisst ihr, verlassen worden zu sein wäre nicht so schrecklich, wenn sie die Leute, die sie immer wieder verlassen, nicht aufrichtig lieben und brauchen würde."

„Ich weiß nicht, warum du so sprichst, Julia. Wir, dein Vater und ich, haben unsere Kinder nie verlassen. Wir haben alles für euch getan, was wir konnten. Wir haben euch zu essen gegeben, wir haben euch Kleider gegeben, wir haben euch in einem christlichen Elternhaus aufwachsen lassen, wir haben euch geliebt – haben euch sehr geliebt. Und tun es noch!"

„Das weiß ich, Mom. Und wir lieben euch auch." Sie lief durch den kleinen Raum und wünschte, sie könnte irgendwie verschwinden.

„Dann verstehe ich das Problem nicht. Es ist, als würden Peter und du uns die Schuld an dieser Situation geben."

„Ich sage nur, dass wir teilweise alle dafür verantwortlich sind. Peter und ich auch."

„Don, hörst du, was deine Tochter sagt? Und Julia, ich wünschte, du würdest deine Stimme leise halten. In diesem Krankenhaus befinden sich unzählige Menschen. Wir kennen so viele Mitglieder der Gemeinden hier in Bolivar und wenn sie hören würden . . .“

„Aber ich sage doch nichts Schlimmes.“

„Du hast gesagt, wir hätten Deborah im Stich gelassen! Hat sie das nicht gesagt, Don?“

„Mom und Dad“, flehte Julia, „bitte versucht doch mich anzuhören.“

„Wir hören zu. Sag nur leise, was du zu sagen hast.“ Mom schob ihr Kinn nach vorn. „Aber ich glaube wirklich, wir sollten jetzt wieder in Deborahs Zimmer gehen. Wir sind schon viel zu lange hier.“

„Es könnte eine gute Idee sein, Julia ausreden zu lassen, Olive“, warf Dad ein. „Sie und Peter versuchen uns klar zu machen, was sie empfinden.“

„Peter, hast du irgendetwas zu sagen?“, fragte Mom. „Ich glaube, dass du deine Schwester hierzu angestiftet hast, so wie du sie immer in deine Streiche verwickelt hast.“

„Nein, Mom“, widersprach Julia. „Es ist mein Wunsch, das anzusprechen.“ Und seltsamerweise stimmte das auch. Um Peters willen hatte sie sich hierzu bereit erklärt, aber je mehr sie die Wahrheit aussprach, umso stärker fühlte sie sich. „Ich versuche euch zu sagen, dass Peter, Debbie und ich . . . wir lieben euch. Wir haben euch immer geliebt.“ Sie setzte sich neben ihren Bruder und nahm seine Hand. „Wir haben euch geliebt und wir haben euch gebraucht“, sagte sie mit fester Stimme. „Ich kann das am besten erklären, wenn ich euch von der KCA erzähle. Darüber, wie es für uns war, dort zu leben.“

„Die meisten der anderen Missionarskinder, die wir kennen, waren ganz begeistert von der KCA“, wandte ihre Mutter ein. An dem schrillen Tonfall ihrer Mutter merkte Julia, dass sie sich ein wenig in die Defensive gedrückt fühlte. „Und wie ihr euch erinnert, habt ihr sehr viele schöne Stunden dort verbracht – ihr alle drei. Julia, du warst so beliebt bei deinen Freundinnen. Du hast der *National Honor Society* angehört und der Schülermitverwaltung. Peter hatte keine Probleme, sich die Zeit zu vertreiben – er hat sich in alle möglichen Schwierigkeiten gebracht. Und Deborah war immerhin Homecoming Queen ihres Jahrgangs, falls ihr euch erinnert. Sie hatte viele Freunde und sie war so hübsch. Man wird nicht

Homecoming Queen, wenn man die ganze Zeit traurig herumläuft. Die KCA war eine gute Schule und ihr drei wart glücklich dort, ob ihr die Schulzeit nun so in Erinnerung behalten wollt oder nicht."

Julia nickte. „Wir hatten tatsächlich schöne Zeiten an der KCA. Aber wisst ihr was? Wir waren Kinder. Wir brauchten mehr als Freunde, Clubs und Schulstreiche. Wir brauchten Umarmungen und Küsse. Wir wollten abends zu Bett gebracht werden. Wir brauchten jemanden, mit dem wir reden konnten, der uns die Welt erklärte. Wir brauchten unsere Eltern."

„Aha." Mom suchte erneut in ihrer Tasche herum.

„Es stimmt, dass ihr tolle Eltern wart", fuhr Julia mit leiser Stimme fort, „wenn wir euch hatten. Wir hätten euch nur viel öfter gebraucht. Das Schlimmste war immer, wenn ihr uns zur KCA gebracht und dort gelassen habt."

„Das war auch für uns schwer, Julia", sagte Dad.

„Erinnert ihr euch an das Jahr, als ihr uns zur Schule gebracht habt und Debbie fortgelaufen ist? So haben wir alle empfunden. Jedes Jahr."

„Weggelaufen?" Mom sah auf. „Deborah? Daran erinnere ich mich nicht, meine Liebe. Bist du sicher? Für so etwas wäre sie suspendiert worden und Deborah war immer ein so liebes kleines Mädchen."

„Sie war lieb, aber innerlich hat sie nach Hilfe geschrien. Ich habe nicht erkannt, wie sehr sie in all den Jahren hat kämpfen müssen. Erst als sie beschloss, von der Schule davonzulaufen. Es war in ihrem ersten Jahr auf der Highschool. . ."

Julia – Afrika – 1981

Als Peter, Debbie und ich anfangen fürs Internat zu packen, fühle ich mich wie ein Todeskandidat auf dem Weg zur Hinrichtung. Mom und Dad versuchen uns die letzten Stunden unseres Zusammenseins so schön wie möglich zu machen. Mom bereitet uns ein fantastisches Frühstück zu – in der Regel ein Omelett mit Schinken und Käse. Dann füllt sie große Tüten mit den leckeren selbst gebackenen Zimthörnchen. Dad hilft uns, unsere schwarzen Metallkoffer zum Land Rover zu bringen.

Debbie macht mich immer verrückt, wenn wir den Wagen packen. Anstatt zu helfen, sitzt sie auf ihrem Bett und schreibt Gedichte. Denkt sie etwa, wir wären ihre Sklaven? Dies wird ihr erstes Jahr auf der Highschool sein, darum ist sie ganz traurig, als wäre dies die größte Tragödie auf der Welt. Ich bin immer sehr geduldig mit ihr, aber dieses Mal kann ich es nicht mehr aushalten.

„Du könntest dich mit deinem Koffer beschäftigen!", fahre ich sie an.

Sie klappt ihr Notizbuch zu und steckt es in den Koffer. In diesem Augenblick bemerke ich, dass sie weint. Ich möchte sie wirklich trösten, aber wir müssen los.

„Es ist doch keine große Sache, zur Highschool zu gehen", sage ich ihr. „Es ist derselbe Ort, dieselben Gebäude, dieselben Lehrer und Kinder. Du wirst nur in einem anderen Wohnheim untergebracht sein, das ist alles."

„In Ordnung", sagt sie, ihre Stimme ist kaum lauter als ein Flüstern. Sie sieht aus, als wäre das das Ende der Welt. „Mein Bauch tut weh."

„Warum isst du nicht etwas? Zum Frühstück hast du kaum einen Bissen heruntergebracht."

„Ich habe keinen Hunger."

„Du musst etwas essen, Debs. Geh und hol dir eins von Moms Zimthörnchen."

„Ich bin sowieso schon zu dick."

„Du bist nicht dick. Sei doch nicht dumm." Sie ist wirklich nicht dick, aber sie hat eine sehr wohlproportionierte Figur. Obwohl sie jünger ist als ich, ist sie schon viel weiter entwickelt. Kein Wunder, dass alle Jungs an der Schule hinter ihr her sind.

„Meine Uniformen passen nicht mehr", sagt sie.

„Unsere Uniformen passen sowieso nie richtig. Komm schon, Debs."

Ich schaffe es, sie vom Bett herunterzuholen, und gemeinsam schleppen wir ihren Koffer zum Land Rover. Es dauert eine Weile, bis wir Peter aufstöbern. Er ist zum Massai-Dorf gegangen, um noch ein paar Minuten mit seinen Freunden zu verbringen. Seine Freunde geben ihm etwas aus einer Kalebasse zu trinken, und als er endlich in den Wagen steigt, stinkt er schrecklich aus dem Mund. Zweifellos war das eine Mischung aus Kuhblut und Milch, die die Massai ständig trinken. Ich weiß nicht, warum Peter so ein Zeug mag. Es ist einfach abscheulich.

Stundenlang sind wir nach Nairobi unterwegs und ich versuche mir die guten Dinge vorzustellen, die in der Schule passieren könnten. Ich könnte zum Junior-Senior-Bankett eingeladen werden. Ich könnte einen Freund finden. Ich könnte glatte Einsen bekommen. Und auf jeden Fall war es mein letztes Jahr an dieser blöden Schule.

Um nicht zu viel über die Schule nachzudenken, lasse ich meine Gedanken zu den Schulferien zurückwandern. Fast jeden Tag bin ich zum Massai-Dorf hinübergelaufen und habe bei den Frauen gesessen, die so schöne Perlenketten und Ohrringe machen. Die beste Arbeit behalten sie, den Rest schicken sie an ein Hotel im Wildpark, das es an die Touristen verkauft. Ich verstehe die Sprache nicht so gut wie Peter, aber ich bin gern mit diesen Frauen zusammen und höre mir ihre Geschichten an.

Das Schönste an den Ferien ist, wenn der britische Farmer aus der Nähe zu einem Besuch vorbeikommt. Nachdem Mr. Wilson eine Weile mit unseren Eltern geplaudert hat, lädt er uns Mossman-Kinder auf die Ladefläche seines Lastwagens zu den großen Hunden Hercules und Theseus. Wir klammern uns an der Ladefläche fest, während er über das Land fährt, die Zäune auf seiner Farm inspiziert und mit seinen Leuten spricht, die auf seine Viehherden aufpassen. Wir sehen dabei alle möglichen wilden Tiere, sind über und über mit Staub bedeckt und haben viel Spaß. Wir mögen Mr. Wilson sehr. Eines Tages werde ich hoffentlich jemanden wie ihn heiraten.

Nachdem ich lange geträumt habe, erreichen wir Nairobi und fahren auf den Parkplatz des Intercontinental Hotels. Dies ist unsere Familientradition. Wir gehen in die klimatisierte Empfangshalle und geradewegs in den Speisesaal. An den Wänden hängen große Fotos von wilden Tieren in freier Wildbahn – brüllende Löwen, rennende Rhinozerosse, finster blickende Büffel.

Peter nennt dies „das letzte Abendmahl". Jeder bestellt sich sein Lieblingsessen. Ich nehme ein Clubsandwich, Pommes frites und ein Glas Cola mit vielen Eiswürfeln, und die schmecken besser als alles andere. Debbie isst wieder nicht besonders viel. Ich fange an, mir Sorgen um sie zu machen. Ist sie krank oder was? Vor ein paar Jahren hatte sie Malaria und manchmal bekommt man das ein zweites Mal. Ich wünschte, sie würde etwas fröhlicher werden.

Ich sehe mich am Tisch um. Dad plant für die kommende Woche ein großes Pastorentreffen. Nachdem sie uns in der Schule zurücklassen, werden er und Mom Lebensmittel einkaufen, damit sie für alle Männer kochen kann. Sie schreiben ihre Einkaufsliste auf und überlegen, ob sie eine Ziege zum Braten kaufen sollen. Peter spießt Pommes frites auf die Zinken seiner Gabel und tut so, als wären das Finger. Er versucht, uns Angst zu machen. Niemand scheint zu bemerken, wie niedergeschlagen Debbie ist, darum sage ich nichts.

Nach dem „letzten Abendmahl" ist unsere Stimmung hinüber. Der Land Rover fährt über die kurvenreichen Straßen zum Rand des Great Rift Valley. Diese riesige Falte in der Erde fällt ab in ein großes Tal mit Vulkanen und Seen. Wir biegen von der Hauptstraße auf den Weg, der zur Schule führt, ab, und hier geraten wir häufig in Schlamm, der so tief ist, dass sogar der Land Rover kaum durchkommt. Schließlich sehen wir vor uns das große Schild, das uns mitteilt, dass wir die gute alte Kenya Christian Academy erreicht haben.

Dad fährt mit dem Land Rover vor dem Jungenwohnheim vor und lädt Peter und seine Koffer aus. Bevor wir es noch merken, ist mein Bruder mit einer Gruppe von seinen Freunden verschwunden. Ich bin ziemlich sicher, dass seine Tüte mit Zimthörnchen noch vor dem Abendessen leer sein wird. Er macht sich nicht einmal die Mühe, Mom und Dad einen Abschiedskuss zu geben.

Als Dad vor dem Mädchenwohnheim anhält, entdecke ich eine meiner Mitbewohnerinnen. Ich springe aus dem Wagen und bevor ich auch nur ein Wort herausbringe, erzählt sie mir, dass sie während der Ferien drei Briefe von ihrem Freund bekommen hat. Ich bin so eifersüchtig, dass ich es kaum aushalte. Was stimmt nur nicht mit mir? Warum habe ich keinen Freund? Ich umarme sie und sage ihr, wie ich mich für sie freue.

Debbie, Dad und ich laden unsere beiden Koffer aus und tragen sie ins Wohnheim. Debbies Mitbewohnerinnen sind bereits da und sie haben die oberen Betten belegt. Ich merke, dass sie enttäuscht ist, aber so ist das halt. Wir gehen in mein Zimmer hinüber und ich suche mir ein Bett in der Nähe des Fensters aus. Ich unterhalte mich kurz mit meinen Mitbewohnerinnen, dann gehe ich den Flur entlang zu meinen Eltern. Es ist Zeit, sich zu verabschieden.

Ich habe beschlossen, dieses Jahr die Beste zu werden. Ich werde meinen neuen roten Blazer sehr viel tragen, weil er mir gut steht. Er ist das Teil meiner Uniform, das diese Schneider in der Schneiderei in Mombasa nicht verdorben haben. Ich werde das ganze Alte Testament durchlesen und ich werde mich dieses Mal nicht wie sonst immer von den Geschlechtsregistern abschrecken lassen. Und ich werde flirten. Zu Hause im Bad habe ich viel geübt und ich denke, ich habe es jetzt kapiert. Vielleicht finde ich ja dieses Jahr einen Freund.

Aber als ich aus dem Wohnheim mit seinen grauen Betonblocks und den vergitterten Fenstern komme, fühle ich mich ziemlich schlecht. Ich sehe, wie Mom und Dad drüben am Land Rover Debbie in den Arm nehmen. Ich möchte nicht weinen. Ich werde nicht weinen. Bin ich nicht schon seit Ewigkeiten an dieser Schule? Was ist nur los mit mir?

Mom und Dad umarmen und küssen mich. Sie sagen, sie werden für mich beten. Sie versprechen, viele Briefe zu schreiben. Dann steigen sie in den Land Rover, schließen die Türen und fahren los.

Debbie und ich stehen da und sehen ihnen nach, bis wir den Wagen nicht mehr erkennen können. Wir bleiben stehen, bis wir sicher sind, dass sie wirklich und tatsächlich fort sind und dass sie ohne den Schatten eines Zweifels nicht mehr zurückkommen. Heute nicht. Drei Monate lang nicht.

Dann zuckt Debbie die Achseln und geht davon. „Tschüs, Jules", sagt sie.

„Wohin gehst du?", rufe ich. „Abendessen gibt es erst in einer Stunde."

„Ich gehe nicht in die Cafeteria."

Ich renne hinter ihr her. Sie läuft über den Gehweg, an der Cafeteria vorbei, an dem Wohnheim der Jungs vorbei und geradewegs auf den Wald zu.

„Hey, Debs", rufe ich. Sie geht jetzt ziemlich schnell. „Bleib stehen. Was machst du denn?"

Sie läuft weiter. Ich hole sie ein und packe sie am Arm. Sie dreht sich um und ich sehe, dass sie weint.

„Was ist los, Debbie?", frage ich. „Es wird alles in Ordnung kommen. Du wirst die Highschool mögen. Du wirst deine Sache prima machen."

Sie löst sich von mir und läuft in den Wald. Der die KCA umgebende Dschungel ist sehr gefährlich und ich kann mir nicht vorstellen, dass meine ängstliche Schwester sich wirklich hineintraut. Zum einen gehört der Wald nicht mehr zum Campus, und das bedeutet, wenn man erwischt wird, wird man isoliert oder sogar suspendiert. Aber es ist nicht nur das. Wir haben gehört, dass ein dreibeiniger Leopard dort lebt, und er könnte einen anfallen, wenn man sich von der Schule entfernt. Es gibt Buschbabys, die wie verirrte Kinder klingen, wenn sie nachts schreien. Und es gibt Mau Maus.

Die KCA befindet sich mitten in dem ehemaligen Mau-Mau-Gebiet. Früher war es üblich, dass in den einzelnen Häusern und Wohnheimen jeden Abend Glocken geläutet wurden, um sich gegenseitig mitzuteilen, dass niemand in seinem Bett ermordet worden war. Die Mau Maus ließen die Leute schreckliche Eide schwören und sie töteten Christen und weiße Einwanderer. Sie haben auch Afrikaner umgebracht, diejenigen, die sich weigerten, sich den Stammesflüchen anzuschließen. Einmal ist Peter außerhalb des Campus auf die Jagd gegangen und hat dabei eine Leiche neben den Schienen entdeckt. Die Augen des Mannes waren ausgestochen und die Lippen abgeschnitten worden. Peter hat den Mann zuerst nicht erkannt, doch später wurde ihm klar, dass es einer der afrikanischen Köche gewesen war, der für Cookie in der Cafeteria gearbeitet hat.

„Wohin gehst du?", schreie ich Debbie nach. „Du darfst den Campus nicht verlassen!"

„Lass mich in Ruhe. Ich gehe zu den Schienen."

„Den Schienen!" Das ist genauso schlimm wie alles andere, was man an der KCA machen kann. Ich sehe nach rechts und links, um mich zu vergewissern, dass niemand zusieht, dann renne ich hinter Debbie her in den Wald. In der Schule habe ich noch nie Ärger bekommen und ich hoffe, dass ich nicht erwischt werde. Aber hier geht es um meine Schwester und ich kann sie nicht einfach in Ruhe lassen. Sie kämpft sich durch die langen Ranken, rutscht im Schlamm aus, und ihr ist es ganz egal, dass ihre Jeans erst am nächsten Waschtag gewaschen werden wird.

„Debbie!", rufe ich so laut ich es wage. „Bitte, bleib stehen, Debbie."

Sie läuft einfach weiter. Schließlich hole ich sie ein, und ich arbeite mich durch das Gewirr, versuche zu Atem zu kommen. Was denkt sie sich? Ist sie verrückt geworden? Peter ist doch das schlimme Kind bei den Mossmans, nicht Debbie und ich. Warum will sie nur zu den Eisenbahnschienen?

Halb verrückt vor Angst laufe ich neben meiner Schwester den steilen Berg hoch. Ich versuche nicht hinzufallen und ich suche die Bäume nach einem dreibeinigen Leoparden ab. Oder einem vierbeinigen. Debbie hat aufgehört zu weinen. Während sie weiterläuft, sieht ihr Gesicht aus, als sei es in Holz geschnitzt.

„Du wirst dich verirren", warne ich sie. „Wir werden uns beide verirren."

„Ich habe dich nicht gebeten mitzukommen."

„Du bist meine Schwester."

„Das ist mir egal. Ich brauche dich nicht."

„Doch, du brauchst mich. Du verirrst dich immer. Wenn du dich hier draußen verirrst, wirst du gefressen werden."

„Ich hoffe, der dreibeinige Leopard erwischt mich."

„Debs!" Jetzt mache ich mir wirklich Sorgen. Ich überlege, zur Schule zurückzurennen und einem der Lehrer Bescheid zu sagen. Auch ziehe ich in Betracht, meine Schwester mit einem Stein ohnmächtig zu schlagen. Aber ich könnte sie nicht durch den Dschungel zurücktragen. Und wenn ich sie auch nur eine Minute allein lasse, wird sie sich verirren. Dessen bin ich mir ganz sicher.

Gerade als die Sonne anfängt zu sinken, erreichen wir eine Lichtung oben auf dem Kamm. Vor uns liegen die Eisenbahnschienen. Wir starren sie an. Debbie geht hinüber und setzt sich auf eine der Schienen. Ich sage mein fünfzehntausendstes Gebet bei diesem verrückten Abenteuer und setze mich neben sie.

„Was wirst du jetzt machen?", frage ich.

„Ich werde an den Schienen entlang zu einem Bahnhof laufen", erklärt sie. „Dad hat mir etwas Geld gegeben. Ich werde eine Fahrkarte kaufen und nach Hause fahren."

Ich sehe sie lange an. Ich weiß, wir beide denken dasselbe. Das ist eine wirklich gute Idee. Eine wundervolle Idee. Dabei gibt es nur ein Problem. Wir werden ganz großen Ärger bekommen und dann werden Mom und Dad uns sofort zur Schule zurückbringen.

„Ich werde mitkommen", sage ich ihr.

„Nein", antwortet sie. „Das geht nicht. Das ist meine Reise."

„Du bist meine Schwester. Wir gehören zu einer Familie. Ich werde dich hier nicht allein lassen."

„Ich werde schon klarkommen. Ich werde einfach an den Schienen entlanglaufen."

„Du wirst bestimmt angegriffen werden."

Sie starrt mich an. „Verstehst du denn nicht, Julia?" Ihre Stimme ist ganz leise und ihre Augen sind dunkelblau. „Das ist mir egal. Mir ist egal, was mit mir geschieht. Es ist mir egal, wenn der Zug über mich hinwegfährt."

„Debbie!" Ich nehme ihre Hand und halte sie ganz fest. „Bitte sag so etwas nicht."

In dem Augenblick, als ich aufhöre zu sprechen, hören wir den Zug kommen. Die Schienen erzittern unter uns. Dann beginnen die Schienen zu summen. Und schließlich ertönt in der Ferne das Pfeifen des Zuges.

In diesem Augenblick, gerade als ich denke, Debbie wird sich auf die Schienen werfen, kommen Peter und zwei seiner Freunde aus dem Wald. Ich glaube nicht, dass Peter auch nur irgendetwas überraschen kann. Aber er ist so geschockt, uns zu sehen, dass ihm der Mund offen stehen bleibt.

„Was macht ihr denn hier?", ruft er.

„Wir warten auf den Zug", erwidert Debbie.

„Warum?"

Wir starren Peter an. Keiner von uns sagt ein Wort. Jetzt kann ich den Rauch von der alten Lokomotive über den Baumwipfeln aufsteigen sehen. Ich umklammere Debbies Hand noch fester.

Peter blickt von mir zu Debbie und wieder zurück zu mir. Ich habe das schreckliche Gefühl, dass er weiß, was vorgeht. Er hat es herausgefunden. Er lässt seine Freunde am Rand der Lichtung zurück und kommt auf uns zu. Als der Zug um die Biegung kommt, legt er den Arm um Debbie.

„Hast du Geld?", ruft er.

Sie nickt. Er streckt seine Hand aus. Sie sucht in ihren Taschen und holt das Geld heraus, das Dad ihr gegeben hat, das Geld, mit dem sie ihre Fahrkarte kaufen wollte. Peter nimmt es, beugt sich vor und legt drei Silbermünzen auf die Schienen, dann packt er unsere Hände und zieht uns von den Schienen herunter. Gerade rechtzeitig.

Der Zug rast an uns vorbei. Ich halte Debbies Hand fest. Peters Arm liegt noch um sie. Die Waggons rattern vorbei, einer nach dem anderen rollen sie über die Schienen und bringen den Boden zum Beben. Es ist so laut, dass ich nur noch meinen Herzschlag höre.

Schließlich ist der letzte Waggon vorbei. Peter beugt sich vor und hebt die drei Silbermünzen auf. Sie sind flach und glatt und sehr warm, weil die Räder der Waggons über sie hinweggerollt sind. Er gibt jedem von uns eine.

„Also", sagt er, „das war das."

Die Sonne geht unter, als wir alle durch den Wald stapfen. Peter, Debbie und ich haben uns beieinander untergehakt und er stimmt ein altes Lied an, das wir als kleine Kinder immer gesungen haben.

„Wir gehen geradeaus und du gehst uns besser aus dem Weg", singt er. Dann stimme ich mit ein und schließlich fängt auch Debbie an zu singen. Immer wieder singen wir die Worte, als ob nichts in der Welt uns in die Quere kommen dürfte. Als wären wir unbesiegbar.

Gerade pünktlich zum Abendessen erreichen wir die Cafeteria. Es gibt Blumenkohl.

Kapitel 11

Peter betrachtete seine Eltern und suchte nach einem Hinweis darauf, dass sie Julias Worte verstanden hatten. Sie hatte so gut, so perfekt gesprochen. In ihrer Stimme war kein Hauch von Vorwurf zu entdecken gewesen, aber sie hatte die Wahrheit gesagt.

Während der Regen gegen die Fenster trommelte, saß ihr Vater mit gefalteten Händen und gesenktem Kopf auf seinem Stuhl. Peter konnte nicht sagen, ob er schlief, betete, weinte oder nur wünschte, er könnte seine Brillengläser erneut putzen. Mit versteinertem Gesicht hatte ihre Mutter sich Julias Erinnerungen angehört. Peter wusste, seine Mom kniff immer die Lippen zusammen, wenn niemand wissen sollte, was sie empfand. Sie wollte damit Gelassenheit demonstrieren, aber die Mossman-Kinder erkannten dies als Zorn.

Mom war also sauer und Dad war . . . irgendetwas. Vermutlich würde er kein Wort sagen, bis er genau wusste, welchen Standpunkt seine Frau zu diesem Thema einnahm. Dann würde er hinter ihr hervorkommen und ihr Recht geben. Eines konnte man bei Don und Olive Mossman keinesfalls bestreiten. Sie waren ein Team.

Peter sah zu Julia hinüber, die neben ihm saß. Sie sah aus, als wäre sie durch eine Walkmaschine gedreht worden. Ihr Gesicht war blass und die Augen lagen tief in ihren Höhlen. Sogar ihr Haar schien irgendwie glatter zu sein, als würde sie verwelken.

Peter hatte seine Schwester drängen müssen, die Wahrheit zu sagen. *Die Wahrheit wird dich frei machen*, hatte er ihr versprochen. Aber niemand in dieser Gruppe wirkte frei. Sie waren wütend, traurig und verängstigt. Sie waren zornig, verwirrt und aufgebracht. Aber sie waren nicht frei.

Was hatte ihn denken lassen, er könnte sich auf einen Bibelvers verlassen? Bis zu diesem Punkt in seinem Leben hatte er durch die Bibel nichts als gebrochene Versprechen erlebt. Er dachte an all die Bibelstellen, die er in der KCA im Religionsunterricht hatte lernen müssen. Er konnte sie noch immer zitieren. Im fünften Buch Mose, im Vers 8 hieß es: „Der Herr selbst wird vor dir herziehen. Er wird dir helfen und dich niemals im Stich lassen." Ja, richtig. Wenn Gott sie nicht im Stich ließ, warum hatte er Peter und seine Schwestern dann ins Internat geschickt?

In Sprüche 2, 7-8 wurde versprochen: „Menschen, die ihm mit redlichem Herzen folgen, finden bei ihm Schutz und Hilfe. Er bewahrt alle, die auf dem rechten Weg bleiben und ihm Treue halten." Schutz? Hilfe? Sicher, deshalb lag Debbie jetzt auch im Krankenhaus und war so krank, dass sie nicht mal laufen konnte. Das ganze Buch bestand aus nichts anderem als irgendwelchen Sprüchen und er konnte nicht verstehen, warum seine Eltern ihr ganzes Leben eingesetzt hatten, um diese den Menschen aufzudrängen.

„Ich hatte keine Ahnung, dass Deborah fortgelaufen war." Endlich ergriff Mom das Wort. „Sie hat nie ein Wort darüber verlauten lassen, dass sie in der KCA unglücklich war."

„Nein, das hat sie nicht", stimmte Dad zu. „Nicht uns gegenüber."

„Natürlich gab es bei uns allen schwierige Augenblicke im Leben." Während Mom sprach, sah sie noch einmal nach ihrer Tasche, um sich zu vergewissern, dass niemand sie gestohlen hatte. Eine Angewohnheit. Sie schien den lauten Donner nicht wahrzunehmen und nicht einmal ein Blitzschlag würde ihr steinhartes Äußeres durchdringen können. „Euer Vater und ich können euch sagen, dass diese Jahre im Busch nicht leicht waren. Nur selten hatten wir fließendes Wasser und Elektrizität und die Mahlzeiten waren immer sehr schwierig zuzubereiten. Ich sehnte mich nach frischem Fleisch, aber es gab nur selten etwas. Außerdem ist das Ungeziefer immer wieder über unsere Mehl- und Zuckervorräte hergefallen. Und was die Menschen betraf: Dort draußen konnten wir kaum jemandem trauen, nicht einmal unseren Nachbarn im Massai-Dorf. Und ganz zu schweigen von dem

Dreck und den Krankheiten, denen wir tagtäglich ausgesetzt waren. Wenn jemand weiß, dass das Leben ein Kampf sein kann, dann sind es euer Vater und ich."

„Aber darum geht es hier doch gar nicht", hielt Julia dagegen.

Peter starrte sie an. Er war erstaunt über die Festigkeit ihrer Stimme.

„Hier geht es nicht um euch. Es geht um Debbie." Sie hob ihr Kinn. „Als sie klein war, als sie Probleme hatte, hätte Debbie euch gebraucht. Aber ihr, ihre Eltern, ihr wart nicht für sie da. Ihr habt sie an der KCA gelassen. Ihr habt uns alle dort abgeladen."

„Welche Wahl hatten wir denn?", gab Mom zurück. „Ich konnte euch nicht zu Hause unterrichten. Dazu war ich nicht ausgebildet. Meine Fähigkeiten lagen nicht in diesem Bereich. Aber wichtiger ist noch, der Herr hatte mich zur Frauenarbeit unter den Massai berufen. Und ob ihr euch daran erinnert oder nicht, die Frauen waren der Schlüssel dafür, dass wir den Stamm erreicht haben. Die meiste Zeit, vor allem in jenen Anfangsjahren, sind die Männer überhaupt nicht zu unseren Gottesdiensten erschienen. Für sie war Religion Frauensache. Meine Aufgabe in unserer Arbeit war sehr wichtig."

„Das stimmt", bestätigte Dad. „Eure Mutter hat einen wichtigen Anteil an allem, was der Herr uns dort aufgetragen hat."

„Ich möchte mit euch nicht über die Vergangenheit streiten", entgegnete Julia. „Ich weiß, wozu Gott euch berufen hat. Und ich weiß, dass ihr in vielerlei Hinsicht gelitten habt. Wir müssen uns jetzt auf die Gegenwart konzentrieren. Diese Zeit in Debbies Leben, dieses Krankenhaus, diese Krankheit – das ist ihr Internat. Sie braucht euch jetzt. Lasst sie nicht im Stich. Sie braucht eure Liebe."

„Wir lieben Debbie doch", verteidigte sich Mom. „Ich hoffe doch, dass sie das weiß."

„Peter und ich brauchen eure Liebe auch." Julias Stimme war kaum lauter als ein Flüstern. „Wir brauchen eure Liebe immer noch ... und manchmal spüren wir sie nicht."

Peter hätte am liebsten gejubelt. *So ist es recht, Schwester!* Julia hatte es auf den Punkt gebracht. Aber würden ihre Eltern die Botschaft verstehen?

„Hier seid ihr!" Ralph steckte den Kopf zur Tür herein. Er trug Jeans und hielt einen tropfenden Regenschirm in der Hand. „Ich habe gerade bei Miss Deborah hereingeschaut und bemerkt, dass sie nicht gut reagiert. Ich habe eine der Schwestern geholt, damit sie nach ihr sieht, und es hat sich herausgestellt, dass ihr Fieber wieder angestiegen ist. Wir haben Dr. Bryant gerufen. Er ist auf dem Weg. Ich dachte, Sie sollten das wissen."

„Was ist los mit ihr?" Mom erhob sich von ihrem Stuhl. „Warum hat sie Fieber? Und wer sind Sie?"

„Wir wissen nicht genau, welche Ursachen das Fieber hat, Madam." Ralph nickte höflich. „Und ich bin einer der Pfleger, die Ihre Tochter versorgen. Heute Abend habe ich dienstfrei, doch ich hatte ihr versprochen, ich würde versuchen, noch vorbeizuschauen und nach ihr zu sehen. Ich weiß nicht, ob Sie wissen, dass sie auch vorher bereits höheres Fieber hatte. Der Arzt hat ihr ein Antibiotikum verschrieben. Es hätte eigentlich wirken müssen und es hatte auch den Anschein. Aber jetzt sieht es so aus, als wären die Probleme wieder da."

Mittlerweile hatten sich alle im Zimmer erhoben. Julia hatte zu weinen begonnen, die ganze Geschichte war eindeutig zu viel für sie. Peter legte den Arm um seine Schwester und drückte sie an sich. Ihr Vater erhob sich unbeholfen und blickte von seiner Frau zu seinen Kindern.

„Also", sagte Mom, „was stehen wir hier denn noch rum? Lasst uns hochgehen."

Sie folgten Ralph durch das Gewirr von Fluren zum Aufzug. Peter spürte, wie Julia aufseufzte. Er drückte sie erneut an sich. „Hey, Jules, es wird alles gut werden", flüsterte er. „Du hast deine Sache mit Mom und Dad gut gemacht."

„Nein, nein, ich hätte gar nichts sagen sollen." Sie drückte ein Taschentuch an die Wange. „Jetzt habe ich sie nur böse gemacht und ihre Gefühle verletzt – und Debbie wird es nichts bringen. Peter, ich habe solche Angst um sie!"

„Keine Panik. Wir leben hier in Amerika. Hier gibt es für alles eine Medizin." Aus irgendeinem Grund griff er auf eine dieser zwecklosen Verheißungen zurück und sprach sie seiner Schwester zu. „Erinnerst du dich noch an diesen Vers, den wir als Kinder gelernt haben? In Sprüche 2, 7-8 heißt es:

‚Menschen, die ihm mit redlichem Herzen folgen, finden bei ihm Schutz und Hilfe. Er bewahrt alle, die auf dem rechten Weg bleiben und ihm die Treue halten.' Debbie folgt ihm mit redlichem Herzen. Gott wird sie beschützen."

„Ach Peter, sei doch nicht dumm. In diesem Vers geht es doch nicht um Bewahrung vor Krankheit und Tod. Satan ist der Herrscher über diese Erde und die Menschen werden alle möglichen Krankheiten haben."

„Und, was bedeutet er dann?"

„Darin geht es darum, dass Gott gerecht ist. Er wird sich keinen, der ihm folgt, aus den Händen reißen lassen. Dieser Vers bedeutet, dass die Erlösung eines Gläubigen sicher ist und dass Gott uns vor der Macht des Satans beschützt."

„Bist du sicher? Ich dachte, er würde uns beschützen ... zum Beispiel vor Krankheit und diesen Dingen."

„Peter, wie kannst du so viele Predigten gehört haben und immer noch glauben, Gott würde dich vor allem Schlechten beschützen? Schlimme Dinge passieren – auch Christen. Darum werden wir ja aufgefordert, uns zum Fels unserer Erlösung zu retten. Er sagt uns, wir sollen uns in seinem Namen bergen. Gott ist gerade jetzt für uns da, Peter. Er wird uns vor den Versuchen Satans bewahren, unsere Seele in Besitz zu nehmen. Aber er verspricht uns nicht, uns vor schlimmen Dingen zu bewahren."

„Und warum nicht?"

Sie starrte ihn an, als wäre er irgendwie begriffsstutzig. „Weil wir auf diese Weise wachsen. Der Schmerz gehört dazu. Du wirst deinen Angelo nicht vor allem Schlimmen bewahren können, das ihm begegnet, sonst wird er ein Schwächling werden. Er wird als Erwachsener nichts wert sein. Er muss seine Kratzer und Knuffe durchleben; du wirst ihn in die Schule schicken und lernen lassen. Du wirst ihn Konsequenzen spüren lassen, wenn er Unrecht tut. Das wird ihm keinen Spaß machen. Und dir auch nicht. Aber du wirst es tun, weil du ihn liebst. Verstehst du das denn nicht?"

Peter versuchte zu verarbeiten, was sie ihm sagte. Wenn er sich nur zurückziehen und in Ruhe darüber nachdenken könnte. Vielleicht zum *Northern Frontier District.* Und dann traf ihn die Erkenntnis zum millionsten Mal in den vergangenen 20 Jahren. Nie wieder würde er durch die Zeltklappe im *Northern Frontier District* einen kenianischen Sonnenaufgang sehen. Während er seiner Schwester in Debbies Zimmer folgte, spürte er eine unerwartete Sehnsucht in sich. *Erkläre es mir doch, Julia*, wollte er rufen. *Ich habe alle Verse und alle Predigten in mir. Aber ich verstehe es nicht. Ich bin wie Angelo, wenn Maria ihm sagt, er soll das Essen nicht von seinem Hochstuhl werfen. Aber er will nicht hören. Er wirft trotzdem immer wieder das Essen auf den Boden.*

Peter und Maria hatten sich keinen anderen Rat gewusst, als ihm auf die kleine Hand zu schlagen. Das hatte Peter gehasst! Auf keinen Fall wollte er seinen kleinen Sohn bestrafen. Aber wie sollte Angelo je lernen, wenn er nicht erkannte, dass Böses tun etwas Schlimmes zur Folge hatte?

Etwas Schlimmes. Brauchte Peter das, um zu lernen? Etwas wirklich, wirklich Schlimmes?

„Sie ist nicht hier", sagte Mom und wirbelte zu Ralph herum. „Wo ist meine Tochter?"

„Ich werde im Stationszimmer nachfragen."

Er war nur kurz fort, lange genug, dass Peter zum regennassen Fenster gehen und auf die Bank hinabstarren konnte, auf der er noch am Vormittag mit Julia und Debbie gesessen hatte. Würde der Verlust seiner kleinen Schwester seine Strafe sein? Sein Weckruf? Sagte Gott, wie Julia gesagt hatte: „Oh Peter, sei doch nicht so dumm!"? War er so dumm, so töricht gewesen, dass Gott ihn schlagen musste, um ihn auf den richtigen Weg zu bringen?

„Sie wurde in den OP gebracht", erklärte Ralph, als er wieder ins Zimmer trat. „Dr. Bryant wird an ihrem Hals einen zentralen Medikamentenport für die Infusionen legen. Das wird nicht lange dauern."

„An ihrem Hals?" Mom ergriff Dads Hand.

„Das klingt gar nicht gut", meinte Dad. „Wird es ihr helfen, genügend Nahrung zu bekommen?"

„Dafür kann dieser Schlauch benutzt werden", erklärte Ralph. „Ich hoffe, Sie haben nichts dagegen, aber ich möchte jetzt hinüber in den OP gehen und sehen, was läuft. Sie können gern hier warten oder aber auch wieder unten in den Besucherraum gehen."

Dad straffte seine Schultern. „Wir werden hier warten. Wir brauchen etwas Abgeschiedenheit, damit wir beten können. Würden Sie Deborah sagen, dass wir beten? Ich meine, wenn sie wach ist?"

„Das mache ich gern." Ralph verschwand und die anderen setzten sich.

Julia seufzte auf. Sie hatte das Gefühl, in ein kräftiges inneres Gewitter geraten zu sein, genau wie das, das vor Debbies Fenster wütete. Verwirrung, Furcht und Bedauern prallten in ihr aufeinander. Sie sah ihre Eltern an und Schuldgefühle überfielen sie. Hatte sie sie mit ihren Worten verletzt? Das hatte sie nicht gewollt! Sie liebte ihre Eltern, liebte sie so sehr. Ihr Bruder hatte gesagt, sie sollte sie zur Rede stellen und das war ihr auch sinnvoll erschienen. Aber jetzt fühlte sie sich wie Judas Ischariot. Oder der Apostel Petrus, als er Christus verleugnet hatte. Oh, warum hatte sie nur den Mund aufgemacht?

Und jetzt, inmitten des Aufruhrs, den sie verursacht hatte, war Debbie in den OP gebracht worden. Tausend Dinge, die sie ihrer Schwester noch sagen musste, wirbelten durch Julias Gedanken. Hatte sie Debbie genügend umarmt? War sie in Bezug auf die Anorexie zu kritisch gewesen? Was war mit Debbies Wahl ihres Freundes? Julia und Peter hatten Ralph ihm vorgezogen, der ihre Schwester doch kaum kannte. Dave Hornburg war beschäftigt, aber war er deshalb wirklich der falsche Mann für Debbie? Jahrelang war er schon mit ihr befreundet.

Oh, warum hatte sie nicht einfach geschwiegen und es Peter überlassen, über die Klinge zu springen? Aber vielleicht hätte auch Peter nichts sagen sollen. Immerhin war das Leben so kurz, so zerbrechlich. Was hatte es für einen Zweck, auf den Schmerz hinzuweisen, den sie als Kinder empfunden hatten? Es war sowieso vorbei. Ihre Eltern jetzt damit zu konfrontieren, vor allem, wo sie alt und müde waren von den Jahren der Arbeit für den Herrn, würde gar nichts bringen.

Aus irgendeinem Grund konnte sie nur an das Schöne zu Hause in Afrika denken. Sie hatten hübsche Spitzenvorhänge vor den Fenstern gehabt und an kühlen Tagen hatte Dad Feuer im Kamin gemacht. Wann immer er den Dieselgenerator angestellt hatte, hatten sie ein paar Stunden lang Elektrizität gehabt. Dann hatte Julia Musik gehört oder genäht. Normalerweise hatte sie auch versucht, ihrer Mom beim Kochen zu helfen, weil es nicht leicht war, mit einem gasbetriebenen Kühlschrank, der nicht immer funktionierte, einem alten Ofen und Safariameisen im Vorratsraum eine anständige Mahlzeit auf den Tisch zu bringen. Julia hatte es geliebt, wenn die Giraffen an ihrem Haus vorbeigelaufen waren. Einmal hatte eine Gepardenfamilie in ihrem Vorgarten einen Mittagsschlaf gehalten.

Julia versuchte, sich zu konzentrieren, als ihr Vater für Debbie betete. Seine Stimme war warm und vertraut und tröstend. Jeden Morgen, an den Julia sich erinnern konnte, hatte er so für seine Kinder gebetet. Er hatte Gott um Kraft, Weisheit und Mut gebeten. Er liebte seinen Sohn und seine Töchter; daran konnte es keinen Zweifel geben.

„Amen", sagte er und hob den Kopf. „Wir wollen nicht vergessen, dass Gott in diesem Augenblick über Deborah wacht. Seine liebende Hand ist auf ihr. Darin können wir Trost finden."

„Ja", stimmte Mom zu.

Es herrschte ein langes Schweigen im Raum, und Julia kämpfte gegen den Drang an, sich bei ihren Eltern zu entschuldigen, dass sie ihnen von Debbies Versuch fortzulaufen erzählt hatte. Die Geschichte war nicht erfunden und vielleicht mussten sie wirklich davon erfahren. Aber was würde es nützen, wenn es Debbie schlechter ging? Und wenn sie Debbie nun verlören? Der Gedanke war zu schrecklich. Julia suchte in ihrer Tasche nach den Taschentüchern, die sie den ganzen Tag über schon gebraucht hatte.

„Debbie könnte sterben", sagte Peter plötzlich. „Sie könnte."

„Peter!" Mom warf ihm einen zurechtweisenden Blick zu. „Sag so etwas nicht!"

„Warum nicht? Wir müssen der Realität ins Auge sehen. Debbie könnte sterben und wir müssen uns dieser Tatsache stellen."

„Ich werde einen solchen Gedanken nicht zulassen. Meine Tochter wird nicht sterben."

„Woher weißt du das?"

„Nun ..." Sie schwieg und kämpfte mit sich. „Nun, ich denke, es ist nicht richtig, es als Möglichkeit auch nur in Betracht zu ziehen. Wir müssen Gott vertrauen und uns die Hoffnung bewahren. Deborah ist eine starke junge Frau und sie hat allen Grund zu leben." Sie blickte Julia an. „Trotz der Dinge, die du unten gesagt hast, junge Dame."

„Was Julia erzählt hat, ist wahr", protestierte Peter. „Debbie war verzweifelt in der KCA, Mom. Ich weiß es. Sie hat mir immer ihre Gedichte gegeben. Sie steckten voller Verzweiflung."

„Alle Teenager schreiben düstere Gedichte", entgegnete seine Mutter. „Sie sind traurig, denken ans Fortlaufen – das sind normale Empfindungen während der Teeniezeit. Und was dich und Julia betrifft, die ihr die KCA für einen so schrecklichen Ort haltet, nun, ich möchte euch daran erinnern, dass ihr eine sehr gute Erziehung dort genossen habt. Ihr habt Freundschaften fürs Leben geschlossen und einige wundervolle Erfahrungen gemacht. Wir haben euch Kinder geliebt. Wir tun es noch. Wir hätten nie etwas getan, das euch schadet."

„Eure Mutter hat ganz Recht", sagte Dad. „Wir haben euch zur KCA geschickt, weil wir der Meinung waren, dass ihr dort eine gute Bildung bekommt und starke Freundschaften schließen könnt. Wenn ihr die ganze Zeit bei uns draußen im Busch geblieben wärt, hättet ihr später in der realen Welt nicht überleben können."

„In der *realen Welt?*", explodierte Peter. „Die KCA war so weit von der realen Welt entfernt wie nur irgendwas. Wir hätten genauso gut auf dem Mond leben können!"

Sein Vater hob Einhalt gebietend seine Hand. „Ich gebe zu, die KCA war alles andere als eine normale amerikanische Schule. Aber ihr habt dieselben Fächer gehabt wie die amerikanischen Kinder und ihr wart mit Gleichaltrigen eures Glaubens und eurer Kultur zusammen. Eure Mutter und ich hielten das für sehr wichtig. Wir wollten, dass ihr möglichst normal aufwachst, um euch auf das Leben in den Staaten vorzubereiten – und das wäre im Massai-Land nicht möglich gewesen."

„Ihr wäret kleine Wilde geworden“, fügte Mom hinzu. „Peter, du warst ja praktisch ein Afrikaner; du bist ständig mit deinem Speer, deiner Toga und deinen Sandalen aus Gummireifen herumgelaufen. Du hast keine Ahnung, welche Angst ich ausgestanden habe, wenn du mit deinen Massai-Freunden unterwegs warst.“

„Wir wollen damit sagen, dass wir das Beste für euch getan haben.“ Dad nahm seine Brille ab und blies über die Gläser. „Wir sind unserem Ruf nach Afrika gefolgt, um dem Herrn zu dienen, und natürlich wollten wir Kinder als Teil unserer Familie. Das bedeutete, ihr musstet in die Schule gehen. In der Anfangszeit des Missionsdienstes, als China und Indien die Grenzen waren, mussten Missionare ihre Kinder nach Amerika oder England zurückschicken, wenn sie ins Schulalter kamen. Das wäre für uns nie in Frage gekommen. Wir wollten euch so oft wie möglich bei uns haben.“

„Ihr seid eurem Ruf gefolgt“, wiederholte Peter. „Ich glaube, das höre ich seit dem Tag, an dem ihr uns zum ersten Mal in diesem Spielzimmer zurückgelassen habt. Mein ganzes Leben lang haben die Leute dies als Ausrede benutzt. Gab es tatsächlich so etwas wie einen Ruf?“

„Gott spricht zu seinen Menschen“, erklärte Dad mit leiser Stimme. „Einmal war ich mit meinem Opa zum Fischen am Osage. Dort habe ich die Stimme des Herrn gehört. Na ja, es war kein richtig lautes Reden – zumindest glaube ich das nicht. Aber es erschien mir sehr real. Weißt du, damals war ein Missionar in unserer Gemeinde zu Gast und er hat von seiner Arbeit erzählt, davon, wie wichtig es war, den noch nicht erreichten Menschen auf der Welt von der Liebe und Vergebung Jesu Christi zu erzählen. Und dort am Ufer des Osage, mit elf Jahren, spürte ich Gottes Gegenwart, die mir sagte, ich solle nach Afrika gehen. Er brauche mich dort als seinen Diener. Ich wusste es! Ich höre noch immer diese Stimme, die zu mir sprach, mich rief. Es ist sehr mächtig und man kann es nicht leugnen.“

„Ich bin sicher, wir haben euch Kindern schon früher davon erzählt“, bemerkte Mom. „Ich war dreizehn. Ich war nicht wie euer Vater in einem christlichen Elternhaus groß geworden, aber meine ältere Schwester hatte angefangen, drüben in Kentucky in eine kleine Gemeinde zu gehen, und sie hat mich mitgenommen. Die Dinge, die ich dort hörte, waren so erstaunlich! Ich kann mich noch immer erinnern, wie es war, in dieser Kirche zu sitzen und von der Liebe Gottes zu hören. Und dann nach Hause zu gehen und . . . na ja, die Situation dort war nicht einfach . . . mein Daddy hat getrunken, wisst ihr. Und er hat uns Kinder mit dem Stock geschlagen. Nicht, dass wir das nicht verdient hätten. Ich bin sicher, wir hatten es verdient. Aber er war sehr streng. Und es war ein solcher Kontrast zu dem, was ich in der Kirche gehört hatte. Ich wollte so sehr, dass mein Daddy den Herrn kennen lernt! Aber er ist nie mit uns gegangen."

Sie faltete die Hände und seufzte. „Auf jeden Fall verbrachte ich einmal die Nacht bei meiner Freundin Betty June und wir lasen gemeinsam in der Bibel. Und da hörte ich die Stimme des Herrn, dort in diesem kleinen alten Haus in Kentucky. ‚Geh nach Afrika', sagte er. Es hat mich zu Tode erschreckt, wenn ihr die Wahrheit wissen wollt. Ich habe zu meiner Freundin gesagt: ‚Betty June, Gott hat mich gerade gerufen, Missionarin in Afrika zu werden.' Und so fielen wir auf die Knie, und Betty June betete für einen guten Mann für mich, für gesunde Kinder und für meinen Dienst in Afrika. Von diesem Augenblick an bin ich nicht schwankend geworden. Ich wusste, dass ich gerufen worden war. Ich war berufen. Ich bin gehorsam gewesen, und der Herr hat das Gebet Betty Junes für mein Leben erhört."

Peter starrte seine Eltern an; dann blickte er zu Julia, um zu sehen, ob sie das glaubte. Sie schluckte. „Peter, Gott spricht wirklich zu den Gläubigen. Er hat versprochen, er würde seinen heiligen Geist schicken, der in uns lebt, und manchmal bewegt die Gegenwart Gottes unsere Herzen. In gewisser Weise spricht er wirklich. Und wenn du zuhörst, kannst du ihn hören."

„Nun, ich habe ihn nie gehört und ich hoffe auch, ich werde ihn nie hören." Peter verschränkte die Arme vor der Brust und sah zum Fenster hinaus. Das war natürlich eine Lüge. Er wünschte, er könnte Gott hören. Er wünschte, er könnte seine Eltern und Julia verstehen. Aber was meinten sie eigentlich? Es war lächerlich!

„Wisst ihr, ihr habt ein idiotensicheres Argument“, sagte er zu seiner Mutter. „Wie kann da ein Kind dagegen sprechen? Es war genau das, was euch die Legitimation für eure Entscheidung gegeben und alle ruhig gestellt hat, die dieser widersprechen wollten. Ihr habt einfach gesagt und tut es auch heute noch: ‚Gott hat uns das aufgetragen.‘ Und wenn mir das nicht gefällt, nun, da habe ich eben Pech gehabt. Es verlagert die Verantwortung von euch auf Gott und bringt mich gegen ihn auf.“

„Du solltest nicht das Gefühl haben, *gegen* jemanden zu sein, Peter“, sagte Dad. „Was meinst du damit?“

„Ich meine, es gibt jede Menge Dinge, die mir an meiner Kindheit nicht gefielen. Es hat mir nicht gefallen, für elendlange Vier-Stunden-Gottesdienste durch die ganze Schöpfung gekarrt zu werden. Es hat mir nicht gefallen, Ziegeneintopf essen und warme Cola trinken zu müssen, weil der Pastor und die ganze Gemeinde um den Tisch standen und mich beobachteten.“

„Die Eingeborenen waren viele Meilen weit zum nächsten Geschäft gelaufen, um diese Cola für uns zu besorgen!“, erinnerte Mom ihn.

„Ich weiß. Und ich fühle mich schuldig, weil ich sie nicht trinken wollte. Schuldig, schuldig, schuldig. Julia, Debbie und ich mussten alles tun, was ihr wolltet. Warum? Weil ihr gesagt habt, es sei Gottes Wille. Welche Möglichkeit hatten wir denn, über unsere Gefühle zu sprechen? Wusstet ihr, dass bei den Gottesdiensten in der KCA eine Anwesenheitsliste geführt wurde? Man konnte nicht schwänzen, sonst wurde man bestraft. Alles, was ich in meinem Leben gehasst habe, wurde mir aufgezwungen, weil Gott es so haben wollte. Und ich konnte nichts dagegen tun.“

„Nun, so weit ich mich erinnere, hast du deinen Gefühlen sehr klar Ausdruck verliehen, Peter Mossman.“ Mom kräuselte die Lippen. „Um ehrlich zu sein, ich musste deinen Mund mehrmals mit Seife auswaschen, weil du so schreckliche Dinge gesagt hast. Wir haben alles für euch Kinder getan, haben euch in einem bequemen Zuhause großgezogen, wir haben euch einen starken Glauben gelehrt, ihr hattet Vater und Mutter, die euch lieben, immer genug zu essen und zu trinken und ausreichend Kleider. Und was haben wir dafür bekommen? Vor allem von dir, Peter? Undankbarkeit."

„Es tut mir Leid, Mom", sagte Julia und tupfte ihre Wange mit dem Taschentuch ab, „aber ich empfinde einiges genauso. Die Gefühle, von denen Peter gesprochen hat. Ich habe nur nie etwas gesagt."

„Ach?"

„Ihr habt uns mit diesen zwei Worten *Gottes Wille* sozusagen im Würgegriff gehalten. Ich weiß, dass Gott einen Plan für jeden von uns hat. Aber wenn Eltern ihren Kindern das ständig vorbeten, bekommen sie keine Luft mehr. Sie dürfen nichts Negatives empfinden aus Angst, sie könnten Gott enttäuschen. Verstehst du, was wir sagen wollen?"

„Nein, das tue ich nicht." Mom sah erneut nach ihrer Tasche, um sich davon zu überzeugen, dass sie wirklich noch da war. „Ich weiß nur, dass euer Vater und ich nach Afrika gegangen sind, weil wir von Gott gerufen worden waren. Und dafür werde ich mich niemals entschuldigen."

Julia holte sich ein weiteres Taschentuch aus der Packung neben Debbies Bett. Sie wünschte, sie könnte aufhören zu weinen. Sie war schon immer leicht in Tränen ausgebrochen, aber seit ihrer Schwangerschaft hatte sich diese Tendenz anscheinend noch verstärkt. Warum wollte ihre Mutter sie nicht verstehen? Warum konnte ihr Vater nicht begreifen, was sie und Peter zu sagen versuchten?

„Weißt du, woran mich das erinnert, Don?", fragte Mom. „Dabei fällt mir das Weihnachtsfest ein, als Peter unbedingt ein Gewehr haben wollte. Erinnerst du dich daran?"

„Ja, Olive, aber ich bin nicht sicher, dass dies ein guter Zeitpunkt ist, darüber zu sprechen."

„Ich erinnere mich an dieses Weihnachten", warf Peter ein. „Aber was hat das mit dieser Diskussion zu tun?"

„Es war das perfekte Beispiel für deinen Mangel an Verständnis. Du hattest keine Ahnung, wie sehr wir dich geliebt haben. Du konntest nur an dieses Gewehr denken, das du dir zu Weihnachten gewünscht hast . . ."

Olive – Afrika – 1975

Vor den Kindern würde ich das nie sagen, aber ich fürchte mich vor Weihnachten. Hier stehe ich, mitten in Afrika, und versuche etwas zu backen, das wie ein Kürbiskuchen schmeckt. Im Haus sind es fast 38 Grad, die Kerzen auf dem Kaminsims schmelzen und es ist Heiligabend. Aber ich werde mein Bestes geben.

Am Nachmittag habe ich das Mehl durchgesiebt, um Steine und Larven herauszulesen, ich habe den Zucker nach Ameisen durchsucht und die letzten Körner Muskatnuss verbraucht, die ich vor so vielen Jahren in meinem Koffer mit hierher gebracht habe. Der Kuchen wird nicht einmal annähernd wie Kürbiskuchen schmecken, weil ich das Fruchtfleisch von einem Flaschenkürbis verwenden muss, der hier im Busch wächst. Don hat ihn auf einer seiner Predigtreisen auf einem Markt gefunden und er war irgendwie orange. Darum hat er ihn mit nach Hause gebracht in der Hoffnung, ich könnte ihn zu einem Kürbiskuchen verarbeiten.

Die Mädchen helfen mir gern bei dem Teig. Ich freue mich so, sie über die Ferien aus dem Internat hier zu haben. Ich gebe ihnen einen kleinen Teigball und sie sitzen an unserem Esszimmertisch und formen besondere Figuren daraus, die ich dann backe. Julia ist elf, Deborah acht, und mit ihren langen goldenen Locken und den Grübchen in den Wangen sehen sie aus wie richtige kleine Engel. Sie freuen sich so darauf, morgen früh ihre Geschenke auszupacken.

Dieses Jahr habe ich mir sehr viel Mühe mit ihren Weihnachtsgeschenken gegeben. Im Juli versuchen wir immer ein paar Dinge von Sears zu bestellen, doch nur selten kommt die Lieferung pünktlich an. Pakete per Luftfracht zu schicken, ist zu teuer, darum werden sie per Schiff über den Atlantik gebracht, über das Mittelmeer, durch den Suezkanal und die Ostküste Afrikas entlang nach Kenia. Wenn sie dann schließlich in der Post in Nairobi ankommen, werden sie in der Regel von den Zollbeamten geöffnet, die fast alles für sich nehmen. Es lohnt sich kaum, überhaupt eine Bestellung aufzugeben.

Darum haben wir es dieses Jahr nicht gemacht. Ich habe den Kindern in die Schule geschrieben, wie ich es treu einmal pro Woche tue, und habe sie nach ihren Weihnachtswünschen gefragt. Julia möchte Kleider für Baby, die Plastikpuppe, die ihr jemand bei unserer Ausreise auf dem Schiff nach Afrika geschenkt hat. Wann immer ich Don überreden kann, den Generator anzustellen, setze ich mich an meine Nähmaschine. Ich habe für die Puppe ein kleines Nachthemd genäht, ein Partykleid und einen hübschen Rock. Ich denke, Julia wird sich sehr freuen. Sie ist ein so liebes Kind, so sanft und liebevoll. Wir haben kaum Probleme mit ihr.

Deborah wünscht sich einen Schaukelstuhl. Sie sagte, sie würde gern jeden Abend mit mir darin sitzen und schaukeln. Ich denke, das ist wirklich ein netter Wunsch, aber nicht sehr praktisch. Unser Haus ist viel zu klein für auch nur das kleinste zusätzliche Möbelstück, geschweige denn für einen Schaukelstuhl, in dem zwei Leute sitzen können. Außerdem ist Deborah meistens in der Schule, sie wird ihn kaum benutzen können. Darum habe ich ihr ein hübsches neues Kleid genäht. Es ist ein blassblaues Baumwollkleid mit einem weiten Rock, der schön abstehen wird, wenn sie ihren Petticoat darunter trägt. Die Ärmel sind auch puffig und den Ausschnitt habe ich mit einem weißen Spitzenband abgesetzt. Ich habe einen großen Saum gemacht, dann kann ich den Rock herauslassen, wenn Deborah wächst. Dieses Kleid wird sie jahrelang tragen können und sie wird einfach süß darin aussehen. Deborah ist ein liebenswertes Kind und ich bin zuversichtlich, dass sie irgendwann ihren Babyspeck verlieren und sich in eine atemberaubende junge Frau verwandeln wird.

Während ich die Muskatnuss in den Teig rühre, betrachte ich meine kleinen Mädchen. Sie entwickeln sich gut, trotz dieses ungewöhnlichen Lebens, das sie führen. Sie sind intelligent, freundlich und liebevoll. Ich möchte, dass sie sich an das Leben in Amerika gewöhnen, mit dem sie unweigerlich konfrontiert werden, wenn sie einmal älter sind. Darum bemühe ich mich, sie möglichst normal aufwachsen zu lassen.

Es stimmt, wir wohnen in einer Wellblechhütte. Der Holzboden wurde von Termiten schon so oft zerfressen, dass wir genauso gut wie die Afrikaner mit einem Lehmboden wohnen könnten. Aber davon will ich nichts hören. Wann immer jemand durch den Boden fällt, bitte ich Don, Holz zu beschaffen und ihn auszubessern. Dann lege ich meine hübschen Teppiche darauf, als wäre nichts passiert. Ich habe unsere Wände weiß angestrichen, was übrigens so ungefähr die einzige Farbe ist, die wir bekommen, und ich halte sie fleckenlos sauber. Das ist schwer, weil in der Regel die Eidechsen Tag und Nacht darüber laufen. Sie leben hinter unseren Bilderrahmen oder oben in der Decke, zusammen mit den Fledermäusen.

Die Fledermäuse ärgern mich, das will ich gar nicht leugnen. Sie verstecken sich in Dachbalken, ernähren sich von Käfern und lassen deren Schalen nachts auf den Boden fallen, wenn wir versuchen zu schlafen. Sie hinterlassen auch überall ihren Mist, den ich jeden Morgen wegmachen muss. Don sagt, es sei ein Segen vom Herrn, weil wir mit diesem Mist unseren kleinen Garten düngen können, aber ich bin nicht sicher, ob ich ihm da zustimme.

Ich habe darauf bestanden, dass Gitterstäbe vor den Fenstern angebracht werden und wir ein robustes Metalldach bekommen. Das bedeutet, dass wir, sollte jemals Feuer im Haus ausbrechen, verloren sind. Aber es bedeutet auch, dass niemand einbrechen wird, solange wir zu Hause sind, und das tröstet mich. Ich habe Spitzengardinen vor die Fenster gehängt, und ich habe hübsche Kissen für unser kleines Sofa genäht. Bei jeder Mahlzeit wird ein sauberes Tischtuch auf unseren Esstisch gelegt, und auch wenn die Termiten die Tischbeine des Tisches angenagt haben, ist er doch noch immer ein gutes Möbelstück.

Da kommt Peter aus dem Massai-Dorf, wo er mit seinen Freunden gespielt hat. Er ist ein so wilder Junge. Ich mache mir wirklich Sorgen um ihn. Schon vor Jahren hat er sich mit den Kindern aus dem Dorf angefreundet und darüber haben wir uns sehr gefreut. Aber er wird älter und er möchte mehr Zeit mit ihnen verbringen und man weiß ja, dass die Massai nicht gerade die besten Vorbilder für einen jungen Mann sind. Die Krieger sind sehr zügellos und wir wollen nicht, dass unser Sohn sich so verhält. Darum haben Don und ich schon viel darüber gesprochen, was wir tun sollen, wenn Peter größer wird. Er ist eigentlich schon ganz schön groß.

Peter hat sich ein richtiges Gewehr zu Weihnachten gewünscht. Er hat eines im Katalog von Sears gesehen und war ganz begeistert davon. Wir haben ihm zu erklären versucht, dass der Besitz von Waffen hier in Kenia in den seltensten Fällen erlaubt ist, aber er will nicht zuhören. Er spricht von nichts anderem mehr als von diesem Gewehr. Er betet sogar abends bei der Familienandacht dafür, als würde Gott es irgendwie aus dem Himmel fallen lassen.

Als wir vor ein paar Monaten in Nairobi Lebensmittel eingekauft haben, hat Don versucht, ein solches Gewehr im Ausverkauf zu finden, aber es gab nichts. Er hat auch mit dem Polizeichef gesprochen, der ihm allerdings gesagt hat, es käme nicht in Frage, dass ein Junge im Teenageralter irgendeine Waffe besitzen dürfe. Dann erinnerte sich Don an seine Lieblingsbeschäftigung als Kind.

Sein Großvater hatte ihm eine Pistole aus Holz geschnitzt und eine robuste Wäscheklammer darauf befestigt. Mit einem Vorrat an Gummibändern konnten Don und seine Freunde dann am Ufer des Osage damit spielen. Sie haben sich hinter Bäumen versteckt und Cowboy und Indianer gespielt. Dies waren die schönsten Stunden seiner Kindheit.

Also hat er ein Gummibandgewehr für Peter geschnitzt. Es sieht aus wie ein echtes Gewehr; unser Sohn kann sich also wie ein richtiger Jäger fühlen. In Nairobi haben wir eine ganze Packung Gummibänder gekauft. Ich habe das Gewehr und die Gummis in einer langen Schachtel eingepackt und unter den kleinen Aluminiumbaum gelegt, den wir vor Jahren in Amerika gekauft haben. Wann immer Peter die Schachtel ansieht, ist er ganz aufgeregt. Ich kann es kaum erwarten, sein Gesicht zu sehen, wenn er dieses schöne Gewehr in Händen hält, das sein Vater ihm extra geschnitzt hat.

Zum Abendbrot essen wir ein paar Sandwiches mit Erdnussbutter, weil es morgen das große Weihnachtsessen gibt. Don hat eines unserer Hühner geschlachtet und unser Hausboy hat es gerupft. Um ehrlich zu sein, es ist ein dürres altes Ding. Die Safariameisen sind in den Kükenstall eingedrungen, den wir in Nairobi gekauft haben, und haben alle getötet. Uns sind also nur noch ein paar alte Hennen geblieben. Trotzdem werde ich dieses Huhn braten, als wäre es der dickste Truthahn, den es je gegeben hat. Ich habe den grünen Salat desinfiziert und eine Salatsoße zubereitet, wir sind also gerüstet.

Während ich die Kinder zu Bett bringe, preise ich den Herrn für seine vielen guten Gaben. Diese lieben Kinder sind eine solche Freude für mich. Ich freue mich an ihnen, wenn sie nach Hause kommen, und ich vermisse sie, wenn sie im Internat sind. Wenn sie dann zu Hause sind, versuche ich, ihnen alles so schön wie möglich zu machen. Wir bemühen uns, nicht zu streiten und alle unangenehmen Dinge zu meiden. Ich denke, Don und ich erziehen sie sehr gut, mit Gottes Gnade.

Wenn ich erst einmal eingeschlafen bin, kann ich ruhig schlafen. Ich mache mir Sorgen, weil eine Missionarsfamilie ganz hier in der Nähe vor kurzem in der Nacht überfallen worden ist. Sie hatten sich zum Glück rechtzeitig in dem Versteck unter ihrem Boden verbergen können und die Angreifer haben sie deshalb nicht finden können. Das Haus wurde ausgeplündert, aber die Missionare sind mit dem Leben davongekommen. Familien unserer Mission sind schon erschossen, unter Drogen gesetzt und niedergeschlagen worden. Ich bemühe mich, nicht darüber nachzudenken, und Don und ich sprechen niemals vor den Kindern über solche Zwischenfälle. Der Herr wacht über uns.

Der Weihnachtsmorgen beginnt mit dem Krähen unseres Hahnes. Es ist kaum hell, als die Kinder aus dem Bett springen und ins Wohnzimmer stürmen. Don versammelt uns alle um den Baum und dankt Gott für das Wunder der Weihnacht und das Geschenk seines Sohnes. Wir zünden die Kerzen auf unserem Kaminsims an, lesen die Weihnachtsgeschichte aus dem Lukasevangelium und singen ein paar Weihnachtslieder. Mittlerweile ist Peter außer sich vor Spannung, darum fangen wir an, die Geschenke auszupacken.

Julia quietscht vor Freude über ihre neuen Puppenkleider. Deborah schnappt nach Luft, als sie das neue Kleid sieht. Den Schaukelstuhl erwähnt sie mit keinem Wort; sie hat ihn bestimmt vergessen. Sie hält sich das Kleid an und tanzt durch das Zimmer. Dann beobachten alle, wie Peter seine Schachtel auspackt. Ich sehe Don an und er zwinkert mir zu.

„Was ist das denn?", schreit Peter, holt das Gewehr aus der Schachtel und wirft es uns vor die Füße. „Das ist doch kein richtiges Gewehr! Wo ist mein Gewehr?"

„Wir konnten dir kein anderes Gewehr besorgen, Peter", versucht Don zu erklären.

„Dein Vater hat das für dich gemacht", sage ich. „Er hat sich viel Mühe gegeben, es zu schnitzen, und . . ."

„Das sind Gummibänder!", ruft Peter und springt auf. „Damit kann man doch nichts töten! Dieses Gewehr ist Mist!"

Ich traue meinen Augen kaum. Mein Sohn hat einen hochroten Kopf, Tränen laufen ihm die Wangen hinunter und er springt vor Wut im Zimmer herum. „Es ist zum Spielen, Peter", sage ich. „Daddy hat das gemacht . . ."

„Ich will es nicht! Ich will ein richtiges Gewehr. Ich brauche ein richtiges Gewehr!"

„Du brauchst gar kein richtiges Gewehr", sage ich.

„Doch, ich brauche es! Ich brauche es!"

Barfuß rennt er aus dem Haus. Julia bricht in Tränen aus. Deborah versteckt sich in einer Ecke und wiegt sich hin und her.

„Don", sage ich und nehme die Hand meines Mannes, „das meint er nicht wirklich."

Don starrt mich an. „Ich kenne meine eigenen Kinder nicht", sagt er mit leiser Stimme. „Ich weiß nicht, wer sie sind."

Das ist natürlich Unsinn und ich bin sehr ärgerlich auf alle, obwohl ich das nicht zeigen will. Wie konnte Weihnachten so schief laufen? Ich wünschte, Peter wäre nicht ein solcher Störfaktor in unserer Familie. Warum ist er so? Was ist los mit ihm? Ich denke nur daran, den Tag zu überstehen. Ich sage Don, er solle den Generator starten, damit wir Weihnachtsmusik hören können. Dann eile ich in die Küche, zünde den Ofen an und bereite das Frühstück vor. Es gibt Zimthörnchen.

Während ich den Teig schneide, sehe ich aus dem Küchenfenster. In diesem Augenblick entdecke ich eine schmale Rauchsäule in der Nähe des Brennofens, in dem wir unseren Müll verbrennen. Peter hat ein Feuer gemacht. Oh nein. Ich beobachte, wie er das Gewehr über dem Knie zerbricht. Dann legt er beide Teile ins Feuer.

Als er zum Frühstücken hereinkommt, spricht niemand über das Gewehr. Ich merke, dass Don tief verletzt ist, aber ich denke, es ist das Beste, wenn wir es aus unseren Gedanken verbannen. Der Kürbiskuchen schmeckt sehr gut, wenn ich das so sagen darf, und am Ende des Tages schaukeln die Kinder auf dem Reifen in der Nähe des Baches. Sie spielen mit ihrem alten Spielzeug, wie Kinder das immer tun.

Eine Woche später kommt Peter mit einem Massai-Speer nach Hause. Ich bekomme beinahe einen Herzanfall. Er sagt, seine Freunde im Dorf hätten den für ihn gemacht, und sie würden ihm beibringen, ihn zu werfen. Er will nicht hören und ihn draußen lassen. Diesen Speer nimmt er überallhin mit. Nachts legt er ihn vor seinem Bett auf den Boden.

Es dauert nicht lange, bis die Kinder wieder in die Schule zurückkehren müssen. Don und ich bestehen darauf, dass Peter seinen Speer zu Hause lässt. Als sie mit ihren Koffern in den Land Rover steigen, gehe ich noch einmal in ihr Zimmer, um mich zu vergewissern, dass sie nichts zurückgelassen haben, was sie brauchen könnten. Julia hat Baby einen ihrer alten Schlafanzüge angezogen und sie auf ihr Kissen gesetzt. Peters Speer steht in einer Ecke. In diesem Augenblick bemerke ich, dass Deborah vergessen hat ihr blaues Kleid einzupacken! Ich nehme es aus dem Schrank und renne damit nach draußen, gerade rechtzeitig, um es noch in ihren Koffer zu packen.

Oh diese Kinder, denke ich, als wir losfahren. *Wir tun doch alles für sie. Aber manchmal frage ich mich, ob sie das überhaupt bemerken.*

Kapitel 12

„Ihr sagt, wir wären nicht für euch da gewesen, als ihr uns gebraucht hättet?“ Mom blickte in die Gesichter in dem kleinen Krankenzimmer. „Wir hatten nur die Möglichkeit, euch per Fernkurs selbst zu unterrichten, euch ins Internat zu schicken oder Afrika zu verlassen.“

„Wenn man bedenkt, wie isoliert wir draußen im Massai-Land gelebt haben“, fügte Dad leise hinzu, „so hatten wir das Gefühl, dass der Unterricht per Fernschule eurer sozialen Entwicklung nicht sehr dienlich gewesen wäre.“

„Und was euren Vater und mich betrifft“, fügte Mom hinzu, „war es für uns ausgeschlossen, Afrika zu verlassen.“

„Warum?“, fragte Julia. Sie hatte sich immer gefragt, warum ihre Eltern nicht in Erwägung gezogen hatten, in die Staaten zurückzukehren, damit sie ihre Kinder nicht ins Internat hätten schicken müssen.

Ihre Mutter starrte sie an. „Julia? Du weißt doch, dass wir von Gott in die Arbeit unter den Massai berufen waren. Das hast du doch selbst gesagt.“

„Aber andere Missionarsfamilien haben Kenia verlassen, als ihre Kinder eingeschult werden mussten.“

„Ja, und wir haben das immer unmöglich gefunden. Wann immer ein Missionarsehepaar aufgegeben hat, weil ihre Kinder im Internat nicht klarkamen, war das ein Rückschlag für die Arbeit im Reich Gottes.“

Dad nickte langsam. „Wir waren sehr stolz auf euch Kinder, weil ihr das so mühelos gemeistert habt.“

Mom meldete sich wieder zu Wort. „Wir haben alles getan, damit ihr eine schöne Kindheit hattet. Wir haben für eure körperlichen Bedürfnisse gesorgt und wir haben hart gearbeitet, damit ihr wenigstens einen Teil des Luxus bekamt, den die Kinder in Amerika hatten. Ihr wisst, dass wir nie viel Geld besessen haben, aber wir haben es eingeteilt und gespart und dafür gesorgt, dass ihr Spielzeug, einen schönen Urlaub am Meer und gute Kleidung bekamt. Und wichtiger noch, wir haben uns bemüht, euch die Liebe zu Christus zu vermitteln. Jetzt sieht es so aus, als würden wir nur Undank dafür ernten, genau wie für das Holzgewehr mit dem Gummiband."

Julia sah Peter an. Sie rechnete damit, dass sein Zorn erneut hochkochte. Stattdessen saß er schweigend da und beobachtete, wie sich der Regen auf dem Gehweg sammelte. Hatte er gewusst, wie weh sein Wutanfall seinen Eltern getan hatte? Konnte er erkennen, was den Stachel seiner Rebellion und seines Trotzes ausgelöst hatte? Sie fragte sich, ob ihr Bruder wusste, wie sehr er seine Eltern mit seiner Zurückweisung des christlichen Glaubens verletzte. Sie hatten ihr Leben dafür eingesetzt, um Menschen für Christus zu gewinnen und dabei ihren Sohn verloren.

„Ich wollte dieses Gewehr", erklärte Peter mit leiser Stimme und sein Blick hing an seiner Mutter, „weil ich gehört habe, wie du geweint hast."

„Geweint?"

„Eines Abends hast du dich mit Dad unterhalten und ich konnte euch durch die Wand hören. Du sagtest, du hättest das Gefühl, niemals genügend Fleisch zu haben, um die Familie zu ernähren. Die Safariameisen hatten die Küken getötet und der Gaskühlschrank war zu klein, um darin Rindfleisch für zwei Wochen zu lagern. Du hast Dad gesagt, du würdest nicht glauben, dass das Schweinefleisch und der Fisch in Nairobi frisch seien und Ziegenfleisch hättest du so über, dass du schreien könntest. Diese Küken waren unsere einzige Hoffnung gewesen und nun waren dir nur ein paar zähe alte Hennen für uns geblieben. Und da hast du angefangen zu weinen."

„Ich erinnere mich nicht, geweint zu haben."

„Ich erinnere mich aber daran. Ich hatte dich noch nie weinen sehen. Aber an diesem Abend habe ich dich gehört und ich beschloss, dir zu helfen. Ich wusste, meine Freunde im Massai-Dorf wollten Krieger werden, und ich war in den

Busch hinausgegangen, um sie bei ihrem Training zu beobachten. Dort draußen liefen so viele Tiere herum, Gazellen, Impalas und Hunderte wilder Vögel. Ich stellte mir vor, wenn ich ein Gewehr hätte, könnte ich dir jeden Tag frisches Fleisch bringen, dann würdest du dich besser fühlen."

„Peter, ich hatte keine Ahnung."

„Ich suchte im Katalog von Sears und fand dieses Gewehr. Ich träumte davon, der Held der Familie zu sein, wenn ich mit ein paar Vögeln oder einer Gazelle über der Schulter nach Hause kam. Aber als ich am Weihnachtsmorgen das Paket öffnete und dieses Holzgewehr sah, hatte ich das Gefühl, als wäre mein Traum in tausend Scherben zersprungen."

Julia konnte kaum glauben, dass ihr Bruder ihren Eltern gegenüber so offen war. Und noch erstaunlicher war, dass die älteren Mossmans ihrem Sohn tatsächlich zuzuhören schienen – vielleicht zum ersten Mal.

Peter ließ den Kopf sinken. „Ich erzählte meinen Freunden im Massai-Dorf, was passiert war, und irgendwie überredeten sie die Stammesältesten, mir einen Speer zu besorgen. Es war kein großer, aber genau die richtige Größe, die ich brauchte. Ich hatte auch einen Bogen und ein paar Pfeile. Die habe ich aber immer bei Saitoti im Massai-Dorf gelassen, weil ich Angst hatte, ihr könntet sie mir wegnehmen. Und danach habe ich getan, was ich vorgehabt hatte. Ich habe dir frisches Fleisch gebracht."

„Und ich habe mich so darüber gefreut", sagte Mom.

„Aber du warst immer ärgerlich über mich, weil ich den Speer hatte."

„Das war doch eine gefährliche Waffe! Ein Massai-Speer, um Himmels willen, und du hast ihn ständig bei dir gehabt."

„Ich wollte unsere Familie schützen." Peter sah zu seinem Vater hinüber. „Ich wusste von den Überfällen, den Diebstählen, den Übergriffen. Du und Mom, ihr habt euch bemüht, nicht viel zu sagen, aber wir konnten euch durch die dünnen Wände hindurch hören. Wir wussten alles – alle blutigen Einzelheiten. Und mir war klar, dass unser Haus nicht sicher war. Wenn wir im Urlaub waren, ist immer jemand eingebrochen. Ich stellte mir vor, dass jeder, der versuchen würde, unserer Familie Schaden zuzufügen, es mit meinem Speer zu tun bekäme. Und darum habe ich auch niemals Einwände erhoben, ihn zu Hause zu lassen, wenn ich ins Internat fuhr. Ich dachte, im Notfall könntet ihr ihn benutzen, um euch zu verteidigen."

„Und das haben wir sogar getan. Don, erinnerst du dich noch daran, als diese Schlange ins Haus gekrochen kam? Es war eine Python und du hast sie mit Peters Speer getötet."

„Es war keine Python. Es war eine Puffotter."

„Oh, stimmt." Sie erschauderte. „Die Schlangen waren wirklich eine Plage. Einmal ist eine durch den Abfluss gekommen und lag in der Badewanne, als würde sie ihr gehören."

„Und einmal ist doch auch der Fuchs in den Hühnerstall eingedrungen", erinnerte Julia sich. „Hat Dad da nicht auch Peters Speer genommen?"

„Das habe ich allerdings." Don lehnte sich auf seinem Stuhl zurück. „Ich habe ihn nach ihm geworfen. Zwar habe ich ihn um eine Meile verfehlt, aber ich habe ihn damit vertrieben."

„Seht ihr?", sagte Peter. „Ich brauchte eine Waffe, um euch frisches Fleisch zu besorgen. Aber ich wollte auch unsere Familie beschützen."

„Nun", sagte Olive. Sie überprüfte den Riemen ihrer Tasche. „Nun, Peter, ich hatte keine Ahnung, dass du das Gewehr wolltest, um uns frisches Fleisch zu besorgen. Du, Don?"

„Nein. Und mir war nicht klar, dass du dir solche Sorgen um unsere Sicherheit gemacht hast." Er sah zu Julia hinüber. „Hattet ihr Kinder viele Ängste in Afrika?"

Sie zuckte die Achseln. „Wir hatten ständig den Eindruck, als könnte jeden Augenblick alles auseinander brechen. Als könnte ein kleiner Fehltritt unser ganzes Leben durcheinander bringen."

„Wie melodramatisch", spottete Mom. „Also wirklich, Julia, so schlimm war es ja nun wirklich nicht."

„Trotzdem", beharrte Peter, „ich war auf jeden Fall froh, den Speer zu haben. Ich glaube, alle waren froh, dass ich ihn dabeihatte, als der Land Rover in das Loch des Ameisenbärs stürzte."

Ach du meine Güte. Das war wirklich ein schrecklicher Tag! Julia war sich sicher, dass ihre Eltern sich noch daran erinnerten. Wie könnte auch irgendjemand ihn vergessen?

Peter – Afrika – 1978

Wir sind auf dem Weg zur Kirche. Ich hasse die Kirche. Julia und Debbie scheinen nichts dagegen zu haben, aber ich kann sie nicht leiden. Wir müssen bei Tagesanbruch aufbrechen und dann fahren wir eine Million Meilen hinaus ins Nichts. Normalerweise steuert Dad den Land Rover durch ein ausgetrocknetes Flussbett und darum holpern wir ohne Ende über unzählige Steine, Löcher und Staub hinweg. Die Flussbetten sind die einzigen Straßen hinaus zu einigen der Dörfer, wo er seine Gemeinden gegründet hat, und da es in Massai-Land nur selten regnet, brauchen wir wenigstens nicht zu befürchten, im Schlamm stecken zu bleiben.

Ich sitze zwischen meinen beiden Schwestern, die beschlossen haben, auf meinem Schoß mit ihren Puppen zu spielen. Das macht mich verrückt. Warum kann nicht eine von ihnen auf dem mittleren Platz sitzen? Aber nein, davon wollen sie nichts wissen. Ich bin dran, in der Mitte zu sitzen, darum benutzen sie mich als ihren Spielplatz. Ihr Spiel ist mal wieder so dämliches Zeug wie Braut und Bräutigam.

Meine Gedanken sind bei der Jagd, die, wie ich weiß, ohne mich stattfinden wird. Meine Massai-Freunde üben für die *Emorata*, die Beschneidung. Sie können kaum glauben, dass ich als Kind nicht beschnitten wurde und dass ich keine Feier und Kühe bekommen werde, um eine eigene Herde zu gründen, oder so etwas. Manchmal wünschte ich, ich wäre als ein Massai geboren worden.

Meine Freunde und ich verbringen die meiste Zeit mit Üben. Wir tun so, als wären wir Krieger, und immer wieder werfen wir unsere Speere, bis wir unsere Ziele fast jedes Mal treffen. Wir tun so, als wären wir Älteste, die herumsitzen und für den Stamm wichtige Entscheidungen treffen. Wir ahmen alle Riten des Lebens nach, die noch anstehen. Aber auf mich wartet nichts als weitere Jahre im Internat und dann im College. Soweit ich weiß, gibt es für die Amerikaner nur Hochzeiten und Beerdigungen. Im Leben der Massai aber wird jede Kleinigkeit als Ritual und Zeremonie vollzogen. Jeder weiß, wer er ist und wie er in den Stamm hineinpasst und wie seine Zukunft aussehen wird. Ich beneide meine Freunde.

Die Vorbereitung für die *Emorata* erfordert viel Arbeit. Die Beschneidung wird erst in ein paar Jahren stattfinden – erst wenn sie 18 sind und ihren Wert als junge Männer bewiesen haben, wenn sie bereit sind, Krieger zu werden. Zuerst werden meine Freunde Honig sammeln müssen, der zu Bier für ihre besonderen Gäste bei der Zeremonie verarbeitet wird. Wir haben das schon geübt, indem wir gelernt haben, wie man den kleinen Honig fressenden Vögeln folgt, die uns zu den frischen Bienenstöcken führen. Wir steigen Klippen hoch, räuchern die Bienenstöcke aus und sammeln den Honig in Taschen. Das Wachs wird für die brandneuen Pfeile verwandt, die meine Freunde überallhin mitnehmen. Sie kleben das Wachs an die Spitzen und schießen sie auf die Mädchen, die sie mögen. Wenn sie ein Mädchen treffen, gibt sie ihnen einen Fingerring aus Perlen. Das macht viel Spaß, sogar den Mädchen.

Wenn der Honig gesammelt ist, müssen die Jungen Straußenfedern suchen. Nach der Beschneidung werden diese Federn zu einem Kopfschmuck verarbeitet. Während ich also heute für viele Stunden im Gottesdienst sitze, werden meine Freunde durch die Ebenen streifen und Strauße suchen. Sie wollen Übung bekommen, weil es schwierig ist, einen Strauß zu töten. Strauße sind trotz ihrer Größe mit dem Speer schwer zu erlegen, weil sie mit vielen Schichten von steifen Federn bedeckt sind. Und Strauße sind gemein, vor allem, wenn sie sich paaren oder ihre Eier bewachen.

Ich würde alles darum geben, mit ihnen draußen herumzustreifen und diese Vögel aufzustöbern. Später, wenn sie Krieger sind, werden meine Freunde versuchen, einen Löwen zu töten, um ihre Männlichkeit zu beweisen. Aber ich? Ich sitze in einem Land Rover mit meinen blöden Schwestern und ihren Puppen und bin auf dem Weg in die Kirche. Keiner meiner Freunde würde sich der Demütigung unterziehen, die ich über mich ergehen lassen muss. Aber welche Wahl habe ich denn? Ich bin kein Krieger in seiner Ausbildung. Ich wünschte, ich wäre es.

Endlich erreichen wir die Kirche. Sie besteht aus einem Blechdach auf vier Pfosten. Es gibt keine Wände, darum können wir sehen, dass die Bänke bereits voll besetzt sind. Einer der Pastoren steht vorne auf der Kanzel. Dad hat eine ganze Reihe von Kanzeln aus den Kisten gebaut, in der unser Kühlschrank, unsere Betten und die Sachen verpackt waren, die wir von Amerika hierher gebracht haben. Diese Kanzeln sind überall im Massai-Land zu finden.

Manchmal denke ich an die Gemeinden, die wir besuchen, wenn wir in den Staaten auf Heimaturlaub sind. Diese haben Eingangshallen wie in großen Hotels. Die Blumenarrangements werden der Jahreszeit entsprechend angepasst. Die Lichter werden gedimmt, wenn der Prediger betet, damit alle sich heiliger fühlen können. Auf dem

Boden liegen Teppiche, es gibt bemalte Glasfenster und Freizeiträume, wo die Leute Basketball und Tischtennis spielen. Ehrlich, das macht mich krank. Warum schicken sie nicht etwas von dem Geld hierher? Von dem Geld für ein paar solcher Blumensträuße auf dem Altar könnten wir hier in Massai-Land einige Kirchenmauern bezahlen.

Der Massai-Pastor fängt an zu singen und die meisten Gottesdienstbesucher stimmen mit ein. Sie tragen alle ihren Sonntagsstaat – rot-weiß bedruckte Baumwolltogas. In Amerika bin ich in so manchen Grillrestaurants gewesen und ich dachte, dass meine Massai-Freunde alles dafür geben würden, diese Tischdecken dort zu bekommen.

Kleine Kinder rennen zwischen den Bänken hindurch. Wenn sie zur Toilette müssen, ist das gar kein Problem. Sie machen gerade da hin, wo sie sind. Hunde laufen durch die Kirche. Die Leute streicheln sie, obwohl es zum Teil alte Köter sind. Ich bin froh darüber. Babys klammern sich an ihre Mütter, denen manchmal einfällt, die Fliegen wegzujagen, die sich um die Münder und Augen eines jeden Lebewesens dort draußen sammeln.

Der Geruch dieser Leute ist mir vertraut – Holzrauch, Schweiß und Kuhdung. Nach einer Weile fühle ich mich wohler, weil ich diesen Geruch und die Sprache und das Volk gut kenne. Dad erhebt sich und predigt ein wenig auf Suaheli. Der Pastor übersetzt. In der Regel höre ich nicht zu, wenn mein Dad predigt. Er erzählt immer dasselbe langweilige Zeug. Darum wandern meine Gedanken ab. Ich denke an die Straußenjagd, die ohne mich stattfindet.

Dann werden Julia, Debbie und ich aufgefordert, aufzustehen und ein paar Grußworte zu sagen. Ich spreche in der Maa-Sprache und die Gemeinde ist hoch erfreut. Dann steht Mom auf und erzählt von den Frauentreffen, die sie in ein paar Wochen haben wird. Sie wird den Teilnehmern die Grundlagen der Ersten Hilfe beibringen und die Leute werden ganz aufgeregt vor Begeisterung. Krankheit ist hier draußen nämlich ein großes Problem. Wir singen noch ein paar Lieder. Der Pastor predigt eine Weile. Dad steht auf und sagt noch etwas.

Jetzt ist es Zeit für die Sammlung. Einer nach dem anderen stehen die Leute auf und legen einen Schilling oder zwei in den Korb vor der Kanzel. Eine Frau bringt ein Ei. Eine andere drei Eier. Dann kommt ein alter Mann mit einem dünnen alten Huhn. Das ist eine ganz große Sache. Alle klatschen. In Bezug auf unser Mittagessen habe ich ein ganz mulmiges Gefühl.

Gegen ein Uhr mittags, wenn wir alle bereits halb verhungert sind, beschließen sie, es sei an der Zeit, den Gottesdienst zu beenden. Es wird noch viel gebetet und gesungen und dann ziehen alle an uns vorüber. Meine Schwestern und ich verbeugen uns, um den traditionellen Massai-Segen von den Ältesten zu empfangen und wir legen unsere Hände auf die Stirnen der Kinder, um sie zu segnen.

Und während wir von Hunger gequält warten, tötet jemand das Huhn. Mom gibt uns heimlich ein paar Kräcker. Sie sind schon ganz weich, aber ich esse sie trotzdem. Wir setzen uns unter eine Akazie, während das Huhn gebraten wird. Jemand aus dem Dorf kommt mit Flaschen warmer Cola, Fanta und Sprite. Wow, sie haben heute wirklich keine Mühe gescheut.

Dad redet mit dem Pastor und den anderen Männern. Mom unterhält sich mit den Frauen. Sie bewundert ihre Babys, während sie sie heimlich nach Augenkrankheiten und Hautinfektionen untersucht. Ich weiß, dass meine Eltern in ein paar Wochen mit einem Missionsarzt wiederkommen werden. Dann können sie einige dieser Krankheiten behandeln.

Der Nachmittag ist halb vorbei. Meine Freunde haben mittlerweile vermutlich einen Strauß erlegt, ein wenig von der Mischung aus Kuhblut und Milch getrunken, die sie in ihren Kalebassen mit sich herumtragen, und sind wieder nach Hause gelaufen. Und ich sitze hier und nage an einem zähen alten Hühnerbein. Alle Mitglieder der Kirche sitzen auf dem Boden und starren uns an, als wären wir die glücklichsten Hunde auf dem Planeten, und ich weiß, dass wir das in ihren Augen auch tatsächlich sind. Massai essen nur selten Fleisch – nur zu besonderen Gelegenheiten, wie zum Beispiel, wenn wir ihre Gemeinde besuchen.

Debbie sieht so aus, als würde sie jeden Augenblick losheulen, ihr ist so elend. Julia wird ganz grün im Gesicht. Aber ich weiß, dass keine von ihnen auch nur ein Wort sagen wird. Sie kauen das Fleisch so gut sie können und spülen es mit warmer Cola runter.

Dad und Mom beten mit dem Pastor und den übrigen Gemeindemitgliedern. Diese Menschen lieben meine Eltern, die ihnen die gute Nachricht von Jesus und seinem großen Opfer für ihre Sünden gebracht haben, das ist offensichtlich. Eine Frau schenkt meiner Mutter eine Perlenkette. Ein Mann drückt Dad einen Schilling in die Hand. Das ist das Beste und Teuerste, was sie uns geben können.

Schließlich steigen wir alle wieder in den Land Rover und fahren los, das ausgetrocknete Flussbett entlang. Kaum haben wir die Kirche hinter uns gelassen, als Julia, Debbie und ich nach mehr Essen fragen. Mom hat belegte Brote und Kartoffelchips und Zuckerkekse eingepackt. Wir wollen gerade anhalten, als Dad etwas bemerkt.

„Hey, seht euch nur diese Geier an", sagt er. „Vermutlich wurde dort drüben bei diesem Bujubaum ein Tier erlegt, meint ihr nicht?"

Bevor wir noch ein Wort herausbekommen können, lenkt er den Land Rover aus dem Flussbett und wir brausen in den Busch hinein. Dornengestrüpp kratzt an dem Metall entlang, Staub wirbelt auf und der Wagen holpert immer schneller über den unebenen Boden.

„Da sind sie!", ruft Dad. „Löwen!"

Mein Vater ist nur selten aufgeregt, außer wenn er predigt. Wie sich herausstellt, haben ein paar Löwinnen ein großes Zebra gerissen und die ganze Meute feiert ein Fest. Die Männchen nehmen den Hauptplatz am Bauch ein, die Weibchen machen sich über die Schenkel her und die Jungen schleichen um die Meute herum, um einen Bissen Fleisch abzubekommen.

Riesige Geier und Marabustörche bilden einen Ring um das tote Zebra. Sie warten darauf, dass sie an der Reihe sind. Und ich weiß, dass auch Schakale und Hyänen im Busch herumstreifen, selbst wenn wir sie im Moment nicht sehen können. Morgen früh wird von dem Zebra nichts als ein Haufen Knochen übrig sein.

Die wilden Tiere zu beobachten ist ein großer Spaß für unsere Familie, darum hält Dad den Land Rover an. Mom holt die Butterbrote heraus und verteilt sie. Und dann schlingen wir wie die Löwen jeden Bissen hinunter, den wir bekommen können.

Mittlerweile steht die Sonne schon recht tief am Himmel und wir fahren nur ungern, wenn es dunkel geworden ist. Es ist an der Zeit, sich auf den Heimweg zu machen, darum lässt Dad den Land Rover wieder an. Er löst die Handbremse und der Wagen rollt etwa sechs Zentimeter vor, wobei der rechte Vorderreifen in den Bau eines Ameisenbären einsinkt.

Das Loch ist so tief, dass die Achse auf dem Boden aufsetzt. Mom knallt dabei mit dem Kopf gegen die Windschutzscheibe. Julia schreit. Dad sagt ein Wort, von dem ich gar nicht wusste, dass er es kennt. Das ist das schlimmste Wort, das ich je gehört habe und das wir ganz bestimmt nicht aussprechen dürfen.

„Du meine Güte, Don, was ist passiert?" Moms Stimme zittert.

„Ich glaube, wir sind in irgendein Loch gerutscht. Anscheinend haben wir genau davor angehalten."

Die Löwen starren uns an, ihre Mäuler und Zungen sind blutbedeckt. Die Geier tanzen ein wenig zur Seite, als würden sie sich freuen, dass sie ein noch opulenteres Abendessen bekommen.

„Wie kommen wir da nur wieder raus?", fragt Julia. „Daddy, ich habe Angst!"

„Ich auch!", jammert Debbie.

Ich erkenne, dass wir wirklich in der Klemme stecken. Gut ist nur, dass diese Löwen bereits eine Weile gefressen haben. Vielleicht steht ihnen nicht der Sinn nach ein paar Missionaren zum Nachtisch. Auf der anderen Seite ist dies ein großes Rudel, und einige der Weibchen sehen nicht so aus, als wären sie schon satt.

Dad greift nach dem Türgriff. Mom packt ihn am Arm. „Du wirst diese Tür nicht öffnen, Donald Mossman!", befiehlt sie. „Denk nicht einmal daran!"

„Ich muss sehen, was mit dem Land Rover passiert ist, Olive", erklärt er ihr.

„Er ist in den Bau eines Ameisenbären eingesunken, das ist passiert", teile ich ihnen mit.

Ameisenbären sind grabende Tiere, die niemand richtig zu sehen bekommt. Sie ähneln den Ameisenfressern oder Dachsen, aber niemand weiß das ganz genau. Sie bauen sich riesige Höhlen und wenn sie dort eine Weile gelebt haben, ziehen sie weiter. Andere Tiere ziehen dann in diese Höhlen ein – Schlangen, Zibetkatzen, Füchse und solche Tiere.

„Wir können doch nicht die ganze Nacht hier sitzen bleiben, Olive", sagt Dad. „Die Informationsbriefe an die uns unterstützenden Gemeinden müssen morgen früh raus und das bedeutet, dass ich sehr früh zur Stadt aufbrechen muss, wenn ich rechtzeitig beim Postamt eintreffen will."

„Und was hast du vor – den Wagen einfach aus dem Loch heben?"

„Das ist wohl die einzige Möglichkeit."

„Du wirst von einem Löwen gefressen werden, Daddy!", schreit Julia. „Geh nicht nach draußen!"

Mittlerweile wird es langsam dunkel. Ich erinnere mich, wie schnell wir diese Brote gegessen haben und wie hungrig ich trotzdem noch bin.

„Ich muss zur Toilette", flüstert mir Debbie ins Ohr. „Aber sag nichts!"

Ich sehe sie an. Manchmal ist sie wirklich seltsam. „Debbie muss zur Toilette", verkünde ich.

„Nun, dann wird sie eben einhalten müssen", erwidert Mom. Ihr Mund ist so fest zugekniffen, dass er aussieht, als hätte sie gerade eine Zitrone gegessen. Sie ist wütend, aber sie wird es nicht zugeben. „Vielleicht kommt ein anderer Wagen vorbei, Don. Was meinst du?"

Das ist ein guter Witz. Die Chancen, dass ein anderer Wagen zu dieser Uhrzeit mitten aus dem Nichts vorbeikommt, stehen eins zu einer Trillion. Jetzt habe ich eine Idee.

„Hey, ich weiß, was wir tun", sage ich. „Ich hole meinen Speer und stelle mich vor den Land Rover. Wenn die Löwen sich in unsere Richtung bewegen, verjage ich sie. Dann steigt ihr alle aus, hebt das Rad aus dem Loch des Ameisenbären und schiebt den Wagen ein paar Meter zurück."

Meine Idee löst ein großes Durcheinander aus. Mom sagt nein. Dad ist der Meinung, das wäre eine gute Idee. Julia meint, wir würden alle getötet. Die hungrigen Löwen würden uns die Kehlen durchbeißen und unsere Eingeweide über ganz Afrika verteilen, damit die Geier sie fressen können. Debbie sagt, sie müsste jetzt wirklich dringend zur Toilette. Wir streiten eine Weile, aber schließlich müssen alle zugeben, dass uns nichts anderes übrig bleibt.

Ich bin ziemlich aufgeregt wegen der ganzen Sache. Ich hole meinen Speer hinten aus dem Land Rover. Als ich die Tür aufmache, hören alle Löwen auf zu fressen, sehen auf und starren mich an. Eines der Weibchen springt auf.

„Sie steht auf!", warnt Mom. „Steig nicht aus, Peter!"

Aber ich steige aus und lasse die Tür offen stehen. Die Löwin stellt die Ohren auf, ihre gelben Augen sind auf mich gerichtet. Ich gehe zur Vorderseite des Wagens. Dort sieht es übel aus. Ein Rad steckt tief im Bau des Ameisenbären und es wird einige Mühe kosten, es da herauszubekommen.

Den Blick fest auf das Rudel und vor allem diese eine Löwin gerichtet, winke ich die anderen aus dem Land Rover.

Dad beginnt zu zählen. „Eins, zwei, drei."

Alle anderen Mitglieder der Familie Mossman springen aus dem Wagen, rennen nach vorn und packen die Achse.

„Hochheben", sagt Dad leise.

Der Land Rover rührt sich nicht. Die Löwin macht einen einzigen Schritt auf uns zu, so wie Katzen es tun, wenn sie eine Beute entdeckt haben. Eine andere Löwin erhebt sich. Sie sind gar nicht glücklich darüber, dass sie in ihrer Mahlzeit gestört werden.

„Noch einmal!", sagt Dad. „Alle heben an!"

Dieses Mal bewegt sich die Achse ein paar Zentimeter. Ich erkenne sofort, dass mein Plan nicht funktionieren wird. Ich betrachte meinen Speer eine Weile. Er besteht aus drei Teilen: der geschärften Stahlklinge, einem Holzschaft und einem Stahlkolben. Der Kolben ist spitz, darum stecke ich ihn vor mir in den Boden.

Ohne mich umzudrehen, gehe ich rückwärts zum Land Rover, packe die Achse und sage den anderen, sie sollen erneut anheben. Ich muss zugeben, ich bin wirklich ziemlich stark. Ich sehe auch, wie die Löwinnen langsam auf uns zukommen. Ihre Köpfe sind gesenkt und ihre Augen auf mich gerichtet. Ich spüre, wie Kraft durch mich hindurchfließt, als ich die Knie beuge und mit aller Macht ziehe.

Als wir jetzt alle fünf anheben, hebt sich der Land Rover aus dem Loch. Wir schieben ihn zurück und er rollt in Sicherheit. Während meine Familie zum Wagen zurückrennt, ziehe ich den Speer aus dem Boden. Die Löwinnen halten inne. Jetzt springt ein riesiges Männchen auf und rennt geradewegs auf mich zu.

Ich sehe seine entblößten blutigen Zähne, seine feuchte schwarze Mähne. Seine Pfoten fressen den Boden zwischen uns auf. Die Frauen im Wagen fangen an zu schreien. Dad drückt auf die Hupe. Doch der Löwe läuft unbeirrt weiter. Ich habe keine Zeit, mich in Sicherheit zu bringen. Ich umklammere meinen Speer, lasse mich auf ein Knie sinken, spanne mich, wie meine Freunde und ich es immer wieder geübt haben. Der Löwe springt mich an und ich ramme den Kolben des Speers wieder in den Boden, die Spitze zielt dieses Mal auf sein Herz. Während sein riesiger Kopf und Körper auf mich zuspringen, bohrt sich der Speer in seine Brust, geradewegs durch sein Herz. Blut spritzt aus seinem Fell und der Löwe fällt tot zu Boden.

Die anderen Löwen springen auf. Ein paar von ihnen brüllen. Ein ohrenbetäubender Lärm entsteht, der den Boden unter meinen Füßen zum Beben bringt. Einen Augenblick lang herrscht Verwirrung und dann verschwindet das ganze Rudel in der Dunkelheit. Sie überlassen das tote Zebra den Hyänen und Geiern.

Endlich erkenne ich, dass der Lärm aus dem Land Rover kommt. „Steig in diesen Wagen, Peter Mossman!", schreit meine Mutter.

Dad lehnt sich auf die Hupe. „Peter, Peter!", ruft er.

Ich drehe mich um und sehe sie an. Wovor haben sie denn solche Angst? Die Gefahr ist doch jetzt vorüber. Ich gehe auf den toten Löwen zu.

Dad setzt den Land Rover von der Höhle des Ameisenbären zurück und fährt neben mich. „Peter, steig in den Wagen!", befiehlt er.

„Ich habe einen Löwen erlegt", sage ich.

Ich sehe ihm in die Augen und erkenne, dass er versteht. Wenigstens einmal im Leben versteht mein Vater mich. Das ist mehr, als mit einem Spielzeugspeer zu spielen. Das ist mehr, als seine Familie gerettet zu haben.

Heute habe ich einen Löwen erlegt.

Heute bin ich ein Mann.

„Hör auf zu schreien, Olive", sagt mein Dad. „Peter geht es gut."

„Sag ihm, er soll in den Wagen steigen!"

„Er holt nur noch seinen Speer", erwidert Dad. „Und dann legen wir den Löwen auf das Dach des Land Rovers und nehmen ihn mit nach Hause."

„Bist du verrückt, Donald Mossman?", fragt sie. „Dieser Löwe hätte unseren Sohn töten können! Und du erwartest von uns, dass wir noch einmal aus dem Wagen aussteigen?"

„Ja, das tue ich."

„Warum? Wozu brauchen wir überhaupt einen alten, mit Zecken gespickten Löwen? Bitte, Don. Bitte nicht."

Dieses eine Mal kümmert sich Dad nicht um Mom oder ihre Meinung. Er stellt den Land Rover zwischen den toten Löwen und das Rudel, das weiter hinten im dunklen Gras lauert. Ich ziehe meinen Speer heraus und wische das Blut an meinen Jeans ab. Dann versuchen Dad und ich die große Katze auf den Wagen zu heben. Er ist zu schwer, doch ehe ich mich versehe, kommen Julia und Debbie, um zu helfen. Und dann steigt zu meiner Überraschung auch Mom aus dem Land Rover und hilft uns, diesen Löwen auf das Dach zu hieven. Dad und ich binden ihn fest, und dann steigen wir alle in den Wagen und fahren los.

Aus irgendeinem Grund bin ich tief bewegt. Am liebsten würde ich weinen, lachen oder so etwas. Lange Zeit spricht keiner ein Wort.

Schließlich ergreift Daddy das Wort. „Das hast du großartig gemacht, junger Mann."

„Ja, Peter", bestätigt Mom. „Vielen Dank. Wir sind stolz auf dich."

Julia und Debbie fangen wieder an, auf meinem Schoß mit ihren Puppen zu spielen, aber dieses Mal macht es mir nichts aus.

Jetzt weiß ich, wer ich bin.

Kapitel 13

„Du meine Güte.“ Olive schüttelte den Kopf. „Ich schätze, es gibt einiges, das wir in Bezug auf euch Kinder nie richtig verstanden haben. Vielleicht sogar Dinge, von denen wir nie etwas mitbekommen haben – wie zum Beispiel diesen Zwischenfall mit Deborah bei den Eisenbahnschienen –, obwohl ich trotzdem fest davon überzeugt bin, dass wir alles getan haben, um euch eine glückliche Kindheit zu ermöglichen. Auf jeden Fall sind wir im Augenblick alle ziemlich erschöpft. Euer Vater und ich von der Reise und natürlich machen wir uns alle Sorgen um Deborah.“

Peter seufzte. Vermutlich brauchte er nicht zu hoffen, seine Mutter würde jemals zugeben, etwas getan zu haben, was ihren Kindern vielleicht wehgetan hatte.

„Ich denke, ich frage mal im Stationszimmer nach“, sagte Julia. „Ich möchte wissen, ob sie bereits aus dem OP ist.“

„Ich begleite dich, Liebes.“ Mom nahm ihre Tasche und folgte ihrer Tochter auf den Flur hinaus.

Der Regen schien aufgehört zu haben, bemerkte Peter, als er auf den Parkplatz hinausstarrte. Obwohl es dunkel war, lagen die Pfützen auf dem Gehweg ganz still und ruhig da und reflektierten das gelbe Licht der Laternen. *Wie lange hat es gedauert, bis ich gewusst habe, wer ich bin?,* fragte sich Peter. Damals, vor Jahren, als er noch ein Kind gewesen war, da hatte die Welt Sinn gemacht. Die Dinge hatten zusammengepasst. Alle hatten an ihren Platz gehört. Aber Julia hatte Recht. Es hatte eine ständige Spannung bestanden, das immer währende Gefühl einer bevorstehenden Katastrophe. Während Peter über sein Leben nachdachte, wurde ihm klar, dass für ihn tatsächlich alles auseinander gebrochen war. Alles hatte sich aufgelöst und in Staub verwandelt. Alles Wichtige war verschwunden. Auch die Hoffnung.

„Peter“, sagte sein Vater sanft. „Ich würde gern mit dir reden, mein Sohn. Wie es scheint, haben wir uns im Laufe der Jahre voneinander entfernt. Ich würde gern verstehen, was du in Bezug auf dein Leben empfindest. Ich möchte wissen, ob ich irgendetwas tun kann.“

„Voneinander entfernt?“ Peter betrachtete seinen Vater. „Waren wir uns denn je nahe, Dad?“

„Ich dachte schon. Ganz bestimmt habe ich dich und deine Schwestern sehr ...“

„Sie ist aus dem OP heraus!“, verkündete Mom, als sie wieder ins Zimmer kam, das Licht einschaltete und den Raum mit blendender Helligkeit überflutete. „Du meine Güte, ist es dunkel hier drin. Ich hatte keine Ahnung, wie spät es geworden ist. Wir haben kurz mit der Schwester gesprochen. Der Arzt ist unterwegs.“

Während Olive sprach, folgte Dr. Bryant Julia ins Zimmer. Er nickte der Familie grüßend zu und setzte sich auf die Kante von Debbies Bett. „Wir haben einen zentralen Infusionsschlauch eingeführt, da wir Debbies Venen für die Antibiotika und Schmerzmittel, die sie benötigt, nicht mehr richtig offen halten konnten. Sie hat eine Infektion, aber ich kann den Herd nicht so genau lokalisieren. Ich habe ihr ein anderes Antibiotikum gegeben, das noch wirksamer ist. Auch habe ich ihre Hüfte und das Becken noch einmal röntgen lassen. Wir können ein gewisses Maß an Heilung dort erkennen, aber Sie müssen verstehen, dass der Knochen wegen der Osteoporose sehr schwach und porös ist. Nur die Zeit wird zeigen, ob sie stark genug sein wird für das, was vor ihr liegt.“

„Was meinen Sie damit?“, fragte Mom. „Was liegt denn vor ihr?“

„Zunächst einmal wird sie ihren Zustand akzeptieren müssen. Solange sie die Anorexie leugnet, werden wir keine Besserung erzielen können. Wenn wir dann diese Hürde genommen haben, wird sie sich in die Behandlung eines Physiotherapeuten und eines Psychiaters begeben müssen. Unsere Hauptsorge wird sein, dass wir sie dazu bringen, wieder zu essen. Ich werde sie zunächst zwar weiterhin künstlich ernähren, aber sie muss auch wieder anfangen, feste Nahrung zu sich zu nehmen, bevor wir sagen können, dass sie auf dem Weg der Heilung ist."

Er sah jeden von ihnen an. „Haben Sie noch irgendwelche Fragen?" Als niemand sich zu Wort meldete, erhob er sich. „Sie wird noch eine Weile im Aufwachraum bleiben. Ich werde die Schwestern bitten, Ihnen Bescheid zu geben, wenn sie Besuch empfangen kann."

An der Tür drehte er sich noch einmal um und lächelte sie an. „Beten Sie weiter. Das hilft mehr als alles, was ich im Augenblick für sie tun kann."

Als sich die Tür hinter ihm schloss, stieß Mom einen lauten Seufzer aus. „Also das ist wirklich unglaublich. Wie kann sie so schnell so krank geworden sein? Das verstehe ich nicht."

„Mom, das ging nicht schnell", warf Julia ein. „Deborah ist schon lange krank."

Olive starrte Julia eine Weile an, dann schüttelte sie den Kopf. „Ich glaube, es liegt an ihrem Freund. Diesem Dave Hornburg. Wisst ihr eigentlich, wie lange sie schon miteinander ausgehen? Und er spricht das Thema einer Heirat nicht einmal an. Was ist nur los mit ihm? Sieht er denn nicht, was für eine wundervolle Frau und Mutter Deborah sein würde?"

„Vielleicht ist er schwul", meinte Peter.

„Er ist Leiter der Sonntagsschule, Peter Mossman!" Moms Wangen wurden rot. „Ehrlich, bei dir weiß man nie, was du als Nächstes sagen wirst. Woher hast du nur solche Ideen?"

„Peter", sagte Dad und legte die Hand auf den Arm seines Sohnes, „würdest du einen Augenblick mitkommen?"

„Wohin?"

„Ich dachte, wir könnten einen kurzen Spaziergang machen. Der Regen hat aufgehört."

Peter sah Julia an. Das war es. Vermutlich würde nun sein Dad ihm eine große Predigt über angemessenes christliches Betragen halten. Er würde ein paar Ermahnungen dazusetzen, sich doch anständig auszudrücken, und ein paar Anekdoten über seine Kindheit in Missouri zum Besten geben. Wie oft hatte Peter die Predigten seines Vaters gehört – sowohl in der Kirche als auch zu Hause? Manchmal hatte er den Eindruck, als könnten sie keine normale Unterhaltung miteinander führen. Wenn sich sein Dad tatsächlich einmal mit Peter unterhielt, setzte er immer zu langen Monologen über seine Vortragsverpflichtungen, seine Pläne für die von ihm gegründeten Gemeinden oder irgendein anderes Thema an, das Peter überhaupt nicht interessierte. Hatten er und sein Vater sich überhaupt jemals verstanden?

„Sicher", erwiderte Peter und erhob sich. „Vielleicht ist Debbie ja, wenn wir wieder zurückkommen, bereits aus dem Aufwachraum gebracht worden."

Während sie über den Flur liefen, nahm Dad seine Brille ab und putzte sie. Immer ein schlechtes Zeichen. Peter stellte sich vor, wie sich sein Vater die Perlen der Weisheit vorsagte, die er vor seinen Sohn, dieses undankbare Schwein, werfen wollte. Wie immer würde Peter zuhören, ein paar Mal nicken, vielleicht eine passende Bemerkung vom Stapel lassen. Dann würde er wie immer tun, was er wollte. Er hatte gelernt, dass ein Gespräch zu einem abrupten Ende kam, wenn er versuchte, seinem Dad zu widersprechen. Aus irgendeinem Grund konnte Don Mossman keinerlei Konflikte ertragen, und darum sank er immer gewissermaßen in sich zusammen, verfiel in ein unglückliches Schweigen bis zu dem Augenblick, da er der Situation entfliehen konnte.

„Sieht so aus, als sei das Gewitter vorbeigezogen", sagte Don, als sie auf den Gehweg traten. „Ich liebe das Gewitter in Missouri. Als Kind habe ich zusammen mit meinem Großvater auf der Veranda gesessen, dann haben wir die Blitze am Himmel beobachtet. Was für ein Anblick."

„Dad, wieso sprichst du eigentlich immer von deinem Großvater? Hat dein Vater denn keine Zeit für dich gehabt?"

„Na ja, er war Farmer, weißt du. Ich habe ihm viel geholfen. Aber in der Regel war er von morgens bis abends beschäftigt. Großvater hat bei einem Traktorunfall ein Bein verloren und mein Dad hat daraufhin die Farm praktisch bereits als Teenager übernehmen müssen. Ich habe meinen Dad nie untätig gesehen. Sogar am Abend, wenn er am Feuer saß, hat er Pläne geschrieben, was er wo pflanzen würde."

„Das klingt ganz nach dir. Du hast deine Gemeinden gepflanzt."

Don sah seinen Sohn an. „So habe ich das nie gesehen."

„Erinnerst du dich an all deine Listen und Karten? Jede Gemeinde wurde mit einem kleinen Fähnchen markiert. Es müssen Hunderte gewesen sein."

„Genau 127, als wir Kenia verlassen haben."

Peter erinnerte sich, wie sein Vater ihm jedes Fähnchen gezeigt, die Gemeinde beschrieben hatte, für die es stand, und ihm seine Pläne für die Evangelisierung dieses Gebietes erklärt hatte. Die Massai waren ein Nomadenvolk, darum mussten die Fähnchen manchmal versetzt werden. Dad steckte den Pin jedes Mal genau an die Stelle, wo sich die Gemeinde befand. Mit seinen bunten Markierungsstiften zeichnete er die ausgetrockneten Flussbetten und Feldwege ein, denen er folgen musste, die winzigen Dörfer, in denen er etwas zu trinken kaufen konnte, und natürlich die Massai-Dörfer, wo Hunderte nicht erlöste Seelen in Sünde lebten.

Einmal hatte sich Peter in das Arbeitszimmer seines Vaters geschlichen und die Fähnchen versetzt. Ein paar hatte er in den Abfalleimer geworfen. Olive hatte ihren Sohn daraufhin schrecklich verprügelt. Aber Don hatte nur stumm die Tür geschlossen und sich darangemacht, jedes Fähnchen wieder an seinen Platz zu setzen.

„Du vermisst deine Gemeinden, nicht wahr, Dad?", fragte Peter. Sein Magen krampfte sich vor Schuldgefühlen zusammen.

„Ich vermisse die Menschen. Die Beziehungen." Er führte seinen Sohn über den Parkplatz. „Ich vermisse auch die Arbeit. Das Wissen um die vielen Menschen, die Christus noch nicht als ihren Erlöser kennen gelernt haben, hat mir sehr zugesetzt. Wenn die Missionsleitung es zulassen würde, würde ich sofort wieder ausreisen. Diese Menschen hungern nach Gott. Und wer ist da, um ihnen Nahrung zu geben? Niemand außer ihren Pastoren – Männer, mit deren Ausbildung ich kaum begonnen hatte. Es gibt noch so vieles mehr, das ich ihnen hätte beibringen müssen. Jetzt sitze ich in meinem Lehnstuhl, starre ins Fernsehgerät und esse Pommes frites. Und das soll mich zufrieden machen." Er hielt inne. „Aber ich schätze, du kannst ein wenig verstehen, wovon ich spreche, Peter. Mir war gar nicht klar, wie sehr du Afrika vermisst."

„Das war meine heile Welt. Dort wusste ich, wer ich war.“ Peter bemerkte, dass sie zum Wagen ihrer Eltern gingen. „Deine auch, nicht?“

„Ja.“ Dons Stimme war kaum mehr als ein Flüstern. „Peter, ich habe etwas, das ich dir geben möchte. Etwas, das du bestimmt haben möchtest.“

Er holte seinen Schlüssel hervor und öffnete den großen Kofferraum. Peter erkannte die Schachteln mit den Dingen, die seine Eltern immerzu mit sich herumschleppten, wenn sie hier in den USA zu Vorträgen in die verschiedenen Gemeinden fuhren – geschnitzte afrikanische Tiere, geflochtene Körbe, Beispiele für die Perlenarbeiten der Massai, hübsche afrikanische Stoffe.

Don beugte sich über den Kofferraum und schob ein paar der Kisten herum. Dann nahm er einen langen, glänzenden Gegenstand heraus. „Hier ist dein Speer, Peter.“

Er legte die Waffe seinem Sohn in die Arme. Peter starrte seinen Speer an. Ungläubigkeit und Erstaunen durchfluteten ihn. Im Laternenlicht des Parkplatzes konnte er die winzigen Markierungen erkennen, die er für jedes getötete Tier eingeritzt hatte. Er fuhr mit dem Finger über die kalte Metallspitze und liebkoste die vertraute Kante, die er rasiermesserdünn gewetzt hatte. Der Kolben, auch aus Metall, hatte sich ein wenig gelockert. Er wackelte etwas daran und überlegte sofort, wie er ihn reparieren würde – bevor er sich daran erinnerte, zu wem er geworden war.

Tränen stiegen ihm in die Augen, als er seinen Vater ansah. „Danke“, brachte er mühsam heraus.

„Nachdem du zum Studium abgereist bist, hat er jahrelang in der Ecke gestanden, direkt neben deinem Bett, so wie du ihn immer aufbewahrt hast. Wir haben ihn nie weggestellt. Aber als ich für unsere Rückkehr in die Staaten unsere Sachen zusammenpackte, habe ich ihn in eine der Kisten gesteckt. Wir haben ihn immer in die Gemeinden mitgenommen, wenn wir Vorträge gehalten haben. Wir zeigen ihn den Gemeinden, weißt du. Aber ich möchte, dass du ihn zurückbekommst. Er gehört dir.“

Peter brachte keinen Ton heraus. Immer wieder schluckte er, um die Tränen zurückzuhalten. Tausend Erinnerungen überfielen ihn – wie er in der Steppe mit seinen Freunden trainiert hatte, an die Tiere, die er erlegt hatte, an den großen Moment, als er den Löwen tötete. Der Speer hatte ihn überallhin begleitet, er hatte immer in seiner Hand gelegen und es war, als wäre er ein Teil seines Körpers gewesen.

Er drehte sich um und betrachtete im Laternenlicht die blätterförmige Spitze. Er hatte das Gefühl, als hätte diese Spitze geradewegs sein Herz durchbohrt.

„Peter", sagte sein Vater langsam, „das mit dem Gewehr tut mir Leid."

„Nein, Dad . . ."

„Es gab vieles an dir, das ich nicht verstanden habe. Vielleicht habe ich mir nicht genug Mühe gegeben, dir zuzuhören. Ich wollte dir alles geben, aber wenn ich dich jetzt sehe, dann denke ich, ich habe dir nur Verluste bereitet – Dinge, die du wolltest und brauchtest . . . und nie bekommen hast."

Erstaunt über diese Worte seines Vaters, Worte, von denen er sich sicher gewesen war, dass er sie nie hören würde, spürte Peter, wie die tiefe Wunde in ihm zu heilen begann. Als die Worte seines Vaters die zornige, rote Stelle in seinem Herzen erreichten, wo so viel Verletzung gewesen war, wollte Peter seinem Vater ebenfalls entgegenkommen.

„Dad, ich sollte mich wegen des Gewehrs entschuldigen. Ich wusste nicht, wie viel Arbeit du in dieses Gewehr investiert hattest und dass es etwas aus deiner eigenen Kindheit war, das du versuchtest, an mich weiterzugeben. Ich habe nur meine Enttäuschung gesehen. Und meinen Zorn." Er umklammerte seinen Speer. „Es tut mir Leid, dass ich das Gewehr zerbrochen habe, das du für mich gemacht hattest. Es tut mir Leid, dass ich es verbrannt habe."

Don nahm seine Brille ab, aber dieses Mal fuhr er sich über die Augen. „Nun, auf jeden Fall behältst du jetzt deinen Speer. Das war sowieso die bessere Waffe für dich. Gott gibt uns immer das, was wir tatsächlich brauchen, auch wenn der Prozess manchmal wehtut."

Peter sah seinem Vater ins Gesicht und er spürte, wie die Wunde wieder zu eitern begann. „Was meinst du, Dad? Manchmal hatte ich das Gefühl, dass du in einer Sprache sprichst, die ich nie gelernt habe."

Don nickte. „Seltsam, nicht? Du hast deine Massai-Freunde verstanden und jahrelang hast du Suaheli gelernt. Aber wenn Gott gesprochen hat, schien das ein Rätsel für dich zu sein."

„Nicht immer", erwiderte Peter. Er dachte an seine Erfahrung unter der Palme am Strand. Dieser Kindheitsglaube war real gewesen, dessen war er sich sicher. Aber er hatte ihn zusammen mit all den anderen Dingen begraben, die zu schmerzlich und zu verwirrend für ihn waren. Und jetzt wollte er zum ersten Mal das Risiko eingehen, seinem Vater zu zeigen, was schon so lange in ihm verborgen war. „Ich weiß, was du, Mom und die anderen denken. Ihr glaubt nicht, dass ich Christ bin. Ihr glaubt, ich sei in gewisser Weise ein Heide. Aber das bin ich nicht. Ich glaube sehr wohl an Jesus. Es ist nur, dass so viel Schmerz in mir aufsteigt, wenn ich über den Glauben nachdenke. Ich habe zu viele Fragen, da ist zu viel Zorn."

„Du willst dein Herz nicht ausliefern. Und deshalb erlebst du nicht die Fülle der Erlösung."

„Genau das versuche ich doch dir zu sagen." Peter kämpfte gegen den Drang an, seinen Vater anzuschreien. *„Das Herz ausliefern* – was bedeutet das? *Die Fülle der Erlösung* – es ist, als wäre das ein religiöser Code, der mir das Gefühl gibt, ein Außenseiter zu sein. Sprich doch wie ein realer Mensch, Dad!"

„Ein realer Mensch?" Don dachte eine Weile nach. Dann setzte er sich auf eine nasse Bank und winkte seinen Sohn zu sich heran. *„Oyiote?"*, fragte er.

Peter wusste um die bekannte Frage als Beginn jedes Massai-Rätsels. *Oyiote* bedeutete: „Bist du bereit?". Er zuckte die Achseln und hockte sich nach Art des Kriegers neben seinen Vater, den Speer an der Seite.

„E-ewo", erwiderte Peter, die übliche Antwort, die bedeutete: „Es ist gekommen."

Don schwieg eine Weile und Peter wurde zu den unzähligen Abenden zurückversetzt, die er im Haus der alten Frau, im Haus von Ko-ko-o, verbracht hatte. Sie war ihm und seinen Schwestern wie eine Großmutter gewesen. Erwachsene und Kinder setzten sich um das Feuer und lauschten auf den Regen, der auf das Dach der mit getrocknetem Dung verputzten Hütte prasselte. Dann begann der eine oder andere Massai langsam zu sprechen, erzählte Geschichten, Witze, Rätsel, bis Peter und die anderen Kinder so müde waren, dass sie in ihre Häuser getragen werden mussten. Von allen wertvollen Erfahrungen seiner Kindheit waren dies die kostbarsten gewesen. Eine Welle von Heimweh erfasste ihn.

„*Kilikuai oshe kop*“, sagte sein Dad.

Peter sah auf. Er war erstaunt, dass sein Vater sich an dieses Rätsel erinnern konnte. Aber natürlich, Don Mossman hatte genauso in der Massai-Kultur gelebt wie er. Sein Eingeständnis, dass auch er Afrika vermisste, baute eine Brücke zwischen ihnen. „Es gibt eine Botschaft, die sich über die Welt erstreckt“, bedeuteten die Worte.

Und Peter kannte die Antwort. „*Enkoitoi*“, flüsterte er. „Ein Weg.“

Dad lächelte und nickte. Er fuhr langsam auf Maa fort. „Du bist auf einem Weg, mein Sohn. Dein Weg erstreckt sich durch die Welt, über viele Meere. Stimmt das nicht?“

„*Ee, neijia*“, antwortete Peter. „Ja, so ist es.“

„Dein Weg hat dich zu den *Massaini*, in das Land der Massai geführt. Dort bist du viele Jahre geblieben. Ich bin auch viele Jahre dort geblieben und jetzt bin ich ein Ältester. Stimmt das nicht?“

„*Ee, neijia*“, erwiderte Peter erneut mit leiser Stimme. Er wusste, dass sein Vater älter geworden war, aber irgendwie hatte Peter es versäumt, ihm die Ehrerbietung zuteil werden zu lassen, die einem Stammesältesten zusteht. Als er seinen Vater Maa sprechen hörte, erschien er ihm plötzlich in einem anderen Licht und er empfand einen neu gefundenen Respekt vor den Jahren der Erfahrung des älteren Mannes und vor seiner größeren Weisheit. So wie er es im Massai-Dorf am Feuer getan hatte, hörte Peter zu – sehr aufmerksam.

„Der Älteste muss alle Regeln des Stammes kennen und verstehen, damit er über sein Volk zu Gericht sitzen kann. Er muss die Kunst der Zunge und die Weisheit des Geistes an Stelle des Speers einsetzen.“ Dad deutete auf die Waffe in Peters Hand. „Und das ist, was meine Zunge dir sagen möchte, mein Sohn. Du weißt, bei den Massai ist es Sitte, dass alles Unrecht bezahlt werden muss. Wenn jemand eine Ziege oder ein Schaf stiehlt, muss er mit einem zweijährigen Kalb bezahlen. Stimmt das nicht?"

„Ee, neijia", antwortete Peter.

„Aber wenn der Dieb gesteht, bevor er erwischt wird, kann er um Vergebung bitten, indem er *Muro*, ‚Gnade' sagt. Er muss trotzdem bezahlen, aber vielleicht nur ein Mutterschaf. Und wenn jemand eine Kuh stiehlt, wird die Strafe sehr viel härter ausfallen. Für dieses Verbrechen muss er sieben Kühe bezahlen. Und wenn eine gestohlene Kuh trächtig ist, wird es noch mehr sein, weil das ungeborene Kalb dazugezählt wird. Und was passiert, wenn jemand einem anderen einen Knochen bricht oder einen Zahn ausschlägt? Dann muss er ein Mutterschaf bezahlen. Aber wenn er einen anderen Menschen tötet, muss er sich verstecken, damit die Verwandten des Toten ihn nicht aus Rache töten. Später, wenn er aus seinem Versteck kommt, muss er 49 Stück Vieh bezahlen, denn das ist die Strafe für seinen Mord. Und so, mein Sohn, kannst du sehen, dass für jedes Unrecht, das auf der Welt begangen wird, eine Bezahlung geleistet werden muss. Wenn die Bezahlung nicht geleistet wird, ist derjenige, der das Unrecht begangen hat, verflucht. Ist es nicht so?"

„Ee, neijia."

„Jeder Mensch begeht Unrecht mit seiner Hand, das ist eine wohl bekannte Wahrheit. Aber es gibt noch eine andere Wahrheit. Das Unrecht lebt im Menschen. Es gibt viel davon. Dazu gehören Lüge, Stolz, Jähzorn, Gerüchte weitergeben, Respektlosigkeit den Ältesten gegenüber, der Wunsch, sexuelle Regeln zu missachten und vieles andere. Die Massai sagen zum Beispiel: *Moti nayier esayiet enkutuk* – ‚Ein zorniger Mund ist ein Topf, in dem Gift gekocht wird.' Mein Sohn, jeder Mensch ist von Gift erfüllt auf eine Art, die die Bezahlung von Schafen oder Vieh nicht wieder gutmachen kann. Es ist ein Gift, das den Menschen von seinem Schöpfer trennt, von dem Gott, der ihn erschaffen hat, und darum ist der Mensch verflucht. Kein Opfer ist groß genug, um all das Unrecht, das der Mensch begeht, abzudecken. Stimmt das nicht?"

Peter neigte respektvoll den Kopf. Er kannte die Antwort. *„Papaai"*, sagte er, „mein Vater. Du hast Unrecht. Es gibt bereits ein Opfer, das groß genug für alles Unrecht des Menschen ist."

„*E-sipa*", erwiderte Dad. „Wahr gesprochen. Und dieses Opfer war keine Kuh, eine Ziege oder ein Schaf. Dieses Opfer war *Kristu*, der Sohn Gottes. Gott, dem Unrecht geschehen ist, hat die Strafe für diejenigen beglichen, die nicht bezahlen können. Er hat seinen Sohn auf die Erde geschickt, damit er das größte Opfer wird. Du hast gesagt, du glaubst an Kristu, mein Sohn. Und doch muss ich dir sagen, dass glauben nicht genug ist."

„Was meinst du, *papaai*?" Peter hatte das Gefühl, die Wunde in seinem Herzen freigelegt zu haben. Er wollte, dass die Heilung einsetzte, er wollte die Worte seines Vaters hören, wollte versuchen zu verstehen. Wie ein Impala, das im Gras lag und so seinen weichen Bauch freilegte, fühlte er sich verletzlich und sogar ängstlich. Und doch wollte er sich nicht mehr länger verstecken. Er wollte die Antwort auf diese Rätsel verstehen, die ihn sein ganzes Leben lang verwirrt hatten. Warum reichte der Glaube nicht aus? Was gab es mehr?

„Ein Mensch muss mehr tun als glauben, dass 49 Kühe die Strafe für einen Mord sind. Er muss diese Kühe in sein eigenes Dorf bringen. Sie müssen Teil seiner Herde werden, mit ihm und seiner Familie leben und ihnen die Nahrung an Milch, Blut und Fleisch geben, die er braucht. So muss auch jeder Mensch Kristu in sein Leben aufnehmen, sich ihm vollkommen ausliefern und erkennen, dass er ohne Kristu nicht leben kann. Er muss der Führung Kristu folgen, seine Nahrung bei ihm suchen und ihn anbeten, weil er Gott ist. Verstehst du diese Worte, mein Sohn?"

Peter starrte den nassen Asphalt unter seinen Füßen an. Dies war nicht der staubige, festgetretene Boden eines Massai-Dorfes. Und doch verstand er zum ersten Mal im Leben richtig, wer Jesus war und was er getan hatte. Er verstand das Opfer, die Strafe für das Unrecht der Menschen. Das Unrecht, das Peter getan hatte. Nicht Mord und Diebstahl oder körperliche Gewaltanwendung, sondern das Unrecht, von dem sein Vater gesprochen hatte, das Böse, das in ihm lebte und ihn von Gott trennte. Und was genauso wichtig war, er wusste jetzt auch, dass der Glaube allein nicht ausreichte. Es war viel einfacher, als Heilung für die Wunde in seinem Herzen zu finden oder die Tür zu seinem Kindheitsglauben zu öffnen. Er musste Christus in sein Leben aufnehmen, die Kontrolle über sein Leben an Gott abgeben.

„Ich verstehe", sagte Peter auf Englisch. „Du hast es auf eine Art erklärt, die ich verstehen kann."

„*King'as Olemaayi nikintoki oleng'eno*", erwiderte Dad. „Anfangs sind wir töricht, doch später werden wir weise."

Peter lächelte. Das war ein bekanntes Sprichwort. „Ich bin ziemlich dumm gewesen."

„Und nun da du meine Worte verstehst, kann deine Weisheit einsetzen. Bist du bereit, das Opfer Christi anzunehmen, ihn in dein Leben aufzunehmen und ihm die Kontrolle darüber abzutreten?"

Ein seltsames Gefühl machte sich in Peter breit. Das Opfer annehmen ... Christus in sein Leben aufnehmen ... die Kontrolle abgeben ... es wurde höchste Zeit. „*Ee, papaai*", antwortete er. „Ja, mein Vater." Er schloss die Augen und umklammerte seinen Speer. „Gott, ich bin voller Unrecht", flüsterte er in der Maa-Sprache. „Ich kann die Strafe für alle meine Sünden nicht bezahlen. Es sind zu viele und sie sind zu groß. Ich danke dir, dass du deinen Sohn Kristu geschickt hast, damit er mit seinem Leben die Strafe bezahlt, die ich nicht bezahlen kann. Ich nehme dieses Opfer als Bezahlung für mein Unrecht an und ich bitte dich, in mein Leben zu kommen und für immer in mir zu wohnen. Ich unterwerfe mich deinem Willen, Gott."

„*Naai*", sagte sein Vater. „So sei es."

„Ich bete dich an."

„*Naai.*"

„Ich diene dir."

„*Naai.*"

„Du sollst meine Nahrung sein."

„*Naai.*"

„Ich folge deiner Führung über den Pfad, der mein Leben ist. *Eesai*, Amen." Peter öffnete die Augen und sah, dass sein Vater weinte. Es gab noch etwas, das Peter tun musste. Er hockte noch immer auf dem Gehweg neben seinem Vater. Er riss ein Grasbüschel aus dem Rasen und hielt es seinem Vater hin. Es war die Geste der Massai, um Vergebung zu bitten.

„Oh Peter“, sagte Dad und nahm das Gras, umklammerte es ganz fest. „Du musst mich nicht um Vergebung bitten.“

„Ich habe nicht nur Gott unrecht getan“, erklärte Peter. „Ich habe auch dir unrecht getan. Seit Jahren erweise ich dir und Mom nicht den Respekt, der euch zusteht. Ich habe nicht versucht, euch zu verstehen. Und in meinem Herzen war viel Zorn.“

„Ganz bestimmt sind wir keine perfekten Eltern gewesen, Peter.“

„Ja, nun, ich weiß, als ich klein war, habe ich euch viel Ärger gemacht.“

„Du kennst das alte Sprichwort: *Aimenye marmali anaa menye maata*? Was würdest du lieber sein, der Vater des Unglücklichen oder der Vater von niemandem?“ Dad legte den Arm um seinen Sohn. „*Menya marmali.* Ich wäre lieber dein Dad als irgendetwas anderes auf der Welt.“

Schweigend saßen sie auf der Bank und beobachteten, wie die Wolken an dem Mond vorbeizogen. Sie lauschten den Regentropfen, die von den Blättern zu Boden tropften. Peter drehte seinen Speer um und betrachtete ihn nachdenklich. Das glatte afrikanische Olivenholz in seiner Hand zeigte ihm, dass so wie sein Vater ein Ältester war, auch er einen Platz im Stamm hatte – im Leib Christi. Er war ein Krieger. Die Rolle des Ältesten war, Recht zu sprechen und Ordnung zu halten. Die Aufgabe des Kriegers war, seinen Speer zu gebrauchen, nicht um zu zerstören, sondern um Gutes zu tun. Um für die Wahrheit einzutreten. Um die Schwachen zu verteidigen. Um für das zu kämpfen, was richtig war. Als Krieger konnte Peter den Zorn in sich für gute, von Gott gegebene Ziele einsetzen.

Peter wusste, die Tatsache, dass er sein Leben Christus anvertraut hatte, erstickte nicht die Sehnsucht nach Afrika in ihm. Aber die Dinge erschienen ihm jetzt so klar wie seit Jahren nicht mehr.

Nicht nur die Vergangenheit machte Sinn, auch dieser gegenwärtige Augenblick war klar und real. Und das bedeutete, dass die Zukunft nicht ignoriert werden konnte. Wenn Christus in ihm lebte, dann war eine Veränderung möglich. Er konnte sich nicht vorstellen, wie sie vonstatten gehen sollte, und er hatte keine Ahnung, wie er sich verändern würde. Er wusste kaum, wo er anfangen sollte.

Aber darum ging es doch, nicht? Er trug nicht mehr die Verantwortung. Was wollte Gott von ihm? In einer fast blendenden Vision stand ihm ein Gesicht vor Augen – Maria, seine Frau.

„Ich muss Maria anrufen", sagte er. „Ich muss mit ihr sprechen. Ich kann nicht zulassen, dass mein Sohn ohne mich aufwächst."

„Tu das. Und ich gehe hoch und sehe, wie es Deborah geht."

Sie erhoben sich und umarmten sich. Während sein Vater zum Krankenhaus zurückging, eilte Peter zu der Telefonzelle, die er vor dem Gebäude entdeckt hatte. Schnell gab er die Nummer von Marias Zuhause ein.

Während das Telefon in New Mexico läutete, schloss Peter die Augen und sprach mit dem Geist Gottes, der in sein Leben gekommen war. „Bitte, Herr", murmelte er, „lass Maria dran sein." Er wusste nicht, was er tun sollte, falls seine Schwiegermutter sich wieder weigerte, ihn mit seiner Frau sprechen zu lassen.

„*Hola*?"

Es war nicht Maria. „Hallo, hier spricht Peter Mossman – bitte leg nicht auf!"

„Pedro?" Die Stimme klang vertraut.

„Abuela?" Marias Großmutter. Noch besser! „Bist du das?"

„Ja, Pedro, ich bin es."

„Abuelita, bitte lass mich mit Maria sprechen. Ich muss ihr etwas Wichtiges sagen."

„Du kannst sprechen, Pedrito. Aber Maria ist nicht hier. Sie ist im Haus ihrer Cousine und macht Tamales. Sag mir, was du meiner kleinen Maria mitzuteilen hast."

„Abuelita, bitte richte Maria aus, es tut mir Leid, dass ich ihr so viel Schmerz zugefügt habe. Ich weiß, dass ich viel falsch gemacht habe. Willst du ihr das von mir bestellen? Bitte, Abuelita, wirst du mit Maria über mich sprechen? Wirst du ihr sagen, dass ich sie liebe und sie bitte, mir noch eine Chance zu geben?"

Am anderen Ende der Leitung wurde es eine Zeit lang still. Schließlich sprach die alte Frau wieder. „Ich werde Maria ausrichten, was du gesagt hast."

Bevor er antworten konnte, wurde aufgelegt. Er wandte sich vom Telefon ab und entdeckte seine Schwester, die durch die Tür des Krankenhauses nach draußen trat.

„Hey, Peter!", rief sie und winkte ihm zu. „Debbie ist aus dem Aufwachraum wieder auf ihrem Zimmer. Sie sieht viel besser aus!"

Immer eine Optimistin, dachte er. Er ging auf sie zu.

„Peter, was hast du denn da? Ist das dein Speer?"

Sie blieb auf dem Gehweg stehen. „Tatsächlich! Woher hast du ihn? Oh, das ist ja wirklich seltsam!"

„Dad hatte ihn in seinem Kofferraum. Sie haben ihn zusammen mit den anderen Kuriositäten mit sich herumgeschleppt."

„Im Ernst?" Sie nahm den Speer in die Hand. Dann reichte sie ihn ihm zurück. „Du siehst genauso aus wie früher, als du ein Kind warst. Ganz genauso."

„Aber ich bin anders", widersprach er.

Sie legte den Kopf zur Seite und starrte ihn an. „Kann sein." Dann zuckte sie die Achseln. „Hör zu, Mom und Dad werden noch ein paar Minuten bei Debbie bleiben, bis sie eingeschlafen ist. Dann kehren sie nach Lebanon zurück. Würdest du mich bitte zu Debbies Haus fahren? Ich bin vollkommen fertig."

„Komm, große Schwester", sagte er und legte den Arm um ihre Schultern. „Ich habe ein Lied für dich."

Leise summte er die Melodie eines Segensliedes der Massai. Doch als er zu singen begann, stimmte seine Schwester mit ein, und die Worte sprachen auch ihm den Segen zu.

„Miliyau sii iyie Enkai
Möge Gott dich zurückbringen
Taa oipotori
Mögest du der Eine sein, über den die Menschen reden
Oipotoo Massai
Einer, von dem die Massai reden
Oipotoo Ashumba
Einer, von dem andere Menschen reden

Meiruko Enkai olekukuya
Möge Gott dieses Gebet hören
Meiruko emagilani
Lass uns einander tragen
Entoiki olari
Lass uns viel Zeit hervorbringen
Entoiki olmeynaai
Gib uns Ernte in der Zeit des Hungers
Naai!
Oh Gott, höre unser Gebet!“

Kapitel 14

Peter hatte seinen Speer wieder. Mom und Dad hatten versprochen, gegen zehn Uhr am folgenden Morgen, unmittelbar nach dem frühen Gottesdienst in ihrer Gemeinde, ins Krankenhaus zu kommen, und Debbie bekam ein neues Antibiotikum und schlief wieder. Julia steckte sich ein Sofakissen in den Rücken und fragte sich, warum es ihr nicht besser ging. Irgendwie war sie innerlich ruhelos und wach und das lag nicht an den Babys. Sie fuhr mit der Hand über ihren dicken Bauch und seufzte.

Sie waren nun schon seit einer Weile wieder in Debbies Haus, aber weder sie noch Peter hatten schlafen können. Als sie aus dem Schlafzimmer gekommen war, hatte er im Sessel gesessen und in der Bibel gelesen. Peter las in der Bibel? Wenn sie das nicht beunruhigte, dann wusste sie auch nicht, was es war.

Sie hatte sich auf der Couch ausgestreckt und fragte sich, ob sie das Fernsehgerät einschalten oder eine Zeitschrift lesen sollte. Doch stattdessen starrte sie die Gemälde an der Wand an und fühlte sich elend.

Eine Stunde zuvor hatte sie mit Mike gesprochen. Er und die Mädchen vermissten sie, sagten sie. Aber um ehrlich zu sein, alle schienen ganz gut ohne sie auszukommen. Sie hatten sich einen bequemen Rhythmus geschaffen, aßen viel auswärts und wechselten sich mit der Wäsche ab. Tagelang hatte niemand daran gedacht, das Katzenklo zu reinigen, aber der Geruch hatte sie schließlich daran erinnert, und Heather hatte sich sogar freiwillig bereit erklärt, diese Aufgabe zu übernehmen. Jessica hatte neulich einen Kuchen gebacken und Lasagne gemacht.

Julia schüttelte die Couchkissen auf. Warum nur konnte sie sich nicht entspannen? Und warum las Peter überhaupt in der Bibel?

„Was machst du?", fragte sie und verrenkte sich, um ihn anzusehen.

„Ich zeichne."

„Ich dachte, du würdest lesen."

„Nein."

„Und was zeichnest du?"

„Dich."

„Mich?" Sie rappelte sich in Sitzposition hoch. „Peter, du sollst mich nicht zeichnen. Ich sehe aus wie ein Walfisch."

„Nein, tust du nicht. Du siehst aus wie eine Massai-Frau."

„Was?" Sie stand auf, ging zu seinem Stuhl hinüber und sah auf seinen Skizzenblock hinunter. Die groben Umrisse einer jungen Massai-Frau waren auf dem Papier zu erkennen. Sie saß gegen die Wand ihres mit Lehm verputzten Hauses gelehnt, die Füße vor sich ausgestreckt und ihre Schwangerschaft war unter dem gefleckten Gewand gut zu erkennen.

„Peter, das ist sehr gut."

Er versetzte ihr einen kleinen Stoß. „Setz dich hin, Jules. Du weißt, ich hasse es, wenn man mich beim Zeichnen beobachtet. Setz dich auf die Couch und leg deine Füße auf den Couchtisch. Und beweg dich nicht."

„Ich dachte, du hättest gesagt, du würdest neuerdings nicht mehr viel zeichnen."

„Und sei still."

Stirnrunzelnd tat sie, was er ihr gesagt hatte. *Peter ist ein guter Künstler*, dachte sie, während sie dasaß und versuchte, wie eine Massai-Frau auszusehen. *Wieso arbeitet er als Postbote? Er sollte seine Kunst irgendwie nutzen. Vielleicht kann er ans College zurückkehren und einen Abschluss machen. Dann könnte er unterrichten.*

Aber wer war sie, dass sie jemandem sagen konnte, was er mit seinem Leben tun sollte? Sie wollte schon so lange Krankenschwester werden. Und jetzt, gerade als die Erfüllung ihres Traums in greifbare Nähe gerückt war – Überraschung! Sie fuhr sich mit den Fingerspitzen über den Bauch.

Nun, meine Süßen, dachte sie, *ihr werdet mit einer alten, verkalkten Mami festsitzen, die ihr gar nicht richtig brauchen werdet. Oder vermissen werdet, wenn sie tot ist. Und vermutlich werdet ihr in irgendeiner hinterwäldlerischen Stadt in Wyoming aufwachsen, weil euer Dad es satt hat, Jugendpastor zu sein.*

Sie starrte auf ihre Zehennägel. „Warum hast du in der Bibel gelesen, Peter?"

„Sei still. Ich versuche mich zu konzentrieren."

„Sag mir nur das Eine."

„Ich möchte wissen, was in der Bibel steht."

„Das hast du doch schon Millionen Male gehört."

„Ja, aber ich habe nicht zugehört. Ich glaubte einfach, was ich glauben wollte, und habe den Rest ignoriert. So hat es aber nicht funktioniert. Gott hat uns die ganze Bibel gegeben, wir können uns nicht einfach etwas herauspicken. Ich muss herausfinden, was tatsächlich in der Bibel steht – nicht nur, was ich glauben wollte."

Julia starrte ihn an. Sprach da ihr Bruder?

Peter sah sie an. „Erinnerst du dich noch an diese kleinen Metalldinger, die von den Ketten herabhingen? Wie waren sie noch geformt?"

„Dreiecke. Wie Pfeilspitzen." Sie hielt einen Augenblick inne. „Peter?"

Er blickte sie stirnrunzelnd an. „Julia, würdest du bitte den Mund halten? Ich habe lange nicht zeichnen können und ich muss mich jetzt wirklich konzentrieren. Also bitte sei still."

Sie verschränkte die Arme über dem Bauch und nahm die Untersuchung ihrer Zehennägel wieder auf. Wie lange war es her, seit sie sie nicht mehr lackiert hatte? Wo sie gerade dabei war, hatte sie sie jemals lackiert? Sie war ein so langweiliger, traditioneller Niemand. Seit der Highschool trug sie dieselbe Frisur. Die meisten ihrer Kleider waren schon fünfzehn Jahre alt. Nie hatte sie beim Kochen experimentiert und nur selten probierte sie etwas Neues aus. Sogar ihr Garten sah Jahr für Jahr gleich aus. Warum musste sie immer das Richtige tun? Warum tat sie immer, was die Leute von ihr erwarteten? Sie war so vorhersehbar, das machte sie einfach krank.

„Weißt du, was mir gerade klar geworden ist?", fragte Peter. „Du bist hübsch."

„Pah."

„Im Ernst, Jules, du hast ein klassisches Gesicht. Sehr hübsche Linien. Du solltest dein Haar hochstecken. Oder kurz schneiden lassen. Du hast ein schönes Kinn."

„Ja, und ich sollte meine Zehennägel rot lackieren."

„Sicher."

„Sicher." Sie starrte auf ihre Füße. „Und Krankenschwester werden."

„Warum nicht? Du könntest doch wieder aufs College gehen."

„Hast du das hier vergessen?" Sie deutete auf ihren Bauch. „Ich werde meine Kinder nicht in eine Tagesstätte geben oder eine Kinderfrau einstellen oder so etwas. Das wenigstens habe ich auf dem Internat gelernt. Ob es nun gut für diese Kinder ist oder nicht, sie müssen mit mir vorlieb nehmen."

„Ach ja? Du musst doch nicht 24 Stunden am Tag im College sein. Du könntest zum Beispiel die Abendseminare besuchen und die Babys bei Mike lassen."

„Mike ist abends meistens unterwegs."

„Dann gehst du eben tagsüber. Was ist denn heute Abend nur mit dir los, Julia? Du bist so schrecklich brummig."

„An meiner Stelle wärst du auch brummig. Verstehst du denn nicht? Ich stecke fest. Ich stecke fest, fest, fest! Ich habe meine Entscheidungen getroffen und stecke jetzt damit fest. Ich stecke fest mit Mike und seiner Lebenskrise. Ich hänge fest mit zwei Teenagermonstern. Ich hänge fest mit diesen beiden Babys. Und ich hänge fest mit meinen blöden nicht lackierten Zehennägeln!"

Sie hievte sich aus dem Sessel. „Ich gehe jetzt ins Bett. Du kannst deine Zeichnung ohne mich fertig stellen."

Während sie zum Schlafzimmer marschierte, hörte sie Peter hinter sich. „Du hängst bloß fest, weil du dich wie ein Fußabtreter verhältst!"

„Ich bin kein Fußabtreter!", rief sie und knallte die Tür hinter sich zu.

„Bist du doch!", sagte er. Sie hörte, dass er auf die geschlossene Tür zukam. „Das hast du neulich selbst gesagt. Und es stimmt. Du bist ein Fußabtreter. Du lässt zu, dass alle über dich hinwegtrampeln, und das war schon immer so. Und weißt du auch, warum? Ja?"

„Halt den Mund, Peter!" Sie ließ sich auf das Bett sinken und griff nach der Schachtel mit den Papiertaschentüchern. „Halt einfach den Mund!"

„Du bist ein Fußabtreter, weil du meinst, dass du das als Christ sein müsstest!"

„Tu ich nicht!"

„Tust du doch. Du denkst, du müsstest immerzu nett, freundlich, willig und unterwürfig sein, weil Christus das so wollte. Genau das denkst du."

„Und was weißt du schon darüber, wie Christen sich verhalten sollen, Peter? Hä? Sag es mir!"

Stille auf der anderen Seite der Tür. Julia zog ein Taschentuch aus der Schachtel und betupfte ihre feuchten Wangen. Das hätte sie nicht sagen sollen. Sie hätte heute Abend überhaupt nichts sagen sollen. Sie schluckte ihren Zorn hinunter und betete, Gott möge ihr vergeben, dass sie sich über die neuen Babys, ihren Mann und ihr Los im Leben geärgert hatte. Sie hatte so viel bekommen. So sehr viel!

„Jesus war kein Fußabtreter! Er war ein Krieger!", brüllte Peter, riss die Tür auf und platzte in ihr Schlafzimmer. Seinen Speer hielt er hoch erhoben wie Mose seinen Stab. „Er hat die Geldwechsler aus dem Tempel vertrieben. Er trat für die Frau ein, die wegen Ehebruch gesteinigt werden sollte. Wenn die Menschen ihm knifflige Fragen stellten, gab er knifflige Antworten. Er hat viele mutige Dinge getan. Jesus war kein Feigling und du, Julia Mossman Chappell, du brauchst auch kein Feigling zu sein!"

„Ich wurde als Feigling erzogen", verteidigte sich Julia. „Ich bin mein ganzes Leben lang ein Feigling gewesen und ich werde es immer sein. Und rede mit mir nicht über Jesus, denn du weißt gar nichts über ihn."

„Doch, ich weiß das wohl! Dad hat es mir heute Abend erklärt und endlich habe ich es kapiert. So, ich bin genauso Christ wie du und Christen brauchen keine Feiglinge zu sein!"

„Nun, aber Christen können nicht immerzu kämpfen und schreien!" Sie konnte kaum glauben, dass sie ihren Bruder anbrüllte. Zum ersten Mal in ihrem Leben brüllte Julia jemand anderen außer der Klebstoffdame an. Und je mehr sie brüllte, desto mehr spürte sie, wie die so lange vergrabenen Funken des Zorns in ihr aufloderten. „Was ist mit dem Gebot, *einander zu lieben*?“, fragte sie herausfordernd. „Was ist mit dem Gebot, *freundlich zueinander zu sein?* Was ist mit dem Gebot, *ehre Vater und Mutter . . .*“

„Ja, was ist damit? Du kannst die Menschen lieben und freundlich zu ihnen sein, ohne dich selbst in einen Wurm zu verwandeln.“

„Nun, vielleicht gefällt es mir, ein Wurm zu sein! Ist dir dieser Gedanke je gekommen? Ich bin richtig gut darin! Ich habe jahrelange Übung.“

„Prima, sei ein Wurm. Aber beschreibe das nicht als christliches Verhalten. Denn ich bin ein Christ und ich bin kein Wurm.“

„In Ordnung, Hitzkopf, was bist du denn?“

„Ich bin ein Krieger.“ Er klopfte mit dem Speer auf den Boden, um seine Worte zu unterstreichen. „Krieger kämpfen. Krieger stehen für das Recht und die Wahrheit ein. Krieger verteidigen die Schwachen.“

Er stand neben dem Bett und stimmte mit hoher Stimme die Kriegerhymne an:

„Abuaaki emutiy o endaruna

Ich werde in der Dämmerung wie auch im Morgengrauen rufen

olmurrani lai lenkila enkopiro

Ich, der Krieger mit dem schwarzen Gewand

Pee mejo Enkai memjo enkop

Damit weder der Himmel noch die Erde sagen können

Kalo ting'idai ele lemebuak ebuaki

Ich sei arrogant, weil ich nicht laut genug gerufen habe wie die anderen.“

„Du rufst laut genug, Peter!“, unterbrach Julia sein Lied. „Hör auf. Die Nachbarn werden die Polizei alarmieren.“

„Ich bin ein Krieger!“, rief Peter und klopfte mit seinem Speer auf den Boden.

„Also gut, du bist ein Krieger. Du bist ein christlicher Krieger! Und jetzt sei still!“

„Ich kämpfe für Wahrheit und Gerechtigkeit. Ich werde um die Liebe meiner Frau kämpfen und ich werde sie zurückgewinnen! Ich werde um meinen Sohn kämpfen! Ich weiß, wer ich bin – ich bin ein Krieger!"

„Hör auf, Peter!" Langsam machte er ihr Angst. „Das ganze Haus fängt an zu beben."

„Ich bin ein Krieger!"

„Du bist ein Postbote!"

Er sah sie an, atmete tief durch und ließ sich lachend aufs Bett fallen. „Du hast Recht! Ich bin Postbote. Ich bin ein kriegerischer Postbote. Oh Jules, verstehst du es denn nicht? Jetzt macht alles Sinn. Christen gehen den Weg Gottes. Sie tun, was er ihnen zu tun aufträgt. Sie hören auf seine Stimme und folgen ihm."

„Ich dachte, du hättest gesagt, du hättest Gottes Stimme noch nie gehört und du hofftest, du würdest sie auch nie hören."

„Ich höre ihn jetzt. Er sagt mir, dass ich ein Krieger bin."

„Du machst mir Angst, Peter."

„Sei auch ein Krieger, Julia."

„Ich bin eine Frau. Ich möchte kein Krieger sein."

„Nun, in dem Lied heißt es bestimmt nicht: ‚Vorwärts, Christi *Fußabtreter.*' Vielleicht sollst du kein Krieger sein, aber irgendetwas sollst du sein! Steh auf und sei, wer du sein sollst."

Sie sah ihn an. Noch nie in ihrem Leben hatte sie ihren Bruder so glücklich gesehen, so voller Freude. Was sie für sich schon so lange ersehnte, schien Peter jetzt zu erleben. Sie sollte sich darüber freuen. Aber sie fühlte sich sehr elend.

Peter erhob sich vom Bett und ging mit seinem Speer zur Tür. „Ich hab dich lieb, Julia", sagte er. „Ich bin froh, dass du meine Schwester bist. Und du bist ein guter Christ. Auch wenn du ein Feigling bist."

Als er die Tür hinter sich schloss, griff sie nach einem weiteren Taschentuch.

*

„Wo stecken sie nur?" Julia lief neben Debbies Bett hin und her. „Sie haben gesagt, sie würden gegen zehn Uhr hier sein. Sie haben es versprochen!"

„Vielleicht wurden sie nach dem Gottesdienst noch aufgehalten." Debbie zupfte an ihrem Laken. „Ich wette, sie haben sich noch mit Leuten unterhalten oder so etwas."

„Such keine Entschuldigungen für sie, Debs. Sie haben gesagt, sie würden kommen, und sie sollten jetzt hier sein."

Debbie sah zu ihrem Bruder hinüber, der aus dem Fenster in den Regen hinausstarrte.

Er zuckte die Achseln. „Mach dir keine Sorgen um Jules", riet er Debbie. „Ich glaube, es sind die Hormone." Nach der Auseinandersetzung mit Julia am vergangenen Abend hatte er gehört, wie sie abwechselnd geweint und mit Gegenständen durch den Raum geworfen hatte. Während er einerseits froh war, dass seine große Schwester endlich ihre ehrlichen Gefühle herausließ, machte er sich andererseits Sorgen um sie und ihre ungeborenen Babys. Er wünschte sich wirklich, Julia würde sich endlich beruhigen.

„Es sind nicht die Hormone", wandte Julia ein. „Debs, hör nicht auf ihn. Pete weiß gar nichts. Er sagt, ich sei ein Fußabtreter."

„Das bist du doch auch", erwiderte Debbie. „Aber ich habe dich immer gern in meiner Nähe gehabt."

„Ja, wir putzen uns gern unsere Füße auf dir ab, Jules", fügte Peter hinzu in der Hoffnung, sie mit einem Scherz aus ihrer schlechten Laune herauszuholen. „Mom und Dad auch. Deine Rolle in der Familie ist die des Fußabtreters."

„Peter, ich habe jetzt wirklich genug davon!"

Er lachte. Julia sah aus wie eine Dampflok, die sich im Raum herumwälzte und nirgendwo ankam. Er wusste nicht, warum sie sich so darüber aufregte, dass ihre Eltern zu spät kamen. Ihre Eltern waren noch nie pünktlich gewesen und Julia schien das nie etwas ausgemacht zu haben. Am Ende jedes Schulsemesters fuhren die Busse ab, die die Kinder zu ihren Eltern nach Zaire, Tansania oder irgendwo ans Ende der Welt brachten. Aber die Mossmans, die ihre Kinder selbst abholten, schienen immer erst zu kommen, wenn das Schulgelände schon ein oder zwei Stunden verlassen dagelegen hatte.

Peter erinnerte sich, wie wütend er immer geworden war, wenn sie verloren auf der Veranda des Verwaltungsgebäudes gestanden und auf die verheißungsvolle Staubwolke gewartet hatten, die ihnen sagte, dass der alte Land Rover unterwegs war. Aber die süße, gefügige Julia hatte sich nie etwas daraus gemacht. Sie hatte sich einfach eine Beschäftigung gesucht und gelegentlich hatte Peter sich ihr angeschlossen. Debbie dagegen hatte ihren Posten nie verlassen; sie hatte geschaut und gewartet, bis sie endlich rief: „Sie sind da! Sie sind gekommen! Sie sind gekommen!"

Er betrachtete seine kleine Schwester. Heute Morgen sah sie schrecklich aus. Ganz, ganz schlimm. Ihre Haut war durchscheinend und ihr Gesicht ausgemergelt. Das blonde Haarteil, das Ralph ihr von der Krebsstation geholt hatte, lag auf dem Tisch neben dem Bett. Unablässig zupfte sie an den Laken, als wäre ihr Gewicht zu schwer für ihren zerbrechlichen Körper.

Ein Klopfen an der Tür lenkte ihn von seinen Gedanken ab. Dr. Bryant kam ins Zimmer. „Guten Morgen, Deborah. Wie geht es Ihnen heute?"

Das Lächeln, das sie ihm schenkte, war beinahe Angst machend. „Mir geht es gut", erwiderte sie. „Wie geht es Ihnen, Dr. Bryant?"

„Mir geht es gut, aber ich mache mir Sorgen um Sie, junge Dame. Die Schwestern sagen mir, dass Sie eine schlimme Nacht hatten und dass Ihre Temperatur noch immer erhöht ist. Stimmt das?"

„Mir geht es gut."

„Deborah, ich muss Ihnen etwas sagen. Sie wissen, ich habe mit Dr. Baines gesprochen, einem Spezialisten für Essstörungen im Cox Medical Center unten in Springfield. Heute Morgen habe ich noch einmal mit ihm telefoniert und wir beide sind der Meinung, es sei besser, wenn wir Sie heute noch dorthin verlegen würden. Dr. Baines hat Ihre Art von Problemen bereits mit Erfolg behandelt. Er ist ein guter Arzt und ich denke, er kann Ihnen helfen, dass es Ihnen wieder besser geht."

Debbie senkte den Blick. „Mir geht es gut, Dr. Bryant. Ich möchte nicht nach Springfield verlegt werden."

„Ich weiß, dass Sie das nicht möchten, aber ich würde es Ihnen dringend raten. Wir machen uns Sorgen über Ihre Blutwerte. Um ehrlich zu sein, wir haben hier weder die Möglichkeiten noch die Spezialisten, um Ihnen die Hilfe zu geben, die Sie brauchen, Deborah. Ich möchte Sie ins Cox verlegen. Habe ich Ihre Erlaubnis, das zu tun?“

Peter spürte, wie sein Herz gegen seine Brust hämmerte. Das war kein kleinerer Rückfall. Der Arzt sagte ihnen, dass es mit Debbie nicht besser wurde. Dass sie umfangreichere Hilfe brauchte. Er beugte sich vor.

„Debs“, sagte er. „Ich denke, du solltest zustimmen.“

„Ach, Peter.“

„Du tust besser, was der Arzt sagt“, fügte Julia hinzu.

„Bitte, Debbie.“ Peter stand auf und nahm ihre Hand. „Komm schon. Eine Veränderung der Umgebung wird schön werden. Jules und ich kommen mit.“ Er blickte den Arzt an. „Wird sie in einem Krankenwagen hingebracht?“

„Nein!“, protestierte Debbie. „Ich werde nirgendwohin fahren. Ich werde mich nicht schon wieder in einen Krankenwagen legen lassen. Bitte zwingen Sie mich nicht dazu! Ich werde nicht zustimmen, wenn ich in einem Krankenwagen fahren muss. Ich hasse das!“

„In einem Krankenwagen wäre sie auf jeden Fall sicherer“, erklärte Dr. Bryant und sah Peter an. „Aber wenn wir nur auf diese Weise ihre Zustimmung bekommen, dann können Sie und Ihre Schwester sie natürlich auch nach Springfield fahren. Eine Krankenschwester wird ihren Infusionsschlauch für die Fahrt abnehmen. Debbie könnte sich auf den Rücksitz legen. Sie müssen sie natürlich auf dem kürzesten Weg ins Cox bringen. Das wird sie schon schaffen.“

„Siehst du“, sagte Julia. „Peter und ich werden dich hinfahren. Das wird Spaß machen. Ein Abenteuer.“

Peter blickte sie stirnrunzelnd an. Musste Julia denn in jeder Situation versuchen, ein fröhliches Gesicht zu machen? Das hier war kein Abenteuer. Dies war eine Fahrt in ein Krankenhaus mit einer sehr kranken Patientin. Aber er sah die Furcht in Julias Augen und er wusste, dass sie instinktiv versuchte, etwas Tröstendes zu sagen.

„Ja, ein Abenteuer“, bestätigte er. „Wie eine Safari. Komm schon, Debs. Lass es uns tun.“

Sie zupfte am Laken. „Also gut. Wenn ihr meint.“

Der Arzt wirkte erleichtert. „Ich werde im Stationszimmer Bescheid geben, dann können die Schwestern die Überweisungspapiere fertig machen. Wir werden Sie hoffentlich innerhalb von einer Stunde auf den Weg gebracht haben."

„Großartig." Julia marschierte zum Schrank und fing an, die Sachen ihrer Schwester zusammenzupacken. „Wenn wir jetzt nur noch Mom und Dad erreichen könnten, dann könnten wir ihnen sagen, sie brauchten gar nicht erst nach Bolivar zu kommen. Aber natürlich haben sie ja kein Handy. Das wäre zu extravagant und ihr wisst doch, gute Missionare sollen demütig und arm sein."

Peter sah den Arzt achselzuckend an und klopfte auf seinen Bauch, um ihm zu zeigen, warum seine Schwester so schlecht gelaunt war. Dr. Bryant lächelte und verabschiedete sich von Debbie, während Julia die Tasche packte.

„Wenn man Missionar ist", imitierte Julia die Stimme ihrer Mutter, „kann man seine Kleider nur im Ausverkauf oder im Secondhandladen kaufen. Während des Heimaturlaubs trägt man die ausrangierten Wintermäntel anderer Leute. Man wohnt in einem geborgten Haus." Sie hielt inne und sah Peter an. „Hey, Pete, erinnerst du dich noch an das Haus, in dem wir einmal gewohnt haben? Wir haben den Hund in der Badewanne gebadet und du hast dabei auf dem Waschbecken gesessen. Dadurch ist das ganze Waschbecken aus der Wand gebrochen."

„Ich erinnere mich", erwiderte Peter. „Das heiße Wasser ist nur so durchs Bad gespritzt."

„Tolle Häuser haben sie den Missionaren gegeben. Aber natürlich musste man dankbar sein, lächeln und immer freundlich sein. Erinnert ihr euch noch, was Mom uns immer gesagt hat? ‚Tut nichts, dessen wir uns schämen müssen.' Das war sie – die wichtigste Botschaft während unserer Kindheit. Seid immer gut, freundlich und perfekt. Seid die perfekten Kinder, die perfekte Familie. Und was ihr auch tut, verhaltet euch stets so, als hättet ihr kein Geld."

„Worüber regt Julia sich so auf?", flüsterte Debbie ihrem Bruder zu. „Ist das eine Art Scherz oder so etwas?"

„Es ist eine Stimmung, denke ich. Sie ist zornig."

„Zornig? Julia?"

„Gestern Abend ist sie sehr wütend geworden und heute Morgen ist sie noch immer wütend."

„Was hast du denn getan?"

„Ich? Warum bekomme ich die Schuld für alles, was in dieser Familie passiert?" Peter verschränkte die Arme. „Ich habe gar nichts gemacht."

„Natürlich hatten wir auch ausrangierte Weihnachtsbäume", fuhr Julia fort, während sie Debbies Kleider einpackte. „Die Reste der Leute und kaputten Weihnachtsschmuck. Ihre halb geschmolzenen Kerzen. Aber selbstverständlich waren wir dankbar, dankbar, dankbar. Oh, und dann haben sie sogar Kisten mit ihren abgetragenen Kleidern nach Afrika geschickt. Fleckige Blusen. Aufgerissene Säume. Jeans mit zerrissenen Knien. Erinnert ihr euch noch, wie wir diese Kisten von missionsbewussten Gemeinden bekommen haben und wir vor Freude schier verrückt waren? Hey, ich kann den verschwitzten Büstenhalter von jemand anderem anziehen. Yeppee!"

„Brauchst du Hilfe, Jules?", fragte Peter.

„Hey, worauf wartest du denn noch, Pete?", fuhr sie ihn an. „Du holst besser den Wagen zum Haupteingang, damit wir Debbie aus dem Rollstuhl hineinlegen können."

„Ist ja schon gut, ich gehe." Obwohl der Arzt angedeutet hatte, dass es mindestens noch eine halbe Stunde dauern würde, bis der notwendige Papierkram erledigt war, freute sich Peter, das Zimmer verlassen zu können. Es war, als hätte jemand in Julia einen Schalter umgelegt. Statt der gefälligen, freundlichen und liebevollen Schwester war plötzlich die böse Hexe des Westens über sie hergefallen.

Machte ihre Schwangerschaft ihr zu schaffen? Körperliches Unbehagen? Oder vielleicht kämpfte sie mit der Angst, zwei neue Kinder großziehen zu müssen, wo ihre anderen beiden bereits fast erwachsen waren. Sie hatte davon gesprochen, dass sie gern wieder aufs College gehen und Krankenschwester werden würde. Vielleicht nagte das an ihr. Was immer es war, Peter gefiel das nicht. Julia war die Nette in der Familie und sie in einer so sarkastischen, zornigen Stimmung zu erleben, machte ihm zu schaffen. Er fragte sich auch, ob er diese Stimmung ausgelöst hatte, indem er ihr gesagt hatte, sie müsse kein Fußabtreter sein. Na toll.

Er fuhr den Wagen zum Haupteingang, dann stieg er aus und setzte sich auf eine Bank. Vielleicht machte sich Julia ja Sorgen um Debbie. Das war auch kein Wunder. Trotz seiner guten Absichten konnte Peter nicht umhin, sich alle möglichen schlimmen Ausgänge dieser Situation vorzustellen. Und wo war dieser so genannte Freund, der schon seit Jahren mit Debbie befreundet war? Wo waren ihre Freunde? Ihre Sonntagsschulklasse? Ihre Mitarbeiter in der Boutique? Ja, sie hatte ein paar Blumensträuße bekommen und ein paar Leute hatten sie auch besucht. Aber in den vergangenen Tagen war Debbie scheinbar von allen Radarschirmen verschwunden.

„Ralph!" Der Anblick des kleinen Mannes mit seinem seltsamen grauen Schnurrbart besserte Peters Stimmung bedeutend auf.

Der Pfleger winkte ihm fröhlich zu. „Morgen, Peter!" Es nieselte, aber die Stimmung des Mannes schien sich durch nichts dämpfen zu lassen.

„Ich habe gedacht, Sie hätten heute dienstfrei."

„Ach, ich habe mich heute Morgen nach Miss Deborahs Befinden erkundigt und man hat mir von der Verlegung erzählt. Also bin ich herübergekommen. Ich wohne ganz hier in der Nähe – eigentlich auf der anderen Seite der Straße. Sie wird wieder in Ordnung kommen", beruhigte er Peter. „Ich bin sicher."

„Wie können Sie sicher sein? Debbie scheint immer schwächer zu werden." Peter blickte in die warmen braunen Augen des Mannes. „Es ist, als würde sie nicht einmal merken, was mit ihr passiert."

„Ihre Schwester hat viel mit mir über ihren Glauben gesprochen", erzählte Ralph. „Sie sagte, der Einzige, der ihr ganzes Leben lang bei ihr gewesen wäre, sei Jesus gewesen. Sie sagte, sie sei in der ganzen Welt herumgereist und manchmal hätte sie sich verirrt oder verwirrt gefühlt. Häufig wusste sie nicht, wer sie liebte – ob überhaupt jemand sie liebte. Aber immer hätte sie sich daran erinnert, dass Jesus in ihrem Herzen lebt und bei ihr ist, egal, was auch geschieht. Sie weiß, dass er sie liebt. Und darum weiß ich, dass alles gut werden wird."

„Aber Gott hat doch nicht versprochen, jede Krankheit zu heilen, Ralph", wandte Peter ein. „Darauf können wir nicht bauen."

„Oh, ich meine nicht, dass sie wieder gesund wird. Darauf kenne ich die Antwort nicht. Miss Deborahs Körper ist ziemlich mitgenommen. Aber es wird trotzdem alles gut werden. Als meine Frau krank war, hat sie mir gesagt, es sei egal, ob ihr Körper wieder gesund würde, weil ihre Seele so gesund sei wie ein Pferd."

Peter versuchte zu lächeln. Er wusste, dass Ralphs Frau gestorben war, und dieser Mann hatte schon viel Leid erlebt. Aber wie konnte er dastehen und Debbies Zustand als „in Ordnung" abtun, nur weil sie Christ war? Das klang so banal.

„Der Vers, den ich auf den Grabstein meiner Frau habe schreiben lassen, fasst das alles zusammen", fuhr Ralph fort. „Er steht in Offenbarung 2,10 und heißt: ‚Sei getreu bis an den Tod, so will ich dir die Krone des Lebens geben.' Meine Frau ist jetzt in großartiger Verfassung. Sie trägt ihre Krone und tanzt im Himmel. Ich bin derjenige, der leidet. Ich vermisse sie und Sie werden Ihre Schwester auch vermissen, wenn sie in den Himmel geht. Aber sie wird bei Gott sein, sehen Sie das denn nicht? Sie wird in Ordnung kommen."

Peter sah auf und entdeckte Julia, die Debbie durch die große Eingangstür des Krankenhauses schob. Julia sah die beiden und fuhr in ihre Richtung.

„Hey, warum kommen Sie nicht mit uns nach Springfield, Ralph?", fragte Peter. „Sie könnten hinten bei Debs sitzen. Sie im Auge behalten."

„Oh, das wäre wundervoll", sagte Debbie, als der Rollstuhl neben dem Wagen zum Stehen kam.

„Ich habe gerade einen Topf Suppe auf dem Herd stehen und ich möchte mein Haus nicht abbrennen. Ich sage Ihnen was, Miss Deborah, ich werde heute Nachmittag im Cox anrufen und mich nach Ihnen erkundigen."

„In Ordnung." Debbie senkte den Blick. „Vielen Dank."

Peter betrachtete Ralphs freundliches Gesicht und seine warmen braunen Augen. Gestern Abend hatte Peter sich einen christlichen Krieger genannt und das bedeutete, für das zu kämpfen, was richtig war. Aber wie? Er hatte immer seinen Mund gebraucht, seine zornigen und anklagenden Worte. Wie würde Christus diese Sache gehandhabt haben?

„Ich wünschte, Sie würden mitkommen, Ralph“, beharrte er. „Wir brauchen Sie.“

„Oh Peter“, mahnte Julia. „Hast du denn nicht gehört, dass er gerade Suppe kocht?“

„Sieh mal, ich denke, Ralph ist wirklich interessiert an dem, was mit Debbie passiert, und im Augenblick könnte sie seine Hilfe brauchen.“ Er wandte sich an den Pfleger. „Stimmt das nicht, Ralph?“

Ralph trat einen Schritt zurück. „Na sicher, Miss Deborah liegt mir am Herzen . . .“, er grinste sie verlegen an, „aber . . .“

„Peter, versuche nicht, den Menschen Schuldgefühle einzureden, um sie dazu zu veranlassen zu tun, was du möchtest“, warnte Julia.

„Ich rede Ralph keine Schuldgefühle ein.“

„Doch, das tust du. Du machst genau das, was Mom und Dad immer getan haben. Wenn du Christ bist, dann musst du das und das und das tun. Nun, Christen brauchen aber keine Fußabtreter zu sein, erinnerst du dich?“

Peter blickte sie einen Augenblick lang an und ließ ihre Worte einsinken. Sie hatte Recht. Als Krieger würde er stark genug sein, das ohne Zorn zuzugeben. „Wissen Sie, Ralph“, sagte er, „es wäre wirklich schön, wenn Sie Debs später anrufen würden. Und vielleicht haben Sie ja Zeit, sie ein anderes Mal zu besuchen.“

Julia stapfte durch die Pfützen zum Kofferraum und warf Debbies Sachen hinein. Da steckten sie in einer schrecklichen Krise mit ihrer kleinen Schwester und Peter tat so, als wäre er der beste Christ. Es war fast, als würde er sich über sie lustig machen.

Und wo blieben nur ihre Eltern? Sie waren natürlich in der Kirche – wie immer. Ralph war Debbie gegenüber treuer als ihre eigenen Eltern! Je mehr Julia über den vergangenen Abend nachdachte, desto klarer wurde ihr, wie selbstsüchtig Don und Olive Mossman immer gewesen waren. Hatte es ihnen etwas ausgemacht, ihre Kinder um die halbe Welt zu zerren? Hatte es ihnen etwas ausgemacht, ihre drei kleinen Kinder eins nach dem anderen ins Internat zu schicken? War ihnen außer ihrer kostbaren Missionsarbeit noch irgendetwas anderes wichtig gewesen? Selbst jetzt noch?

Julia machte den Kofferraum zu und half Peter, ihre Schwester auf den Rücksitz des Mietwagens zu legen. Mittlerweile war Julia vollkommen durchnässt. Und wo sie gerade dabei war, machte sich überhaupt irgendjemand Gedanken darüber, wie es ihr ging? Interessierte es Mike, dass sie vielleicht nicht nach Wyoming ziehen und Frau eines Gemeindepastors sein wollte? Es war eine Sache, dann und wann eine Gruppe Teenager in ihrem Haus zu haben. Aber eine Pastorenfrau würde sehr viel mehr Verpflichtungen haben – vor allem in einer kleinen Gemeinde. Und wenn sie nun von ihr erwarteten, am Sonntagmorgen die Lieder zu begleiten? Sie konnte wirklich nicht gut Klavier spielen!

Julia ließ sich auf den Sitz sinken und zog sich den Sicherheitsgurt über den Bauch. Er schien sich bis in die Ewigkeit vorzuwölben. Hatten ihre Töchter je darüber nachgedacht, dass ihre Mutter auch ein Mensch aus Fleisch und Blut war? Wohl kaum. Sie war nur die Köchin, die Waschfrau, der Chauffeur, die Krankenschwester, die Frau für alles und die Psychologin. Interessierte es überhaupt jemanden, dass sie schwanger war? Interessierte es jemanden, wie sie sich fühlte? Peter hatte Recht gehabt. Sie war ein Wurm. Ein schwangerer Wurm.

„Mir geht es nicht sehr gut“, klagte Debbie vom Rücksitz. „Meine Hüfte tut weh.“

„Halte dich nur fest“, erwiderte Peter. „Es wird nicht lange dauern. Warum schläfst du nicht ein wenig?“

Julia starrte aus dem Fenster auf der Suche nach dem Wagen ihrer Eltern. Vermutlich würden sie eintreffen, sobald Peter abgefahren war. Es war schon fast elf Uhr. Eine Stunde zu spät. Das war wirklich nett. Zu nett.

Peter stellte das Radio an und suchte einen Sender mit Instrumentalmusik. Die Scheibenwischer gingen hin und her. *Diese Fahrt wird wirklich toll werden*, dachte er. Seit Jahren hatte er nicht mehr mit seinen Schwestern zusammen im Wagen gesessen.

Trotz ihrer schlechten Laune sah Julia in ihrem Umstandskleid richtiggehend elegant aus. Sie hatte tatsächlich ihr Haar hochgesteckt. Das stand ihr. Und Debbie würde jetzt von einem Spezialisten behandelt werden. Ralph war ein guter Mensch. Peter mochte ihn. Vielleicht würden er und Debbie ja doch noch zusammenkommen. Vielleicht würden sie heiraten und Kinder bekommen und diese ganze hässliche Sache würde zu einer verschwommenen Erinnerung werden.

Nach kurzer Zeit schlief Debbie ein. Julia starrte immer noch aus dem Fenster. Sie schien über irgendetwas sehr zornig zu sein. Das war seltsam. Sicher, Julia war auch früher schon wütend geworden, kleine beißende Bemerkungen, ein funkelnder Blick. Aber das war immer in ein paar Minuten vorbei gewesen.

Er fragte sich, ob er sie durch seine Bemerkung, sie sei ein Wurm, verletzt hatte. Er bezweifelte, dass Christus den Menschen so etwas sagen würde. Auf der anderen Seite, gab es nicht eine Stelle in der Bibel, wo er die Pharisäer Ottern und Schlangengezücht genannt hatte? Oder war das Johannes der Täufer gewesen? Peter wünschte, er hätte während der Pflichtbesuche im Gottesdienst besser zugehört.

Plötzlich schrie Debbie auf. „Wo bin ich?", rief sie. Ihre Stimme war schrill, panisch. „Was ist los? Wer . . ."

„Alles in Ordnung, Debs", beruhigte Peter sie. „Du bist nur kurz eingeschlafen. Wir sind auf dem Weg nach Springfield ins Krankenhaus."

„Oh."

„Warum schläfst du nicht noch ein wenig?"

„Ich wusste nicht, wo ich war."

„Du bist bei uns."

„Ich dachte, ich hätte mich verirrt." Ihre Stimme verklang. „Ich dachte, ich hätte mich im Fort Jesus verirrt. Das ist der Ort in Afrika, wo ich damals verloren gegangen bin."

„Du bist oft verloren gegangen", erinnerte Peter sie.

„Aber ich dachte, ich wäre wieder in Afrika. Ich dachte, es wäre die Zeit, als ich mich im Fort Jesus verirrt habe."

Debbie – Afrika – 1976

Wenn wir Urlaub am Meer machen, besuchen wir immer Fort Jesus. Von allen Orten auf der Welt, die ich schon gesehen habe, ist dies mein Lieblingsplatz. Vor langer, langer Zeit, im Jahr 1593, hat jemand das Fort aus großen Korallenblöcken erbaut. Im Sonnenuntergang schimmert es rosa, genau wie der Himmel.

Ich wünschte, ich würde im Fort Jesus leben. Ich glaube nicht, dass ich dort jemals entführt oder getötet werden könnte, weil es sehr groß und sehr sicher ist. Die Wände sind so dick, dass die Leute oben auf ihnen herumlaufen können. Nicht einmal eine Kanonenkugel kann diese Mauern einreißen. Die Tore, hoch oben auf den Mauern, sind aus Eisen gearbeitet und sie haben unten scharfe Spitzen. Falls ein Feind versuchte, mich zu holen, könnte ich einfach das Seil durchschneiden und das Tor auf sie fallen lassen. Sie würden von den Spitzen durchbohrt. Das würde ihnen eine Lehre sein.

Im Fort Jesus ist unsere Familie immer glücklich. Mom und Dad halten sich an den Händen und gehen an den Mauern entlang, als wären sie verliebt. Peter tut so, als wäre er ein portugiesischer Soldat, der die arabische Rebellion niederschlagen will. Julia nimmt meine Hand und läuft mit mir ins Museum. Sie liest alle Erklärungen zu den Ausstellungsstücken. Sie möchte nicht ein einziges Schild übersehen. Jemand hat sich die Arbeit gemacht, all diese Erklärungen aufzuschreiben, sagt sie mir. Darum sollten wir es auch lesen. Julia ist so umsichtig.

Am besten gefallen mir die zerbrochenen Teller. Diese Teller sind aus blau-weißem Porzellan gemacht und jemand hat sie in dem Wrack einer portugiesischen Fregatte auf dem Meeresgrund gefunden. Bei uns zu Hause haben wir keine Porzellanteller. Bei uns gibt es nur Teller aus Kunstharz, die nicht zerbrechen. In der Mitte der Teller ist ein kleiner Strauß Veilchen aufgemalt, und wenn ich an der Reihe bin, den Tisch zu decken, drehe ich die Veilchen so, dass sie in meine Richtung sehen. Peter sind die Veilchen egal; er stellt die Teller hin, wie es gerade kommt. Dasselbe gilt für das Silber – was natürlich kein richtiges Silber ist, aber das ist ein anderes Thema. Die Veilchen auf unserem Teller sind schon ganz verschrammt, weil jeden Tag die Messer darüber kratzen. Aber die blau-weißen Porzellanteller im Museum in Fort Jesus funkeln, obwohl sie wer weiß wie lange auf dem Grund des Meeres gelegen haben.

Im Internat gibt es überhaupt keine Teller. Es gibt Metalltabletts.

Die Tabletts sind in verschiedene Fächer eingeteilt. In jedes Fach soll eine anderer Bestandteil des Gerichtes kommen. Manchmal bekomme ich ein Tablett, auf dem noch eingetrocknetes Essen klebt. Aber alle haben es immer so eilig und wollen weiterkommen und essen, dass ich nichts dagegen tun kann. Die Köche klatschen das neue Essen auf das alte Essen. Das Essen im Internat ist nicht gerade mein Lieblingsding.

Im Fort Jesus sehe ich mir diese blauen Porzellanteller an und denke darüber nach, wie sehr sie mir gefallen. Julia geht weiter und liest die Erklärungen. Ich glaube nicht, dass sie begreift, warum diese Teller mir gefallen. Zum einen ist Julia sehr praktisch veranlagt. Sie denkt, wir sollten froh sein über das, was Gott uns gegeben hat und aufhören, uns mehr zu wünschen.

Ich habe versucht, ebenfalls so zu denken, aber ich bin nicht sehr gut darin. Ich möchte immer mehr. Letztes Jahr in der Schule hatten die Köche beschlossen, uns einen Nachmittagssnack zu geben. Sie strichen Erdbeermarmelade zwischen zwei Brotscheiben, schnitten das Brot durch und legten es auf einen kleinen Metallwagen. Nachdem sie eine Reihe dieser Brote geschmiert hatten, rollten sie den Wagen hinaus auf die Veranda vor das Schülerzentrum.

Für uns Kinder war das sehr aufregend und wir warteten wie die Geier, hüpften von einem Fuß auf den anderen in der Hoffnung, die Köche würden sich beeilen und die Marmeladenbrote herausbringen. Sobald der Wagen in Sicht kam, fielen wir darüber her, schnappten uns die Brote und stopften sie in unsere Münder und Taschen.

Das erste Mal kam ich nicht rechtzeitig zum Wagen. Ich stand hinten in der Menge und nachdem alle sich bedient hatten, waren nur noch ein paar Krümel übrig. Am nächsten Tag kämpfte ich mich genau wie alle anderen zum Wagen durch. Ich schnappte mir so viele Brote, wie ich kriegen konnte. Die Kinder hinten in der Menge interessierten mich nicht, denn ich war hungrig und die Brote schmeckten sehr gut.

Doch dann fanden die Köche, diese Sache mit den Broten sei zu viel Aufwand. Wir wären zu rüpelhaft. Wir würden zu viel Sauerei machen. Darum dauerte der Spaß nur ein paar Wochen und das war dann das Ende der Marmeladenbrote.

Wenn ich die blau-weißen Porzellanteller im Museum in Fort Jesus betrachte, fühle ich mich nicht wie ein hungriger Geier. Mir ist sogar egal, dass die Köche uns keine Marmeladenbrote mehr geben. Ich bin eine vornehme Dame, die im Fort Jesus wohnt und jede Mahlzeit von schönen Porzellantellern isst. Drei Diener bedienen mich und ich habe einen Koch, der für mich Hummer, Garnelen und Roastbeef zubereitet. Ich trage nicht einmal eine Uniform. Meine Kleider sind aus Seide und sie rascheln, wenn ich laufe.

Mein Mann ist sehr gut aussehend, mutig und stark. Er liebt mich und umarmt mich immer. Er sagt mir, ich sei schön. Wir haben sieben Kinder, vier Mädchen und drei Jungen. Alle essen von blau-weißen Porzellantellern und nachts schlafen sie bei uns im Bett, damit niemand Angst haben muss. Wir machen uns keine Sorgen, dass unsere Teller zerbrechen könnten, weil wir mehr als genug davon haben.

Während ich im Museum durch den Gang laufe, spüre ich mein langes, fließendes grünes Kleid. Meine kleinen Seidenschuhe klappern auf dem Steinboden. Ich lächle, nicke meinen Dienern zu, die sich vor mir verneigen. Sie lieben mich, weil ich sehr freundlich bin und dafür sorge, dass sie gesund und in Sicherheit sind.

Ich schwebe zur Museumstür hinaus und suche nach meiner Schwester, Prinzessin Julia. Einen Augenblick mal. Ist sie etwa ohne mich gegangen? Ich empfinde einen Hauch von Besorgnis, drehe mich um und laufe ins Museum zurück. Ich bin keine elegante Dame in einem grünen Seidenkleid mehr. Ich habe Angst, dass ich meine große Schwester verloren habe, darum renne ich auf der Suche nach ihr durch die Gänge.

„Julia!", rufe ich. Niemand antwortet.

Ich renne hinaus in den Hof. Wo steckt nur Julia? Ich sehe überhaupt keine Menschen. Ich suche die Mauern ab, aber meine Mom und mein Dad laufen nicht Hand in Hand darauf herum. Ich sehe bei den schwarzen Kanonen nach, aber Peter ist nicht da und spielt Soldat. Wo sind sie hingegangen? Haben sie mich vergessen?

Ich renne zur Kirche des Forts. Sie ist eine Ruine, aber wir sitzen gern auf den Steinbänken und beten. Na ja, nicht Peter. Aber wir anderen. Ich suche nach ihnen, aber die Kirche ist leer. Jetzt bekomme ich große Angst. Wo ist meine Familie? Warum haben sie mich vergessen? Ich verlasse die Kirche und laufe zu der Zisterne hinüber. Das ist ein großes, tiefes Loch, in dem die Soldaten für den Fall eines Angriffs Wasser gelagert haben. Während ich in das trübe Wasser hinunterstarre, fällt mir plötzlich ein, wo ich bin.

Im Fort Jesus!

Hier brauche ich keine Angst zu haben. Diese Mauern sind so dick, dass keine Räuber einbrechen können. Im Fort Jesus wird mir niemand etwas tun. Jetzt fühle ich mich ein wenig besser und laufe erneut über den Hof. Dieses Mal komme ich an ein Haus. Ein altes arabisches Haus und ich gehe herum und denke, dass dies ein hübscher Schlafplatz wäre, wenn ich nur ein Bett hätte. Selbst wenn meine Eltern mich vergessen hätten, wäre ich im Fort Jesus in Sicherheit. Ich kann mich zusammenrollen und schlafen, in Sicherheit.

Während ich an der Mauer entlanglaufe, fahre ich mit der Hand über die rauen Korallenblöcke. Die Sonne geht unter – meine Lieblingstageszeit. Während ich zusehe, verwandeln sich die Mauern langsam von grau in rosa. Hellrosa. Sie funkeln und funkeln.

Ich komme zu einer Ecke, setze mich ins Gras und lehne mich gegen die von der Sonne erwärmten Mauern. Das fühlt sich an wie eine feste Umarmung. Als würde Jesus mich umarmen, wenn ich im Himmel sitze und die Herrlichkeit Gottes um mich herum bestaune. Das ist seit hundert Jahren das beste Gefühl.

„Debbie!"

Jemand ruft mich. Das klingt nach Julia. Ihre Stimme ist weit entfernt und mir wird klar, dass ich hier in der Ecke des Forts gut versteckt bin. Ich bin in Sicherheit und warm und auf einmal weiß ich, dass ich gar nicht gefunden werden möchte. Ich schließe die Augen.

„Deborah Mossman, wo steckst du?"

Das ist meine Mutter. Sie hat mich nicht verlassen! Sie hat mich nicht vergessen. Na ja, vielleicht für eine kurze Weile. Aber nicht für immer. Ich frage mich, ob ich aufstehen und nach meiner Familie suchen sollte. Ich höre sie rufen, aber ich möchte diesen perfekten Ort nicht verlassen.

Wenn ich hier bleibe, brauche ich nicht mehr ins Internat zurück und muss auch nicht mehr von schmutzigen Tabletts essen. Ich brauche nicht auf Heimaturlaub nach Amerika zu fahren und vor all diesen Gemeinden zu stehen und so zu tun, als würde ich meine Verwandten lieben, die ich nicht einmal kenne. Ich brauche nicht nach Hause zu fahren und mich darum zu sorgen, all das Essen aufzuessen, das Mom für uns hat kochen können oder dass das Wasser, das Dad in seinem großen Metallfass hat sammeln können, irgendwie ausläuft.

Wenn ich hier bleibe, kann ich mit dieser warmen Mauer verschmelzen, genau wie an der Brust Abrahams. Und ich brauche nicht mehr um Marmeladenbrote zu kämpfen, mir blau-weiße Porzellanteller zu wünschen und bin frei von allen anderen sündigen Dingen in meinem Leben, die ich tue. Zum Beispiel vergesse ich oft, abends in der Bibel zu lesen. Oder ich nehme mir den letzten Keks auf dem Teller. Und ich habe meiner Mom gesagt, es würde mir nichts ausmachen, dass ich zu Weihnachten keinen Schaukelstuhl bekommen habe, obwohl ich sehr, sehr traurig darüber bin! Ich habe mir diesen Schaukelstuhl gewünscht und ich wollte auf dem Schoß meiner Mutter sitzen und darin schaukeln. Ich wollte ihren Duft riechen und ihr Summen tief in ihrer Brust hören. Aber ich sagte ihr, es sei in Ordnung mit dem Schaukelstuhl. Lügen ist eine schreckliche Sünde.

Ich will in dieser Mauer verschwinden und ich werde ein Teil von Fort Jesus werden und niemand wird mich jemals finden. Alle Verletzungen und alle Sünden, alle diese hässlichen Dinge, die in mir sind, werden verschwinden. Ich werde nur ein Stück rosa Koralle sein und funkeln wie die Wände des Himmels.

„Debbie, komm zurück! Wir lieben dich, Debbie!"

Ehre sei Gott.

„Debbie, was ist los? Warum antwortest du nicht?"

Ehre dem Allerhöchsten.

„Deb-bie!"

„Debbie!" Julia griff zwischen den Sitzen hindurch und rüttelte ihre Schwester an der Schulter. „Debbie, wach auf. Peter, irgendetwas stimmt nicht mit ihr. Sie ist so grau! Warum macht sie die Augen nicht auf?"

Kapitel 15

Julia war dankbar für den Trost, den sie in Peters Armen fand. Nebeneinander saßen sie in der Notaufnahme des Krankenhauses und warteten auf den Arzt, der Debbie fortgebracht hatte. Warum hatte Debbie etwas so Schreckliches zustoßen müssen? Sie hatte schlimm ausgesehen – vollkommen still, blaugrau, und sie hatte kaum geatmet.

„Ich möchte nicht, dass Debbie stirbt", sagte sie laut. Sie war beinahe verzweifelt, als müsste sie sich körperlich an ihre Schwester klammern.

„Ich auch nicht", erwiderte Peter. „Aber Ralph hat mir etwas gesagt, das wir nicht vergessen sollten. Bevor du mit Debbie herausgekommen bist, rief er mir in Erinnerung, dass es Debbie gut gehen wird, selbst . . . selbst wenn wir sie verlieren. Diese Sache mit dem Glauben ist für sie immer real gewesen. Du weißt, Gott wird sie nicht im Stich lassen."

„Ich will aber nicht, dass es ihr im Himmel ‚gut geht'! Ich möchte sie hier auf der Erde bei uns haben. Ich möchte die Chance haben, ihr eine bessere Schwester zu sein. Sie soll wissen, wie sehr wir sie lieben. Sie darf nicht sterben!"

„Debbie weiß, dass wir sie lieben, Jules", beruhigte Peter sie. „Ich bin sicher, dass sie es weiß."

„Ja, richtig. Wo waren wir denn, als es mit ihr immer weiter bergab ging? Wir wohnten in New Mexico und führten unser Leben, haben uns kaum einmal nach ihr erkundigt. Ich war ihr eine lausige Schwester. Ich habe Debbie gehen lassen, so wie ich jeden, den ich liebe, von mir habe gehen lassen."

„Was meinst du damit?"

„Ich habe in meinem Leben so viel Abschied genommen – und jedes Mal hat es so schrecklich wehgetan, dass ich jegliche Gefühle unterdrückt habe, wenn Menschen gegangen sind, die ich geliebt habe. Ich habe mich vor Debbie verschlossen und auch vor dir, Peter."

„Aber ich wusste immer, dass du mich liebst, Jules."

„Wie kannst du das sagen? Bis zu dieser Woche wusste ich kaum etwas über dich. Ich hatte keine Ahnung, dass du und Maria Schwierigkeiten habt!" Sie sah ihn an. Wie hatte sie so schrecklich versagen und die Bindung nicht aufrechterhalten können, die sie immer zu ihrem Bruder gehabt hatte? „Ich bin wirklich eine tolle Schwester gewesen."

„Du bist eine tolle Schwester."

„Nein! Nein, bin ich nicht."

„Nun, sieh dir doch an, was uns in Bezug auf Familienloyalität beigebracht worden ist, Jules. Was unsere Eltern uns vermittelt haben, war ziemlich dürftig: Wir lieben euch und jetzt verlassen wir euch, damit ihr selbst für euch sorgt."

„Auf Wiedersehen, auf Wiedersehen", murmelte Julia und wieder empfand sie die Verzweiflung, von der sie damals zum ersten Mal im Spielzimmer überwältigt worden war und die sie dann immer wieder empfunden hatte, wenn sie gezwungen war, jemanden oder etwas zu verlassen, das sie liebte. „Verabschiede dich von deinen Großeltern, Tanten, Onkeln und Freunden. Verabschiede dich von deinen Lehrern und Klassenkameraden. Verabschiede dich von deinem Haus, deinen Haustieren, deiner Stadt, deinem Land und deinem Kontinent! Und jetzt verabschiede dich von deinen Eltern und pass auf, dass es dir nichts ausmacht. Tu es immer und immer wieder. Sei groß und akzeptiere all das, weil es Gottes Wille für dein Leben ist."

Sie putzte sich die Nase. „Was für eine Lektion war das, Peter? *Lass nichts zu dicht an dich herankommen.* Und wir haben sie richtig gut gelernt, meinst du nicht? So gut, dass wir zugelassen haben, dass unsere Schwester sich immer weiter von uns entfernt hat, ohne dass wir das überhaupt bemerkt haben."

„Beruhige dich, Julia." Er steckte ihr eine Haarsträhne hinter die Ohren. „Du übertreibst ein wenig."

„Ich übertreibe nicht. Du hast mich einen Wurm genannt und das bin ich auch. Ich gebe es zu. Ich bin ein elendes Stück

Mensch. Und weißt du, warum? Weil ich gelernt habe, wie ich mich am besten vor den Schmerzen schützen kann, die ich meine ganze Kindheit über empfunden habe. Empfinde gar nichts. Sei nicht zornig, traurig, einsam oder frustriert. Mach Frieden mit jedem, meide alle Konflikte und mache alles perfekt. Und dann empfinde ich vielleicht den Schmerz nicht so."

„Julia", ermahnte Peter. Er versuchte die lose Haarsträhne wieder in ihren Knoten zu stecken, aber sie schlug seine Hand fort. „Julia, gib doch nicht dir die Schuld."

„Wieso nicht, Peter? Gibt es denn irgendetwas zu meiner Entschuldigung vorzubringen? Bin ich vielleicht nicht mehr Debbies Schwester, nur weil ich erwachsen wurde und eine eigene Familie gegründet habe? Ich hätte für sie da sein sollen. Ich hätte erkennen müssen, was . . ." Sie hielt inne und sah den Flur entlang. „Da sind sie!"

Sie schob sich aus dem Stuhl und rannte mit ausgestreckten Armen auf ihre Eltern zu. Ihr Vater wollte sie umarmen, doch sie packte ihn an den Schultern und begann ihn zu schütteln.

„Wo wart ihr?", schrie sie. Sie konnte ihre Wut nicht unterdrücken. „Ihr habt versprochen, um zehn Uhr im Krankenhaus in Bolivar zu sein! Es war fast elf, als wir aufgebrochen sind, und ihr wart immer noch nicht da!"

„Wir waren unterwegs", erklärte Mom. „Julia, was ist mit Debbie passiert? Warum bist du so aufgebracht?"

„Unterwegs? Ihr hattet es versprochen! Was hat euch aufgehalten?"

„Der Pastor wollte nach dem Gottesdienst noch mit uns sprechen." Ihr Vater versuchte ihre Hände von seinem feuchten Regenmantel zu nehmen. „Heute Nachmittag ist Komiteesitzung und er hatte noch einige Fragen zu dem Projekt der Nachbarschaftsevangelisation, das ich angeregt hatte. Und als wir die Kirche verließen, wurde eure Mutter noch von einer der Damen ihrer Sonntagsschulklasse aufgehalten."

„Louella redet immer so viel und . . ."

„In der Kirche? Ihr seid nicht gekommen, weil ihr Gemeindearbeit zu tun hattet?" Julia schluchzte mittlerweile. Würden ihre Eltern es denn nie lernen? „Debbie ist doch wichtiger als Gemeindearbeit!", rief sie. „Wir sind eure Kinder! Wir sind doch wohl wichtiger als eure Aufgaben in der Gemeinde. Versteht ihr das nicht? Seht ihr das denn nicht?"

Sie konnte es nicht ertragen, auch nur noch eine Minute länger in ihrer Gegenwart zu bleiben. Sie riss sich von ihrem Vater los und rannte den Flur entlang. Sie hörte, wie Peter ihr folgte und ihren Namen rief. Mit der Schulter stieß sie die Türen auf und lief in Richtung Eingangshalle. Ein Schluchzen war in den riesigen Gängen zu hören, und nur vage nahm sie wahr, dass es ihr eigenes Schluchzen war.

„Julia, warte!", rief Peter.

Die selbstöffnende Tür war kaum aufgegangen, als sie auch schon hindurchrannte, hinaus in den Regen und die Treppe hinunter. Auf der zweiten Stufe geriet sie in eine Pfütze und rutschte auf dem Marmor aus. Erstaunen ergriff sie, dann Entsetzen. Sie suchte einen Halt, konnte aber keinen finden. Irgendwie war das alles vollkommen irreal. Die Zeit schien stehen zu bleiben. Sie war unfähig, das Gleichgewicht wieder zu finden und stürzte auf die Knie. Die scharfen Kanten der Treppe rissen ihr die Handflächen und die Schienbeine auf. Als die Welt aufhörte, sich zu drehen, wurde ihr klar, dass sie auf dem nassen, kalten Gehweg flach auf dem Bauch lag.

„Julia!", ertönte Peters Stimme. „Julia, bist du in Ordnung?"

Instinktiv rollte sie sich auf die Seite und versuchte sich aufzusetzen. Ein scharfer, schneidender Schmerz durchzuckte sie und sie krümmte sich zusammen, umklammerte ihre aufgeschlagenen Knie und weinte lautlos.

„Julia, bist du verletzt?" Peter kniete neben ihr. „Bleib hier. Beweg dich nicht! Ich hole Hilfe."

Beim Klang von Peters Stimme wich ihr Schock der Wut. „Ich hasse sie, Peter", schluchzte sie. Alles war wieder da. „Ich hasse sie so sehr. Ich hasse sie für das, was sie Debbie angetan haben. Ich hasse sie für das, was sie mir angetan haben . . . und auch dir."

„Versuch nicht aufzustehen, Julia", befahl Peter. Er nahm ihr Gesicht in die Hände und zwang sie, ihn anzusehen. „Bleib hier! Ich hole jetzt Hilfe!"

Sie klammerte sich an ihn, legte ihre Stirn an seinen Arm. „Nein, Peter, verlass mich nicht! Ich bin so zornig. Ich bin so voller ... Zorn und Wut und all diese schrecklichen Dinge, die ich immer in mir verschlossen hatte. Ich habe das Internat gehasst und ich hasste es, Abschied nehmen zu müssen, und ich habe meine ganze schreckliche, versaute Kindheit gehasst."

„Nein, das stimmt nicht." Er zog sein T-Shirt aus und tupfte ihre blutenden Knie ab. „Wir hatten auch Spaß. Wir haben Afrika geliebt. Meistens war alles in Ordnung."

„Aber ich war einsam. So einsam! Wo waren unsere Eltern, als wir sie brauchten? Wir haben sie gebraucht, Peter. Ich brauchte sie. Oh, ich möchte nicht, dass Debbie etwas zustößt ... und mein Bauch tut weh, Peter. Alles tut weh. Meine Babys tun weh. Oh ... meine Babys ..."

„Sir?" Jemand stand auf der Stufe über Peter. „Geht es ihr gut?" Als Peter aufsah, blickte er in das Gesicht eines Sicherheitsbeamten. „Jemand sagte, eine Frau sei die Treppe hinuntergefallen."

„Ja, holen Sie Hilfe. Sie ist schwanger und ihr Bauch tut weh und da ist Blut –"

„Ach du meine Güte. Ich bin sofort zurück."

Nur vage nahm Julia wahr, dass Peter versuchte, ihren Kopf vor dem Regen zu schützen, indem er sich über sie beugte. „Julia, es ist in Ordnung, zornig zu sein."

„Ich hasse Gott", sagte sie. Sie konnte ein Schaudern nicht unterdrücken. „Und ich hasse mich selbst. Ich hasse, wer ich bin. Und ich hasse Gott, weil er zugelassen hat, dass ich mich in dieses hässliche, stinkende Nichts verwandele."

„Julia, du hasst Gott nicht."

„Doch, das tue ich. Ich hasse ihn!"

„Nein, tust du nicht."

„Und weißt du, was ich noch hasse? Ich hasse die Kirche. Ich hasse diese blöden Gemeindebauprogramme und die scheinheiligen Gottesdienste und die Prediger mit all ihren Predigtpunkten, die alle mit denselben Buchstaben des Alphabets anfangen." Sie stöhnte. Ihr war klar, dass sie blödes Zeug redete, dass sie hysterisch wirkte, aber sie musste das alles einmal ausspucken. „Oh, aber Peter, dich hasse ich nicht. Du bist ein guter kleiner Bruder. Ich liebe dich. Ich liebe Debbie ... und ich möchte nicht, dass sie ... stirbt."

„Beruhige dich, Jules. Du musst versuchen, dich zu beruhigen."

„Ich liebe auch Mike, auch wenn er mich verrückt macht. Ich liebe meinen Mann wirklich. Und ich liebe Jessica und Heather! Ich vermisse meine Mädchen! Ich wünschte, ich wäre zu Hause."

„Wir werden sie anrufen. Du kannst mit ihnen sprechen."

Sie umklammerte seinen Arm und drückte ihn. „Lass nicht zu, dass Debbie stirbt, Peter."

„Ich werde nach ihr sehen, okay? Die Sanitäter sind da. Sie werden sich um dich kümmern und wir sehen uns in ein paar Minuten wieder. Und denk an das, was Ralph uns gesagt hat. Debbie wird es gut gehen."

Als die Verzweiflung sie erneut zu überwältigen drohte, griff sie nach ihrem Bruder. Aber er war bereits fort.

„Sie ist schon ziemlich weit", sagte jemand, als sie auf eine Bahre gehoben wurde. „Wir kümmern uns besser sofort darum. Sie verliert ziemlich viel Blut."

*

„Ich möchte Debbie sehen." Julia war verwirrt von dem Geklapper eines großen Geräts, das in den Raum geschoben wurde, doch das lenkte sie nicht ab. Durch das Zischen der Sauerstoffmaske, die ihr über Mund und Nase gelegt worden war, wiederholte sie ihre Bitte. „Ich muss meine Schwester sehen. Das geht im Augenblick nicht. Ich muss bei meiner Schwester sein."

„Mrs. Chappell, wir müssen einen Ultraschall machen. Ich bin Dr. Carson, Perinatologe, was bedeutet, ich beschäftige mich mit Risikoschwangerschaften. Auf dem CTG sehen wir, dass Ihre Babys in Schwierigkeiten stecken, und die Schwester sagt mir, dass Sie ziemlich starke Blutungen haben." Der Arzt sah sie mit ernstem Gesicht an. Ein tiefes Brummen ertönte, als die Schwester das Ultraschallgerät anschaltete. Der Bildschirm wurde langsam lebendig. „Ich weiß, Sie machen sich Sorgen wegen Ihrer Schwester, aber Sie müssen sich jetzt auf sich selbst konzentrieren. Ich sehe, Sie haben auch Wehen."

„Aber was ist mit Debbie passiert?"

„Das werden wir später herausfinden, meine Liebe", beruhigte die Schwester sie, als sie die Sensoren des CTG von Julias Leib abnahm. Sie schaltete den Scheinwerfer an. „Nein, nein, versuchen Sie nicht, sich auf den Rücken zu drehen. Wissen Sie nicht? Sie müssen auf der linken Seite liegen bleiben, damit Ihre Babys genügend Sauerstoff bekommen. Können Sie die Stärke Ihrer Wehen auf einer Skala von eins bis zehn einschätzen?"

„Ich weiß nicht ... acht oder neun." Julia kniff die Augen zu. Ihre Tränen hatten sich mit dem Regen vermischt und ihr Haar lag feucht auf dem Kissen unter ihrem Kopf. Was war passiert? Die Wehen waren jetzt so stark, so intensiv, dass sie sich kaum noch an die Ereignisse erinnern konnte, die zu diesem Augenblick geführt hatten. Sie und Peter hatten Debbie ins Krankenhaus gefahren. Und dann hatte ihre kleine Schwester beinahe aufgehört zu atmen. Und dann waren Mom und Dad aufgetaucht ... Ein tiefes Schluchzen entrang sich ihrer Brust. Sie hatte ihren eigenen Vater im Zorn beinahe geschlagen ... und dann war sie ausgerutscht und die Treppe hinuntergefallen.

Lieber Gott, bitte! Julia öffnete die Augen wieder und starrte in das Licht. Sie hatte Peter gesagt, sie würde Gott hassen. Stimmte das? Blinzelnd versuchte sie zu verhindern, dass die Tränen über ihre Wangen in ihr feuchtes Haar rannen.

Gott, bist du da? Bist du jetzt hier bei mir?

„Julia Mossman", verkündete die Missionarin.

Ich bin an der Reihe, einen Vers aus der Bibel vorzulesen. Ich trete vor, öffne den Mund und spreche so laut ich kann. „Josua 1,9: ‚Ich sage dir noch einmal: Sei mutig und entschlossen! Hab keine Angst, und lass dich durch nichts erschrecken; denn ich, der Herr, dein Gott, bin bei dir, wohin du auch gehst.'"

Meine Freunde und ich stehen bei dem Missionstreffen vor all den Missionaren. Ich bin so glücklich, dass ich die Füße kaum still halten kann, und die Gründe dafür sind folgende: Erstens, vor zehn Minuten, als ich zu der Preisverleihung für das Auswendiglernen von Bibelversen in die Kapelle ging, fing Paul Davis an, hinter mir herzujagen. „Ich werde Julia bekommen", rief er. Ich schrie auf und rannte weg so schnell ich konnte, aber für Paul nicht schnell genug. Er holte mich ein und riss mich an meinem Zopf! Er sagte: „Hab dich, Pferdeschwanz." Das war so toll, dass ich es nie vergessen werde, so lange ich lebe.

Huch, es ist an der Zeit, einen weiteren Vers zu sagen. Ein langer, aber ich kenne jedes Wort: „‚Fürchte dich nicht, ich stehe dir bei! Hab keine Angst, ich bin dein Gott! Ich mache dich stark, ich helfe dir, ich schütze dich mit meiner siegreichen Hand.'"

Als die Sonde für den Ultraschall auf ihren Bauch gelegt wurde, zog sich ihr Bauch zusammen. Dr Carson fuhr mit seiner Untersuchung so sanft wie möglich fort, während eine Reihe von Bildern ausgedruckt wurden. „Genau hier", sagte er zu der Schwester und deutete auf den Bildschirm. „Ein ziemlich dicker Knoten hinter der Plazenta. Mrs. Chappell", fuhr er an Julia gewandt fort, „Ihr Sturz hat höchstwahrscheinlich eine Ablösung der Plazenta zur Folge gehabt, die eine innere Blutung verursacht, sowie die äußerlich sichtbare Blutung. Ich habe Ihre Babys gemessen und komme zu dem Ergebnis, dass Sie etwa in der 24. Schwangerschaftswoche sind. Stimmt das mit Ihren Schwangerschaftsdaten überein?"

„Ich weiß es nicht", erwiderte Julia. „Ich habe keine Ahnung, in der wievielten Woche ich bin. Etwa im sechsten Monat. Über die Schwangerschaft bin ich erst seit ein paar Wochen informiert."

„Ich möchte Ihnen sagen, was gerade passiert", erklärte er ihr mit ernster Stimme. „Ein Teil Ihrer Plazenta hat sich von der Gebärmutterwand gelöst. Neben der dadurch verursachten Blutung bekommen Ihre Babys nicht genügend Sauerstoff. Vor allem Baby B ist in ernsten Schwierigkeiten. Ich empfehle, sofort einen Kaiserschnitt vorzunehmen."

„Was ist mit Debbie passiert?"

„Warten Ihre Familienangehörigen draußen?" Er wandte sich an die Schwester. „Suchen Sie die Angehörigen, verständigen Sie den Anästhesisten und sagen Sie der OP-Schwester, sie soll alles für eine Notoperation vorbereiten."

„Was passiert?", rief Julia. Sie schloss die Augen, als eine weitere Wehe durch ihren Unterleib schoss. *Lieber Herr, du hast versprochen, bei mir zu sein! Bewahre meine Babys. Nimm dich Debbies an.*

Der zweite Grund, warum ich so glücklich bin, ist der, dass ich die schönste Hose von allen anhabe. Sie ist rosa. Vor einem Monat habe ich versucht, in der Nähe unseres Hauses auf einen Bujubaum zu klettern, und ich habe mir dabei in beide Knie ein Loch gerissen. Ich war so traurig. Doch dann hat meine Mom ein altes Kleid von sich gefunden, mit blauen, grünen, gelben, rosa und roten Streifen. Aus diesem Kleid hat sie einen Stern und ein Herz ausgeschnitten und auf die Knie meiner rosa Hose genäht. Sie ist jetzt so schön, dass ich fast vor Stolz platze!

Oh, ich bin schon wieder dran. Ich mache einen Schritt nach vorn und halte den Kopf hoch erhoben. „Jakobus 4,8: ‚Nähert euch Gott, und er wird sich euch nähern.'"

„Sofort den Brutkasten hier herüber", wies der Arzt eine andere Schwester an, die mit einem Klemmbrett in der Tür erschienen war. „24 Wochen alte Zwillinge. Ablösung der Plazenta." Julia bemerkte jetzt noch mehr Leute in dem Raum, einen mit einem Infusionsständer, einen anderen mit Reagenzgläsern mit bunten Deckeln.

„Den Brutkasten? Was hat das zu bedeuten?" Peters Stimme holte Julia aus der Welle des Schmerzes, die durch ihren Körper hindurchging. „Bekommt meine Schwester ihre Babys? Werden sie überleben können?"

„Peter!" Julia umklammerte seine Hand. „Was ist mit Debbie?"

Er beugte sich über sie und küsste sie auf die Stirn. „Es geht ihr gut", sagte er und legte seine feuchte Wange an ihre.

„Ralphs Art des Gutgehens?"

Peter stöhnte auf und schloss die Augen. „Sie tanzt im Himmel, Jules. Sie trägt die Krone des Lebens."

„Nein."

„Es war ihr Herz. Der Arzt sagte, sie hätte einen durch ein elektrolytisches Ungleichgewicht ausgelösten Herzinfarkt gehabt. Ihr Herz hat aufgegeben."

„Nein, Peter."

„Sie ist tot, Julia."

„Nein."

„So, wir verlegen Sie jetzt in den Operationssaal", verkündete der Arzt. „Sir, wenn Sie bitte von dem Bett zurücktreten. Mrs. Chappell, konzentrieren Sie sich auf mich, tun Sie genau, was ich Ihnen sage, dann werden wir dafür sorgen, dass alles gut geht."

„Peter!", rief Julia, als ihr Bett von ihm weggerollt wurde. „Oh Peter, ruf Mike an. Ich brauche Mike."

„Das werde ich, Jules. Ich rufe ihn sofort an." Seine Stimme verklang. „Pass auf dich auf!"

„Ich will meine Babys nicht verlieren. Ich liebe meine Babys."

„Halte durch, Julia!", sagte Peter irgendwo in der Ferne. „Halte durch für diese Babys . . . und für uns."

Der dritte Grund, warum ich so glücklich bin, ist, weil meine Mom und mein Dad in der dritten Stuhlreihe in der Kapelle sitzen. Stolz sehen sie zu mir hoch. Sie sind stolz, weil ich den zweiten Platz bei dem Wettbewerb gewonnen habe, und jetzt werde ich meine Verse vor allen versammelten Missionaren aufsagen. Debbie hat ein Band für ihre Bemühungen bekommen, aber Peter ist gar nicht erst angetreten. Die anderen Teilnehmer sagen auch einige Verse auf, aber ich sage die zweitmeisten.

Ich liebe meine Eltern, und ich möchte, dass sie stolz auf mich sind. Und ich weiß ganz genau, wie ich sie glücklich machen kann.

„Psalm 50,15", sage ich mit lauter Stimme. „‚Bist du in Not, so rufe mich zu Hilfe! Ich werde dir helfen, und du wirst mich preisen.'"

In dem Regen, der den ganzen Nachmittag und Abend gefallen war, waren Peter und sein Vater zum Flughafen in Springfield gefahren. Keiner von ihnen sagte ein Wort. Peter sah Debbie vor sich, wie er sie zuletzt gesehen hatte, auf der Trage, die wunderschönen blauen Augen geschlossen. Ihr Körper hatte endlich Ruhe gefunden.

Herzstillstand. Wie hatte so etwas bei einer 34-jährigen jungen Frau passieren können? Es sah so aus, als sei mit Debbies Beckenbruch auch alles andere in ihr zusammengebrochen. Sie hatte nicht gegen die Infektion ankämpfen können und sie hatte nicht essen wollen, deshalb hatte ihr Herz schließlich aufgegeben.

Wie konnte das sein? Es schien nicht real zu sein.

Er bog auf einen gut beleuchteten Parkplatz beim Flughafen ab und zog eine Karte. Und jetzt verlor Julia möglicherweise ihre Zwillinge. Sie waren geboren worden wenige Minuten, bevor Peter und sein Vater zum Flughafen aufgebrochen waren, um Mike und die Mädchen abzuholen. Mom hatte darauf bestanden, bei Julia zu bleiben. Sie wollte beten.

Beten? Würde das Gebet die beiden winzigen Jungen am Leben erhalten – die Jungen, die noch nicht eigenständig atmen konnten, die kaum mehr als ein Pfund wogen und so dürr und knochig aussahen wie Debbie auf ihrem Totenbett? *Das Gebet hat meine Schwester nicht am Leben erhalten*, dachte Peter. *Wozu also?*

Er suchte einen Parkplatz und stellte den Motor ab. Als er die Tür des Autos öffnen wollte, legte sein Vater die Hand auf Peters Arm. „Nach gestern Abend, als du Christus dein Leben anvertraut hast", sagte Dad, „habe ich nicht aufgehört, für dich zu beten. Ich konnte gestern Nacht nicht schlafen, weil ich so intensiv gebetet habe. Und ich fürchte, dass jetzt ... dass jetzt, wo Deborah und Julia ..."

Er brach in Tränen aus und Peter legte seine Hand auf die seines Vaters. „Du hast Angst, dass meine Zweifel an Gott wiederkommen. Dass ich an seiner Macht zweifle. Du hast Angst, ich könnte mich wieder von ihm abwenden."

Dad nahm seine Brille ab und legte sie auf sein Knie. Er rieb sich die feuchten Augen. „Deine Mutter und ich lieben euch Kinder sehr, auch wenn du das nicht glaubst, mein Junge. Ich kann den Gedanken kaum ertragen, dass wir Deborah verloren haben. Unser süßes Baby. Aber Peter ... für mich wäre es noch schlimmer ... sehr viel schlimmer ... wenn du dich von Gott abwenden würdest ... wenn du ihn zurückweisen würdest."

Peter schnappte nach Luft, als ihm die Bedeutung dieser Worte aufging. Er dachte an die Stunden, die vergangen waren, seit er sein Leben Christus anvertraut hatte. Zwischen zwei Krisen hatte er in der Bibel gelesen, die er in Debbies Haus gefunden hatte, und gebetet. Dann waren seine Schwester gestorben und die Zwillinge geboren worden. Aber aus irgendeinem Grund, den er wohl nie würde erklären können, spürte er einen undefinierbaren Frieden in seinem Herzen. Frieden, Hoffnung und Trost. Und er wusste, es war die Gegenwart Gottes in ihm. Gott und die Macht der zahllosen Gebete, die er gesprochen hatte. Er und sein Vater.

„Dad, du erinnerst dich vielleicht, dass ich ein ziemlich eigensinniger Kerl bin", erwiderte er. „Wenn ich einmal eine Entscheidung getroffen habe, dann stoße ich sie nur selten wieder um. Gestern Abend habe ich eine Entscheidung getroffen. Zum ersten Mal in meinem Leben als Erwachsener weiß ich, wer ich bin. Ich bin ein Krieger für Christus. Das Leben ist eine Schlacht und heute kämpfe ich mit all meiner Kraft. Dieses Mal, Dad, werde ich ohne meinen Speer nirgendwo mehr hingehen."

Dad nickte weinend. Peter umarmte seinen Vater. „Das Flugzeug landet jetzt. Lass uns gehen und Mike erzählen, dass er zwei Jungen hat. Das dürfte ein interessanter Augenblick werden."

Mit einem erzwungenen Lächeln stieg Peter aus dem Wagen und ging neben seinem Vater zum Terminal. Sie warteten vor den Glasfenstern und beobachteten, wie die Passagiere langsam aus dem kleinen Jet auf der Landebahn stiegen. Und dann entdeckten sie Mike Chappell, gefolgt von Jessica und Heather, auf den Treppen. Peter eilte ihnen entgegen, als sie über das Rollfeld zum Terminal kamen.

„Peter!" Mike umarmte ihn fest. „Was ist passiert? Wie geht es Julia?"

„Onkel Peter! Grandpa!" Die Mädchen umringten die beiden Männer, umarmten und küssten sie, vergossen Tränen und forderten Informationen.

„Jungen", brachte Peter mühsam heraus. „Julia hat zwei Jungen!"

„Es geht ihnen gut", erklärte Dad. „Sie liegen im Brutkasten und sie kämpfen, aber sie sind am Leben."

„Jungen?" Mike starrte Peter an. „*Jungen*?"

„Brüder!", rief Heather. „Oh wow. Das ist einfach zu cool!"

„Es ist seltsam, das ist es", sagte Jessica. „Ich bin glücklich und gleichzeitig traurig." Peter wusste genau, was sie empfand.

„Onkel Peter", sagte Heather, „dreh dich einmal um. Sieh nur, wer mitgekommen ist!"

Sie legte die Hände auf seine Schultern und drehte ihn zu Maria und Angelo um.

Peter schnappte nach Luft. „Maria? Wie ...? Was ...?"

Seine Frau betrachtete ihn mit ihren dunklen Augen. Das Kind streckte ihm die Arme entgegen. „Pa-pa-pa-pa!“, plapperte es.

„Mein Engel“, rief Peter und nahm den Jungen auf die Arme. „Ach, Angelo, wie geht es meinem großen Jungen? Maria . . .“

Er betrachtete das hübsche, besorgte Gesicht seiner Frau und Tränen traten ihm in die Augen. Ihr schwarzes Haar hing ihr wie ein Seidencape über die Schultern und ihre hübschen Lippen zitterten. Er wusste nicht, woher sie Bescheid gewusst hatte und wieso sie jetzt da war, aber im Augenblick war sie der schönste Anblick, den er sich vorstellen konnte. Er nahm sie in die Arme und drückte sie so fest an sich, dass sie ihm nicht mehr entschlüpfen konnte. „Maria, ich liebe dich. Ich liebe dich so sehr!“

„Das mit deiner Schwester tut mir Leid, Peter“, flüsterte sie. Ihr Atem roch süß und der Duft ihres Lieblingsparfüms hing in ihren Haaren. „Ich hatte keine Ahnung, dass sie so krank war.“

„Wir auch nicht“, erwiderte er. „Es ist schrecklich gewesen . . . aber du bist hier. Du bist gekommen. Woher wusstest du davon?“

„Meine *Abuela* hat mir von deinem Anruf gestern erzählt. Sie sagte, du wolltest mit mir sprechen und mir sagen, dass du dich verändert hast. Ich beschloss zu kommen und mit dir zu reden. Von Debbie erfuhr ich erst, als ich nach Santa Fe kam und Mike anrief. Sie wollten gerade zum Flughafen fahren, so konnten wir denselben Flug nehmen.“

„Ich habe mich tatsächlich verändert, Maria. Ich liebe dich, und ich möchte noch einmal ganz neu mit dir anfangen. Ich möchte dir der Mann sein, den du verdienst. Der Vater, den Angelo braucht.“

Sie stellte sich auf die Zehenspitzen und drückte ihm die süßen Lippen an die Wange. „Wir werden reden“, sagte sie leise. „Aber zuerst wollen wir uns Angelos neue Cousins ansehen.“

Kapitel 16

Julia betrachtete ihre Söhne im Brutkasten. Zwillinge, noch immer namenlos, vernetzt mit Schläuchen und Drähten und an Monitore angeschlossen. Sie waren unwahrscheinlich klein. Viel zu klein, um sie in den Arm zu nehmen. Zu klein, um eigenständig zu atmen, an ihrer Brust zu trinken oder Windeln zu tragen. Sie wirkten kaum lebendig, aber sie waren am Leben, und sie dankte Gott für jeden Atemzug, den ihre kleinen Lungen taten. Der Arzt hatte ihr erklärt, ihr Sturz sei der Auslöser dafür gewesen, dass sich die Plazenta von der Gebärmutterwand abgelöst hatte. Das hatte die Blutung verursacht. Und deshalb hatte sofort ein Kaiserschnitt vorgenommen werden müssen, um den Jungen das Leben zu retten.

Drei Tage waren seit Debbies Tod und der Geburt der Zwillinge vergangen. Mike und ihre Töchter waren aus New Mexico angekommen und erfüllten das Krankenzimmer mit ihrer lärmenden Besorgnis. Irgendwie waren auch Peters Frau und sein Sohn aufgetaucht. Unmengen an Neuigkeiten, Fragen und Beileidsbekundungen ergossen sich über Julia und sie versuchte alles in sich aufzunehmen.

Aber Debbie war tot.

Und die beiden kleinen Jungen kämpften um ihr Leben.

Der Schmerz durchdrang jede Pore ihres Wesens. Und nicht nur der Schmerz von der Operation. Sie hatte das Gefühl, als sei sie durch ein Bett heißer Kohlen gerollt worden – ihr Körper brannte, ihr Geist war gequält, ihre Seele niedergeschlagen. Und mit wem konnte sie über all das sprechen? Wer würde die unmögliche Kombination von Leere und Fülle in ihr begreifen?

Die ganze Familie war an diesem Nachmittag nach Bolivar gefahren, um an Debbies Beerdigung teilzunehmen, doch Julia hatte sich geweigert, ihre Babys allein zu lassen. Wie konnte sie auch? Sie liebte sie so sehr! Schuldgefühle gingen in Wellen über sie hinweg. Es war ihre Schuld, dass ihre Söhne mit dem Tode rangen. Ihre Schuld, dass sie vielleicht keine Chance hatten, ein normales Leben zu führen – dass sie vielleicht geistig behindert, blind waren, Lungenprobleme oder eine Reihe anderer Komplikationen hatten, die bei einer Frühgeburt nicht auszuschließen waren. Wenn sie nicht so zornig auf ihre Eltern geworden wäre, wenn sie nicht wie eine Verrückte durch das Krankenhaus gerannt und die Treppe heruntergefallen wäre, wären ihre Babys jetzt noch sicher in ihrem Leib und reiften heran bis zu dem Tag, an dem sie bereit waren, geboren zu werden.

Und was hatte sie alles von sich gegeben, als sie durch das Krankenhaus gerannt war? Sie hatte gesagt, sie würde ihre Eltern hassen, Gott hassen, die Kirche hassen. Sie hatte alle Werte, die sie hochhielt, verbal attackiert. Nie im Leben war sie so zornig gewesen. Und was hatte ihr der Zorn gebracht? Nichts als Unglück.

Die Dinge, die sie gesagt hatte, stimmten nicht einmal.

Oder doch?

Julia schloss die Augen und senkte den Kopf in dem Versuch, die Tränen zu unterdrücken. In den vergangenen Tagen hatte sie mehr geweint, als sie je für möglich gehalten hätte. Hasste sie ihre Eltern tatsächlich? Alles in ihr schrie nach der angemessenen Antwort: *Nein, du liebst deine Eltern. Sie waren wundervolle Eltern. Du hattest eine tolle Kindheit in Afrika – hast Erfahrungen gemacht, die du für nichts auf der Welt eintauschen würdest.*

Aber irgendetwas tief in Julias Innerem flüsterte eine andere Wahrheit: *Deine Eltern haben dich verlassen. Sie haben dir wehgetan und dich vernachlässigt, als du sie am nötigsten gebraucht hättest. Du wirst nie mehr dasselbe Verhältnis zu ihnen haben, weil du jetzt die Realität erkannt hast. Deine Eltern haben ihre Gemeindearbeit über ihre Familie gestellt. Das haben sie immer getan. Und sie werden es immer tun.*

Oh, dieses Gefühl war so schrecklich. Sie wollte zurück zu

ihrer blinden Akzeptanz des schönen Bildes, das sie von ihrer Kindheit gezeichnet hatte. Sie wünschte, sie könnte beten.

Aber sie hatte gesagt, sie würde Gott hassen. Nein, sie hasste Gott nicht. Sie liebte ihn und betete ihn an. Sie befahl ihre winzigen Söhne in seine liebevollen Hände. Gott war bei ihr und in ihr gewesen in allem, was sie erlebt hatte. Sie hasste ihn nicht.

Und dann begann diese kleine Stimme erneut zu flüstern: *Alles, was wehtut, ist in Gottes Namen geschehen. Jeder schmerzliche Verlust entstand aus Gottes Willen. Gott hat deine Eltern nach Afrika geschickt. Gott ließ zu, dass deine Eltern dich ins Internat gesteckt haben. Gott ließ zu, dass Debbie starb und deine Babys zu früh geboren wurden. Was für einen Gott betest du denn an, Julia? Wer ist Gott, und warum bekennst du ihn als Erlöser und Herrn?*

„Es tut mir Leid, Gott!", flüsterte Julia durch ihre Tränen. „Es tut mir Leid, dass ich zornig auf dich war. Ich möchte nicht zornig sein. Aber alles in mir tut weh. Du liebst uns doch und sorgst für uns. Oder nicht? Warum fühle ich mich dann jedes Mal, wenn ich an dich denke, verletzt? Ich empfinde Schmerz. Bist du der Gott des Schmerzes oder der Gott der Heilung?

Und was ist mit deiner Gemeinde? Wann immer die Türen offen stehen, Herr, bin ich dort und arbeite für dich. Oder singe. Oder höre irgendeinem Prediger zu. In Afrika, draußen im Busch, da habe ich dich gekannt. Zumindest dachte ich das. Bist du in Amerika, in diesen schönen Kirchen mit ihren Sporthallen, Komitees und ihren Evangelisationsprogrammen? Warum kommt mich der Pastor nicht einmal besuchen? Sicher, ich bin die Frau des Jugendpastors. Aber auch ich brauche Nahrung! Ich brauche Hilfe. Weiß mein Pastor überhaupt, dass ich existiere?"

„Julia?" Eine Krankenschwester legte die Hand auf ihren Rücken. „Wir müssen Sie bitten, jetzt zu gehen. Es tut mir Leid. Wir werden Sie rufen, wenn Sie wieder kommen können."

Wortlos nickte Julia. Sie ließ ihren Blick über ihre kleinen Jungen gleiten, nahm jedes Detail von ihnen in sich auf, als könnte sie das irgendwie am Leben halten, bis sie sie das nächste Mal sah. Sie ging hinaus in den Warteraum, legte sich dort auf eine Couch und schloss die Augen. Sie war so müde. So ausgelaugt. Und so verloren.

Während sie im Dämmerschlaf auf der Couch lag, erschöpft, doch zu müde, um zu schlafen, dachte sie an ihre Schwester. Warum hatte Debbie sich in einen so schrecklichen Zustand abgleiten lassen? Es war ihre eigene Schuld, dass sie gestorben war! Sie hatte sich selbst getötet. Selbstmord durch Verhungern.

Aber warum hatte Debbie sterben wollen? Was war so schrecklich in ihrem Leben gewesen, dass sie nicht hatte weiterleben wollen? Julia erschauderte und drehte sich auf dem Sofa um. Sie wollte nicht mehr zornig sein. Aber nun, da die Emotionen freigesetzt worden waren, ließen sie sich auch nicht mehr wieder eindämmen.

Sie war zornig auf ihre Eltern. Zornig auf Gott. Und zornig auf Debbie. *Das hättest du nicht tun sollen, Debbie! Du hättest nicht einfach sterben dürfen!* Der Zorn nagte an ihr und erinnerte sie an die zahllosen Zwischenfälle, bei denen sie auf ihre kleine Schwester zornig gewesen war ... zum Beispiel, als Debbie sie in *Mensch ärgere dich nicht* bei sieben Spielen hintereinander geschlagen hatte ... oder als Debbie ihre private Schublade geöffnet und ohne sie zu fragen mit ihren Papierpuppen gespielt hatte ... oder als Debbie Julias Skipper das Haar abgeschnitten hatte ...

Julia – Afrika – 1974

Debbie und ich haben nur ein paar Barbies, aber wir spielen immerzu mit ihnen. Die Barbies tragen einen Pferdeschwanz, aber wir haben die Gummis herausgezogen und festgestellt, dass sie am Hinterkopf kahle Stellen haben. Ihre Wimpern sind schwarz und lang, so lang, dass sie sie vermutlich blind machen würden, wenn sie jemals blinzeln müssten. Meine Barbie hat braune Haare und Debbies ist blond. Sie können sich nicht bücken oder so. Bei Sears haben wir Barbies entdeckt, die sich bewegen und bücken können, aber unsere Mom hatte nicht genug Geld, um sie uns zu kaufen. Das ist in Ordnung.

Wir haben auch zwei Kens. Sie hatten einen Bürstenschnitt, doch jetzt sind ihre Stirnen kahl, wo das Haar ausgefallen ist. Unsere Kens sind auch blond und braunhaarig, aber wir lassen sie nicht immer die Barbie mit derselben Haarfarbe heiraten. Wir vertauschen sie auch schon mal.

Mom hat die meisten Kleider für unsere Barbies selbst genäht. Wir haben ein Hochzeitskleid und einige Röcke und Mäntel und normale Kleider. Aber Schuhe oder Taschen besitzen wir nicht. Unsere Kens haben jeder nur eine Hose, aber das macht nichts. Manchmal muss Ken Barbies Mutter sein, dann trägt er ein Kleid. Manchmal ist er ihre beste Freundin. Aber für ein Mädchen ist er ziemlich hässlich.

Im Laufe der Jahre haben wir in Nairobi ein paar andere Puppen zu den Barbies dazugekauft. Natürlich sind das keine echten Barbies. Auf ihrem Rücken steht *China* und sie wirken irgendwie blass und kränklich. Trotzdem spielen sie bei allen Spielen mit, die Debbie und ich mit den echten Barbies spielen. Manchmal ziehen wir ihnen die Köpfe ab und drehen sie um, das macht einen Riesenspaß.

Vergangene Weihnachten ist etwas sehr Aufregendes passiert. Unter unserem Weihnachtsbaum aus Aluminium lagen zwei Skipper, die in einer Kiste den ganzen Weg von Amerika herübergekommen waren! Nie hätten wir mit Barbies kleiner Schwester gerechnet. Aber jetzt besitzen wir zwei davon, mit glattem, seidenweichem Haar, das bis zur Taille reicht. Meine Skipper hat rote Haare, Debbies braune. Sie sind so süß. Mom hat mehrere kleine Kleider für sie genäht und wir sind so froh, dass wir sie haben. Wir spielen ganze Geschichten mit ihnen nach und wir bauen für sie Häuser auf dem Kartentisch. Die leere Schachtel von den Kosmetiktüchern ist ein tolles Bett und Waschlappen sind prima Teppiche.

Unsere Barbies sind auf dem Mond gewesen. Sie waren Pioniere. Sie waren Meerjungfrauen im Ozean. Es gibt nichts, was sie nicht können. Heute spielen wir „Schönheitssalon". Die Barbies sind Friseusen und alle anderen Puppen kommen in den Salon, um sich neu frisieren zu lassen. Debbie und ich flechten ihr Haar, machen Pferdeschwänze und Knoten und mit unseren bunten Textmarkern geben wir Ken ein besseres Aussehen als dieser blöde Bürstenschnitt.

„Julia, ich werde etwas ganz Besonderes für dich machen", sagt Debbie zu mir. Ihre blauen Augen strahlen und ich kann es kaum erwarten zu sehen, an was sie gedacht hat. „In Ordnung!", erwidere ich, als sie meine rothaarige Skipper nimmt und damit hinter dem Bett verschwindet. Ich flechte kleine Perlbänder in die Haare von einer Barbie. Das ist eine schwierige Aufgabe. Ich muss mich sehr konzentrieren.

„Täterätä!", ruft Debbie auf einmal. Sie holt Skipper hinter dem Bett hervor und hält sie wie eine Trophäe in die Höhe.

Ich starre sie an. Dann blinzele ich und starre noch mehr. Das meiste von Skippers wunderschönem roten Haar ist fort. Das restliche steht ihr vom Kopf ab. Sie sieht aus, als hätte sie den Finger in eine Steckdose gesteckt.

„Ist sie nicht hübsch?", fragt Debbie. „Ich habe ihr einen Bob geschnitten."

Unsere Großmutter hatte sich einen Bob schneiden lassen, als sie achtzehn war. Das Bild von ihr hängt an der Wohnzimmerwand. Mom hat uns von den bewegten Zwanzigern erzählt. Beim Bob liegen die Haare in kleinen Wellen, die man mit so genannten Bobbypins gemacht hat. Dadurch rollen sich die Haare unter dem Kinn und es sieht sehr süß aus.

„Das ist kein Bob", sage ich.

„Ist es doch." Debbie betrachtet Skipper. „Das ist ein Bob."

„Ist es nicht."

„Ist es doch."

„Ist es nicht!"

„Ist es doch!"

„Gib sie mir!" Ich schnappe mir Skipper und berühre ihr abgeschnittenes Haar. Und dann fange ich an zu weinen. Ich kann nicht anders. Sie hatte so hübsche rote Haare bis zur Taille. Und jetzt ist sie so hässlich. Keiner der Jungen wird sie mehr mögen. Sie werden nicht mit ihr ausgehen wollen. Sie wird von allen nur noch ausgelacht werden.

„Es ist ein Bob!", ruft Debbie und reißt mir Skipper aus der Hand. Sie streicht ihr Haar glatt, um mir zu zeigen, dass es bis zum Kinn reicht, genau wie Grandmas Haar auf dem Bild im Wohnzimmer. „Siehst du, sie ist hübsch!"

„Es steht ab. Du hast meine Skipper ruiniert!"

„Habe ich nicht!"

„Hast du doch!"

„Halt den Mund!"

Das dürfen wir nicht sagen und ich kann kaum glauben, dass diese Worte ausgerechnet aus dem Mund meiner Schwester kommen. Ich schluchze und gebe ihr eine Ohrfeige.

„Wie kannst du es wagen, mir so etwas zu sagen", jammere ich. „Du hältst den Mund!"

„Halt den Mund, halt den Mund, halt den Mund!" Debbie schlägt mir mit der Faust auf mein Bein. Jetzt weint sie auch, aber das ist mir egal. Sie hat meine Skipper verunstaltet und dazu hatte sie kein Recht. Sie kann mir meine wunderschöne Puppe nie mehr zurückbringen.

„Du bist dumm!", sage ich ihr. Das dürfen wir auch nicht sagen. Ich packe sie am Arm und grabe meine Fingernägel in ihre Haut.

„Hör auf", ruft sie. „Du tust mir weh!"

„Das hast du auch verdient." Ich kratze sie mit den Fingernägeln am Arm.

„Au, au! Deine Skipper hatte sowieso blöde rote Haare. Sie ist hässlich!"

„Du bist hässlich!"

„Du bist dumm!"

„Halt den Mund!"

Mittlerweile liegen wir auf dem Boden, schlagen uns und reißen uns an den Haaren. Ich verhaue sie mit meiner armen Skipper mit der Halbglatze. Debbie tritt mir gegen mein Knie.

Schließlich springe ich auf und gehe zur Schlafzimmertür. „Das werde ich Mom erzählen. Ich verpetze dich!"

„Du kannst es ihr nicht erzählen!", schreit sie. Ihr Arm blutet an der Stelle, wo ich sie gekratzt habe. „Mom ist bei einer Frauenstunde in Sultan Hamud, hä, hä! Du kannst es auch nicht Dad erzählen, weil er drüben im Massai-Dorf ist und mit den Ältesten spricht."

„Halt den Mund!", sage ich ein letztes Mal, weil ich weiß, dass sie Recht hat und Mom und Dad sowieso nichts mehr für meine arme Skipper tun können.

„Dummkopf!", brüllt sie, während ich schluchzend zur Tür renne. „Idiot, Dummkopf, Blödmann, halt den Mund!"

Dies sind die schlimmsten Wörter, die wir kennen, und dies ist der schrecklichste Streit, den ich je mit Debbie gehabt habe. Ich hasse sie so sehr, dass ich denke, ich würde sie umbringen, wenn ich könnte. Ich renne zum Brennofen hinaus, steige auf einen Felsen und weine. Ich wünschte, ich könnte Debbie in den Brennofen werfen und verbrennen. Ich wünschte, ich könnte sie bewusstlos schlagen und den Löwen zum Fraß vorwerfen. Ich wünschte, ich könnte sie zu einem Ameisenhügel zerren und beobachten, wie die Ameisen über sie herfallen und an ihr herumnagen, der dummen, blöden und hässlichen Kuh!

Lange Zeit sitze ich auf dem Felsen und weine. Dann bemerke ich allmählich, wie warm mir wird. Ich schwitze. Ich hebe den Kopf und reibe mir mit den Fäusten die Augen. Wow, mir ist sehr heiß. Lange Zeit starre ich ins Nichts. Dann sehe ich mir die Dinge in unserem Brennofen an.

Bananenschalen verbrennen nicht richtig. Das wusste ich gar nicht. Ich frage mich, ob Debbie das weiß. Da liegt ein zerbrochenes Glas. Neulich beim Abendessen hat sich Peter das Glas gegen den Zahn gestoßen – und zerbrochen. Jetzt liegen die Reste im Brennofen. Ich bemerke ein paar Papierfetzen, die nicht verbrannt sind. Sie sehen aus wie die Bibellektionen, die Dad geschrieben hat. Er muss den Massai-Pastoren so viel Zeug beibringen, weil sie nicht besonders gut lesen können. Sie wissen kaum, was in der Bibel steht.

Ich entdecke ein Stück Alufolie. Es muss schon ziemlich lange dort liegen. Mom wirft Folie fast nie fort. Sie streicht jedes Stück glatt und wäscht es ab. Dann legt sie es auf das Spülbecken, damit es trocknet. Dasselbe macht sie auch mit Plastiktüten. Sie werden immer und immer wieder benutzt, bis man sie wirklich nicht mehr nehmen kann. Ich überlege, wie viele Reste diese Folie wohl im Laufe ihres Lebens abgedeckt hat. Und jetzt liegt sie hier, zusammengeknüllt im Brennofen.

Draußen beim Brennofen ist es wirklich sehr heiß. Zwei Eidechsen beobachten mich. Ich fange an mich zu fragen, ob wohl eine Schlange unter meinem Stein liegt. Ich ziehe die Beine an und lege die Arme um meine Knie. Ich überlege, was Debbie wohl im Haus macht. Sie ist eine schreckliche Schwester.

Ich schwitze jetzt sehr stark. Und ich habe auch Durst. Dieser Schlange unter meinem Stein könnte in den Sinn kommen herauszukriechen und sich etwas zu fressen zu suchen. Und wenn es nun eine Puffotter oder eine Kobra ist? Schlangen beißen Menschen nicht aus reiner Gemeinheit, aber wenn ihr nicht gefällt, dass ich hier sitze?

Ich betrachte die Spitzenvorhänge vor unseren Fenstern. Auch wenn das Haus aus Wellblech besteht, ist es drinnen kühler als draußen. Vermutlich hat das etwas mit dem Schatten des Akazienbaumes in der Nähe zu tun. Mir ist sehr heiß.

Obwohl ich meine kleine Schwester hasse, haben wir normalerweise viel Spaß zusammen. In den Ferien spielen wir immer miteinander. Sie weiß alles über mich und ich weiß alles über sie. Wenn einer von uns eine Idee hat, weiß der andere sofort, was zu tun ist. Wir brauchen einander kaum etwas zu erklären.

Am liebsten spielen wir, dass wir auf einer einsamen Insel gestrandet sind. Der Teppich ist die Insel und die Couch ist unser Ausguck. Wenn wir einen Fuß von der Insel heruntertun, werden uns die Haie fressen. Aber wir müssen uns gleichzeitig auch noch um andere Dinge Gedanken machen. Denn häufig kommen Piraten auf die Insel und wir müssen Fallen für sie bauen. Manchmal spielt ein Elefant verrückt, rennt wie wild herum und versucht alles niederzutrampeln.

Ich starre auf das Fenster des Zimmers, das ich mit Debbie teile. Vermutlich ist das mit Skippers Haaren gar nicht so schlimm. Sie könnte der Junge sein und sich mit der anderen Skipper verabreden. Wir könnten Mom bitten, eine Jeans und ein T-Shirt für sie zu nähen.

Ich wünschte, ich hätte Debbie nicht gekratzt. Sie hat schrecklich geblutet. Das gefällt Gott überhaupt nicht, da bin ich sicher. Warum bin ich so sauer geworden? Debbie hat doch nur versucht, mir eine nette Überraschung zu bereiten. Sie dachte, sie könnte Skipper einen Bob schneiden, und auch wenn das ziemlich schief gegangen ist, hätte ich sie nicht schlagen sollen.

Ist es möglich, so schrecklich sauer auf jemanden zu sein und ihn trotzdem zu lieben?

Ich beuge mich ein wenig vor und hoffe, dass die Schlange mich nicht plötzlich beißt. Ich hole ein Stück Papier von Dads Bibellektionen aus dem Brennofen. Es ist halb verbrannt, aber auf der anderen Seite ist noch etwas Weißes übrig geblieben. Ich breche ein Stück von einem verkohlten Stock ab. Ich lege das Papier auf meine Knie und schreibe:

Liebe Debbie,
es tut mir Leid, dass ich dich gekratzt habe. Wollen wir Schiffbrüchige spielen?
In Liebe, Julia

Ich werfe den Stock auf den Boden und falte das Papier zusammen. Dann rappele ich mich auf meinem Stein hoch und setze zum größten Sprung meines Lebens an, weil ich überhaupt keine Lust habe, mich von dieser Schlange beißen zu lassen. Ich habe nämlich viele Dinge zu tun, die Spaß machen.

Ich springe mindestens zwei Meter weit von dem Stein herunter und renne zum Haus. Wir haben keine Fliegengitter an den Fenstern und sie sind immer geöffnet, um frische Luft hereinzulassen. Ich stehe vor dem Zimmer, das ich mit Debbie teile, ziehe den Spitzenvorhang zur Seite und spähe hinein. Debbie sitzt mit mir zugewandtem Rücken auf dem Bett und versucht, Skippers Haare wieder anzukleben. Sie macht eine schreckliche Sauerei und Mom wird sauer sein, weil sie den Kleber auf der Bettdecke verkleckert hat. Ich hole aus und werfe den Zettel in den Raum. Er trifft Debbie am Arm. Als sie sich umdreht, ducke ich mich.

Schon bald höre ich, wie die Haustür geöffnet wird. „Julia?", ruft sie.

Ich schleiche um das Haus herum und spähe um die Ecke. Sie hat geweint. Ihre Nase ist rot und ihre Augen sind geschwollen. Sie sieht mich.

„Du kannst der Kapitän des Schiffes sein", sagt sie.

Das ist eine große Sache, weil wir immer darüber streiten, wer Kapitän sein darf. Ich gehe zu ihr hin. „Wo sind unsere Schwerter?"

„Mom hat sie auf dem Kühlschrank versteckt."

„Du holst die Schwerter und ich suche eine Schatzkiste." Ich halte inne. „Sollen wir dieses Mal eine Schatzkiste haben?"

Sie strahlt. „Ja! Und ich lege meine Halskette hinein!"

Wow, das ist toll. Debbie liebt diese Kette und ich darf sie nie berühren. Eine Gemeinde in Amerika hat sie ihr als Abschiedsgeschenk gegeben, als wir nach Afrika ausgereist sind. Der Anhänger ist ein goldener Käfig, in dem winzige bunte Steine liegen wie Smaragde, Rubine und Saphire. Peter sagt, es seien keine echten, aber das ist uns egal. Debbie und ich finden beide, dass die Kette das Schönste ist, das wir je gesehen haben. Ich kann kaum glauben, dass wir jetzt damit spielen dürfen.

„Ich hole sie für uns", sagt sie.

„In Ordnung!" Ich gehe in die Küche und suche nach einer Kiste, die wir als Schatzkiste benutzen können. Das wird viel Spaß machen!

Kapitel 17

„Julia!“ Peter setzte sich neben seine Schwester auf die kleine Couch und legte den Arm um sie. „Julia, komm, ich bring dich ins Hotel, damit du ein wenig ausruhen kannst.“

Sie öffnete die Augen und sah ihn an, ohne ihn wahrzunehmen. Peter rüttelte sie ein wenig. „Komm schon, Jules. Ich bring dich ins Hotel, in dem Mike und die Mädchen abgestiegen sind. Mom und Dad sind schon vor Stunden nach Hause gefahren.“

„Geht es meinen Babys gut?“, murmelte sie.

„Ihnen geht es prima. Und die Schwester hat mir gesagt, du solltest heute Nacht mal wieder in einem richtigen Bett schlafen. Sie ruft uns an, falls es Probleme gibt.“

„Nein, ich kann sie nicht verlassen.“

„Julia, es ist fast zwei Uhr morgens und ich sitze hier schon die ganze Zeit bei dir. Ich kann kaum noch die Augen aufhalten. Lass uns nach Hause fahren und ein wenig schlafen.“

„Ich kann das Krankenhaus nicht verlassen, Peter.“ Sie rappelte sich hoch und fuhr sich mit der Hand durch die Haare. Seine Schwester sah so schlimm aus, wie er sie noch nie erlebt hatte. Dunkle Ringe lagen unter ihren Augen und sie war so blass wie das Mondlicht, das durch das Fenster auf den Boden im Warteraum fiel.

„Julia, du kannst deine Babys nicht am Leben halten, indem du Tag und Nacht hier herumsitzt“, ermahnte er sie so sanft es ging. „Du musst den Schwestern vertrauen, dass sie sich um die Jungen kümmern. Dazu sind sie ausgebildet. Das Beste für dich wäre, wenn du einmal richtig schlafen würdest.“

Sie schüttelte den Kopf und Peter wusste, dass es ein aussichtsloser Kampf war. Seit mehreren Tagen versuchte Mike nun schon, seine Frau vom Krankenhaus wegzulocken, aber sie weigerte sich zu gehen.

„Wo ist Maria?", fragte sie und unterdrückte ein Gähnen.

„Sie und Angelo wohnen im selben Hotel wie deine Familie."

„Wie steht es mit euch beiden, Pete?"

Er zuckte die Achseln. „Ganz gut, glaube ich. Wir reden viel. Dad hat uns ein wenig geholfen und versucht uns die eigentlichen Probleme in unserer Ehe erkennen zu lassen. Wir streiten häufig wegen Kleinigkeiten und Dad denkt, es könnte etwas geben, das tiefer reicht."

„Denkst du das auch?"

„Vielleicht. Heute Nachmittag hat Maria mir gesagt, sie hätte das Gefühl, als hätte ich mich nie richtig an sie gebunden, als hätte ich mich nur halbherzig auf die Ehe eingelassen und noch immer einen Fuß in der Tür für den Fall, dass ich davonlaufen muss." Er sah zu Boden. „Ich glaube, sie hat Recht. Weißt du, all das, was du neulich gesagt hast – über die Abschiede, die zu unserem Leben dazugehörten. Ich erkenne, dass ich Angst habe, mich zu sehr auf jemanden einzulassen, weil ich ihn verlieren könnte."

„Oh Peter."

„Ich möchte lieber selbst die Bindungen lösen, als abgehängt zu werden."

„Nun, du kannst Maria nicht auf Armeslänge von dir fernhalten. Nicht wenn du möchtest, dass eure Ehe gelingt."

„Ich versuche ja, sie in mein Herz zu lassen. Sie hat mir gesagt, ich hätte die Liebe in ihr erstickt, und ich weiß, es stimmt. Ich habe sie gebeten, mir noch eine Chance zu geben. Ich möchte ihr zeigen, dass ich mich verändert habe. Ich bin jetzt anders. Natürlich nicht vollkommen und ich weiß, dass wir trotzdem Probleme haben werden, aber ich bin entschlossen, Maria der Mann zu sein, den sie verdient hat."

„Das ist gut", sagte Julia vage.

„Maria hat Recht, als sie sagte, in all den Jahren, die sie mich kennt, hätten meine Gedanken nur um einen Menschen gekreist – um mich. Es fällt ihr schwer zu glauben, dass ich mich ändern kann."

„Kannst du das denn?“ Julias Interesse schien geweckt zu sein.

„Ja, das kann ich, weil Jesus Christus mir helfen wird. Ich war viel zu sehr mit mir selbst beschäftigt. In mir war kein Platz für Maria oder Angelo oder irgendjemand anderem außer mir. Aber als Dad mir die Wahrheit erklärt hat, verstand ich. Zum ersten Mal habe ich es begriffen und akzeptiert. Jetzt bin ich nicht mehr von mir selbst ausgefüllt. Ich bin mit dem Geist Gottes erfüllt. Während ich lerne, wer ich bin, versuche ich Maria die Veränderungen merken zu lassen.“

„Das ist gut“, sagte Julia.

Peter hatte Angst, sie wieder zu verlieren. „Ich erzähle jetzt auch mehr von Afrika, was es für mich bedeutet hat und was ich empfinde, weil ich es verloren habe. Und ich versuche, im Glauben weiterzukommen. Ich lese in der Bibel.“

Julia starrte ihn an, als wüsste sie nicht, wo sie sich befand. Ihre Augen waren ausdruckslos wie ein ausgeschaltetes Fernsehgerät. Er legte den Arm um sie und drückte sie.

„Bitte, lass mich dich nach Hause bringen, Julia. Du wirst noch zusammenbrechen.“

„Nein, es ist nur . . . ich verstehe nicht alles. Du liest in der Bibel?“

„Ja. Ich möchte wissen, was drinsteht. Ich denke, es wird mir helfen, meine Beziehung zu Maria wieder in Ordnung zu bringen.“

„Hat sie vor, wieder zu dir zurückzukommen?“

„Sie sagt, sie würde es tun. Aber sie hat Angst.“ Er hielt inne. „Ich auch.“

Julia legte den Kopf auf seine Schulter. „Ich bin stolz auf dich, Peter. Du bist ein Krieger und du wirst deine Frau zurückgewinnen. Genau wie du gesagt hast.“

„Aber Debbie konnte ich nicht beschützen. Ich konnte sie nicht am Leben halten.“

„Nein.“ Sie zitterte ein wenig. „Ist sie wirklich tot, Peter? Das erscheint mir irgendwie unmöglich.“

„Ich werde morgen mit dir auf den Friedhof fahren. Du sollst sehen, wo sie begraben wurde. Das wird dir helfen, es zu akzeptieren.“

„Nein, ich kann meine Jungen nicht verlassen."

„Warum nicht, Julia? Sie müssen vielleicht ein paar Wochen im Brutkasten liegen bleiben. Vielleicht sogar Monate. Du kannst doch nicht im Krankenhaus wohnen."

„Doch, das kann ich."

„Warum?"

„Weil ich sie liebe."

„Weil du dich schuldig fühlst. Du gibst dir die Schuld, dass sie zu früh geboren wurden, nicht?"

„Zum Teil."

„Und du fühlst dich schuldig, weil du nicht schwanger sein wolltest."

„Ja." Sie schluckte ihr Schluchzen hinunter. „Und auch weil sie meine Kinder sind und ich sie nicht verlassen will, wie wir verlassen wurden. Ich werde jede Minute bei ihnen sein."

„Du hast auch noch andere Kinder, Julia. Deine Töchter machen sich große Sorgen um dich. Und Mike auch. Er hat mir gesagt, er wüsste nicht, was er tun soll. Es ist, als würdest du dich in einer Art Tunnel verstecken und er kann dich nicht erreichen. Verlass wegen der Babys nicht den Rest deiner Familie, Julia."

„Ich habe nicht genug Energie für alle. Im Augenblick kann ich mich nur um die Jungen kümmern."

„Aber du kannst dich nicht um sie kümmern. Du kannst sie nicht einmal auf den Arm nehmen."

„Sie brauchen mich!"

„Ja, aber du bist zu müde, um ihnen oder irgendjemand anderem etwas Gutes zu tun. Du musst dich jetzt in erster Linie um dich selbst kümmern."

„Wie kannst du das sagen?", rief sie und löste sich von ihm. „Ich muss mehr tun. Ich muss es besser machen . . . ich kann nicht . . . ich kann nicht . . ."

„Julia, komm her." Er zog seine Schwester in die Arme. „Ich bin ein Krieger, aber ich bin nicht der führende Stammesälteste. Und auch wenn du dein ganzes Leben lang versucht hast es allen recht zu machen, bist du nur eine Frau, nur ein Mensch. Du hast vieles richtig gemacht und du hast ein paar Fehler gemacht."

„Ich habe gesagt, ich würde Gott hassen."

„Du warst aufgebracht."

„Aber ich habe es gesagt!"

„Sieh mal, ich habe Hunderte von Dingen gesagt, die ich nicht ernst gemeint habe."

„Ich glaube, ich habe es ernst gemeint, Peter." Sie legte die Hand über die Augen. „Nicht richtig, aber irgendwie schon. Sieh mal, ich habe über ein paar Dinge sehr intensiv nachgedacht. Über den Zorn in mir. Gott hat zugelassen, dass mir schreckliche Dinge passiert sind. Ich hasse das!"

Peter strich seiner Schwester beruhigend über den Rücken und dachte an die vielen Gelegenheiten, wo er exakt dasselbe gedacht hatte. Und jetzt saß die gute, perfekte kleine Julia hier und stellte sich endlich der Realität. Seltsam, dass sie dort gelandet war, wo er diese Phase nun endlich überwunden hatte. Er konnte sich an den Zorn erinnern, das Gefühl, betrogen worden zu sein, das er gedanklich immer mit Gott in Verbindung gebracht hatte. Er wusste genau, was Julia empfand. Aber jetzt – endlich und unglaublicherweise – konnte er über den Schmerz hinwegsehen.

„Julia, ich möchte dir Folgendes sagen", begann er. „Du wirst es mir jetzt vielleicht nicht abnehmen, aber später wirst du mir glauben." Er seufzte. Wie konnte er die Erkenntnisse in Worte fassen, die er doch selbst gerade erst gewonnen hatte? „Ich fange erst an zu begreifen, dass es in Ordnung ist, über die Verletzungen der Vergangenheit zornig zu sein. Und es ist in Ordnung einzugestehen, dass Gott da war, als diese schmerzlichen Dinge passierten. Wir brauchen nicht das eine oder andere zu wählen."

„Was meinst du?"

„Schmerz und Glauben. Noch vor ein paar Monaten hätte ich es selbst nicht geglaubt, aber jetzt fange ich an, das zu begreifen. Schmerz und Glauben können nebeneinander existieren, Jules." Er strich ihr das zerzauste Haar aus dem Gesicht, als könnte er ihr auf diese Weise Frieden geben und alles in Ordnung bringen. „Wir können uns an den Schmerz erinnern, von Mom und Dad verlassen worden zu sein, sogar an das Gefühl, von Gott betrogen und im Stich gelassen worden zu sein, und wir können trotzdem wissen, dass Gott uns hindurchgeholfen hat, uns geliebt und zu dem Menschen geformt hat, der wir nach seinem Willen sein sollten. Die Tatsache, dass schreckliche und schmerzvolle Dinge passieren, bedeutet nicht, dass Gott uns nicht liebt."

„Ich weiß nicht, Peter. Ich weiß nur, wie schlecht ich mich fühle."

„Du bist zornig und du denkst, Gott hätte in deinem Zorn keinen Platz. Du denkst, um ein guter Christ zu sein, müsstest du den Schmerz irgendwie ausschalten, müsstest du so tun, als gäbe es ihn nicht. Aber es gibt ihn."

„Ja, allerdings."

„Weißt du, was ich heute Morgen gelesen habe? Es war diese Stelle in der Bibel, wo Jesus im Garten Gethsemane ist. Er wusste, dass sein Tod bevorstand, und er war sehr traurig darüber. Er wollte diesen Schmerz nicht, Julia. Er hat Blut geschwitzt und Gott angefleht, ihn von diesem Schmerz zu verschonen. Jesus war verletzt und ängstlich, er fühlte sich zurückgewiesen, doch gleichzeitig hat er seinen Vater geliebt. Er hat viel gelitten, mehr als wir je in Afrika gelitten haben, das ist sicher. Aber Jesus hat Gott nie zurückgewiesen. Er hat darum gefleht, der Schmerz möge aufhören, er hatte sogar das Gefühl, von Gott im Stich gelassen worden zu sein – im Stich gelassen, Julia! Aber er hat weiter mit Gott gesprochen und darauf vertraut, dass Gott bei ihm ist. Und so war es auch."

Julia nickte. „Weißt du, ich habe mich an ein paar Dinge in Bezug auf Debbie erinnert. Ich habe darüber nachgedacht, wie ich so zornig auf sie sein . . . und sie trotzdem lieben konnte."

„Ja. Und nach einer Weile, nachdem du Zeit gehabt hast, genau darüber nachzudenken, wirst du erkennen, dass du nichts mehr vorzutäuschen brauchst. Du brauchst nicht so zu tun, als hättest du eine perfekte Kindheit gehabt, um zu vermeiden, dein rosiges Bild von Gott zu beschädigen. Gott ist nicht rosig. Er ist real. Und du kannst den Schmerz ehrlich zugeben, den du erlebt hast, ohne auf Gott und alle anderen zornig zu sein, die daran beteiligt waren. Du wirst dahin kommen, Schmerz eingestehen zu können und Gott trotzdem zu lieben."

„Du bist mir voraus", sagte sie. „Die ganze Zeit dachte ich, dein Leben wäre so in Unordnung, weil du in deinem Zorn verharrt bist. Aber du bist über den Zorn hinweg und hast diese Phase erreicht, wo du sowohl den Zorn als auch den Glauben akzeptierst."

„Oh-oh. Ich spüre, dass meine Schwester nervös wird. Ich bin dir voraus, ja? Ich habe dich geschlagen?" Er schüttelte den Kopf. „Du bist mir in deinem Verständnis des Glaubens, in deiner Bibelkenntnis und deinem Verständnis Gottes so weit voraus, dass ich dich nie einholen werde."

„Ich verstehe Gott nicht."

„Wer tut das schon?" Er stieß sie mit dem Ellbogen an. „Mal im Ernst, wer tut das schon?"

„Billy Graham?"

Er lachte. „Ich wette, wenn er könnte, würde Billy Graham dir sagen, dass er nie auch nur in die Nähe dessen gekommen ist."

„Ich wünschte, ich hätte nicht gesagt, ich würde Gott hassen. Oder unsere Eltern. Oder die Gemeinde. Ich hasse sie nicht, keinen von ihnen. Ich bin nur zornig."

„Bitte um Vergebung. Du weißt ja, wie das geht."

„Ja." Sie fuhr sich über die Augen. „Das tue ich."

„Und jetzt komm, Jules. Lass uns ins Hotel fahren und ins Bett gehen."

„Nein", sagte sie und schüttelte den Kopf. „Ich meine es ernst, Peter. Ich werde meine Babys nicht verlassen. Ich muss bei ihnen sein."

Er seufzte auf. „In Ordnung, aber ich fahre jetzt. Ich kann das nicht jede Nacht durchhalten."

Sie beugte sich vor und gab ihm einen Kuss auf die Wange. „Danke, kleiner Bruder."

Als er den Warteraum verließ, wandte er sich noch einmal um. Sie lag zusammengerollt auf der Couch und es sah so aus, als würden sich ihre Lippen im Gebet bewegen.

*

Mike saß neben Julia und hielt ihre Hand, während sie ihre Söhne betrachteten. „Irgendetwas, das mit D anfängt", sagte er. „Zur Erinnerung an Debbie und deinem Dad zu Ehren.

Aber nicht Donald. Ich möchte keinen Sohn haben, der Donald heißt. Ich könnte es nicht aussprechen, ohne ‚Duck' hinzuzufügen."

„David . . . Dustin . . . Darrell . . . Derek." Sie bemerkte, wie tonlos ihre Stimme klang und sie wünschte, sie könnte in sich einen Funken entzünden. „Oder Daniel. Mir gefällt Daniel."

„Das gefällt mir auch. Daniel in der Löwengrube. Das wäre eine passende Beschreibung für diese beiden kleinen Schufte."

Nun da es den Anschein hatte, als würden die Babys tatsächlich überleben, war Julia damit einverstanden, ihnen einen Namen zu geben. Ihr Mann hatte im Wartezimmer ein Buch mit Namen gefunden, und sie hatten Stunden damit zugebracht, sie durchzugehen.

„Was ist mit David?", schlug Mike vor. „Der David in der Bibel war ein Kämpfer. Er hat Goliath überwunden."

„Sag so etwas nicht."

„Was denn?"

„*Überwunden*. Das ist kein reales Wort. Es ist ein Predigerwort. Ein falsches Wort."

Mike seufzte frustriert auf. „Julia, Liebling, wie lange wird deine schlechte Laune denn noch anhalten?"

„Immer."

„Nun, es reicht allmählich."

„Zu schade. Ich habe es satt, ein Fußabtreter zu sein. Ich werde sagen, was ich empfinde."

Er setzte sich auf. „Denkst du, es liegt an deinen Hormonen? Oder sind es die Nachwirkungen der Geburt oder so etwas? Vielleicht solltest du zu einem Therapeuten gehen."

„Nicht im Augenblick. Ich möchte bei den Babys bleiben."

„Julia, Peter hat mir erzählt, wie aufgebracht du kurz vor der Geburt der Babys warst. Er hat versucht, mir alles zu erklären – worüber ihr gesprochen habt. Ich habe das Gefühl, dass ich dich ein wenig verstehe. Zumindest würde ich das, wenn du mit mir darüber reden würdest, ohne mir den Kopf abzureißen."

„Es tut mir Leid, Mike, aber ich kann einfach nicht alles auf einmal."

„Nun, falls dein Frust damit zu tun hat, dass du dir die

Schuld gibst, weil du nicht schwanger werden wolltest, weil du überlegt hattest, wieder ans College zu gehen und deine Ausbildung zu beenden . . ."

„Woher weißt du das?"

„Ich bin mit dir verheiratet, schon vergessen? Du hast davon gesprochen, seit du deine Ausbildung abgebrochen hast. Du willst Krankenschwester werden. Und ich finde das sehr gut. Wirklich." Er nahm ihre Hand. „Julia, in der vergangenen Zeit bin ich recht instabil gewesen. Anscheinend hat Gott an mir gearbeitet . . ."

„Sag das nicht, Mike. ‚Gott hat an mir gearbeitet.' Das klingt so nach Prediger."

Er kratzte sich am Hinterkopf. „Also gut. Du meine Güte."

„Ich habe es einfach satt, mir das anzuhören. Ich habe sie mein ganzes Leben lang gehört – diese Sprache Kanaans. Tu das nicht mehr. Ich kann das nicht ausstehen."

„In Ordnung." Er fuhr mit dem Daumen über ihre Knöchel. „Ich fühlte mich als Jugendpastor nicht wohl, weil ich dachte, ich wäre mittlerweile für den Umgang mit Teenagern zu alt. Und ich habe darüber gebetet . . . ist es in Ordnung, wenn ich das sage? Darüber gebetet?"

Sie sah ihn an. „Das ist in Ordnung." Sie fühlte sich elend und wünschte, sie wäre ihrem Mann gegenüber nicht so hart gewesen. Mike war ebenfalls erschöpft. Der Zustand ihrer Söhne hatte ihm sehr zugesetzt. Er hatte viele Tränen vergossen und abends konnte er sich kaum vom Brutkasten losreißen.

„Auf jeden Fall habe ich das Gefühl, dass unsere Jungen . . . nennen wir sie jetzt Daniel und David?"

Sie nickt. „Daniel und David."

„Ich habe das Gefühl, dass Daniel und David ein Geschenk sind. Sie sind Gottes Weg, mir einige wichtige Dinge zu zeigen. Dass ich wohl besser doch noch eine ganze Weile in der Jugendarbeit bleibe."

Sie lächelte. „Du kannst so gut mit Jugendlichen umgehen, Mike."

„Ich liebe Kinder. Allen Alters. Ich möchte nur nicht langweilig werden."

„Du bist niemals langweilig."

„Du auch nicht. Aber, Julia, wenn du dir als Mutter, die zu Hause bleibt, wie ein Fußabtreter vorkommst, dann unterstütze ich deine Rückkehr ans College. Ich werde das mit der Gemeinde vereinbaren, damit ich, wenn du Unterricht hast, bei den Jungen bleiben kann. Wir schaffen das. Ich weiß es."

„Danke, Mike", sagte sie. „Das bedeutet mir sehr viel. Aber ich fange ebenfalls an zu sehen, dass Gott mir dasselbe sagt wie dir. Daniel und David sind ein Geschenk an uns. Ich möchte für Menschen sorgen und meine Fähigkeiten in der Pflegetätigkeit entwickeln. Falls die Jungen besondere Bedürfnisse haben, was nach Aussage des Arztes durchaus möglich sein könnte, dann werde ich mit der häuslichen Pflege mehr als beschäftigt sein. Warum warten wir nicht ein Jahr ab und sehen, wie sie sich entwickeln?"

„Bist du sicher, Julia?"

Sie nickte. „Ich möchte nichts anderes, als diese Babys mit nach Hause nehmen und wieder anfangen zu leben."

„Nun, da kommen wir zu einem anderen Punkt." Er drückte ihre Hand. „Julia, du weißt doch, dass ich überlegt habe, nach Wyoming zu gehen."

Sie spürte, wie ihr Herz sich zusammenkrampfte. Wenn er dachte, er könnte zwei zu früh geborene Kinder mitten in die Wildnis des Nordens bringen ...

„Nun, ich habe mich ein wenig umgehört", fuhr er fort. Wenn er nervös war, dann sprach er immer ein wenig atemlos. „Hier in Springfield gibt es eine Gemeinde, die einen Jugendpastor sucht. Gestern Nachmittag habe ich mit dem Hauptpastor gesprochen und er schien sehr interessiert." Er betrachtete sie einen Augenblick. „Bitte werde jetzt nicht sauer. Peter hat mir erzählt, dass du mit deinen Gefühlen deinen Eltern gegenüber zu kämpfen hast. Aber ich denke, auf keinen Fall können wir in eine abgelegene Gegend ziehen, falls die Jungen irgendwie behindert sind. Wyoming kommt also schon mal nicht in Frage. Und ich habe das Gefühl, nun bereit zu sein, von Santa Fe wegzuziehen. Ich würde gern wieder in der Nähe des Ortes leben, in dem ich aufgewachsen bin. Meine Eltern machen sich große Sorgen um die Babys und sie möchten gern helfen. Julia, deine Eltern haben uns auch Mut gemacht, hierherzuziehen. Sie sagten, sie würden gern in unserer Nähe sein und an unserem Leben teilhaben."

„Das haben sie gesagt?" Julia war sich nicht sicher, ob sie das freute oder misstrauisch machte.

„Ich weiß nicht, warum es dir so schwer fällt, das zu glauben. Deine Mom hat sich große Mühe gegeben, eine Babyparty für dich zu organisieren und alle Gebetskreise über den Zustand der Jungen informiert zu halten. Dein Dad hat alles getan, um Jessica und Heather den Aufenthalt hier so angenehm wie möglich zu gestalten. Er hat ihnen sogar den Wagen geliehen, damit sie zum Pizzaessen fahren konnten. Deine Eltern sind wirklich sehr liebe Menschen, Julia. Ich weiß, dass du es als Kind nicht leicht gehabt hast, aber sie lieben dich sehr."

Julia spürte, wie neue Hoffnung ihr Herz bewegte. „Ich habe tatsächlich vieles mit meinen Eltern aufzuarbeiten. Vielleicht ist es ja auch schon zu spät, aber ich würde es wirklich gern versuchen. Näher beieinander zu wohnen, könnte sehr hilfreich sein." Sie nahm die Hand ihres Mannes und küsste sie. „Ich liebe New Mexico", flüsterte sie, „aber vielleicht ist es gut hierherzuziehen."

„Dann würdest du mich also unterstützen, wenn ich mich um diese Stelle bewerben würde?"

„Mach es ruhig, Mike."

Er umarmte sie. „Wir werden es schaffen, Julia. Du wirst schon sehen."

„Ich liebe dich."

„Ich liebe dich auch. Und jetzt habe ich noch eine Bitte an dich. Siehst du diese Leute dort draußen?" Er deutete durch das große Fenster zum Warteraum. Sie konnte ihre Eltern, ihre Töchter, Peter und seine Familie und sogar Mikes Eltern sehen, die aus dem Norden des Staates heruntergekommen waren, um die Babys zu besuchen. Sie wusste, alle waren Tag für Tag zum Brutkasten gekommen und hatten Stunden dort zugebracht. Sie war nur zu sehr von ihrem eigenen Schmerz in Anspruch genommen, um irgendjemanden sonst zur Kenntnis zu nehmen.

„Ich sehe sie."

„Wir alle möchten mit dir zum Friedhof fahren. Wir möchten, dass du die Babys eine kurze Weile allein lässt und den Schwestern vertraust, dass sie auf sie aufpassen. Du musst das tun, Liebes."

Julia ließ den Blick über ihre winzigen Söhne gleiten. Dann erhob sie sich. „Ich habe eine bessere Idee", sagte sie. Während Mike ihr aus dem Raum folgte, ging sie auf ihre Eltern zu.

„Hey, Mom und Dad", sagte sie. Sie umarmten sie und drückten sie fest an sich. „Hört zu, ich möchte gern Debbies Grab sehen. Abschied nehmen, wisst ihr."

„Ja, Julia", erwiderte Mom. „Wir wissen."

„Ich habe mich gefragt, ob . . . ich lasse die Jungs wirklich nur ungern allein, ohne dass jemand von der Familie bei ihnen ist. Würdet ihr bei meinen Söhnen bleiben? Würdet ihr für mich auf sie aufpassen?"

„Oh Liebes, es tut uns so Leid, dass wir neulich in Bolivar zu spät gekommen sind." Mom fing an zu weinen. „Wir wussten nicht, wie sehr wir dich aufgeregt haben. Wir wussten nicht, dass Debbie so . . ."

„Mom, hörst du mir zu? Ich sage dir, dass ich dir vertraue. Ich vertraue dir die Sorge für meine Babys an, ich biete dir an, meinen Platz einzunehmen, während ich fort bin. Wirst du das tun?"

„Natürlich werden wir das tun, Julia", entgegnete Dad. „Wir werden nicht von ihrer Seite weichen. Wir versprechen es."

Julia nickte. Jessica und Heather legten den Arm um sie. „Wir sind für dich da, Mom", flüsterte Jessica. „Jetzt sind wir alle zusammen."

„Dad hat uns gerade erzählt, dass du unsere Brüder Daniel und David nennen willst", sagte Heather. „Können wir ihre zweiten Vornamen aussuchen? Ich und Jessica?"

„Ich finde das eine gute Idee."

„Cool!"

Julia streckte sich auf dem Gras aus und legte die Beine nebeneinander. Peter stopfte ihr seine Jacke unter den Kopf und legte sich neben sie. Debbie war nicht weit von ihnen entfernt begraben, im Schatten einer Eiche. Es konnte Monate dauern, bis Gras über die Narbe in der Erde gewachsen war, die ihren Ruheplatz markierte. Peter und die anderen hatten einen Grabstein bestellt. Julia hatte vor, Blumen auf das Grab zu pflanzen.

„Ich bin froh, dass die anderen einen Spaziergang machen", sagte sie zu ihrem Bruder. „Es ist schön, hier zu sein, nur wir drei."

„Debbie ist zwar im Himmel, aber irgendwie spüre ich ihren Geist. Du auch?"

„Sogar sehr intensiv. Ich denke, Ralph wusste, wovon er sprach, als er sagte, es würde ihr gut gehen."

„Es geht ihr gut . . . aber ich vermisse sie trotzdem."

„Ich auch." Sie betrachtete das grüne Blätterdach über sich. „Ich hoffe, Ralph kommt damit klar."

„Bei der Beerdigung war er sehr traurig. Er hat viel geweint." Peter rieb ein heruntergefallenes Blatt zwischen Daumen und Zeigefinger. „Irgendwie bin ich auch froh. Die anderen Leute, die bei der Beerdigung waren, haben es kaum geschafft, sie im Krankenhaus zu besuchen. Aber Ralph . . . ich glaube, er hat Debs geliebt."

„Ich glaube auch. Ich kann nicht umhin mich zu fragen, was vielleicht zwischen ihnen entstanden wäre, wenn nicht . . ." Sie zögerte. „Ich werde ihm schreiben. Ihm danken, weißt du. Ihm sagen, wie sehr wir ihn schätzen. Ich möchte den Kontakt zu ihm halten."

„Das ist eine gute Idee." Er schwieg. „Da wir gerade von Kontakten sprechen, ich möchte mich in dieser Hinsicht bessern. Wir sollten uns nicht wieder so entfremden wie in der Vergangenheit."

„Oh Peter, das möchte ich auch nicht. Das wird das Schwierigste sein bei dem Umzug hierher. Ich werde so weit von dir und Maria entfernt sein."

„Ja, aber es wird gut für dich sein, wieder näher bei Mom und Dad zu wohnen."

„Ich hoffe es", sagte Julia. „Ich weiß, für Debbie war es nicht besonders hilfreich, sie so in der Nähe zu haben, aber vielleicht kann ich einige Schritte unternehmen, meine Beziehung zu ihnen zu verbessern. Ich werde es auf jeden Fall versuchen."

Eine angenehme Stille wuchs zwischen ihnen. *Wie viele Veränderungen sind in so kurzer Zeit eingetreten*, dachte Julia.

Und doch gab es noch so vieles zu tun. Sie hatte das Gefühl, vor einem Wald zu stehen und sie hatte doch gerade erst die Straße gefunden.

„Weißt du, woran mich das erinnert? Die Bäume, das grüne Gras und alles?“, drang Peters Stimme in ihre Gedanken.

„Die Gräber?“, fragte sie.

„Nicht dieser Teil. Vor allem die Bäume und der blaue Himmel.“ Er hielt inne. „Das erinnert mich an den botanischen Garten in Nairobi.“

Sie erinnerte sich. „Oh, als Kind bin ich so gern dorthin gegangen. Wir haben immer ein schönes Picknick gemacht – weißt du noch, wie du, Debbie und ich mit dem Samstagsbus von der KCA gekommen sind und Mom und Dad uns abholten? Und dann sind wir alle in den botanischen Garten gegangen und gemeinsam unter den Bäumen hergelaufen.“

„Und weißt du noch, wie Debbie in dem Irrgarten verloren gegangen ist?“

„Sie ging immer verloren.“ Julia dachte über ihre Bemerkung nach und fragte sich, ob Debbie sich endlich zu Hause, endlich sicher fühlte.

„Und erinnerst du dich noch, wie wir eine ganze Gruppe Grasschnitter mit ihren *Pangas* getroffen haben?“

„Das hat mir eine Todesangst eingejagt. Ich war sicher, sie würden hinter uns herkommen. Aber sie haben nur gewunken und weiter das Gras geschnitten.“

„Erinnerst du dich noch an das Aufregendste, das uns je in dem botanischen Garten passiert ist?“, fragte Peter.

„Natürlich. Wie könnte ich das vergessen? Wir lagen draußen unter einem Baum wie diesem. Mom hatte ihre Tasche als Kissen unter ihren Kopf gelegt.“

„Dad und ich waren spazieren gegangen. Wie üblich wollte er mit mir über meine Zensuren sprechen . . .“

Peter – Afrika – 1978

Wir müssen den KCA-Bus um sechs Uhr am Samstagmorgen nehmen. Freitagabends schleiche ich mich gern aus dem Wohnheim, um mit meinen Freunden auf die Jagd zu gehen, darum stehe ich samstags nicht gerade gern früh auf. Aber Julia und Debbie sind ganz aufgeregt, weil Mom und Dad geschrieben haben, dass sie in Nairobi Vorräte einkaufen wollen. Sie möchten, dass wir uns dort treffen. Ich habe gar keine Lust, in dem langweiligen alten Nairobi herumzulaufen. Aber ich möchte meine Schwestern nicht enttäuschen, darum sitzen wir nun in dem Bus und holpern los.

Draußen geht die Sonne gerade auf und das ganze Rift Valley wird mit einem rosa Schimmer überzogen. Ich kann den Mount Longonot sehen, einen Vulkan voller Höhlen, in denen Fledermäuse wohnen. Manchmal überreden wir Jungen unsere Lehrer, mit uns dorthin zu gehen. Das macht Spaß.

Mehrere Seen schimmern golden auf dem Talboden. Ich weiß, dass sich jetzt die Zebras, Giraffen und Gazellen vorsichtig ans Wasser schleichen, um zu trinken. Sie bücken sich, um einen Schluck zu trinken, dann rucken sie hoch und schnuppern, ob sie eine Spur von einem Löwen oder einem Geparden entdecken. Aber die Katzen liegen vermutlich noch irgendwo faul unter einem Baum.

Nach einer, wie mir scheint, endlosen Fahrt erreicht der Bus schließlich den Stadtrand. Wir fahren an den Slums vorbei, in denen Tausende Menschen in mit Plastik überzogenen Hütten aus Karton oder in Wellblechhütten wohnen. Sie verdienen sich ihren Lebensunterhalt mit Prostitution, auf dem Schwarzmarkt oder mit anderen illegalen Dingen. Selbst zu dieser frühen Stunde sehen wir nackte Kinder in den offenen Abwasserkanälen herumlaufen oder im Müll nach etwas Essbarem suchen. Wenn ich in meinem Leben über etwas traurig bin, dann erinnere ich mich an die Slums von Nairobi. Im Vergleich zu den Kindern dort geht es mir sehr gut.

Der Bus fährt in die Stadt hinein und jetzt sehen wir die Wolkenkratzer, in deren Fenstern sich die Sonne spiegelt. Menschen hasten über die Gehwege, machen ihre Läden auf oder eilen auf den Markt, um Lebensmittel zu kaufen. Der Duft von frischem Brot, Gewürzen und Diesel erfüllt die Luft.

„Da sind sie!", jubelt Debbie und versetzt mir einen Rippenstoß. Ich weiß nicht, warum sie immer so aufgeregt ist, unsere Eltern zu sehen. Für sie ist es jedes Mal ein Wunder. „Sie sind gekommen! Sie sind hierher gekommen, um uns zu sehen!"

„Jetzt beruhige dich erst mal, Debs", sage ich ihr. „Das sind doch nur Mom und Dad."

Um ehrlich zu sein, ich würde lieber die lange Fahrt zu unserem Haus auf mich nehmen, als diese Treffen in Nairobi zu ertragen. Nicht dass ich unsere Eltern nicht sehen möchte, aber ich gehe gern hinüber ins Massai-Dorf und besuche meine Freunde. Manchmal sind Mom und Dad wie Fremde für mich.

Beide umarmen mich, während Debbie und Julia auf Zehenspitzen um sie herumtanzen und ihnen alles Mögliche erzählen. Klatsch aus der KCA – als ob Mom und Dad die Freundinnen ihrer Töchter kennen würden. Dad wuschelt mir durchs Haar und fragt nach der Schule. Vermutlich möchte er erfahren, ob meine Noten in Ordnung sind. Ich sage ihm, dass ich mich großartig amüsiere. Er lächelt, aber er ist ziemlich nervös. Jedes Jahr herrscht großes Bangen, ob ich versetzt werde, und Dad macht sich große Sorgen deswegen.

„Wir haben eine Überraschung für euch!", verkündet Mom. Sie macht immer so etwas. Wenn wir als Familie zusammen sind, versucht sie alles perfekt zu machen und denkt sich immer etwas Besonderes aus. Sie kann es nicht leiden, wenn jemand wütend, traurig oder frustriert ist. Wir sollen immerzu fröhlich und glücklich sein, vor allem, wenn jemand außerhalb der Familie in der Nähe ist und uns beobachtet.

„Wir werden in dem botanischen Garten ein Picknick veranstalten!", verkündet Mom.

„Wow!" Julia umarmt Debbie aufgeregt, als ob ein Topf mit Gold dort warten würde. „In der Baumschule!"

„Dürfen wir den Heckenirrgarten erkunden?", fragt Debbie. „Ich verspreche, dieses Mal nicht verloren zu gehen. Ich werde Peters Hand ganz fest halten."

„Wir werden sehen", sagt Dad mit fröhlicher Stimme. „Alle Mann in den Land Rover. Los geht's!"

Mom und Dad sehen ihre Einkaufsliste durch, während wir durch die Straßen Nairobis zum botanischen Garten fahren. Wenn wir wieder im Bus sitzen, werden sie Lebensmittel für zwei Monate einkaufen. Sie müssen aufpassen, dass sie nichts auf ihrer Liste vergessen, denn sonst sitzen sie mitten im Busch ohne das betreffende Teil da. Sie überlegen, wie sie die kleine Kühlbox aufstellen sollen und diskutieren, ob sie Platz für all die verderblichen Waren haben, die sie kaufen müssen. Mom stöhnt ein wenig und wünscht, sie könnte frische Milch bekommen statt des Zeugs, das sie kaufen. Es ist besonders behandelt, damit es in der Hitze nicht schlecht wird. Unsere Milch kann man tagelang auf dem Tisch stehen lassen und sie wird nicht sauer. Aber sie schmeckt einfach scheußlich.

Dieses Gespräch habe ich schon zweitausendmal gehört, darum schließe ich die Augen und döse ein, bis der Land Rover vor dem botanischen Garten zum Stehen kommt. Es ist ein großer Park – wie ein Zoo für Pflanzen. Jede nur vorstellbare Baumart ist in dem botanischen Garten angepflanzt und an jedem Baum hängt ein Schild, auf dem steht, was für ein Baum das ist. Julia liest jedes Schild, als sei sie dazu verpflichtet und als würden die Bäume es ihr übel nehmen, wenn sie einen auslässt.

Mit unseren Decken und dem Picknickkorb bewaffnet laufen wir im botanischen Garten herum. Das Gras ist weich und dicht unter unseren Füßen. Ich glaube nicht, dass es irgendwo in Afrika schöneres Gras gibt als im botanischen Garten. Dad sucht einen großen Baum aus. In seinem Schatten breiten wir unsere Decken aus.

„Dies ist ein roter Gummibaum", informiert Julia uns. „*Eucalyptus ficifolia* aus der Familie der *Myrtaceae*. Er kommt aus Australien."

Sie und Debbie hüpfen Hand in Hand herum und lesen die Schilder der nächstgelegenen Bäume. „Das ist ein Kamelfuß", ruft Debbie. „Das ist eine Kastanie! Und hier ist ein Seidenbaum!"

Wenn sie sich die Mühe machten, mich zu fragen, würde ich ihnen sagen, der letzte sei eigentlich ein Kapok, und es wird nicht lange dauern, bis diese großen Früchte sich öffnen und baumwollartiges Zeug freisetzen werden, in dem der Samen verborgen ist. Wenn man genügend Kapok sammelt, kann man ein Kissen daraus machen und ein kleines Mittagsschläfchen halten. Ich kenne dieses Zeug, aber niemanden interessiert das.

Mom hat Cornflakes für uns mitgebracht und natürlich diese scheußlich schmeckende Milch. Sie hat einen Fruchtsalat aus Mangos, Bananen und Mandarinen gemacht und große Stücke Schinken gebraten, die jetzt zwar kalt sind, aber sehr lecker schmecken. Wir essen und reden, vor allem die Mädchen erzählen, was sie getan haben und wie ihre Noten sind. Mom erzählt von der Frauenarbeit und Dad erklärt seinen neusten Plan, die Pastoren in der Bibel zu unterweisen. Julia hört Dad natürlich zu, als wäre das das Aufregendste, das sie je gehört hat. Sie ist ja so ein Tugendbold. Debbie reißt Grashalme aus und legt ein Muster auf die Decke. Ich träume von meinen Freunden im Massai-Dorf und frage mich, was sie wohl im Augenblick tun. Vermutlich bringen sie die Ziegen auf die Weide. Ich wünschte, ich wäre zu Hause.

„Also, ich werde mich jetzt hier auf dieser Decke ausstrecken und meine Augen schließen", verkündet Mom, nachdem sie die Reste des Picknicks weggeräumt hat. „Wollt ihr Mädchen auch ein wenig ruhen?"

Julia und Debbie lassen sich neben ihr nieder, als wären sie zwei kleine Hündchen. Dad sieht mich an. „Peter, wollen wir ein bisschen laufen?"

Oh, oh. Ich habe ein schlechtes Gefühl dabei. Dad verbringt nie viel Zeit mit mir, es sei denn, er muss mir eine Strafpredigt halten. Ich zucke die Achseln und stehe auf. Wir entfernen uns von der Decke und schon geht es los.

„Peter, wir haben einen Brief von der Schule bekommen", beginnt er. „Deine Lehrer machen sich große Sorgen um deine Zensuren. Vor allem in Mathe."

„Ich mag Mathe nicht."

„Mathe ist sehr wichtig, Junge. Du musst Mathematik können, damit du als Erwachsener eine gute Stelle bekommst."

„Wenn ich erwachsen bin, werde ich keinen Job übernehmen, in dem man Mathe braucht."

„Aber, Peter, man muss Mathematik können."

„Warum?"

„Weil das so ist." Dad läuft weiter, die Hände hinter dem Rücken verschränkt und den Kopf wie ein Marabu vorgestreckt. Ich weiß, er ist von mir enttäuscht, aber ich kann ihm nicht helfen. Mathe ist für mich nun mal einfach ein Buch mit sieben Siegeln. Ich gehe lieber auf die Jagd oder zeichne.

„Peter, deine Mutter und ich erwarten von dir, dass du deine Noten verbesserst", sagt Dad. Jetzt spricht er mit seiner Predigerstimme. Ich denke, er ist kurz davor, mir von der Hölle und der Verdammnis zu erzählen und wie wichtig es ist, zum Herrn zu kommen, bevor es zu spät ist.

„Ich werde es versuchen", antworte ich.

„Willst du denn dieses ganze Jahr wiederholen müssen?"

„Nein."

„Nun, aber die Gefahr besteht. Du schaffst auch nur knapp Sozialkunde und Englisch und deine Physiknote liegt kaum überm Durchschnitt. Deine Bibellehrerin sagt uns, dass du ihr nie zuhörst, und deine Noten beweisen das. Also, Peter, warum passt du im Bibelunterricht nicht auf?"

„Es tut mir Leid, Dad." Ich mag es wirklich nicht, wenn er so aufgebracht ist. Aber ich finde den Bibelunterricht nun mal einfach langweilig. Wen interessieren denn schon die Amalekiter und die Amoriter? Mich auf jeden Fall nicht.

Dad redet weiter über die Bedeutung von guten Noten und dass in der Bibel steht, wir sollen studieren, um uns Gottes würdig zu erweisen, was immer das bedeutet. Ich sehe mir die Bäume an und frage mich, ob im botanischen Garten auch wilde Tiere leben. Er befindet sich mitten in der Stadt, aber bestimmt wäre das ein schöner Ort für eine Impala-Herde.

„Verstehst du, was ich sage, Junge?", fragt Dad.

„Ja", sage ich, aber ich habe nicht besonders gut zugehört. „Ich werde mir mehr Mühe geben."

„Weißt du, Gott hat unsere Familie hierher nach Kenia gerufen, um eine ganz besondere Aufgabe zu erfüllen, und du musst deinen Teil dazu beitragen, indem du . . ."

„Daddy, Peter!" Debbie schreit sich die Lunge aus dem Hals und rennt durch die Bäume auf uns zu. Hysterisch fuchtelt sie mit den Armen in der Luft herum. „Daddy, Daddy! Ein Mann hat Mamis Tasche gestohlen!"

„Was?" Dad versteift sich. „Geht es deiner Mutter gut?"

„Er hat ihr die Tasche unter dem Kopf weggerissen und sie und Julia sind hinter ihm hergelaufen und ich habe Angst, dass sie ihn einholen könnten! Oh Daddy!"

Dad und ich rennen zum Picknickplatz zurück. Wir lassen Debbie zurück, weil sie zu große Angst hat, uns zu folgen. Sie weint und springt auf und ab. Ich überlege, ob ich zurücklaufen und sie holen soll, aber dort draußen läuft ein Dieb herum und wir müssen ihn fangen.

Als wir bei der Decke ankommen, sehen wir Mom bei einer Baumgruppe stehen. Sie schreit, Julia solle zurückkommen. Mom ist barfuß und ihr Haar ist ganz aufgelöst. Noch nie habe ich meine Mom so gesehen. Sie hat immer alles unter Kontrolle, aber im Augenblick sieht sie so aus, als wäre das Ende der Welt gekommen.

„Oh Don!", ruft sie, als sie uns entdeckt. „Julia rennt diesem Dieb hinterher! Und wenn er nun ein Messer oder eine Pistole hat? Oh Don, du musst sie finden!"

Ich bin mehr daran interessiert, den Dieb zu fangen, als meine Schwester zu retten. Dad und ich rennen den Weg entlang in die Richtung, in die Mom zeigt. Es dauert nicht lange, bis wir Julia schreien hören: „*Mwivi, mwivi!*", was „Dieb" auf Suaheli bedeutet.

Wir holen sie ein und sie deutet auf ein paar Büsche mit Hunderten von Blüten daran. „Er ist dort drin", sagt sie. Sie wirft einen Blick auf das Schild. „In den Wandelröschen!"

Natürlich weiß Julia den genauen Namen dieses blöden Busches.

„Ich gehe hinter ihm her", sagt Dad zu mir. „Du wartest hier, und wenn er herauskommt, schnappst du ihn dir!"

Noch nie habe ich meinen Vater so erlebt. Er hat seine Nase immer in einem Bibelkommentar oder so etwas vergraben. Das ist erstaunlich. Wir sind wie zwei Krieger, Dad und ich. Ich wünschte, ich hätte meinen Speer dabei.

„Ich gehe jetzt hinein", ruft er.

„Ich habe diese Seite im Blick!" Ich hocke mich hin und warte auf den Dieb. Und tatsächlich, ein Afrikaner kommt aus dem Wandelröschenbusch herausgerannt und läuft mir genau in die Arme. Ich werfe mich auf ihn und wir beide stürzen zu Boden.

„Ich habe ihn!", brumme ich. „Ich habe ihn!"

„Halt ihn fest!" Julia kommt um den Busch herum und packt den Dieb am Bein. In der nächsten Minute kämpft Dad sich durch das Gebüsch. Ich bemühe mich nach Kräften, den Kerl festzuhalten, aber er hat Angst und schwitzt und er stinkt nach afrikanischem Honigbier, sogar zu so früher Stunde.

Und bevor Dad und Julia mir helfen können, versetzt er mir einen Faustschlag gegen mein Kinn und rennt davon. Einen Augenblick bin ich wie betäubt. Ich liege einfach da und sehe in den Himmel hinauf. Dann erkenne ich das Gesicht meiner Schwester, das sich über mir dreht.

„Steh auf, Peter", schreit sie mich an. „Du hast ihn laufen lassen. Er ist entkommen!"

Noch nie habe ich meine Schwester so erlebt. Sie sieht aus wie eine Königin, machtvoll und befehlend. Ich rolle mich auf die Knie, stehe auf und folge Dad den Weg entlang dem Dieb hinterher. Hinter mir verschwinden Mom und Julia in den Wandelröschen, weil sie etwas bemerkt haben.

Als der Dieb herauskam, hatte er die Tasche nicht mehr bei sich.

„Ich habe sie!", schreit Mom. „Ich habe meine Tasche gefunden! Don, lass ihn laufen! Ich habe die Tasche."

Dad und mir ist ihre alte Tasche egal. Wir wollen diesen Kerl fangen. Wir rennen hinter dem Dieb her. Er drückt sich durch die Zedernhecke und gelangt auf den Parkplatz.

„Er entkommt!", brülle ich.

„Nein, das wird er nicht!" Dad winkt mich zu sich heran. „Komm, Junge, wir holen den Wagen!"

Wir drängen uns ebenfalls durch die Hecke und siehe da, Debbie hat ein paar Polizisten alarmiert! Ihr Schreien und Weinen hat sie anscheinend aufmerksam gemacht und da kommen sie über den Parkplatz gerannt, meine Schwester in ihrer Mitte. Sie scheint so stolz auf sich zu sein und ich schlage ihr anerkennend auf den Rücken, weil sie so mutig gewesen ist.

Dann steigen alle in den Land Rover. Dad und einer der Polizisten springen auf die Vordersitze. Debbie, Julia und ich werfen uns auf den Rücksitz. Als Dad losfährt, entdeckt er Mom, die barfuß herumhüpft. Der Land Rover kommt zum Stehen, ich öffne die hintere Tür und Mom steigt zu uns Kindern ein.

„Und los geht's!", ruft Dad.

Wir sehen den Dieb die Straße entlangradeln. Sein Ziel ist das Zentrum von Nairobi. Wenn wir ihn nicht sofort fangen, wird er entkommen. Woher hat er nur dieses Fahrrad? Wie sollen wir ihn einholen?

„Fahren Sie neben ihn, Bwana!", rät der afrikanische Polizist meinem Vater.

„Er wird um die Ecke biegen."

„Nein, halten Sie sich jetzt neben ihm."

Wir fahren neben dem Dieb auf seinem Fahrrad her und der Polizist reißt die Tür auf. Er schlägt den Mann von seinem Fahrrad in einen Graben. Der Polizist, Dad und wir anderen Mossmans steigen aus dem Wagen und werfen uns auf den Mann. Und bevor wir noch wissen, wie uns geschieht, hat der Polizist dem Dieb Handschellen angelegt.

„Gut gemacht!", lobt der Polizist. Er strahlt, während sich eine Menschenmenge um uns sammelt.

Mom hält ihre Tasche in die Höhe. „Ich habe sie wieder", erklärt sie. „Aber mein Geld ist fort."

„Wie viel Geld wurde Ihnen gestohlen, Memsahib?"

Sie wirkt verlegen und ich weiß auch, warum. Sie und Dad wollten einkaufen gehen, darum hatte sie sehr viel Geld in ihrer Tasche. Alle diese armen Afrikaner werden hören, wie viel Geld sie dabei hatte, und sie werden denken, wir wären reiche Amerikaner. Das will meine Mom auf keinen Fall. Sie hat ihr ganzes Leben lang versucht, demütig und bescheiden zu wirken. Ich weiß einfach, dass sie dem Polizisten sagen wird, er solle das Geld vergessen.

„Fünfhundert Schilling", sagt sie stattdessen.

Ich kann es kaum fassen! Meine Mom hat tatsächlich für sich gesprochen!

„Ich wollte Lebensmittel einkaufen, weil wir weit weg im Massailand wohnen", erklärt sie. „Wir sind Missionare."

Der Polizist durchsucht die Taschen des Diebes und siehe da, er holt ein Geldbündel heraus. Alle in der Menge sehen zu, wie der Polizist das Geld zählt.

„Fünfhundert Schilling", sagt er und reicht meiner Mutter das Geld zurück. Sie nickt dankbar und steckt das Geld wieder in ihre Tasche.

„Und jetzt müssen Sie zum Polizeirevier mitkommen und eine Aussage machen", sagt der Polizist meinem Dad.

Wir steigen wieder in den Land Rover, auch der Dieb, und wir fahren zum Polizeirevier. Es dauert etwa eine Stunde, bis alle Aussagen gemacht sind, der Dieb durchsucht, ein wenig geschlagen und befragt wurde. Wie sich herausstellt, hat er wegen Raub und Vergewaltigung bereits im Gefängnis gesessen. Uns wird ein wenig mulmig bei dem Gedanken, dass wir hinter ihm hergejagt sind. Und wenn er nun ein Messer gehabt hätte? Wenn er versucht hätte, einen von uns zu töten?

Nachdem wir von der Polizei entlassen wurden, gehen wir zum Wagen zurück. Dad sagt, er möchte gern mit uns beten. Und so halten wir uns an den Händen und er spricht ein langes Gebet. Er bittet Gott, dem Dieb das Herz zu öffnen. Dann dankt er Gott, dass keiner von uns verletzt wurde. Und schließlich sagt er Gott, wie stolz er ist, eine so tolle Familie zu haben.

Bevor es Zeit ist, in den Bus zum Internat zu steigen, fährt Dad mit uns zu einer Eisdiele. Wir bekommen ein großes Vanilleeis mit Schokoladenüberzug. Während wir da sitzen und unser Eis schlecken, sehe ich hinunter und stelle fest, dass meine Mutter noch immer barfuß ist.

Und plötzlich ist alles wieder da und ich fühle mich sehr glücklich. Ich betrachte jedes Mitglied meiner Familie, eines nach dem anderen. Mom und Julia sind dem Dieb nachgerannt. Debbie hat die Polizisten aufgetrieben und ich habe den Dieb festgehalten. Okay, ich habe ihn auch wieder entkommen lassen, aber ich habe ihn für kurze Zeit überwältigen können. Und Dad hat sich in diese Wandelröschenbüsche gestürzt und den Land Rover hinter dem Kerl her durch Nairobi gefahren. Wow!

Auch wenn es jetzt Zeit ist, wieder ins Internat zurückzukehren … auch wenn wir uns verabschieden müssen und uns ein wenig einsam fühlen … auch wenn nicht alles perfekt ist, ich habe das Gefühl, dass alles in Ordnung kommen wird. Wir sind eine erstaunliche Familie. Wir Mossmans.

„Weißt du, so Angst machend das auch war, diese Geschichte gehört zu meinen liebsten Erinnerungen", sagte Julia.

„Als der Dieb Moms Tasche gestohlen hat?"

„Ja. Ich frage mich, warum."

Peter schwieg nachdenklich. In den vergangenen Wochen hatte er mit seinen Schwestern häufig in Erinnerungen geschwelgt. In ihrer Erinnerung war Afrika lebendig; die Kindheit war lebendig; die Welt, die sie zu dem gemacht hatte, was sie waren, formte sie noch weiter. Ihre Familie war jetzt nicht vollkommener als damals, als Peter noch ein Kind war. Aber auch jetzt hatte er das Gefühl, dass alles gut werden würde. So wie er es an dem Tag gedacht hatte, als der Dieb Moms Tasche gestohlen hatte. Die Mossmans waren wirklich eine erstaunliche Familie.

Als Antwort auf Julias Frage sagte er: „Vermutlich, weil jeder seinen Teil dazu beigetragen hat. Als der Dieb Moms Tasche gestohlen hat, waren wir ein Team – die Mossman-Familie – und es gab nichts, was wir nicht schaffen konnten."

„Wir konnten Debbie nicht vor dem Tod bewahren."

„Nein, es gibt Dinge, die außerhalb unserer Kontrolle liegen werden. Aber Debs wird immer zu unserer Familie gehören – zu dem, was wir sind und in gewisser Weise auch zu dem, was wir sein werden."

Julia schwieg lange Zeit. Dann lächelte sie Peter zum ersten Mal seit langer Zeit aufrichtig an. „Du hast Recht. Das wird sie. Und wir sind tatsächlich eine erstaunliche Familie."

„Deine Jungs wissen noch gar nicht, worauf sie sich da eingelassen haben", grinste Peter, als er aufstand und seiner Schwester die Hand hinhielt. „Komm, wir suchen den Rest der erstaunlichen Mossmans und sehen, was wir zu Abend essen werden."

Dank

Eigentlich wollte ich dieses Buch nicht schreiben. Nie, niemals, auf keinen Fall. Aber Francine Rivers hat mich immer wieder bedrängt, es doch zu tun. Sie hat mich sogar so stark in die Ecke gedrückt, dass ich Gott einige brillante Bedingungen gestellt habe.

„Herr“, habe ich zu ihm gesagt, „ich werde dieses Buch nicht schreiben. Erstens habe ich gar keinen richtigen Plot, weißt du. Zweitens wird niemand ein Buch über so etwas veröffentlichen wollen. Und drittens, ich habe Angst, es könnte meine Familie ärgern.“

Gott hat mich natürlich gehört. Er wartete ein paar Wochen und hat mir dann den Plot geschenkt. Einen Tag später bestand Ron Beers von Tyndale House darauf, das „Buch meines Herzens“ zu veröffentlichen. Und innerhalb einer kurzen Zeit hatten mir meine liebevollen, verständnisvollen Eltern die Erlaubnis gegeben, über Schmerz, Freude und Heilung zu schreiben – all die Dinge, aus denen mein und das Leben so vieler anderer Menschen, die ich kenne, besteht.

Also, vielen Dank, Frani, Ron und Mom und Dad, dass ihr Gott durch euch habt wirken lassen. Und danke, Herr, dass du mich die richtigen Wege geführt hast, auch wenn ich sie nicht gehen wollte. Ich liebe dich, mein himmlischer Vater. Mein Dank geht auch an viele andere, die dazu beigetragen haben, dieses Buch zu gestalten. Ken Petersen und Jan Stob haben sich geduldig den ersten, noch recht unbeholfenen Plot angehört und ihr Enthusiasmus hat mich angestachelt. Ken machte weiter, als die Geschichte Gestalt gewann. Danke, dass du all die bunten Notizzettel gelesen hast! Rebekah Nesbitt hat mich wie immer beim Schreiben unterstützt. Und die

Mitarbeiter von Tyndale House haben die Seiten gedruckt, ein Cover entworfen, Werbung für das Buch gemacht, es an Buchläden verkauft, Tausende Exemplare eingepackt und verschickt. Ohne diese lieben Menschen würde meine Arbeit nicht existieren.

Großen Dank schulde ich auch Kathy Olson, meiner herausragenden Lektorin. Von Anfang an hat sie an diese Geschichte geglaubt. Ihre Unterstützung, Ermutigung und Begeisterung haben mir über meine dunklen Stunden hinweggeholfen. Ihre sorgfältige Arbeit und einfühlsame Hand ist in diesem und in allen anderen meiner Bücher überall zu spüren. Gott segne dich, Kathy.

Sehr dankbar bin ich auch für diejenigen, die diese Geschichte in ihren Anfangsphasen gelesen und mir Anregungen gegeben haben. Dan und Heidi Elliott, eure Worte klingen noch in meinem Herzen nach. Dan, danke, dass du mir das hervorragende Buch *The Third Culture Kid Experience: Growing Up Among Worlds* von David C. Pollock und Ruth E. van Reken geschickt hast. Es hat mir geholfen, die Verwirrung zu verstehen. Diane Eble, deine Tränen haben mir gezeigt, dass meine Arbeit nicht umsonst war.

Meine Liebe und mein Dank auch an die, die diese Geschichte mit mir durchlebt haben. Elizabeth Bennett ist der Mensch, mit dem ich meine Kindheit erlebt habe. Danke, dass du meine Schwester bist, Libby. Ich liebe dich. Die Missionarskinder aus Ostpakistan und Kenia waren meine Familie: Janice, Sheri, Gayle, Mary, Bev, Marilyn, Rollin, Joel, Milton, Rick, Mike, Donna, Bethel, Terrie, Margaret, Cindy, Linda . . . Ihr seid zu viele, um sie alle zu nennen, und vor allem an die Rift Valley Academy Klasse von 1974: Danke, dass ihr wart, wer ihr wart . . . und für das, zu dem ihr geworden seid.

Vor allem aber möchte ich meinem Mann Timothy Charles Palmer danken, der in dem aufgewühlten Meer des Zorns und des Leids mein Anker gewesen ist, und der mit mir zu einem Ort der Heilung gegangen ist. Ich liebe dich, Tim.